Lotte R. Wöss

Liebe passt in jedes Herz

Lotte R. Wöss

Lotte R. Wöss, geboren 1959 in Graz, absolvierte nach der Matura die Ausbildung zur Diplom-Krankenschwester. Schon als Kind schrieb und dichtete sie, es folgten Artikel und Gedichte für kleine Zeitungen, doch erst im reiferen Alter fand sie zurück zu ihrer Leidenschaft, dem Schreiben, und veröffentlichte ihren Debütroman »Schmetterlinge im Himmel« als Selfpublisherin. Mittlerweile hat sie zahlreiche Liebesromane, Krimis und auch Kurzgeschichten veröffentlicht, sowohl als Selfpublisherin als auch in Verlagen.

Ihr bevorzugtes Genre bleiben aber Liebesgeschichten mit Tiefgang. Die Entwicklung, die ein Mensch machen kann, die Möglichkeit, an sich selbst zu arbeiten und einen Reifeprozess durchzumachen – das ist für Wöss Thema Nummer eins.

Lotte R. Wöss

Liebe passt in jedes Herz

Ein Schluck Liebe 1

Liebesroman

Lotte R. Wöss

Bibliografische Information der Deutschen Nationalbibliothek:
Die Deutsche Nationalbibliothek verzeichnet diese Publikation in der Deutschen Nationalbibliografie; detaillierte bibliografische Daten sind im Internet über http://dnb.d-nb.de abrufbar.

Empire-Verlag OG, Lofer 416, 5090 Lofer

Lektorat: Elsa Rieger
https://www.elsarieger.at

Korrektorat: Tino Falke
https://www.tinofalke.de/lektorat/

Cover: Chris Gilcher
https://buchcoverdesign.de/

Buchsatz: Catherine Strefford – www.catherine-strefford.de

Bestellung und Vertrieb: Nova MD GmbH, Vachendorf

1

Wolfgang – 5.4.1964

Wolfgang hörte es sofort, als sich die Tür öffnete. Licht fiel herein und er blinzelte. Der unvergleichliche Duft seiner Mutter umfing ihn, er roch nach Geborgenheit und dem Apfelkuchen, den Annegret, ihre Haushälterin, heute gebacken hatte.

Er sah Mutti näherkommen, gegen das Licht der offenen Tür war sie ein dunkler Schatten. Beruhigt kuschelte er sich ins Kissen in Erwartung einer zärtlichen Geste.

Stattdessen riss sie ihn fast grob aus dem Bett. »Schnell, Wolfi, zieh deine Hose an und den Pullover.« Bevor er sich's versah, zog sie ihm etwas über den Kopf und steckte seine Arme in die Ärmel. Aber er hatte doch seinen Pyjama drunter an? Das war noch nie vorgekommen.

»Mutti? Es ist so dunkel, warum machst du kein Licht im Zimmer?«

»Frag jetzt nicht, wir müssen uns beeilen.«

Beeilen? Weshalb? Sie stopfte seine Beine in die Hose und stülpte Socken über die Füße. Dann zerrte sie ihn hoch und schleppte ihn zur Tür.

»Wohin gehen wir? Au!« Er wollte sich ihr entziehen, doch ihr Griff blieb hart.

»Sei leise, pst.« Sie klemmte ihn unter den Arm. Er bekam kaum Luft und fühlte sich nicht wohl so fest umschlungen. In seiner aufkommenden Panik zappelte er wild.

»Halt still, um Gottes willen, Wolfi, bitte …« Sie stolperte und konnte sich gerade im letzten Moment am Treppengeländer festhalten.

»Mutti, ich hab Angst.« Wo wollte sie hin? »Lass mich los!« Er strampelte nur umso wilder, doch sie hörte nicht.

Sie erreichten die Garderobe im Flur. Zwei große Koffer standen vor der Tür. Wolfgang verstand nun gar nichts mehr. Wollten sie zu Oma Hedwig nach Berlin fahren? Aber es war doch nicht Weihnachten?

»Mutti, ich bin müde.« Er war nahe dran zu weinen.

»So nicht, Elisabeth!«, ertönte die dunkle Stimme seines Vaters.

Mutter ließ ihn abrupt los, fast wäre er gestürzt. Nun sah er den Vater oben auf der Treppe stehen, die Hände in die Seiten gestemmt. Und er sah so böse aus, noch schlimmer, als wenn er mit Wolfgang schimpfte. Der lange dunkelrote Schlafmantel erinnerte Wolfgang an das Bild vom König aus seinem Märchenbuch. Genau so schritt er die Treppe herunter.

»Du nimmst mir meinen Sohn nicht weg.« Er klang scharf, hatte seine Stirn gerunzelt und die Augen zu Schlitzen verzogen, Wolfgang zog den Kopf ein.

»Bitte, Karl, er ist mein Sohn und er braucht seine Mutter.«

»Das hättest du dir vorher überlegen sollen, ehe du wie eine läufige Hündin zu ihm gehst.«

»Du weißt, dass ich ihn immer geliebt habe.« Wolfgang

sah, wie die Finger seiner Mutter mit dem Anhänger an ihrer Kette spielten. Dem herzförmigen Stein, der in tiefem Blau leuchtete.

»Und was war ich? Der Lückenbüßer, der dir ein angenehmes Leben bereiten durfte?«

Wolfgang stand nun zwischen seinen Eltern und verrenkte sich fast den Kopf, während er von einem zum anderen blickte.

»Karl, ich bin dir dankbar …«

»Dankbar.« Er schnaubte. »Du willst mich im Stich lassen, mich und dein Kind.«

»Nein, ich möchte ihn mitnehmen. Er hat in Amerika ganz andere Möglichkeiten …«

»Er bleibt da. Hier bei mir im Alten Land, das ist sein Erbe. Wenn du gehen musst, dann tu es – allein. Aber glaube nicht, dass du zurückkommen kannst, die Tür ist zu.«

»Karl, bitte sei nicht so hart. Wolfi ist erst fünf. Du hast doch gar keine Zeit für ihn, bist immer nur mit deiner Arbeit beschäftigt.«

»Es hat dir nichts ausgemacht, das Geld, das ich verdiene, auszugeben. Du musst dich entscheiden. Bleib hier, in dem Fall sehe ich über deinen Fehltritt hinweg und werde es nie mehr erwähnen. Aber wenn du gehst, so sei es für immer. Mach das deinem Sohn klar.«

Wolfgang hörte seine Mutter aufschluchzen, dann hockte sie sich vor ihn. »Wolfi, ich komme dich besuchen und ich schreibe dir …«

In seinem Inneren krampfte sich etwas zusammen.

»Du darfst nicht fort!« Er schlang seine Arme um sie, presste sich fest an ihren weichen Busen.

»Ich hole dich nach …«

»Niemals!«, brüllte der Vater über seinem Kopf. »Eine Mutter, die dermaßen egoistisch handelt und ihr Kind im Stich lässt, hat ihre Rechte verspielt.«

Wolfgang spürte, wie seine Mutter von Schluchzen geschüttelt wurde. Er würde sie einfach nicht loslassen. »Du musst hierbleiben.« Nun weinte auch er.

Doch sie löste seine Arme von ihr. »Ich fahre mit dem Schiff in ein anderes Land und irgendwann kommst du mich besuchen.«

»Du verstehst es immer noch nicht, Elisabeth.« Sein Vater hockte nun neben ihm und seine unerbittlichen Worte pfiffen ihm ins Ohr. »Du wirst unseren Sohn nie wiedersehen. Das werde ich mit allen Mitteln verhindern.«

»Mutti …« Er sah sie undeutlich durch den Schleier von Tränen, brachte nichts mehr heraus.

Plötzlich zog ihn sein Vater zu sich und presste ihn mit dem Rücken an die langen Beine. »Mach es kurz. Es ist ohnehin schon schlimm genug für das Kind.«

»Du bist ein Ekel.« Seine Mutter richtete sich auf. »Ein herzloser Mistkerl.«

»Entscheide dich!« Vater brüllte erneut, während er Wolfgang an den Schultern packte und an sich drückte. »Bleib oder geh für immer. Sofort.«

Kurze Zeit war es totenstill.

Seine Mutter weinte nun heftig, sie hatte das geblümte

Taschentuch herausgeholt, das sie immer benutzte. »Es tut mir so leid, Wolfi, aber ich muss …« Ohne sich noch einmal zu ihm zu bücken, drehte sie sich um, griff nach ihren beiden Koffern und ging Richtung Ausgang. Dort stellte sie ein Gepäckstück ab und öffnete die Tür.

Ein Schwall kühle Frühlingsluft kam herein. Wolfgang riss sich los, rannte zu ihr hin, klammerte sich an ihren Ärmel. »Mutti, bitte, geh nicht fort …« Seine Worte waren durch Schluchzer unterbrochen. Da wurde er von hinten weggezogen, hochgehoben und er fand sich auf dem Arm seines Vaters.

»Geh zu ihm. Du wirst schon sehen, was du davon hast. Verschwinde und wage es nicht, jemals wieder einen Fuß auf mein Land zu setzen.«

Die Tür fiel ins Schloss.

Wolfgang weinte nun heftiger, sein Vater trug ihn die Treppe hinauf in sein Zimmer und setzte ihn aufs Bett. Mit fahrigen Bewegungen zog er ihm Hose, Pullover und Socken aus, legte ihn hin und deckte ihn zu. Es war ungewohnt, denn das hatte er noch nie zuvor getan.

»Sie kommt doch zurück?«, fragte er zaghaft.

Sein Vater strich ihm mit bebender Hand eine Haarlocke aus der Stirn. »Wir brauchen sie nicht, Wolfi. Du wirst sie vergessen. Am besten, wir sprechen nie wieder über sie.«

2

»Keine andere Frucht kann so unterschiedlich schmecken wie der Apfel. Von süß bis sauer, mehlig bis fruchtig, hart bis weich, lieblich bis herb – die über fünfzig Sorten sind alle auf ihre Art einmalig.«
Aus den Aufzeichnungen von Edwin Schluck, 1915

Christine – 27.4.2018

Der Wecker holte Christine aus tiefstem Schlaf.

Sofort spürte sie Ricos Arm um sich. »Guten Morgen, meine Schöne.« Er knabberte an ihrem Ohrläppchen und sie strich über seinen nackten muskulösen Oberarm. Seine Bewegungen wurden inniger, mit den Fingern zog er eine kribbelnde Spur an ihren Brüsten entlang. Gern würde sie sich ihm hingeben, aber ihr fiel ein, weshalb sie den Wecker so früh gestellt hatte.

Die Verhandlungen mit der Fröhling-Kette. Philipp Degenhardt war für seine Pünktlichkeit bekannt. Widerstrebend löste sie sich von ihrem Freund und sprang aus dem Bett.

»Ist nicht dein Ernst«, kam der Protest.

»Tut mir leid, aber ich habe heute …«

»Schon klar.« Er ließ sich zurückfallen und bot einen wirklich verführerischen Anblick, Sixpack, eine blonde Locke in der Stirn und das Gesicht einer griechischen

Götterstatue. Leichtes Bedauern stieg in ihr auf, doch ihr Pflichtgefühl siegte.

Zwanzig Minuten später radelte sie durch die angrenzenden Apfelplantagen. Sie liebte diesen Weg, den sie seit Beendigung ihres Studiums vor zwei Jahren fast täglich absolvierte. Einige Apfelbäumchen blühten bereits, nicht mehr lange und das Alte Land würde von Blüten übersät sein. Die Vorfreude darauf ließ sie noch schneller in die Pedale treten.

An der Wegbiegung angelangt, fuhr sie spontan geradeaus weiter Richtung Ort. Dabei kam sie beim Flohmarkt in der Mühle vorbei. Richtig, sie musste ja noch die Friesland-Porzellanschale für ihre Omi abholen. Leider öffnete der Laden erst am Nachmittag.

Minuten später stoppte sie vor dem Friedhofseingang, stieg ab, öffnete das schmiedeeiserne Tor und stellte ihr Rad auf dem Friedhofsgelände ab. Um diese Zeit traf sie niemanden.

Das Grab ihrer Mutter lag nur wenige Meter entfernt unter einem blühenden Kirschbaum. Ruhe durchströmte Christine, als sie zu dem Ort mit dem einfachen Grabstein trat. In der kleinen Vase waren frische Narzissen. Sowohl sie als auch ihre Schwester Jacqueline kamen regelmäßig hierher.

Kurz schwieg sie, ehe ihre Worte wie von selbst flossen. »Guten Morgen, Mama. Heute ist ein wichtiger Tag, die neuen Verträge mit unserem größten Abnehmer stehen an. Hoffentlich hat sich Alex alles durchgelesen, denn

Philipp Degenhardt ist ein harter Verhandler. Drück uns die Daumen.« Ein warmer Windstoß erfasste sie und sie zog den Reißverschluss ihrer Jacke weiter hinauf. Ein letzter Blick auf das Grab, durch den Wind waren ein paar Blüten darauf geflogen. Der Anblick gab ihr Kraft und kurz darauf radelte sie Richtung Ortszentrum und erreichte erneut die Apfelplantagen, nun von der anderen Seite. Rechts kam sie am Apfelglück vorbei, der Wirtschaft ihrer Tante Sibylle, der Cousine ihres Vaters, in der kleine Speisen, Kaffee und hausgemachte Kuchen serviert wurden. Und natürlich die Fruchtsäfte von Schluck.

»Schluck dich glücklich«, war einer der Werbesprüche.

»Moin!«

Sie blieb ruckartig stehen. Cousin Andreas trat auf die Straße. Wie immer trug er Overall und Gummistiefel. Manchmal beneidete sie ihn, weil er die Apfelplantage übernommen hatte und die meiste Zeit im Freien arbeiten durfte.

»Guten Morgen! Schon fleißig?«

»Immer.« Er schob die Kappe, sein unentbehrliches Accessoire, zurück und wischte mit dem Ärmel übers Gesicht. »Heute beginnen wir mit dem Einpflanzen der neuen Bäumchen. Wir mussten im Herbst besonders viele alte roden.«

»Zufällig weiß ich, wie gern du das tust.«

»Ertappt.« Er grinste.

»Wie geht es deiner Mutter?«

»Ihr Rücken plagt sie, aber von Ausruhen will sie nichts wissen. Kennst sie ja.« Andreas zuckte mit den

Schultern. »Schönen Tag noch.« Damit ging er über die Straße zu den Apfelbäumen.

Nur wenige Minuten später lag das Backstein-Fachwerkgebäude der Firma Schluck vor ihr. Sie blieb stehen und genoss den Anblick.

Vor ihr lag der wundervoll sanierte Altbau, von ihrem Urgroßvater Leopold Schluck Anfang der 1920er-Jahre erbaut. Zwei Flügel rechts und links, im Mittelbau war die frühere Produktionsstätte gewesen. Nun diente es als Kantine für die Angestellten. Den großzügig angelegten Vorhof lockerte ein Springbrunnen auf, den Josef Jessen, ein Freund ihres Großvaters Karl, geschaffen hatte: eine große Flasche aus Stein, darunter eine Familie, die das kostbare Nass in einem Krug abzufüllen versuchte, die Tochter hielt ihre Hände zu Schaufeln geformt, während der kleine Junge sich verrenkte, um das Wasser mit herausgestreckter Zunge zu erwischen. Es war eine lebendige, Fröhlichkeit ausstrahlende Skulptur, die für das Motto der Firma stand: Lebensfreude mit Schluck-Säften.

Ihre Mama hatte sie damals oft in die Fabrik mitgenommen. Christine liebte von klein auf das Eintreffen der Äpfel mit den Lastwagen, wie sie auf das Laufband rollten und schließlich in der Presse landeten. Als Kind hatte sie Stunden in der großen Halle verbracht. Mit Vorliebe probierte sie vom Apfelkonzentrat, beobachtete das Befüllen der Glasflaschen, die in den letzten Jahrzehnten durch Tetra Pak und Plastikflaschen ersetzt worden waren.

An ihrer Faszination hatte es nichts geändert. Ihre Mutter hatte als Technikerin der Firma jede einzelne Maschine gekannt und ihr vieles erklärt. Und dann war sie zu früh verstorben, Christine war erst neun gewesen. Ihre Liebe zu Schluck-Säfte war jedoch weiterhin gewachsen und es gab keinen Platz auf der Welt, an dem sie lieber gearbeitet hätte.

Auch nach dem Tod ihrer Mutter trieb sie sich häufig in der weitläufigen Anlage herum, meist zum Ärger des Vaters, der die Kinder von den Abfüllanlagen fernhalten wollte. Dennoch fand sie immer Wege, sich hineinzuschleichen, und hatte schon sehr früh sämtliche Zusammenhänge der Fruchtsaftproduktion verstanden.

Und heute hatte sie wenig Zeit, sich dort rumzutreiben. Sie arbeitete im Verkaufsmanagement, zusammen mit ihrem Bruder Alexander, der sie schon bald als rechte Hand eingesetzt hatte.

Der Portier hob den Kopf. »Morgen, Christine! Wundervoller Tag, was?«

»Unbedingt, Walter.« Sie stieg in den Aufzug, erreichte ihr Büro im obersten Stock und gönnte sich als Erstes einen Blick aus dem Fenster. Von hier konnte sie direkt auf die Produktionsstätten sehen, die Abfüllanlagen liefen auf Hochtouren.

»Herr Degenhardt ist bereits im Haus.« Nele war, wie so oft, ohne anzuklopfen hereingekommen.

Christine sah auf die Uhr, nein, sie war pünktlich genug hier. »Dir auch einen guten Morgen.« Sie konnte den leichten Tadel in ihrer Stimme nicht verhindern.

Wie oft hatte sie Nele schon erklärt, dass sie nicht einfach so in ihr Zimmer stürmen durfte. »Und Degenhardt ist zehn Minuten zu früh dran.«

»Morgen.« Keine Reue. »Ich habe ihm Kaffee gebracht, er wartet in Konferenzraum eins.« Neles Stimme kippte nun fast.

Christine wusste schon lange, dass ihre Sekretärin ein Faible für den attraktiven Verkaufsleiter der Fröhling-Kette hatte.

Aber es war Christine, die ihm zu gefallen schien, immerhin hatte er sie bereits zweimal um ein Date gebeten. Sie musste zugeben, dass sie Philipp Degenhardts Aussehen nicht kalt ließ. Noch mehr faszinierten sie sein ruhiger Umgangston, seine Fachkenntnis und Geduld.

»Ist mein Bruder schon da?« Mit Degenhardt musste sie sich früh genug auseinandersetzen. Erneut ein Blick auf die Uhr, dabei wusste sie instinktiv, dass keine zwei Minuten vergangen sein konnten.

»Leider nicht.«

Verdammt!

Alex wusste, wie wichtig das Verkaufsgespräch war. Vermutlich hatte er sich wieder durch Melodien in seinem Kopf ablenken lassen. Gestern hatte sie ihm extra noch ein Memo auf den Schreibtisch gelegt. Sie liebte ihren Bruder und schätzte es, dass er sie partnerschaftlich behandelte, offiziell war sie ja nur seine Assistentin, aber in den letzten Monaten hatte sie zunehmend eigenverantwortlich gearbeitet. Trotzdem war seine unbekümmerte Einstellung manchmal anstrengend.

»Hast du versucht, ihn zu erreichen?«, fragte sie schärfer als beabsichtigt. Nele konnte nun wirklich nichts dafür.

»Natürlich, bereits zweimal. Er meldet sich nicht.«

Christine angelte ihr Handy aus der Tasche und scrollte zu Alexanders Nummer. Wie erwartet, nahm er das Gespräch nicht an. Sie zerquetschte einen tonlosen Fluch zwischen den Lippen, am liebsten hätte sie aufgebrüllt.

Gerade zum Gespräch mit Degenhardt hätte sie es vorgezogen, ihren Bruder dabei zu haben. Der Mann irritierte sie, denn er wurde mit jedem Termin mehr zum Angriff für ihre Sinne. Bei der vorletzten Besprechung hatte er sie charmant zum Abendessen eingeladen, das letzte Mal hatte er zwei Konzertkarten aus dem Hut gezaubert. Bei diesem Angebot war sie versucht gewesen, denn sie liebte klassische Musik und ein Hörgenuss in der Elbphilharmonie wäre wunderschön gewesen.

Viel zu selten kam sie dazu, sich ein Kulturwochenende in Hamburg zu gönnen. Rico war an Kunst und Kultur kaum interessiert. Zudem hatte er noch weniger Zeit als sie, sein Studium war in der Endphase. Mit leisem Bedauern hatte sie abgelehnt, sie wollte Rico nicht hintergehen.

Nun waren es nur noch fünf Minuten. Nach vier erfolglosen Versuchen musste sie sich eingestehen, dass Alex wohl nicht mehr rechtzeitig auftauchen würde. Es war zwei Minuten vor halb neun. Seufzend straffte sie den Rücken und ging hinüber zu Konferenzraum eins.

»Entschuldigen Sie, Herr Degenhardt, dass Sie warten mussten.« Ausgerechnet heute musste der Kerl besonders anziehend auf sie wirken. Das schwarzbraune Haar verlockte dazu, mit beiden Händen hineinzufahren und noch mehr zu verstrubbeln, als es war. Wie kam sie bloß auf so unpassende Gedanken?

Philipp Degenhardt erhob sich sofort und hielt ihr die Hand hin. »Keine Ursache, Frau Schluck. Ihre Assistentin hat mich bestens versorgt«, er deutete zum Tablett mit Kaffee und Gebäck, »zudem war ich zu früh dran.«

Seine warmen braunen Augen brachten sie aus dem Konzept, in ihrem Bauch kribbelte es. Sie ergriff seine ausgestreckte Hand und hielt sie eine Sekunde länger als angebracht. Sein Blick war intensiv auf sie gerichtet. Rasch entzog sie ihm die Finger, er sah demonstrativ über ihre Schulter.

»Kommt Ihr Bruder auch?«

Erneut sah sie auf die Uhr. »Alex ist leider verhindert, er fühlt sich nicht wohl heute. Bitte, nehmen Sie wieder Platz. Sie möchten eine Änderung des Vertrags?«

»Die neuen Preise sind für uns nicht akzeptabel, tut mir leid.« Bedauern klang in seiner Stimme. »Wir wissen natürlich, dass eine Preissteigerung nötig ist, doch das sind mehr als fünf Prozent.«

Christine nickte, das hatte sie bereits geahnt. Aber sie hatte den Preis bewusst höher angesetzt, um Verhandlungsspielraum zu haben. »Nun, das hängt von der Menge ab, die Sie für Ihre Supermärkte ordern.«

Kurz darauf befanden sie sich im Verkaufsgespräch. Sie mochte es, mit Degenhardt zu verhandeln, der Mann war intelligent und aufmerksam. Nie gab er ihr das Gefühl, sie als Frau nicht ernst zu nehmen wie manch anderer, mit dem sie zu tun hatte. Im Gegenteil.

Eine Stunde später einigten sie sich.

»Es war wie immer ein Vergnügen, mit Ihnen Geschäfte zu machen.« Um Degenhardts Mund zeigte sich ein leises Schmunzeln.

Sie hatte den Mann noch nie richtig lachen gesehen, dennoch hatte er eine charismatische Aura, die sie faszinierte. Er war ein Geheimnis. Wäre Rico nicht, würde sie versucht sein, es zu lüften.

»Frau Schluck, nächste Woche eröffnet ein Bekannter von mir ein Restaurant an der Alster. Es ist nur eine einfache Kneipe, aber das Essen ist wirklich lecker. Würden Sie mich vielleicht begleiten?« Die samtige Stimme legte sich wie Balsam auf Christines Stimmung. Sie war immer noch verärgert, dass ihr Bruder nicht erschienen war. Ihre Uhr sagte ihr, dass es mittlerweile fast zehn Uhr war.

»Herr Degenhardt, Sie wissen doch, ich bin in festen Händen.« Es klang schroffer als beabsichtigt. Christine wusste nicht, worüber sie sich mehr ärgerte: Dass er so hartnäckig war oder dass ihr Widerstand mit jedem Versuch weiter bröckelte.

»Ich könnte Sie für einen Abend ausleihen, sozusagen. Ich verbringe sehr gern ein paar Stunden in angenehmer Gesellschaft mit anregenden Gesprächen.« Es klang wirklich harmlos, dennoch würde sich Christine nicht darauf einlassen. Sie hatte ohnehin zu wenig Zeit für Rico, aus diesem Grund würde sie keine Minute mit einem anderen Mann verschwenden. So sehr gerade dieser Mann sie auch in Versuchung bringen mochte.

»Ich fühle mich geehrt, aber nein.« Sie stand auf, denn sie wollte dieses Thema nicht unnötig in die Länge ziehen.

Es klopfte und Alexander Schluck trat ein. Trotz seiner korrekten Kleidung, er trug sogar eine Krawatte, sah Christine ihm an, dass er wenig Schlaf gehabt hatte. Die dunklen Augenringe im blassen Gesicht zeugten davon, dass es spät geworden war, oder früh?

»Herr Degenhardt, es tut mir leid …«

»Geht es Ihnen besser?« Degenhardt sah von Christine zu Alex.

Hitze stieg in ihre Wangen. Lügen hatten kurze Beine und sie würde den Teufel tun, noch mal für ihren Bruder ins Fettnäpfchen zu treten.

»Es gibt zum Glück gute Medikamente heutzutage.« Ihr Bruder setzte ein breites Grinsen auf und Christine hätte es ihm am liebsten aus dem Gesicht gewischt.

»Wie wahr.« Degenhardt wandte sich nun wieder ihr zu und sein Blick ging ihr durch und durch. »Ihre Schwester und ich haben uns geeinigt, alles ist in trockenen Tüchern. Ich muss mich leider verabschieden, auf mich wartet ein weiterer Termin.«

»Ich begleite Sie noch zum Aufzug.«

»Nicht nötig, ich nehme die Treppe.«

»Für die Fitness?« Alexander schnippte mit den Fingern. »Das sollte ich auch tun, man sitzt zu viel herum.«

Christine folgte Degenhardt trotzdem hinaus, sie wollte herausfinden, ob er etwa bemerkt hatte, dass ihr Bruder keine Ahnung hatte.

Doch auf dem Gang kam ihnen überraschend ihr Vater entgegen. Er trug ein Kurzarmhemd, sein Jackett hatte er offensichtlich im Büro gelassen. »Herr Degenhardt, schön, dass ich Sie noch treffe! Konnten Sie sich mit meinem Sohn einigen?«

Es kam keine Antwort. Sie drehte sich um. Philipp Degenhardt starrte reglos auf den Unterarm ihres Vaters. Offenbar faszinierte ihn das Tattoo, eine Schlange mit einem Ball auf dem Kopf und einem Kegel im Maul.

»Herr Degenhardt?«, sprach sie ihn an. Was war los mit ihm?

Er war blass geworden und atmete heftig, doch dann griff er mit Verspätung nach Schlucks ausgestreckter Hand. »Guten Morgen, Herr Direktor«, kam es fast irritiert von ihm. Mehr jedoch nicht.

»Es ist alles in Ordnung, Papa. Die Verträge müssen nur noch von dir unterzeichnet werden«, sprang sie schließlich ein.

»Das ist erfreulich.« Schluck nickte. »In diesem Fall wünsche ich einen schönen Tag.« Er wandte sich Christine zu: »Bring mir die Papiere nachher vorbei.«

Mit zügigen Schritten erreichte er den Aufzug und verschwand darin.

»Alles in Ordnung?«, fragte sie Degenhardt. Seine Gesichtsfarbe hatte sich wieder normalisiert.

»Danke.« Er gab keine weitere Erklärung ab, setzte sich langsam in Bewegung und hinkte dabei stärker als sonst.

Christine begleitete ihn zur Treppe und sie verabschiedeten sich.

Stirnrunzelnd sah sie ihm nach, wie er sich am Geländer abstützte, bis er um die erste Drehung verschwunden war. Weshalb nahm er nicht den Lift, wenn ihm Treppensteigen sichtlich schwerfiel? Und was war es, das ihn vorhin so aus der Fassung gebracht hatte? Das Tattoo, das ihr Vater immer als Jugendsünde bezeichnet hatte, war zwar nicht das schönste, aber Christine hatte schon gruseligere gesehen. Das konnte es nicht sein.

Sie kehrte zu ihrem Bruder zurück und nun gab es kein Halten mehr. Mit ihrem Finger klopfte sie auf ihre Armbanduhr. »Du hättest vor fast zwei Stunden hier sein sollen. Wo warst du? Du hast doch gewusst, dass Degenhardt heute kommt!«

»Ich wette, er war mit dir ganz zufrieden, so wie er dich anschmachtet.« Alexander grinste von Ohr zu Ohr.

»Das waren wichtige Verträge! Wenn unsere Säfte nicht mehr in den Fröhling-Supermärkten stehen, dann können wir einpacken.«

»Was regst du dich so auf, Schwesterlein? Ist doch alles perfekt gelaufen oder nicht? Ich wusste ja, dass du das top hinkriegst, wo ist das Problem?«

Natürlich fand er die richtigen Worte, ihr zu schmeicheln. Automatisch verebbte ihr Zorn. Alex war eben Alex.

»Bruderherz, was ist, wenn Papa das merkt? Du lässt dich kaum noch in der Firma blicken und ich habe Vierzehn-Stunden-Tage. Mein Privatleben ist zu einem Nichts zusammengeschrumpft, Rico beklagt sich bereits. Und mein Herr Bruder hockt in irgendwelchen Kellern und misshandelt seine Gitarre.« Sie wurde laut, ihre

Wangen glühten. Ihr Temperament ging wieder mit ihr durch.

»Rico versteht das, schließlich mag er meine Musik.«

Das stimmte, ihr Freund hatte Alexander immer unterstützt, Alex war auch der Einzige in der Familie, der Rico mochte und akzeptierte.

»Mir gefällt deine Musik auch, was glaubst du, weshalb ich dir hier die Arbeit abnehme?«

»Wenn ich Erfolg habe, dann bist du hier der alleinige Boss.«

»Daran liegt mir nichts, vor allem würde Papa das niemals zulassen. Alex, lies dir den Fröhling-Vertrag wenigstens durch.« Sie hob die Mappe vom Tisch auf und hielt sie ihm hin.

»Du hast das bestimmt super ausgehandelt.« Er streckte den Daumen hoch. »Schick es mir per Mail.« Mit einem Ruck zog er die Tür auf.

»Alex, bei dem Gespräch mit den Apfelbauern bist du aber schon da?«

»Wann ist das?«

»Heute um drei Uhr.«

»Ausgerechnet heute! Wir haben unsere Probe früher angesetzt.«

»Bitte, Alex. Es ist wichtig für die Firma.«

»Klar, darum geht es doch immer. Die Firma! Du hörst dich schon an wie Papa. Und darauf habe ich echt keinen Bock. Aber okay, bleibe ich eben so lange.«

Erleichterung durchflutete sie. Gott sei Dank hatte er nachgegeben. Mit Alex konnte man schlecht streiten, er wich ständig aus. Es lief jedes Mal auf dasselbe hinaus, sie rastete aus und er blieb verstockt, war beleidigt.

Erneut ein Blick auf die Uhr. Spontan wählte sie Ricos Nummer, ein paar aufmunternde Worte konnten nicht schaden. Er nahm den Anruf nicht an, vermutlich lernte er. Es war wichtig, dass er endlich sein Studium zu Ende brachte. Lehrer wurden gesucht und ein Job an der Oberschule in Jork war ihm sicher. Dann fiele auch das ständige Pendeln nach Hamburg weg, eine zusätzliche Beeinträchtigung ihrer gemeinsamen Zeit.

Mit den Verträgen in der Hand eilte sie den Gang hinunter zum Büro ihres Vaters. Irene Schneider, seine langjährige Sekretärin, hob den Kopf, als sie eintrat.

»Guten Morgen, Christine.«

»Guten Morgen, Irene. Hübsche Frisur.«

Irene Schneider lächelte sichtlich geschmeichelt und drehte sich. »Ja, ich wollte mal etwas Neues ausprobieren. Findest du es nicht zu kurz? Und die Farbe zu auffällig?«

»Aber nein. Der Rotton steht dir.« Das war nicht einmal gelogen, der modisch kurze Haarschnitt und die kastanienfarbene Tönung gaben der Fünfundvierzigjährigen den letzten Pfiff. »Hat mein Vater Zeit?«

»Er telefoniert gerade, aber … ah, er ist fertig.« Sie drückte auf den Knopf der Sprechanlage. »Ihre Tochter ist da, Herr Direktor.«

»Soll reinkommen.« Ihr Vater klang knapp und geschäftlich.

Schwungvoll betrat Christine das weitläufige Büro mit dem großen Panoramafenster, das ihr Vater beim letzten Umbau extra hatte einbauen lassen. Er wollte über das Land sehen. Sie neidete ihm den Ausblick auf die Apfelplantagen. Zudem bezweifelte sie, dass ihr Vater oft am Fenster stand und hinausblickte.

»Was gibt es, Christine?« Er sah auf, nahm seine Lesebrille ab und lehnte sich zurück. »Ah, die Verträge mit der Fröhling-Kette?«

»Ja.« Sie legte ihm die Mappe hin, er schlug sie auf und setzte die Brille wieder auf. Während er las, trat sie ans Fenster und beobachtete Andreas' Gehilfen beim Baumpflanzen. Minuten vergingen, sie wusste, dass sie ihren Vater nicht stören durfte.

Endlich räusperte er sich. »Sehr zufriedenstellend. Die Konditionen sind annehmbar, das hat Alexander wieder ausgezeichnet hinbekommen.«

Sie biss sich auf die Lippe. Alexander!

Warum schwieg sie? Weil er ihr ohnehin nicht glauben würde? Schließlich war sie eine Frau! Die altmodische Einstellung ihres Vaters war, dass Frauen auf der Führungsebene nichts zu suchen hatten. Am liebsten würde sie ihm eine Gleichstellungsbeauftragte an den Hals hetzen.

Doch dazu mochte sie den alten Griesgram zu sehr. Ein Greis war er freilich noch nicht. Mit seinen neunundfünfzig Jahren wirkte er aktiv und vital. Und er fehlte praktisch nie. Im Gegensatz zu Alex, der viel zu häufig schwänzte. Sie musste wirklich mit ihm reden, es ging nicht, dass ihr Bruder sich von Woche zu Woche mehr davor drückte, seine Arbeit bei Schluck-Säfte zu erledigen. Irgendwann würde Papa dahinterkommen und ausrasten. Was sie selbst betraf, ja, sie brannte für die Firma, gab alles, aber manchmal wurde es ihr einfach zu viel.

Wolfgang Schluck nahm den Hörer des Haustelefons, drückte eine Kurzwahl und Christine hörte Alexanders Stimme. »Papa?«

»Großartig, Alex. Das mit den Fröhling-Märkten hast du wieder super hingekriegt. Das sind fantastische Konditionen.«

»Danke, es war eine harte Verhandlung.«

Christine schlug die Fingernägel in ihre Handflächen. Dieser feige Kerl! Sie hörte nur mit halbem Ohr zu, wie ihr Vater die Einzelheiten des Vertrags lobte und gar nicht zu merken schien, dass Alex keine Ahnung davon hatte. Woher auch? Er war nicht dabei gewesen.

Endlich beendete ihr Vater das Gespräch, nahm einen Stift und setzte seine Unterschrift unter das Dokument. »Sag Irene, sie soll alles einscannen und ablegen, eine Kopie an Degenhardt. Und danke dir, bestimmt hast du Alexander geholfen. Ihr seid ein tolles Team.«

Christine nahm ihm die Mappe ab. Sein Lob freute sie, es kam selten. Ihren Abschiedsgruß erwiderte Wolfgang Schluck nicht, er war bereits wieder in seine Arbeit vertieft.

Als sie in ihre Abteilung zurückkam, musste sie feststellen, dass ihr Bruder sein Büro verlassen hatte. Es war noch nicht einmal Mittag! Nele hatte ihr bereits die Post auf den Schreibtisch gelegt.

Alexander war zum Gespräch mit den Apfelbauern nicht aufgetaucht. Zum Glück verlief es ohne Komplikationen. Gegen sechs, eine Stunde später, als Christine mit Rico ausgemacht hatte, konnte sie sich von der Firma loseisen und radelte beim Flohmarkt in der Mühle vorbei.

Julia, die Besitzerin, ordnete gerade einige Hosen ins Regal ein.

»Deine Porzellanschale ist hier. Ich verpacke sie dir.« Sie holte einen Karton und Seidenpapier aus der Schublade unter dem Tresen.

»Danke schön.« Die Friesland-Porzellanschale war ein verspätetes Ostergeschenk für ihre Großmutter.

»Gern.« Julia überreichte ihr die Tüte, betrachtete Christine und legte den Kopf schief. »Du siehst müde aus.«

»Ja. Manchmal könnte ich Alex erwürgen. Er lässt mich immer öfter im Stich wegen seiner Band.«

Julia grinste. »Das kenne ich noch von der Schulzeit. Er hatte schon damals stets irgendwelche Zettel dabei, vollgekritzelt mit Noten. Einmal hat ihm der Lehrer eine Frage gestellt und er hat singend geantwortet. Sogar richtig.«

Christine musste lachen. »Ja, er war so fröhlich als Kind. Hat sich geändert mit Mamas Tod.«

Zehn Minuten später erreichte sie das große Fachwerkhaus, noch von ihrem Urgroßvater errichtet. Es bot ihrer gesamten Familie reichlich Raum.

Im Erdgeschoss war die Wohnung ihres Vaters und ihrer Stiefmutter Stefanie. Julian, Lilly und Tim, ihre jüngsten Geschwister, hatten ihre Zimmer da, wobei Tim seit der achten Klasse im Haus der Athleten in Nürnberg wohnte und dort ein Gymnasium besuchte. Julian studierte in Hamburg. Jacqueline, ihre um zwei Jahre jüngere Schwester, hatte eine kleine Wohnung im zweiten Stock übernommen, zwei Zimmer, in denen früher Dienstmädchen gewohnt hatten. Seit sechs Wochen arbeitete sie im Labor von Schluck-Säfte.

Christine hatte nach Beendigung ihres Studiums vor zweieinhalb Jahren die geräumige Wohnung im ersten Stock bezogen. Ihr Opa hatte dort gewohnt, bis er knapp vor seinem Tod vor vier Jahren so dement geworden war, dass er ins Pflegeheim übersiedeln musste. Komplett renoviert und mit großteils neuen Möbeln fühlte sie sich sehr wohl. Seit knapp zwei Jahren war dann Rico mehr oder weniger zu ihr gezogen. Auch Alex hatte im zweiten Obergeschoss eine Wohnung, besaß aber zusätzlich einen schalldichten Musikraum im Keller.

Lärm empfing sie, als sie ihre Wohnungstür aufschloss, und leichter Unmut stieg in ihr hoch. Wie oft hatte sie Rico schon gesagt, dass sie keine spontanen Partys liebte.

Er kam ihr entgegen. »Chrissy, mein Schatz, endlich kommst du. Wir haben dich vermisst.« Er umarmte und drückte sie, sodass sie fast keine Luft bekam. »Heute wird gefeiert.«

»Hast du eine Prüfung bestanden?« Sie bemühte sich um Beherrschung.

Er verzog das Gesicht, als hätte er auf eine Zitrone gebissen, was seine Attraktivität um einiges schmälerte.

»Nicht heute, mein Schatz. Es gibt nicht immer nur die Uni.« An der Hand zog er sie ins Wohnzimmer. »Hallo, Chrissy ist endlich da.«

Lautes Gejohle rundum. Da saßen bereits seine Kumpels, ein paar kannte sie, ein paar nicht, auch Mädchen waren dabei. Hatte er die halbe Uni eingeladen? Das geräumige Zimmer war brechend voll.

Das ließ ihren Geduldsfaden nun doch reißen. »Rico, was soll das?« Sie schrie es in sein Ohr, sonst hätte sie den Lärm kaum übertönen können.

Rico lachte los. Er war ihre Wutausbrüche gewohnt und meist freute sie sich sogar, dass er ihr Feuer löschen konnte. Auch diesmal hob er sie hoch und wirbelte sie durch die Luft. »Chrissy, mein Schatz, nicht böse sein. Du wirst dich gleich mega freuen, denn es ist ein Ende abzusehen. Ich habe mich für die Abschlussprüfung angemeldet, am vierzehnten Mai. Na, was sagst du nun?«

»Wirklich?« Ihre Wut fiel in sich zusammen und zurück blieb Leere. »Du hast nur mehr eine einzige Prüfung?«

»So ist es! Na, habe ich nicht einen Kuss verdient? Und weg mit den Runzeln.« Er strich über ihre Stirn.

»Aber ich dachte, dass du noch ein paar Prüfungen – mindestens …«

»Siehst du, du weißt eben doch nicht alles, mein zorniger Engel.« Er lachte erneut und gab ihr einen Kuss auf die Nasenspitze.

»Das heißt, du bist im Mai komplett fertig?« Sie konnte es kaum glauben. »Wenn du fleißig bist …«

»Chrissy, nicht schon wieder. Heut wird gefeiert.« Er

küsste sie auf die Wange. »Hüpf unter die Dusche, zieh dir was Lockeres an und komm dazu. Ich hole Döner für alle.«

Christine schluckte. Das hieß, die Kerle würden die halbe, nein, zwei Drittel der Nacht hierbleiben. Sie wand sich aus seiner Umarmung und floh Richtung Schlafzimmer.

Erst als das heiße Wasser auf sie herunterprasselte, ließ die Anspannung nach. Sie sollte das Positive sehen: Rico würde endlich seinen Abschluss machen. Noch diesen Sommer. Dann hätte ihr Vater keinen Grund mehr, an ihm herumzumeckern.

Die Badezimmertür klappte auf und Sekunden später kam Rico zu ihr unter die Dusche. »Ich helfe dir, deinen Stress loszuwerden.« Seine Finger berührten bereits ihre Oberarme und zogen Spuren bis zu den Händen.

»Und deine Gäste?«

»Sind beschäftigt.«

Dieses makellos perfekte Gesicht, an dem sie sich kaum sattsehen konnte, näherte sich ihr, dann trafen seine Lippen auf ihren Mund. Was fand so ein Adonis an ihr?

Sie schloss die Augen und überließ sich seinem Kuss.

Und mehr.

3

Philipp

Philipp hatte noch in Jork zu Mittag gegessen und fuhr nun Richtung Hamburg. Das Tattoo ging ihm nicht aus dem Kopf. Jahrelang hatte er geglaubt, den Mörder seines Vaters niemals finden zu können. Doch nun vibrierte alles in ihm.

Der alte Schluck musste wissen, welche Bedeutung diese Tätowierung hatte.

Sekundenlang fühlte er sich viele Jahre zurückversetzt.

Die regennasse Landstraße vor ihnen – wie ein glänzendes schwarzes Band. Das Lachen seines Vaters. Plötzlich ein grelles Licht und ein schriller Knall. Die Welt, die rund um ihn explodiert. Alles dreht sich. Er kann nicht schreien, sein Körper gehorcht ihm nicht. Poltern, Krachen, Knarren. Stille.

Philipp hört Stimmen. Er blinzelt. Alles ist komisch auf den Kopf gestellt und er sieht die Straße durch ein Spinnennetz. Es dröhnt rundum, das muss der Regen sein. Wer redet da? Ja, eine schrille, helle Kinderstimme. »Das Auto liegt verkehrt herum. Die Scheibe ist kaputt!« Da guckt doch jemand rein? Durch das viele Regenwasser, das herunterrinnt, kann er kaum was erkennen. »Die sind hinüber, da ist nichts mehr zu retten. Geh wieder zum Auto, du wirst total nass.« Das Gesicht verschwindet, auf einmal sind nackte Waden in Philipps Blickfeld. Auf einer ist ein Bild drauf. Er blinzelt. Eine Schlange? Ja, eine Schlange mit etwas im Maul. Und auf dem Kopf eine Kugel.

»Vati, ruf die Rettung an.« Wieder die fiepende Stimme. »Da liegt jemand drin.« Etwas Buntes ist vor der Scheibe.

»Das hat keinen Sinn.«

»Aber wir müssen doch ... lass mich los!«

Ein klatschendes Geräusch, ein Schluchzen und wiederum dieselbe harte Stimme. »Ich hab gesagt, zum Wagen! Wehe, du sagst einen Ton, dann setzt es was, verstanden?« Ein Kind weint und erneut der Mann: »Ob du verstanden hast, will ich wissen!«

»Ja.« Es klingt noch dünner.

»Die sind tot, wir können da nichts tun und du wirst niemandem was erzählen, kapiert?«

Philipp beginnt zu zittern. Was sagt der da? Er ist nicht tot, warum sieht der das nicht? Halt, nicht weggehen. Er will brüllen, die Schlange entfernt sich, keinen Ton bringt er heraus. Er windet sich, aber etwas hält ihn. Wo sind seine Beine? Er spürt sie nicht ...

Philipp schüttelte sich, sein Blick klärte sich. Alles war ruhig, die Straße trocken, Sonnenlicht. Er zwang sich dazu, an etwas anderes zu denken.

Die Verhandlung war perfekt gelaufen, er wusste, dass Christine Schluck eine knallharte Geschäftspartnerin war. Komplett anders als ihr Bruder, dieses Weichei.

Der interessierte sich nur notgedrungen für die Firma. Doch Christine, sie war einfach eine Wucht. Ihretwegen hatte er sich auch darauf eingelassen, das neueste Produkt von Schluck-Fruchtsäfte ins Programm zu nehmen. Kirsch-Zitrone. Sie ließ ihn ein Gläschen kosten und der Geschmack hatte ihn überzeugt. Lediglich ihre Preisvorstellungen musste er ein wenig beschneiden. Ihrem zufriedenen Gesichtsausdruck nach zu schließen, hatte sie jedoch ohnehin damit gerechnet. Ja, sie war mit allen Wassern gewaschen.

Er hatte sich schon lange eingestanden, dass es mehr als Bewunderung war, was er für sie empfand. Jedoch wehrte sie sich hartnäckig, sich auf ein Date mit ihm einzulassen. Leider schien sie tatsächlich vergeben zu sein und es nicht nur zu behaupten.

Das Tattoo! Es ging ihm nicht aus dem Kopf. Er musste einen Grund finden, noch mal herzukommen, und mit Wolfgang Schluck sprechen.

Vielleicht ...

Sein Handy klingelte, er nahm den Anruf mit der Freisprechanlage an.

»Philipp, es ist aus.« Sein Kollege Gerhard von der Fröhling-Kette.

»Was meinst du?«

»Die Fröhling-Kette wurde verkauft.«

»Echt jetzt?« Natürlich waren da schon länger Gerüchte im Umlauf, aber so was? »An wen?«

»Dallmanns wird uns übernehmen, die beiden Ketten werden zusammengelegt.«

Sie wechselten noch ein paar Worte, Gerhard war höchst besorgt, dass er seinen Job verlieren könnte. Philipp beruhigte ihn halbherzig, obwohl auch er nicht wusste, wie die Zukunft aussehen würde.

Als das Gespräch beendet war, fuhr er auf eine Ausweiche und schaltete den Motor ab.

Was bedeutete das für ihn? Würden die von ihm unterzeichneten Verträge auch eingehalten?

Er wusste, dass Dallmanns nicht so sehr auf Regionalität setzte, wie es das Markenzeichen der Fröhling-Märkte war, daher war es durchaus möglich, dass Firmen wie Schluck-Säfte durch den Rost fielen.

Hatte er nicht gerade einen Grund gesucht, Kontakt mit Schluck aufzunehmen? Jetzt wurde ihm einer quasi auf dem Silbertablett serviert! Er griff nach seinem Handy und wählte die Telefonvermittlung von Schluck-Säfte.

»Verbinden Sie mich mit Direktor Schluck, es ist wichtig.«

Schluck meldete sich mit einem grantigen: »Ja?«

»Hier spricht Degenhardt.«

»Herr Degenhardt, gibt es noch ein Problem?« Schlucks Stimme war ein wenig freundlicher geworden.

»Kann man so sagen, ja.«

»Das kann ich mir kaum vorstellen?« Nun klang er eine Spur irritiert. »Vielleicht zu unserem neuen Produkt, Kirsch-Zitrone? Ich kann Sie beglückwünschen, dass Sie es in Ihr Programm aufgenommen haben.«

»Ihre Tochter war ausgesprochen überzeugend. Aber ...«

»Ja, sie ist ein liebes Mädchen. Unter der Leitung meines

Sohnes ist die Verkaufsleitung ordentlich gewachsen.«

»Ihr Sohn war nicht dabei«, kam es spontan aus ihm heraus.

»Sie sind ein Witzbold«, kam es von Schluck. »Aber Humor ist ja auch mal ganz gut. Auf jeden Fall bin ich froh, dass Sie und Alexander sich einigen konnten.«

»Herr Direktor, Christine hat den Deal vorbereitet und abgeschlossen, Ihr Sohn hat lediglich zum Schluss seine Unterschrift darunter gesetzt.« Er merkte selbst, wie ungeduldig er war. »Aber deswegen rufe ich nicht an, es geht um etwas Wichtiges ...«

»Das haben Sie bereits erwähnt.« Schlucks Stimme klang nun ein wenig frostiger.

»Ja. Es scheint so, als wäre die Fröhling-Kette an Dallmanns verkauft worden.«

Kurz war es still. Dann ein Räuspern. »Das sind ja bedauerliche Neuigkeiten. Dallmanns wird unsere Produkte vermutlich nicht vertreiben wollen?«

»Sie haben ein anderes Konzept als die Fröhling-Ketten. Ehrlich gesagt weiß ich auch nicht, ob meine Unterschrift auf Ihren Verträgen noch was wert ist. Tut mir leid, Herr Direktor.«

»Das bedeutet, Ihr Job ist Geschichte?«

Philipp war überrascht, dass Schluck das so rasch auf den Punkt brachte. Für Dallmanns wollte Philipp nicht arbeiten, die Firmenstrategie sagte ihm nicht zu. »Das weiß ich nicht, aber ich befürchte es.«

»Das sind schlimme Neuigkeiten.« Schluck schien ehrlich betroffen. Degenhardt wusste natürlich, dass die

Fröhling-Kette der größte Abnehmer der regionalen Säfte war.

Jeden Freitag aß Philipp mit seiner Mutter zu Abend. »Du arbeitest zu viel, Mama.« Philipp fiel nicht zum ersten Mal auf, dass sie älter geworden war.

Karin Degenhardt leitete seit vielen Jahren ihre Tanzschule, hatte vier Tanzlehrerinnen und Lehrer eingestellt, aber die meisten Unterrichtsstunden übernahm sie selbst.

Sie lächelte jenes Lächeln, das ihn damals motiviert hatte, seine Reha-Therapie nach dem Unfall nicht aufzugeben und es immer und immer wieder zu probieren. »Du hast recht«, sagte sie überraschend. Mit dieser Antwort hatte er nicht gerechnet. »Vielleicht ist es an der Zeit, kürzerzutreten. Und es ist an der Zeit, dass du endlich loslässt.«

Er starrte sie an, sein Mund wurde trocken.

Sie beugte sich vor. »Philipp, du redest nicht mehr so oft wie früher darüber, aber ich weiß, dass dir nach wie vor im Kopf herumspukt, den Unglücksfahrer zu finden.«

»Unglück! Mama, er ist einfach davongefahren! Er hätte wenigstens die Rettung rufen können. Papa hätte vielleicht überlebt.«

Seit er das Tattoo gesehen hatte, kam es ihm vor, als wäre es gestern passiert. Er würde es ihr verschweigen, sie nicht unnötig damit konfrontieren.

Sie griff nach seinen Händen. »Papas innere Verletzungen waren zu groß. Er war vermutlich sofort tot. Falls er aber noch kurz am Leben war und man ihm gleich geholfen hätte, selbst wenn ein komplettes Intensivteam zur Stelle gewesen wäre, er wäre unter deren Händen verblutet.«

»Das weißt du nicht mit Sicherheit.«

»Es ist das, was die Ärzte gesagt haben.«

»Mama, ich habe das Tattoo gefunden.« Nun hatte er es doch gesagt! »Und vielleicht kann mich der Mann zu …«

»Philipp! Hör auf damit, du machst dich kaputt.«

Überrascht sah er sie an. So energisch sprach sie selten mit ihm. »Du musst es endlich hinter dir lassen.«

»Das kann ich nicht.« Er wurde leise. »Ich habe ihn gesehen. War eingeklemmt und hilflos. Und er ist einfach weggefahren.«

»Ich wünschte, ich hätte dir mehr helfen können. Aber Lisa-Maria war noch so klein …« In ihren Augen standen Tränen und sein schlechtes Gewissen wuchs.

Wieso hatte er den Mund nicht halten können? »Mama, du hast genug für mich getan.«

»Deine Panikattacken sind …«

»… weniger geworden. Ich kann nicht mit dem Aufzug fahren, na und? Treppensteigen ist ohnehin gesünder.« Beim Anblick des Tattoos hatte er sich gerade noch retten können.

»Ach, Philipp!« Sie seufzte. »Ich wünsche dir, dass du endlich abschließen kannst, deinen Frieden findest. Papa hätte nicht gewollt, dass du dein ganzes Leben darauf ausrichtest …« Der Küchenwecker klingelte, seine Mutter ging zum Herd. »Ah, unser Essen ist fertig. Es gibt Fisch-Lasagne.« Sie griff nach den Topflappen und öffnete das Rohr.

Verführerischer Duft stieg Philipp in die Nase.

Sein Handy vibrierte in der Hosentasche, er holte es hervor. Schluck? Was konnte der noch wollen? Wieder hatte er das Tattoo vor Augen. Er nahm das Gespräch an und verließ die Küche.

4

Wolfgang

Das gesamte Wochenende hatte Wolfgang hin- und herüberlegt. Noch war nichts entschieden. Degenhardt hatte er erst für den Nachmittag einbestellt. Mit Alexander würde Wolfgang reden, sobald er hier war. Aber im Grunde genommen war sein Entschluss bereits gefasst.

Er trat ans Fenster.

Normalerweise beruhigte und erdete ihn der Anblick auf das weite Land. Doch heute bot es ihm keinen Trost. Was hatte er falsch gemacht bei seinen Kindern? Würde Monika noch leben, wäre das wohl nicht passiert.

Ausgerechnet jetzt erinnerte er sich an eine Szene mit seinem Vater.

»Auf Frauen kannst du dich niemals verlassen, mein Junge«, sagte Karl Schluck damals und schob den Hebel des riesigen Saftcontainers vor, ließ ein wenig Apfelmost in einen Becher rinnen und probierte davon. »Ja, ich denke, das wird wieder ein Erfolgsjahr. – Also merke dir das. Du magst jetzt zwar verliebt in deine Moni sein, aber sei auf der Hut.«

»Moni wird unsere Familie niemals so alleinlassen, wie Mama es getan hat.« Davon war Wolfgang mit überschwänglichen sechsundzwanzig Jahren überzeugt.

Doch er hatte sich geirrt, sie hatte ihn verlassen. Ihn und ihre Kinder. Verdammt, er konnte eine Firma führen, aber in puncto Kindererziehung war er ein Versager.

Er trommelte mit den Fingern gegen die Fensterscheibe. Weiter hinten erkannte er Andreas' Traktor. Er war das einzige Kind seiner Cousine Sibylle und ein ebenso begeisterter Apfelbauer wie sein Vater, der immer noch bei der Apfelernte mithalf.

Weshalb hatte Sibylle so ein Glück?

Auch er hatte davon geträumt, dass sein ältester Sohn einmal sein Lebenswerk übernehmen würde. Doch nun schien alles den Bach hinunterzugehen. Ein einziger Telefonanruf hatte sämtliche Hoffnungen zerschlagen. Hatte Degenhardt recht? Vernachlässigte Alex seinen Posten? Oder war es Christine, die alles an sich riss?

Er konnte und wollte nicht glauben, dass sein Sohn so pflichtvergessen gehandelt hatte.

Wolfgang fühlte sich plötzlich um Jahre älter. Er fürchtete, dass Degenhardt nicht gelogen hatte. Aber das Familienwerk, das er mit Monika aufgebaut hatte, das musste weitergeführt werden.

Mit schweren Schritten ging er zum Schreibtisch zurück und nahm das Bild seiner verstorbenen Frau in die Hand. Es stand seit eh und je da, sie lächelte darauf. Eine Schönheit im landläufigen Sinn war sie nie gewesen, zu mollig, die Nase zu groß, die Zähne ein wenig vorstehend, die Lippen zu breit. Doch ihre Ausstrahlung war enorm gewesen, sie konnte einen Raum um einiges heller machen, sobald sie zur Tür hereinkam.

Sein Handy klingelte. Stefanie. Sie störte ihn nur selten im Büro. »Kommst du heute mit zu Lillys Theateraufführung?«

Meine Güte, als ob ihm der Sinn nach irgendeinem dilettantischen Schülertheater stünde. »Tut mir leid, ich habe zu viel Arbeit.«

»Du hast es ihr versprochen. Seit Wochen redet sie von nichts anderem.« Da klang kein Vorwurf in Stefanies Stimme, sie stellte es lediglich fest.

»Es ist etwas dazwischengekommen.«

»Wie immer.«

»Diesmal ist es wichtig. Alexander«, er befeuchtete die Lippen, »es scheint so, als hätte er seinen Job vernachlässigt.«

»Das überrascht mich nicht.«

»Wie bitte?«

»Wolfgang, wenn du bei deinen Kindern ein einziges Mal näher hinschauen würdest! Alexander liebt seine Musik, er wird nie und nimmer ein Firmenchef sein. Christine hingegen …«

»Was weißt denn du?« Abrupt beendete er das Gespräch.

Er wusste, dass er seiner zweiten Frau gegenüber ungerecht war. Und seinen Kindern war er auch nicht gerecht geworden in den letzten Jahren. Er war nicht ein einziges Mal bei irgendeinem Ereignis dabei gewesen, das seine Kinder betraf. Lilly, seine Jüngste, hatte ihm ab und zu ein Versprechen abgeluchst, das er noch nie eingehalten hatte. Das machte ihn zu einem Rabenvater. Das schlechte Gewissen drohte ihn zu ersticken.

Rasch wählte er Stefanies Nummer. »Entschuldigung, ich wollte nicht …«

»Ist gut.« Stefanie war wie immer ruhig. »Ich gehe jetzt ins Apfelglück. Sibylle muss zum Arzt.«

»Das ist aber kein Dauerzustand, dass du dort arbeitest.«

»Warum denn nicht? Die Kinder brauchen mich gewiss nicht mehr.«

Es klickte. Das hatte er wohl vergeigt.

Automatisch fiel sein Blick auf das kleine gerahmte Foto, das Stefanie und ihn bei der Hochzeit zeigte. Sie lächelte ihr typisch sanftes Lächeln, während er todernst in die Kamera blickte. Daneben stand nach wie vor das Foto von Monika und seinen drei älteren Kindern, aufgenommen im Sommer vor ihrem Tod.

Es klopfte und Alexander trat ein.

5

»Unser Saft muss der König
unter allen Säften werden.«
Aus den Aufzeichnungen von Edwin Schluck, 1915

Christine

Überrascht hörte Christine Geräusche aus Alexanders Büro. Durch die halb offene Tür sah sie ihren Bruder am Schreibtisch sitzen.

Sie stieß die Tür ganz auf und trat ein. Den Kopf in beide Hände gestützt, neben sich eine offene Aktentasche, bot er ein Bild des Jammers. In ihr krampfte sich alles zusammen.

»Was ist los?« Mit wenigen Schritten überbrückte sie die Distanz und legte ihm die Hand auf die Schulter.

Er hob den Kopf, sein Blick wechselte von Verzweiflung zu Wut, während er sie abschüttelte und aufsprang. »Tu nicht so unschuldig.«

Sein Wutausbruch kam unerwartet und passte so gar nicht zu ihm. Alexanders sonst helle Augen wirkten dunkel und funkelten sie an. So aufgelöst hatte sie ihn noch nie erlebt, meist war er in sich gekehrt und abwesend, irgendeine Melodie im Kopf.

»Hast es endlich geschafft, mich bei Papa madig zu machen.«

»Wie bitte?« Was war geschehen? »Ich habe echt keine Ahnung.« Es war, als ob ein Fremder vor ihr stünde.

»Papa hat mich fristlos entlassen«, sagte er mit tränenerstickter Stimme. »Er hat mich heute zu sich zitiert und mich genau nach dem Vertrag mit den Fröhling-Märkten ausgefragt.«

»Hast du das Ganze nicht wenigstens durchgelesen? Ich habe es dir doch extra gemailt.«

»Ich musste zu den Proben. Eventuell interessiert sich ein großer Musikproduzent für meine Lieder. Daher hatte ich kaum Zeit und habe die letzten Tage an der instrumentalischen Umsetzung gearbeitet.«

»Das wäre ja toll.« Es klang lahm, aber in ihrem Kopf spulte sich bereits ab, was Alexanders Kündigung für sie bedeuten würde.

»Okay, ja, ich hab's vermasselt«, kam es ungewohnt scharf von Alex. »Doch ist das ein Grund, gleich zu Papa zu rennen und mich anzuschwärzen?«

»Ich schwöre, das habe ich nicht getan …«

»Wer sonst hätte ein Interesse an meinem Posten? Ich weiß schließlich, wie heiß du darauf bist, hier alles an dich zu reißen.«

»Das stimmt nicht.« Sie trat zu ihm und legte den Arm um ihn. »Alex, wir waren doch immer eine Einheit.«

Er schwieg und für einen Moment tauchte Christine in längst vergangene Tage ein … im Sonnenlicht tanzten Staubkörnchen, Spinnennetze glitzerten. Sie saßen zu dritt auf dem Dachboden der alten Familienvilla. Alex, zu dünn und schlaksig für seine elf Jahre, Jacqueline, siebenjährig, pummelig, ihren schmuddeligen Teddy in der Hand, und sie selbst. Sie hatte Mamas Nachthemd angezogen, das mit den Spitzen. Wenn sie stand, schleifte es auf dem Boden, doch sie achtete darauf, dass dies nicht passierte. Sie musste nur ganz tief ihre Nase in das Hemd hineinstecken, dann roch sie Mamas unvergleichlichen Duft nach Sommerblumen und Marzipan.

Rasch verdrängte Christine die Bilder. Sie war nicht mehr neun, sondern siebenundzwanzig.

»Viel Spaß als neue Abteilungsleiterin«, biss er sie an und schüttelte sie ab. Er öffnete eine Schreibtischschublade und warf einen Stapel Papiere in die Aktentasche. Es waren Notenblätter, teilweise beschrieben und bekritzelt. Alex hatte offenbar sogar in der Firma nur an seinen Kompositionen gearbeitet. Auch aus der zweiten Schublade holte er einen Stoß Blätter, verschloss die Tasche und ging an ihr vorbei.

Sie hielt ihn am Ärmel zurück. »Ich habe wirklich nichts zu Papa gesagt.«

Er sah zu Boden. »Tut mir leid. Das weiß ich doch. Aber ich habe keine Ahnung, wovon ich nun leben soll.«

Erleichtert, dass er einlenkte, fragte sie: »Willst du nicht noch mal mit Papa reden?«

»Hat doch keinen Zweck.«

»Warum? Er regt sich bestimmt wieder ab. Du weißt doch, wie er ist.«

»Nein. Selbst wenn, ich habe keine Lust auf das hier. Ich will Musik machen. Die Arbeit habe ich nur für die Kohle gemacht.«

»Hast du nicht gespart?«

»Nicht so viel. Ich habe in unsere Band investiert.«

»Du musst kämpfen, es immer wieder bei Musikagenturen versuchen.«

»Toll, dass du dich so gut auskennst.« Es klang eher resigniert als sarkastisch. Mit hängenden Schultern schlurfte er zu Tür.

»Glaub jetzt mal an dich«, sagte sie sanft. »Du musst überzeugt sein von dem, was du tust.«

Mit Schwung drehte er sich um und rief: »Du hast keine Ahnung, wie schwer das in der Branche ist. Wie zahlreich die Menge an Musikern ist, die da hochkommen wollen, und wie rücksichtslos und egoistisch sich die meisten vordrängen!«

»Ist das so?« Seine Worte »Du hast keine Ahnung« triggerten sie. »Das ist mir komplett neu. Vor allem, weil das in der schnöden Geschäftswelt völlig anders ist. Da fliegen einem die gebratenen Tauben in den Mund, besonders mir als Frau.«

»Reg dich ab, so habe ich es nicht gemeint.«

»Warum sagst du das dann? Alex, wenn du was erreichen willst, musst du hart arbeiten. Das gilt für jeden Bereich des Lebens, also sag mir nicht, dass ich keine Ahnung habe.«

Sein Mund öffnete sich, als wollte er etwas erwidern, doch dann drehte er sich um und verließ den Raum, ohne noch ein Wort zu sagen.

Christine trat ans Fenster. Alexanders Büro war ein Eckzimmer und bot einen Blick auf die Apfelplantagen.

Ein Räuspern ließ sie herumfahren. »Wird das nun dein Büro?« Nele stand in der Tür.

»Also hast du es schon gehört.«

»Ja, es wird schnell die Runde in der Firma machen.«

Christine musste nicht fragen, wer das geklatscht hatte. Wollte man etwas unter die Leute bringen, dann war Nele die richtige Ansprechperson. Ihr Blick musste Bände sprechen, denn die Sekretärin zog eine Schnute.

»Er hat es mir selbst gesagt, also dachte ich …«

»Schon gut. Es lässt sich ohnehin nicht geheim halten.«

»Eben.«

Christine bemerkte, dass eins der Notenblätter auf den Boden gefallen war, bückte sich und hob es auf. Sie wusste nicht, ob das Gekritzel darauf wichtig war, aber sie würde es Alex bringen.

»Und du sollst zum Chef.«

»Sag das doch gleich«, schnauzte Christine sie an, »manchmal bist du wirklich unmöglich, Nele.«

Ihr Vater wartete nicht gern. Rasch machte sie sich auf den Weg in den anderen Flügel des Gebäudes.

Tatsächlich hatte sie bereits vieles von Alexanders Job übernommen, aber seinen Weggang hatte sie nie gewollt. Irene war nicht an ihrem Platz, daher klopfte sie sofort an die Tür des Direktors.

»Herein«, ertönte die tiefe Stimme ihres Vaters.

Er saß aufrecht an seinem großen Schreibtisch aus dunkler Eiche, der noch aus Zeiten ihres Großvaters stammte. Vaters kantige Züge wirkten um einiges ernster als sonst, sie hatte ihn nur selten lachen gesehen.

»Schließ die Tür.«

Zögernd trat sie näher, der schroffe Tonfall lähmte sie. Sie setzte sich ihm gegenüber, der massige Schreibtisch verstärkte das unangenehme Grummeln in ihrem Magen.

»Ich nehme an, du weißt schon, dass ich Alexander kündigen musste.« Die steilen Falten vertieften sich zu Gräben mitten in seiner Stirn. Sie öffnete den Mund, doch er hob die Hand. »Ich will nichts hören. Du hättest mit mir sprechen müssen, statt deinem Bruder den Rücken freizuhalten.«

Sie schluckte.

»Hat es dir die Sprache verschlagen?« Er schlug mit der flachen Hand auf den Tisch. »Christine, ich weiß, dass du dein Bestes gibst. Aber du bist noch Anfängerin in der Branche. Nicht auszudenken, wenn etwas schiefgehen würde.«

Christine spürte, wie die vertraute Hitze in ihr aufstieg, die sie schon so oft zu unüberlegten Handlungen verleitet hatte. »Papa, ich bin gut im Job, deswegen hat Alex auch mir so viel überlassen können. Sieh mal, er möchte im Musikgeschäft durchstarten …«

»Nun, dazu hat er jetzt die Möglichkeit.« Er zuckte mit den Schultern. »Und wir müssen einen Nachfolger für ihn einstellen.«

»Du meinst, eine Assistenz für mich?«

Er hob den Kopf. »Christine, bei aller Liebe, aber für so einen verantwortungsvollen Posten bist du noch nicht gerüstet.«

»Alex war jünger als ich, als du ihn zum Verkaufsleiter gemacht hast.«

»Ja, und nun sieh, was dabei herausgekommen ist. So einen Fehler mache ich kein zweites Mal.«

»Ich bin komplett anders.«

»Das weiß ich, Christine. Und deine Zeit wird kommen, glaube mir. Aber noch hast du viel zu lernen, als Frau …«

»… natürlich, wieder diese Leier.« Sie lehnte sich zurück und verschränkte die Arme.

Er hob die Hand. »Lass mich ausreden. Als Frau braucht man mehr Durchsetzungsvermögen im Geschäftsleben, das ist leider immer noch so.«

Nun schlug sie mit der flachen Hand auf die Tischplatte, eines der Fotos fiel um. »Das ist ein Vorurteil.«

Ihr Vater stellte ruhig das Bild wieder auf. »In ein paar Jahren wirst du mich verstehen. Und tatsächlich habe ich schon Ersatz für Alexander gefunden.«

Das nahm ihr fast die Luft weg, sie rutschte auf ihrem Stuhl nach vorn. »Ich habe die gesamte Arbeit gemacht und mehr als bewiesen, dass ich es kann. Und ich brenne für unsere Firma, seit ich ein kleines Kind war, das weißt du. Niemand hat sich so für Schluck-Säfte interessiert wie ich. Außerdem …«

»Jetzt mach mal halblang, Christine! Du willst es einfach nicht verstehen in deinem Trotz. Ich kann dir nicht so eine große Befugnis übergeben, das geht nicht und das musst du einsehen. Nicht alle Verhandlungspartner sind angenehm, da braucht es ein wenig mehr Widerstandskraft.«

»Und ich bin schwach und unfähig, ja?« Was bildete er sich ein? »Ich bin die Beste für diesen Job, niemand wird sich für die Firma so den Arsch aufreißen wie ich.«

»Jetzt werde nicht ordinär.«

Sie hasste seinen eisig ruhigen Tonfall, der die Umgebung zum Gefrierpunkt bringen konnte. »Ich arbeite nicht unter einem neuen Abteilungsleiter!«, brüllte sie unbeherrscht.

»Willst du nicht einmal wissen, wer es ist?«

»Nein. Ich kündige.«

Langsam stand er auf, musterte sie fast amüsiert. »Du benimmst dich unreif und kindisch, das zeigt mir nur umso mehr, dass du mit der Leitung überfordert wärst.«

»Du hast mir noch nie etwas zugetraut.« Zu ihrem Entsetzen spürte sie Tränen aufsteigen.

»Natürlich weiß ich deine Arbeitskraft zu schätzen. Es ist ebenfalls löblich, dass du für Alex die Kastanien aus dem Feuer geholt hast.« In seinem Tonfall lag ein Hauch Wärme. »Ich weiß, dass ich euch Kindern nach Mamas Tod nicht der beste Vater war …« Kurz brach er ab und sie sah ihn schlucken. »Aber ihr bedeutet mir trotzdem viel. Und deine Zeit hier in der Firma wird kommen.«

»Ich kann und will nicht unter einem neuen Chef arbeiten, der womöglich alle meine Konzepte wieder über den Haufen wirft. Ich räume das Feld.« Ärgerlich wischte sie eine Träne fort. »Ich habe noch Wochen an Urlaub gut, einen Haufen Überstunden, sodass ich sofort verschwinden werde.«

»Das ist wirklich kindisch.« Es klang scharf. »Du fliehst und lässt die Firma, die du angeblich so liebst, im Stich. Das ist keine Loyalität.«

»Die hast du auch nicht verdient, Vater.«

Er presste die Lippen zusammen und setzte sich wieder. »Dann geh.«

Steif ging sie zur Tür. Niemand sollte sehen, dass ihre Welt gerade in Millionen Teile zerbrach. Hinter ihr blieb es still und dieses Schweigen schnitt tief in ihr Herz. Hatte sie erwartet, ihr Vater würde sie zurückrufen?

Weit gefehlt.

Erst als sie die Tür öffnete, hörte sie ihn. »Ob du es glaubst oder nicht, ich habe nur dein Bestes im Sinn. Wenn du eine Nacht darüber geschlafen hast, wirst du einsehen, wie unreif und töricht du dich jetzt verhältst.«

Weshalb glaubte ihr Vater, er wüsste, was ihr Bestes wäre?

Sie liebte Schluck-Säfte. Immer schon war ihr klar, dass sie Teil der Firma war und bleiben wollte. Unter Alexander hatte es ihr nichts ausgemacht, die zweite Geige zu spielen. Schließlich hatte er ihr freie Hand gelassen. Und sie hatte es geliebt, Chefin zu sein, selbstständig Entscheidungen zu treffen und ihrem Bruder die Details lediglich zur Unterschrift vorzulegen.

Nele guckte ihr erwartungsvoll entgegen. »Wann soll ich die Teambesprechung nächste Woche ansetzen?«

»Das musst du meinen Nachfolger fragen. Sag Tobias Bescheid, er ist momentan der erste Mann hier, bis ein neuer Chef kommt.«

»Du gehst?« Das Mädchen riss die Augen auf. Ihre Frisur, heute waren es abstehende Zöpfchen, unterstrich ihren aufgelösten Zustand. »Aber …«

Christine ging in ihr Büro, schloss die Tür hinter sich und atmete durch. Sie musste Ordnung in ihr inneres Chaos bringen. Urlaub! Einfach weg von hier. Aber Rico lernte für seine Abschlussprüfung, das Timing war schlecht.

Sollte sie allein wegfahren? Sie war seit Jahren kaum verreist. Das war eigenartig, wenn man bedachte, dass sie ein Team von Verkäufern angeführt hatte, die in ganz Deutschland Schluck-Säfte anboten. Alexander war hin und wieder zu Großabnehmern gefahren, sie selbst hatte das nur selten getan.

Es klopfte und Tobias stürmte ins Zimmer. Er war bereits lange in der Firma und einer ihrer besten Verkäufer. »Was höre ich da? Alex ist weg und du gehst auch?«

»Alles gut, Tobias. Mein Vater hat schon einen Nachfolger für Alex. Momentan läuft es, die wichtigsten Verhandlungen sind abgeschlossen. Du kriegst das die nächsten paar Wochen hin.«

Tobias trat zu ihr. »Ohne dich wird es mühsam.« Seine dunklen Augen blickten traurig. »Du wirst mir fehlen.«

»Danke.« Sie quälte sich ein Lächeln ab. »Leider meinem Vater nicht.«

Es war mitten am Vormittag, als sie in der Villa ankam.

Rico musste allein sein, Stefanie half im Apfelglück aus, seit ihre Tante krank war, und Lilly war in der Schule.

Fast hatte sie ein schlechtes Gewissen, dass sie Rico vom Lernen abhielt.

Rico! Was würde er überhaupt zu ihrer Kündigung sagen? Sie könnten gemeinsam woanders hingehen, jetzt war sie ja frei. Und als Lehrer fand er überall eine Anstellung, die wurden dringend gesucht. Sie würde ihn zum Mittagessen entführen und ihn danach in Ruhe lernen lassen.

Überraschend empfing sie Lärm, als sie ihre Wohnung aufschloss. Wieder einmal.

Erstarrt verharrte sie im Wohnzimmer. Mehrere Bierflaschen lagen auf dem Boden, Rico saß mit drei unbekannten Männern am Tisch, die Laptops vor sich. Kurz dachte sie, dass sie gemeinsam arbeiteten, aber die Geräusche sagten ihr etwas anderes. Offenbar spielten sie irgendein Computerspiel.

»Ich dachte, du lernst?« Als sie sich in der Früh verabschiedet hatten, war dies seine Ansage gewesen.

»Chrissy!« Er hob seine Hand, seine Augen wirkten glasig. War er morgens um zehn Uhr bereits betrunken?

Da fiel ihr das weiße Pulver auf, von dem Spuren auf dem Tisch zu sehen waren. »Kokst du etwa?« In ihrem Kopf wirbelten die Gedanken so rasch, dass sie keinen fassen konnte.

Wieder dieses schräge Grinsen. »Nur ein wenig, gegen den Stress. Du hast ja keine Ahnung, wie viel Stoff ich zu bewältigen habe.«

»Machen wir weiter«, kam es von dem langhaarigen Typen gegenüber.

Wer waren die Typen? Ricos Freunde hatte sie im Lauf ihres Zusammenseins alle kennengelernt.

»Was ist das hier?« Sie fühlte sich in die Rolle der nörgelnden Mutter gedrängt. Aber sie hasste es, wenn

Rico fremde Menschen in ihre Wohnung brachte. Vor allem heute hätte sie sein Verständnis gebraucht.

»Nach was sieht's denn aus?« Die Stimme des Rothaarigen, der neben Rico saß, klang verwaschen. »Wir zocken ein wenig rum und haben Spaß, zumindest hatten wir ihn, bis du hier einen auf Zicke gemacht hast.«

»Ich mache nicht auf Zicke, aber Rico hat eine wichtige Prüfung und soll lernen. Also wäre es gut, wenn ihr nach Hause ginget.«

»Die ist echt lustig, die Schrulle.« Der Dritte meldete sich. »Wovon spricht die? Was für 'ne Prüfung?«

Die Kerle nervten sie. Rico grinste weiterhin dämlich vor sich hin.

»Rico ist Student und steht kurz vor dem Abschluss.« Christine trat nun näher und roch den Alkohol in der Luft. »Und ihr haltet ihn vom Lernen ab.«

Jetzt brachen die drei in gackerndes Gelächter aus.

»Ich wette, unser Rico weiß nicht mal, wo die Uni is'.« Der Rote schlug sich auf die Schenkel. »Wozu auch, er hat ja 'ne Kuh, die er melken kann.«

Christine wurde schlagartig schlecht. Es war, als würde auf einmal der Vorhang von etwas herabgerissen, das ihr bis jetzt verborgen gewesen war. Rico ließ sich von ihr aushalten. Wohnte bei ihr, lebte von ihr, lullte sie ein – und sie hatte es nicht bemerkt.

»Du studierst nicht? Machst keine Prüfung? Alles gelogen?« Fassungslos starrte sie ihren Freund an.

Endlich kam eine Reaktion von ihm. »Warum bist du früher heimgekommen?« Er stand auf und kam auf sie zu.

»Damit ich vielleicht mal kapiere, was du aufführst?« Sie schüttelte den Kopf, wie dumm, blind und naiv sie gewesen war.

»Jetzt komm runter, Chrissyschatz.« Seine leicht lallende Stimme gab ihr den Rest. Sie sah rot.

6

Philipp

Philipp wartete auf seinen Freund Jörn. Zwei Bier hatte die Kellnerin bereits gebracht.

Immer noch konnte er nicht fassen, was letzte Woche passiert war. Wie durch ein Wunder hatte er endlich das Tattoo gefunden. Und dann – wie durch Zauberei: Der alte Schluck hatte ihn zu sich bestellt und ihm einen Job angeboten.

Und er hatte ihn angenommen.

Damit stiegen die Chancen, den Mörder seines Vaters nach so vielen Jahren ausfindig zu machen.

Und als Bonus würde er Christine nahe sein können.

Jörn kam direkt aus der Kanzlei, er trug seinen Anzug. Er setzte sich, lockerte die Krawatte und nahm einen tiefen Schluck. »Ah, das tut gut. Heute war wieder so ein Tag, sage ich dir.« Er fuhr mit dem Handrücken über den Mund, um sich den Schaum von der Oberlippe zu entfernen. »Das mit der Übernahme von den Fröhling-Märkten kam gestern im Fernsehen, es ist also raus.«

»Ja, ich auch.«

»Wie jetzt?«

»Ich habe einen neuen Job. Bei Schluck-Säfte.«

Jörn starrte ihn überrascht an und das hieß viel, den gewieften Anwalt erschütterte nichts so leicht. »Das ging aber schnell. Arbeitet da nicht die Frau, die es dir angetan hat?«

»Das auch, doch …« Der Gedanke an Christine ernüchterte ihn. Wie würde sie dazu stehen, dass er ihr neuer Chef sein würde? Und das bereits in drei Wochen?

Jörn beugte sich vor, dabei spiegelte sich das Licht der Tischlampe in seiner Glatze, an die sich Philipp erst hatte gewöhnen müssen. Da Jörns Haare immer schütterer geworden waren, hatte er sich entschlossen, sie ganz wegzurasieren. »Was noch?« Er setzte sein Glas an den Mund.

»Er hat das Tattoo.«

Jörn verschluckte sich und musste husten. »Schluck war der Fahrer?«

»Nein. Aber er hat das gleiche Tattoo.«

»Wie konntest du das sehen? Hatte er kurze Hosen an?«

»Nein, du Scherzkeks. Er hat es am Unterarm. Doch es ist das Tattoo mit der Schlange, dem Ball auf dem Kopf und dem Kegel im Maul.«

»Ich glaube es ja nicht.«

»Es kommt noch besser. Als ich das mit der Übernahme gehört habe, habe ich Schluck gleich angerufen. Gerade am selben Tag habe ich einen Vertrag unterschrieben, dass die Fröhling-Kette Säfte von Schluck abkauft. Du weißt, die haben die regionalen Waren bevorzugt. Dallmanns setzt auf Billigprodukte und da wird Schluck nicht mithalten können.«

»Wenn der Vertrag unterzeichnet wurde, muss auch die Übernahmefirma …«

»Du weißt, wie das in der Praxis gehandhabt wird. Bestätigt war das noch nicht. Ich wollte Schluck vorwarnen, weil … ja, das wirst du nicht glauben.« Philipp spürte seinen Mund trocken werden und trank das Glas fast bis zur Neige.

Jörn trommelte mit den Fingern auf die Tischplatte. »Und?«

»Schluck ruft mich noch einmal an und bietet mir den Job seines Sohnes an. Ich bin am nächsten Tag wieder hingefahren und – zack – hatte ich einen neuen Job.«

Jörn zog die Augenbraue hoch. »Wahnsinn! Und du bist dir sicher, dass es genau das gleiche Tattoo ist?«

»Absolut. Der Job ist für mich ein Geschenk des Himmels! Ich habe noch Urlaub gut, sodass ich am zehnten Mai meinen letzten Arbeitstag haben werde.«

»Klingt total abgefahren. Dass er dir so rasch einen Job angeboten hat, und dann das mit dem Tattoo.« Jörn tippte mit dem Finger auf ihn. »Was hast du vor? Hast du ihn gleich danach gefragt?«

»Nein. Wie sieht das denn aus! Wenn ich dort arbeite, dann wird sich eine zwanglose Gelegenheit ergeben.« Philipp schob sein Glas beiseite und beugte sich vor. »Möglicherweise kennt Schluck den Mann sogar. Es könnte das Emblem einer Gruppe oder Clique sein. Du weißt, wie oft ich nach genau diesem Tattoo gesucht habe, weder im Internet noch bei Tattoo-Studios wurde ich fündig.«

»Wenn es eine große Gruppe ist, kennen sich die Mitglieder nicht alle.«

»Sie kann weder groß noch bekannt sein, sonst hätte die Polizei …« Philipp brach ab.

»Die Polizei hat nicht besonders hartnäckig gesucht. Du warst erst zehn damals und noch dazu ein paar Tage nicht ansprechbar.«

»Ja.« Philipp beugte sich vor. »Jetzt komme ich endlich weiter. Es muss eine private Gruppe gewesen sein. Ein Verein oder so.«

»Schlangenzüchterverein?«

Philipp zuckte mit den Schultern.

»Ich hoffe für dich, dass es keine Giftschlangen sind.« Jörn leerte sein Glas. »Überstürz nichts. Dein zweites Ziel scheint mir ansprechender zu sein. Nämlich deine Angebetete zu erobern.«

Philipp stöhnte innerlich. Er hätte Jörn besser nichts von Christine erzählt. Gleichzeitig amüsierte er sich über Jörns Ausdrucksweise. »Angebetete«, das erschien ihm in Bezug auf Christine doch etwas geschwollen.

»Bedauerlicherweise hat sie einen Freund.«

»Richtig! Was hast du vor? Umbringen?«, sprach Jörn seine Gedanken aus.

»Gute Idee.« Er hatte den Kerl ein einziges Mal auf einer Schluck-Firmenfeier gesehen, zu der Kundschaft eingeladen war. Bereits nach wenigen Sätzen hatte er sein Urteil gefällt: Christine war zu schade für ihn.

Er selbst hatte auch keine guten Karten. Sie würde stinksauer auf ihn sein, wenn sie herausfand, dass er dem alten Schluck Alexanders Abwesenheit gesteckt hatte. Unabsichtlich zwar, aber dennoch hatte er es getan. Und er wusste, wie sehr sie an ihrem Bruder hing. Riss sich die Beine aus, um ihn zu decken.

Sein Freund kannte ihn zu gut. Jetzt lehnte er sich mit einem Grinsen zurück. »Da hast du eine Lawine in Gang gesetzt.«

»Ich konnte die Reaktion vom alten Schluck ja nicht ahnen.«

»Alles, was man tut, hat Konsequenzen.« Es klang belehrend kühl. »Deswegen sollte man bei jedem Medikament den Beipackzettel lesen. Wegen der Nebenwirkungen, weißt du?«

»Klugscheißer.« Philipp winkte der Kellnerin. »Noch eins.«

»Für mich auch«, schloss sich Jörn an.

»Der Job ist wie eine Fügung des Schicksals. Ich habe nicht mehr gehofft, den Kerl zu finden. Ja, ich weiß, ich habe ihn noch nicht, aber ich bin eine Stufe weiter.«

Jörn schwieg, Philipp kannte seine Einstellung.

»Ich weiß, dass du mich für verrückt hältst.«

»Was tust du, wenn du ihn findest? Wir leben in einem Rechtsstaat, Philipp, du hast keine Beweise. Ich hoffe nicht, dass du dich in eine Situation bringst, in der du dann mich brauchst.«

»Darum geht's nicht, verdammt. Ich will ihm ins Gesicht sehen, wenn ich ihn damit konfrontiere. Selbst wenn er es abstreiten sollte, wir werden es beide wissen. Ich werde seine Tätowierung erkennen. Er kann sie nicht entfernt haben, dazu ist sie zu großflächig.«

»Und du hoffst, dass er Reue zeigt?« Jörn verstellte

seine Stimme: »Der Unfall damals, ja, das war so scheiße, ich bereue es zutiefst, bitte leg mir Handschellen an …«

Philipp musste lachen. »Hör auf.«

Die Kellnerin stellte die gefüllten Biergläser auf den Tisch.

»Ich würde dir wünschen, dass du endlich abschließen kannst. Aber tu nichts Unüberlegtes, auch in Bezug auf den Nebenbuhler deiner Herzensdame.«

Erneut musste Philipp über Jörns Ausdrucksweise grinsen. »Ich bedanke mich für deinen Tipp diesbezüglich. Umbringen und in die Elbe werfen. Ich überlege allerdings noch, welche Todesart die effektivste ist. Was meinst du? Erwürgen, erschlagen oder erstechen?«

Sein Freund starrte ihn wortlos an und Philipp genoss es, den erfolgreichen Anwalt einmal um Worte verlegen gemacht zu haben. Das kam nur selten vor.

»Im Ernst, ich weiß es nicht. Ich hoffe, dass der sich selbst ins Nirwana schießt und sie endlich merkt, was für ein Loser er ist.«

»Deinen Optimismus möchte ich haben.« Jörn grinste und legte dabei theatralisch seine Hand aufs Herz.

»No risk, no fun.«

Jörn hielt die vorbeilaufende Kellnerin auf. »Was könnt ihr heute empfehlen?«

Sie einigten sich auf Currywurst mit Pommes.

Dann tippte er sich auf den Kopf. »Jetzt fällt mir wieder ein, der Name Schluck ist bei meinem Seniorpartner gefallen, es geht da um eine Erbschaft.«

»Wer ist denn gestorben?«

»Muss schon einige Zeit her sein. Stell dir vor, die Erbschaft wurde verteilt und dann taucht doch tatsächlich Jahre später ein weiterer Erbe auf, von dem angeblich niemand etwas wusste.«

»Wie geht das?« Philipp trank sein Glas leer. »Ich meine, verfällt das Erbe da nicht?«

»Ein Erbanspruch bleibt dreißig Jahre bestehen. Es ist ausgesprochen unangenehm für die anderen Erben, wenn sie das Vermögen bereits verjubelt haben, oder aber es steckt in Immobilien. In diesem Fall müssten sie sogar verkaufen, um zahlen zu können.«

»Das ist bitter. Und es betrifft wirklich die Firma Schluck? Wolfgang Schluck?«

»Das weiß ich nicht, ich habe nur Schluck und Jork aufgeschnappt. Zuerst muss alles überprüft werden und wenn nach dem Krieg Papiere verloren gegangen sind, wird es mühsam.«

»Ein DNS-Abgleich?«

»Wäre eine Möglichkeit. Aber würdest du dem zustimmen, wenn dir dann in Aussicht gestellt würde, einen Teil deines Erbes abgeben zu müssen?«

»Kann man das nicht einfordern?«

»Können tut man alles, aber es dauert, bis so ein Gerichtsbeschluss durch ist«, er trank einen weiteren Schluck, »das zieht sich manchmal Jahre hin. Wie gesagt, ich habe nur Bruchstücke aufgeschnappt, bei der monatlichen Besprechung in unserer Kanzlei werde ich mehr erfahren. Aber tratsch das nicht rum.«

»Wofür hältst du mich?«

»Eben.« Er grinste.

»Und es kostet vermutlich auch.« Philipp nahm sein neues Glas Bier dankend in Empfang. »Hauptsache, ihr Anwälte verdient euch eine goldene Nase. Ihr versteht es, wie man Geld machen kann.«

»Na, jetzt schlägt's dreizehn! Die Rechnung geht heute auf dich.«

»Sag ich doch.« Sie lachten nun beide.

»So, hier ist noch die Currywurst, lasst es euch schmecken«, sagte die Kellnerin. Mit Schwung stellte sie die Teller vor die beiden hin.

»Wunderbar, Beate.« Jörn klopfte auf sein Bäuchlein. »Der hier will gefüttert werden.«

»Du weißt schon, dass Frauen lieber sportliche Typen wollen?«, neckte Philipp, nachdem sich Beate entfernt hatte.

»Ich such mir eine gemütliche Lady, die mich auch mag, wenn ich ein paar Kilos zu viel auf die Waage bringe.«

Am 10. Mai absolvierte Philipp seinen letzten Arbeitstag bei den Fröhling-Märkten, über drei Wochen Urlaub lagen nun vor ihm.

Während er das Hauptgebäude verließ, rief er Christine an. Mittlerweile wusste sie bestimmt von ihrem Vater, wer ihr neuer Chef sein würde. Philipp wollte Christine um ein Gespräch bitten und ihr erklären, wie er sich die Zusammenarbeit vorstellte.

»Frau Schluck ist leider nicht im Haus«, ertönte die helle Stimme von Nele, der flippigen Assistentin von Christine.

»Wann kann ich sie denn erreichen?«

»Ich fürchte, gar nicht. Sie hat gekündigt.«

»Was?« Der Schreck fuhr ihm in die Glieder. »Sie meinen, sie kommt nicht zurück?«

»Ja. Es ist ungewiss, ob sie zurückkehrt.«

Das durfte doch nicht wahr sein! Kam sie generell nicht damit klar, dass ihr ein neuer Chef vor die Nase gesetzt wurde? Er hatte seinen Wagen erreicht, sperrte auf und glitt hinter den Fahrersitz.

»Haben Sie ihre private Handynummer?«

»Es tut mir leid, aber die darf ich Ihnen nicht geben.«

Natürlich. Philipp saß kurz betroffen da und starrte auf sein Mobiltelefon. Was jetzt?

Dann ließ er sich entschlossen mit Direktor Schluck verbinden. »Ich habe soeben gehört, dass Ihre Tochter gekündigt hat. Ist das wahr?«

»Vorläufig. Sie war überarbeitet und nimmt sich eine Auszeit. Aber ich bin zuversichtlich, dass sie zurückkommen wird.«

»Das hoffe ich doch sehr. Ohne ihr Wissen wird es schwer für mich, mich einzuarbeiten.«

»Ziehen Sie bereits im Vorfeld den Schwanz ein?«, kam es ungnädig aus dem Lautsprecher. Oha, da hatte jemand schlechte Laune! »Sie sind, zumindest Ihren Papieren nach, ein hochqualifizierter Profi, und genau das erwarte ich von Ihnen. Meine Tochter neigt zu Kurzschlussreaktionen, aber sie hängt an der Firma. Wie gesagt, ich rechne mit ihrer Rückkehr.«

»Herr Direktor, wissen Sie nun, wo sie sein könnte?«

»Zu Hause vermutlich, bei ihrem unnützen Freund.«

Aha, der Direktor hielt auch nicht viel von dem Loser. »Vielleicht kann ich sie überzeugen, dass sie bleibt.«

»Versuchen Sie es ruhig.« Er nannte ihm die Adresse. »Wir sehen uns am ersten Juni.«

Eine Stunde später stand er vor dem eindrucksvollen Backsteingebäude mit Fachwerkverzierungen am anderen Ende der Apfelplantagen. Was sollte er sagen? Wie kam er darauf, dass Christine sich ausgerechnet von ihm, ihrem neuen Chef, überreden lassen könnte, zurückzukehren?

Er hatte ihr Temperament erlebt, einfach würde es nicht sein. Und zudem wäre da noch Blondie, ihr Freund.

»Suchen Sie jemanden?« Eine angenehm helle Stimme, dachte er, drehte sich um und sah sich einer leicht molligen Frau mit hübschen Grübchen gegenüber, die eineinhalb Köpfe kleiner war als er.

»Ich suche Christine Schluck«, sagte er. »Sie wohnt doch hier?«

Die junge Frau nickte. »Sie ist in Urlaub gefahren.«

Sein Herz sank tiefer. »Wissen Sie, wohin?«

Die Frau zog die Nase kraus. »Wieso interessiert Sie das?«

»Entschuldigen Sie, meine Manieren! Mein Name ist Philipp Degenhardt und ich werde ab ersten Juni die Verkaufsabteilung leiten.«

Stirnrunzeln. »Ah, Sie sind das.«

»Es ist für mich wichtig, dass Christine in der Firma bleibt. Denken Sie, ich habe eine Chance, sie zu überreden? Sind Sie eine Bekannte von ihr?«

»Ich bin Jacqueline Schluck, Christines Schwester.«

Er versuchte, seine Überraschung zu verbergen. Die beiden waren so unterschiedlich, er hätte sie niemals für Schwestern gehalten. »Freut mich.« Ja, wie erklärte er das am besten? Ich bin derjenige, der Ihrer Schwester den Job weggenommen hat, aber das meine ich nicht so? »Bitte, es ist für mich sehr wichtig, mit Christine zu sprechen. Sie muss zu Schluck-Säfte zurückkehren.«

»Sie kennen meine Schwester bereits?«

»Ja.«

»Sie mögen sie.« Jacqueline lachte auf einmal. »Alles klar.«

»Dann helfen Sie mir? Ohne Sie kann ich den Job nicht ausführen, auch wenn Ihr Vater denkt, ich sei so eine Art Über-Drüber-Kerl.«

»Sie sind ein Mann, das genügt ihm.« Jacquelines Stimme hatte nun einen verächtlichen Unterton. »Papa gehört zu der Generation männlicher Wesen, die denken, das Gehirn der Frauen hätte sich seit der Steinzeit nicht weiterentwickelt.«

»Er wird umdenken müssen«, sagte Philipp spontan und wieder lachte die Frau vor ihm, dann schwieg sie und schien zu überlegen.

»Sie ist auf Sylt«, kam es nach längerem Warten. »Ihre Freundin Elsa lebt auf Sylt, in Hörnum, und vermietet Zimmer.« Sie fuhr mit der Hand durch die Luft. »Aber verraten Sie nicht, dass Sie es von mir haben.«

Er traute sich nicht zu fragen, ob Christines Freund sie begleitet hätte.

7

Wolfgang

»Du hättest Christine eine Chance geben sollen,« hörte Wolfgang Stefanie durch seine Gedanken dringen. »Du musst doch selbst spüren, dass sie alles für Schluck-Säfte gibt. Nun ist sie schon fast zwei Wochen fort. Dass sie das Altländer Blütenfest versäumt hat, sagt schon alles.«

Wolfgang hob den Kopf nicht, während er sich ein Stück Fleisch abschnitt. »Vom Geschäft verstehst du nichts, Stefanie.« Er blieb höflich, aber energisch. »Sie ist viel zu jung und zudem eine Frau.«

»Soll das heißen, dass wir Frauen nichts taugen?«, ertönte es von seiner anderen Seite. Kurz sah er hinüber und erschauerte. Musste sich das Kind immer so grässlich schminken? Er verstand nicht, warum Stefanie das erlaubt hatte.

»Das habe ich nicht gesagt, Lilly. Aber Frauen und Männer sind nun mal verschieden und aus dem Grund eignen sie sich für bestimmte Aufgaben besser und für manche eben schlechter.«

»Das ist eine altmodische Meinung.«

»Natürlich. Alles, womit ihr Jungen nicht einverstanden seid, bedeutet, dass wir Alten nicht mehr up to date sind.« Er sah sie nun direkt an. »Du könntest dir wenigstens beim Essen die Schminke aus dem Gesicht waschen.

Siehst aus wie ein Pandabär. Und deine Kugeln an den Ohren erinnern an einen Weihnachtsbaum, wenn du meine Meinung hören willst.«

Ihre Schultern sanken herab. »Na und?«, folgte es patzig.

»Tim hat eine Karte aus Frankreich geschrieben«, grätschte Stefanie dazwischen, ehe er Lilly zurechtweisen konnte. »Ich habe sie dir auf den Tisch gelegt.«

»Danke.« Sein jüngster Sohn war vermutlich wieder auf irgendeinem internationalen Wettkampf. Er erinnerte sich gar nicht, wann er ihn das letzte Mal gesehen hatte.

Die Geburt dieses Kindes hatte seiner Monika das Leben gekostet.

Auf einmal hatte er keinen Appetit mehr. Das Essen fühlte sich im Mund an wie Stroh und er schob den Teller weg.

»Schmeckt es dir nicht?« Verstimmung klang in Stefanies Stimme mit. Das war er gewohnt.

»Ich habe es am Magen heute«, log er und stand auf. Während er zur Tür ging, spürte er die bohrenden Blicke von Mutter und Tochter in seinem Rücken. Er konnte nicht ändern, dass er zu seiner Familie den Draht längst verloren hatte.

Im Wohnzimmer ließ er sich in einen Polstersessel fallen, der noch aus den Zeiten seines Vaters stammte, denn er hatte sich verbeten, dass in dem Raum etwas verändert wurde. Genau in diesem Sessel hatte der seinen letzten Atemzug getan. Karl Schluck war für Schluck-Säfte tätig gewesen, bis er im Alter von siebenundachtzig Jahren dement geworden und ein Jahr später gestorben war. So wollte er es auch halten. Auf das mit der Demenz konnte er allerdings verzichten.

Die bunte Karte von Tim fiel ihm als Erstes in die Hände. »Morgen starte ich bei der Ruderregatta. Liebe Grüße aus Lyon, Tim.«

Mittlerweile war dieses »Morgen« schon zu »vor drei Tagen« geworden, wenn er sich das Datum vom Poststempel ansah. Tim schrieb nie mehr als ein paar nichtssagende Worte. Immer sachlich und knapp.

Der ziehende Schmerz in seinem Inneren setzte wieder ein, der ihn stets daran erinnerte, dass Tims Geburt gleichzeitig den Tod seiner Frau bedeutet hatte. Als hätte er sich verbrannt, warf er die Karte zurück auf den Tisch. Erst jetzt fiel ihm der darunterliegende Brief auf.

Ein Luftpostbrief mit rot-blauer Umrandung. USA.

Eigenartig, wer sollte ihm von dort schreiben? Schluck-Säfte gab es bereits in einigen europäischen Ländern, eine Expansion auf einen anderen Kontinent konnte er sich nicht vorstellen. Dann müssten sie zusätzlich Obst aus verschiedenen Gegenden Deutschlands, wenn nicht gar von Österreich und Italien zukaufen, mehr als den geringen Teil, den sie bereits jetzt benötigten. In diesem Fall wären es nicht länger die Sorten vom Alten Land.

Er nahm den Brieföffner, den Stefanie ihm bereitgelegt hatte, und öffnete das Schreiben. Es war in Deutsch verfasst und die Anrede riss ihn fast vom Stuhl.

»Lieber Bruder!«

8

»Ein einziger fauler Apfel
kann dir alle Lageräpfel verderben.«
Aus den Aufzeichnungen von Edwin Schluck, 1915

Christine

»Der Aufenthalt hier auf Sylt tut dir gut! Du siehst schon wesentlich entspannter aus.« Elsa wirkte mit sich selbst zufrieden, wie sie den Kuchenteig knetete. Es war bereits nach dem Abendessen und beide hatten ein Glas Rotwein in Griffweite.

»Es geht mir auch besser.« Christine spürte ebenfalls, dass sie ruhiger geworden war. Die Ereignisse von vor knapp zwei Wochen traten zwar nur langsam in den Hintergrund, aber sie taten es. Dazu beigetragen hatten auch die zahlreichen Gespräche mit ihrer alten Schulfreundin Elsa. »Ich freue mich, dass du so glücklich hier bist, wirklich. Anfangs hatte ich meine Zweifel …« Sie und ihr Partner führten eine Frühstückspension. Am Nachmittag bot Elsa Kuchen an.

»Ist mir gar nicht aufgefallen.« Elsa grinste und formte den Teig geschickt und walkte ihn aus.

»Entschuldigung, ich konnte mir einfach nicht vorstellen, dass du hier auf dieser Insel – ich meine, du hast ebenso studiert wie ich und du wolltest in einem internationalen Konzern arbeiten, um die Welt reisen, wichtig sein und so.«

»Während du kleinere Brötchen gebacken hast und nur«, sie malte Gänsefüßchen in der Luft, »in den Familienbetrieb einsteigen wolltest.«

»Genau. Aber, zack, lernst du einen hübschen Kerl kennen und folgst ihm in die Wildnis.«

»Wildnis«, kam es empört von der Tür. »Ich geb dir gleich mal Wildnis.« Reno, ein Riese von einem Mann mit strohblondem Haar und kantigen Gesichtszügen, kam herein. »Aber das mit dem hübschen Kerl, das habe ich auch gehört.« Er lachte und zeigte dabei ein perfekt weißes Gebiss.

»Das ist Ansichtssache.« Elsa schlug ihm auf die Hand, als er eine Nuss aus dem Schälchen nahm und in den Mund steckte. »Finger weg, die sind für die Nussrolle. Du warst aber schnell mit dem Einkauf.«

Reno drückte ihr einen Kuss auf die Wange. »Ich bringe noch die Sachen in den Keller.«

Christine war fast ein wenig neidisch auf die Verbundenheit der beiden. Rico und sie, das war bei Weitem oberflächlicher gewesen, bei Reno und Elsa spürte sie eine Seelenverwandtschaft, die sich in jedem Blick, jeder Geste ausdrückte.

Geschickt verteilte Elsa die vorbereitete Füllung auf den Teig, streute die Nüsse darüber und rollte ihn ein. »Leider hab ich bald nicht mehr so viel Zeit für dich, ab nächster Woche bin ich fast ausgebucht …«

»Du musst dich nicht entschuldigen, es war schön,

dass du die letzten beiden Wochen Babysitterin für mich gespielt hast. Ich war so voller Frust und Wut, du hast mir geholfen, damit klarzukommen.«

Ihre Freundin hatte sie einfach umarmt, ihr zugehört und sie nicht gleich mit ungebetenen Ratschlägen überfallen. Sie hatte mit Christine Wanderungen am Strand unternommen, ihr Sehenswürdigkeiten von Sylt gezeigt und mit ihren Kochkünsten verwöhnt.

Im Gegenzug hatte Christine ihr ein wenig unter die Arme gegriffen, das würde sie weiterhin tun.

»Immer gern.« Elsa schob die Teigrolle ins Backrohr. Dann nahm sie ihr Glas und setzte sich zu Christine an den Tisch.

»Ich weiß einfach nicht, wie es nun weitergehen soll«, brach es aus Christine heraus. »Es ist so ein Gefühl, dass nichts, aber auch gar nichts, in meiner ach so geordnet organisierten Welt länger an seinem Platz ist.«

»Vielleicht ist das gut so.« Elsa stand auf und holte eine Dose mit Keksen aus dem Schrank. »Wolltest du ewig als Zweite hinter deinem Bruder stehen?«

»Darüber habe ich mir den Kopf nie zerbrochen. Ich habe die Arbeit geliebt und wusste, dass es genau der Platz ist, wo ich hingehöre.« Sie trank einen Schluck Wein und griff in die geöffnete Dose, die Elsa auf den Tisch gestellt hatte.

»Was ist wichtiger für dich, Christine? Eine gehobene Position oder Teil von Schluck zu sein?«

»Muss ich wählen? Geht nicht beides?«

»Du arbeitest erst seit zwei Jahren für Schluck-Säfte.

Lass deinem Vater Zeit. Er wird irgendwann erkennen, dass du seine einzige Hoffnung bist, damit die Firma im Familienbesitz bleibt.«

»Alex war genauso jung.«

»Und dem allen nicht gewachsen. Ich kann deinen Papa schon ein Stück weit verstehen, dass er …«

Sie verschluckte sich fast. »Du willst, dass ich klein beigebe und zurückkehre? Nein, darauf wartet Papa doch nur, dann hätte er erreicht, was er wollte.«

»Du hast als Einzige deiner Familie diese Verbundenheit zur Firma. Und deine Mutter hat er auch akzeptiert.«

»Mama.« Christine sah aus dem Fenster auf die Dünen. »Mama entsprach als Technikerin absolut nicht dem gängigen Frauenbild und hat die gesamten Maschinen betreut. Sie hat eine große Lücke hinterlassen, keine andere Person kannte sich so gut mit den technischen Gegebenheiten aus. Meine Omi hat erzählt, dass Papa immer auf Mama gehört hat. Nur jetzt will er keine Frau mehr akzeptieren.« Sie schluckte. »Sie fehlt mir immer noch. Manchmal denke ich, sie hört mich, wenn ich zu ihr spreche.«

Elsa drückte ihre Hand. »Das tut sie bestimmt.«

»Papa hat sie auch nicht vergessen. Stefanie tut mir leid, ich fühle, dass die Ehe eher nüchtern ist.«

»Dann muss dein Vater ganz schön einsam sein. Bespricht er seine Sorgen nicht mit deiner Stiefmutter?«

»Ich glaube nicht.« Christine nahm einen Schluck Wein. »Doch es ist seine eigene Schuld, wenn er sich die gesamten Probleme selbst auf die Schultern lädt. Nächstes

Jahr wird er sechzig und glaubt immer noch, er wäre vierzig. Er kann nichts delegieren, das ist sein Problem. Bei allem behält er sich die letzte Entscheidung vor.«

»Die Zeit wird es richten.« Elsa biss nun genüsslich in einen der Kekse. »Er wird schließlich einsehen, dass er nicht jünger wird und in ein paar Jahren …« Sie schnippte mit den Fingern.

»Du meinst, ich soll darauf spekulieren, dass er irgendwann senil wird oder stirbt?« Ein Schauer lief über ihren Körper. »Nein, ich könnte zwar manchmal seinen Sturschädel an die nächste Wand schlagen, aber sein Tod – o Gott, das wäre furchtbar.« Sie holte sich noch einen Keks. »Ich gönne mir jetzt einfach diese Auszeit. Weißt du, dass ich nie Urlaub gemacht habe, seit ich bei Schluck-Säfte arbeite?«

»In diesem Fall hast du ihn mehr als verdient. Und ich genieße es, dass du endlich einmal hier bist und nicht sofort am nächsten Tag wieder abreisen musst«, sagte sie leise und lächelte. »Du weißt gar nicht, wie stolz es mich macht, dass du mit deinen Problemen zu mir kommst.« Elsa griff erneut nach ihrer Hand und die Wärme übertrug sich in Christines gesamten Körper.

»Weißt du noch, wie du mir bei meinem Liebeskummer geholfen hast?« Elsa und Reno hatten sich eine Zeit lang getrennt, weil sie keine Zukunft miteinander gesehen hatte.

»Und was habe ich dir geraten?« Christine tippte sich an die Stirn. »Dass du Reno vergessen sollst, wenn er dir nicht ein Stück entgegenkommt. Gemacht hast du das Gegenteil.«

»Ja. Und ob du es glaubst oder nicht, deine Ansage hat mir geholfen und den Ausschlag gegeben. Ich habe mir vorgestellt, wie es wäre, Reno endgültig aus dem Leben zu streichen, und plötzlich war alles total klar.«

Christine schluckte den Keks hinunter. »Ich bin froh, dass ich mich geirrt habe. Du wirkst so zufrieden in dir selbst. Ich freue mich für dich.« Ob sie das auch einmal schaffen konnte? »Ehrlich, als du nach unserem Uni-Abschluss gesagt hast, dass du deiner großen Liebe hierher folgst und eine einfache Pension führen wirst, da dachte ich …«

»… dass ich spinne.« Elsa stupste sie in die Seite. »Denkst du, das habe ich nicht bemerkt? Gesagt hast du nichts, aber dein Blick, der hatte es in sich.«

»Oje, dabei wollte ich nicht, dass du es siehst. Ich bin wohl keine gute Schauspielerin.«

»Ich schätze, dass du bei Vertragsverhandlungen bestimmt ein Pokergesicht aufsetzen kannst. Nur ich kenne dich schließlich bereits lange. Und ich war mir damals auch nicht sicher, ob ich das Richtige tue. Was ist schon das Richtige? Man muss Entscheidungen treffen im Leben, manchmal sind es die falschen. Aber wer sagt denn, dass man die Richtung nicht wieder ändern kann?«

»Stimmt. Offenbar brauchst du das gar nicht, du hast den einen Weg gewählt, der für dich geschaffen ist.«

»Reno und ich werden heiraten. Nächstes Jahr im Frühling.« Elsa holte Luft und blickte schwärmerisch in den Himmel. »Sein Heiratsantrag war wundervoll, dabei ist er gar nicht so der romantische Typ. Er hat das gesamte

Haus mit Herzchen-Girlanden geschmückt, Rosenblätter verteilt und er ist tatsächlich vor mir auf die Knie gefallen.« Ihr Blick war in die Ferne gerichtet, dann fokussierte sie mit einem Ruck wieder Christine. »Du musst deinen inneren Schwerpunkt noch finden, Christine.«

»Denkst du, ich habe einen?« Kurz schloss sie die Augen, Tränen brannten hinter den Lidern, aber sie drückte sie weg. Sie hatte kaum geweint die letzten Tage, weshalb wurde ihr Hals jetzt eng?

»Jeder Mensch hat einen Mittelpunkt. Einen physischen und einen seelischen. Deine Gedanken und Emotionen drehen momentan ein wenig am Rad. Ich weiß, du denkst, dass du alles rational und mit dem Verstand regeln kannst. Aber so funktioniert das Leben nicht. Du kannst dich nicht von einem Teil deines Ichs freimachen und deine Empfindungen gehören dazu.«

»Warum fühle ich mich dann so leer? So, als ob rund um mich ein Scherbenhaufen liegt, und ich kann nirgends hingehen, ohne mir blutige Füße zu holen.«

»Es war ein bisschen viel für dich. Dein Jobverlust, die Trennung von Rico …«

»Rico? Was sagt es über mich aus, dass ich nicht bemerkt habe, dass er gar nichts tut? Und kokst?«

»Christine, Vorwürfe bringen dich nicht weiter. Wie sieht es da drin aus?« Sie legte eine Hand auf Christines Brustkorb, dort, wo das Herz drunter schlug. »Vermisst du ihn als Partner? Als Mann? Ihr hattet immerhin eine Zukunft geplant.«

»Ich wünschte, ich könnte ja sagen, Trauer empfinden oder so. Aber da ist nur eine Leere.« Sie sah auf die Uhr, ohne zu registrieren, was sie anzeigte. »Das klingt schrecklich, nicht wahr?«

»Irgendwo mochtest du ihn.«

»Ja. Er war da, war in meinem Leben und ich habe erwartet, dass nun ein Teil von mir fehlt, da er fort ist. Aber ich spüre nicht einmal einen Verlust. Er ist weg, als wäre er nie da gewesen. Na ja, ich weiß noch nicht, wie es sein wird, wenn ich wieder zu Hause bin. Ob mir die Wohnung ohne ihn leer vorkommen wird. Aber jetzt? Seit ich von seinem Betrug weiß, bin ich mir sicher, dass er meine Begeisterung für die Firma ohnehin nie nachvollziehen konnte. Und ich bin nicht einmal enttäuscht, vermutlich ahnte ich es längst. Was sagt das über mich aus? Dass ich eine eiskalte Person ohne Gefühle bin?«

»Du hast dir die Beziehung mit ihm schöngeredet – oder nein – du hast nie darüber nachgedacht. Wie viel Zeit hast du in ihn investiert? Hast du mit ihm jemals über sein Studium gesprochen? Oder über seine anderen Interessen? Mit ihm über seine Gefühle und Ambitionen geredet?«

»Er hat sich nie beklagt.«

»Da er nicht studiert hat, wusste er, dass die Beziehung ein Ablaufdatum hatte. Irgendwann musstest du es bemerken. Vermutlich hat er sich vor diesem Tag gefürchtet.«

»Möglich.« Christine fühlte sich schlecht.

Elsa musste es ihr ansehen, denn sie legte den Arm

um ihre Schultern. »Immerhin hat er bei dir gewohnt und du hast ihn durchgefüttert, richtig? Oder hat er zur Miete beigetragen? Zu den Betriebskosten?«

»Ich habe es nicht verlangt, solange er noch nichts verdient. Er hatte einen Job als Parkwächter, das ist bloß ein Taschengeld. Schließlich musste er lernen und zur Uni.«

»Was er nie getan hat. Du musst kein schlechtes Gewissen haben. Sieh es nicht negativ. Ihr habt euch beide etwas gegeben, das ihr zu diesem Zeitpunkt gebraucht habt. Das ist doch in Ordnung.«

Christine nippte am Glas.

Elsa prostete ihr zu. »Sag mir mal, was mochtest du an Rico?«

Da musste Christine nicht lange überlegen. »Er machte mir nie Vorwürfe, wenn ich später von der Arbeit kam oder in der Freizeit noch am Laptop gesessen habe. Meist war ich abends zu müde, um auszugehen, er konnte sich immer selbst beschäftigen. Und wenn ich eine Begleitung für irgendeine Veranstaltung brauchte, dann war er da.« Christine sah in Elsas Gesicht, deren Mundwinkel sich fast unmerklich verschoben hatte. »Armselig, nicht?«

»Sonst nichts?«

»Er war kein schlechter Liebhaber.«

Zu ihrer Überraschung prustete Elsa los. »Na wenigstens etwas.«

»Ganz ehrlich? Ich mache mir mehr Sorgen, wie es beruflich weitergeht. Mein Privatleben liegt vorläufig auf Eis.«

»Jetzt bleibst du erst einmal hier, egal, wie lange es dauert.« Elsa löste sich von ihr und allein ihr Blick schuf ein heimeliges Gefühl bei Christine. Weshalb war sie so viele Monate nicht hergekommen?

»Danke. Aber erlaube mir, dass ich dir nun vermehrt unter die Arme greife. Ich habe so lange nicht mehr gekocht und gebacken. Ach ja, seit wann bietest du eigentlich den Nachmittagskaffee an?«

»Seit einem halben Jahr.« Stolz klang aus Elsas Stimme. »Reno war sofort Feuer und Flamme für meine Idee und die Gäste nehmen es begeistert an. Ab nächster Woche biete ich wieder zwei verschiedene Kuchen an, manchmal sogar drei. Hauptsächlich für die Pensionsgäste, doch oft sind auch andere dabei. Ich freue mich, wenn du mir hilfst. Das Rezept von deiner Oma, dieser Apfelkuchen, der wäre mir recht.« Sie gähnte. »Jetzt geht's aber ins Bett, es ist schon nach Mitternacht und ich muss morgen früh raus.«

Auch Christine folgte ihr und betrat das gemütliche Zimmer im Dachgeschoss, das Elsa ihr gegeben hatte.

Das Gespräch hatte ihr gutgetan. Sie hatte nun einiges zum Nachdenken, vor allem musste sie sich gut überlegen, ob sie sich wirklich von Schluck-Säfte trennen wollte. Das würde bedeuten, ihre Heimat zu verlassen. Und das Alte Land war einfach ihr Zuhause.

Nachdem Christine am nächsten Tag mitgeholfen hatte, das Frühstücksgeschirr abzuräumen, abzuwaschen und die Küche aufgeräumt war, hatte Elsa sie aus dem Haus geschickt.

Gemütlich schlenderte sie zum Strand. Es war schon Mittag, sie holte sich ein Fischbrötchen von der Bude und verspeiste es mit Genuss.

Ihre voreilige Kündigung bereute sie ein wenig. Und sie verfluchte ihr aufbrausendes Temperament. Eine kühle Reaktion hätte ihren Vater eher überzeugt und eventuell Verhandlungsspielraum geboten.

Ihre Oma fiel ihr ein. Johanna Mai war mit dreiundsiebzig keinesfalls der Prototyp einer alten Dame und zu Christine hatte sie ein besonders inniges Verhältnis. Nach dem frühen Tod ihrer Tochter war sie sehr oft für die Enkelkinder da gewesen, auch nachdem Wolfgang Schluck ein zweites Mal geheiratet hatte. Als Christine so überstürzt nach Sylt aufgebrochen war, hatte ihre Oma gerade eine Busreise unternommen, sie war ausgesprochen reiselustig. Mittlerweile müsste sie jedoch aus Italien zurück sein.

Christine wählte kurz entschlossen ihre Nummer.

»Christinchen, schön, dass du anrufst! Wie geht es dir denn?« Die fröhliche, herzliche Stimme jener Frau, die sich auch durch zahlreiche Schicksalsschläge nicht hatte unterkriegen lassen, hob Christines Stimmung augenblicklich.

»Omi, wie war denn dcine Reise?«

»Wunderbar, ich habe jede Menge Fotos und einiges zu erzählen. Was hast du in den drei Wochen gemacht? Geht's dem feschen Rico gut? Wie läuft es in der Firma? Deine Mutter wäre so stolz auf dich.«

»Mama bestimmt, Papa nicht«, rutschte es ihr heraus

und ehe sie sich's versah, hatte sie Oma ihr gesamtes Leid geklagt.

Die hörte zu und Christine meinte, ihr Kopfschütteln an mehreren Stellen zu spüren. Danach war sekundenlang Stille und nur das Kreischen der Möwen dröhnte in ihren Ohren.

»Es ist gut, dass du eine Auszeit genommen hast«, kam es schließlich von Omi. »Wenn ihr beide, du und dein Vater, zur Ruhe gekommen seid, dann redet miteinander.«

»Was gibt es noch zu besprechen? Omi, ich habe die gesamte Arbeit gemacht, seit Monaten. Alex …«

»Alexander ist Musiker durch und durch. Er war bis jetzt zu schwach, sich für seine Leidenschaft einzusetzen. Die Kündigung zwingt ihn nun dazu. Aber das ist seine Geschichte. Du hingegen, du gehörst in die Firma, und es ist Humbug, alles einfach hinzuwerfen, nur weil es momentan nicht nach deinem Willen läuft.«

Ihre geliebte Oma fiel ihr in den Rücken? Das durfte doch nicht wahr sein!

»Hast du mir zugehört, Omi? Papa lässt sich nicht davon abbringen, mir einen neuen Chef vor die Nase zu setzen, weil er mir nicht zutraut …«

»Dann beweise es ihm. Und benimm dich nicht wie ein trotziges Kleinkind, dem man den Lolli weggenommen hat. Du bist nicht mal dreißig, Christine, du hast noch viel Zeit dazu, die Chefin zu werden.« Der Tonfall ihrer Oma wurde weicher. »Ich verstehe, dass du momentan gekränkt und verärgert bist. Aber hab Geduld. Außerdem habe ich das Gefühl, dass deinen Vater etwas bedrückt. Er hat mich gestern kurz angerufen, da konnte ich es spüren.«

»Und er hat nicht von mir gesprochen?« Irgendwie enttäuschte sie das. Sie hatte gehofft, dass ihr Vater es mittlerweile bereute, sie nicht zurückgehalten zu haben.

»Nein, aber du kennst doch deinen Papa. Der möchte immer mit allem allein klarkommen. Und, warte mal, er hat wörtlich gesagt, dass er über einiges nachdenken muss.«

Konnte das sein? Vielleicht war die Einstellung eines neuen Verkaufsleiters noch nicht in Stein gemeißelt.

Das Gespräch geisterte Christine im Kopf herum, während sie den Strand entlangspazierte. Ein Blick auf die Uhr sagte ihr, dass für die zweistündige Wanderung rund um die Südspitze der Insel, dem Hörnum Odde, ausreichend Zeit war. Das Wetter könnte nicht besser sein, also machte sie sich auf den Weg.

Sie wanderte durch den kleinen Ort zur Westseite, da lag der Strand vor ihr. Rasch schlüpfte sie aus den Schuhen, genoss das Gefühl des Sandes zwischen den Zehen und lief auch im Wasser. Jedoch nur wenige Minuten, denn das fühlte sich jetzt Mitte Mai noch eisig kalt an.

Ein paar andere Menschen hatten die gleiche Idee, aber der Abstand war groß und sie konnte das Rauschen der Wellen und Kreischen der Möwen ohne störende Nebengeräusche genießen.

Die Gedanken rotierten ihr im Kopf. Sollte sie zurückfahren und ein Gespräch mit ihrem Vater versuchen? Das Für und Wider in ihrem Gehirn dröhnte geradezu und ließ sie nicht klar denken.

Der Wind auf ihren Wangen schuf ein angenehm reinigendes Gefühl, immer öfter blieb sie stehen und genoss den Ausblick auf das Meer. Langsam wurden ihre Gedanken stiller. Das Hier und Jetzt war wichtig und sie achtete darauf, freute sich an den Kindern, die mehr hopsten als gingen, und den Hunden, denen die Temperatur des Wassers nichts auszumachen schien.

Als sie die Südspitze erreicht hatte, ließ sie sich im Sand nieder. Die Nachbarinseln Amrum und Föhr waren gut zu erkennen. Es fuhren Schiffe hinüber. Vielleicht wäre ein Ausflug dorthin keine schlechte Idee. Die Inseln hatten alle ihr ganz spezielles Flair.

Es war später Nachmittag, als sie den Rückweg antrat. Wolken verdeckten die Sonne, und der Wind, den sie zuvor als erfrischend empfunden hatte, blies durch ihren Pullover. Sie bereute, keine dickere Jacke dabeizuhaben.

Mit beiden Händen rieb sie über ihre Oberarme, beschleunigte das Tempo und war erleichtert, als es auf der asphaltierten Strandpromenade weiterging. Im Bestreben, möglichst rasch vorwärtszukommen, sah sie den Mann erst, als sie ihn bis auf ungefähr zwanzig Meter erreicht hatte.

Das durfte doch nicht wahr sein! Wieso sollte ausgerechnet er hier sein?

9

Philipp

Philipp war froh, dass er sich zu der spontanen Reise entschlossen hatte. Er wollte Christine um jeden Preis davon überzeugen, dass sie zurückkehren sollte. Ohne sie verlor sein neuer Job für ihn den Glanz.

Abgesehen von dem Tattoo. Vielleicht wusste sie etwas darüber? Doch erst musste er Vertrauen aufbauen, ehe er sie danach fragen konnte, und da stand ihm noch ein schweres Stück Arbeit bevor. Und was seine Obsession für sie betraf, so gab es nur zwei Lösungen: Er kam ihr näher oder er musste sie sich endgültig aus dem Kopf schlagen.

In Hörnum ein Quartier zu finden, war schwierig gewesen, obwohl Vorsaison war. Schließlich fand er Unterkunft in einem kleinen Hotel.

Jacqueline hatte ihm netterweise die Adresse von Christines Freundin gegeben, aber momentan fühlte er sich einer Begegnung noch nicht gewachsen. Wie würde Christine reagieren, wenn er ihr erzählte, dass er ihr neuer Chef wäre? Und hätte er überhaupt Chancen auf eine Beziehung mit ihr? Beziehung war ein schwerwiegendes Wort. Seit dem Bruch mit seiner Ex hatte er keine mehr geführt.

Er war gehandicapt, das ließ sich nicht abstreiten. Nicht nur sein Hinken war dafür verantwortlich. Jedoch die Hoffnung blieb, dass Christine anders damit umginge.

Aber was wusste er schon von ihr? Dass sie klug war, brillant am Verhandlungstisch und schlagfertig? Und dass allein ihre Anwesenheit seinen Körper Achterbahn fahren ließ? Dass er in ihrer Gegenwart höllisch aufpassen musste, um noch ein klares Wort formulieren zu können?

Vor allem: Ging es ihr genauso?

Nachdem er sein Zimmer bezogen hatte, beschloss er, einen Strandspaziergang zu machen. Sein Bein war ein wenig verkrampft nach der Autofahrt. Die Sonne hatte den ganzen Tag geschienen, doch nun hatte sich der Himmel bewölkt. Er zog seine Windjacke an und marschierte Richtung Hafen.

Die Strandpromenade wirkte einladend, der Leuchtturm erhob sich majestätisch auf einem Hügel, doch der Wind blies seine Jacke auf. Lange würde sein Ausflug heute wohl nicht dauern.

Er zuckte zusammen, als er die junge Frau erkannte, die ihm entgegenkam.

Christine starrte ihn mit aufgerissenen Augen sekundenlang an, ehe sie etwas sagte. Die aufgeregte Stimmlage war neu für ihn. »Herr Degenhardt? Was machen Sie denn hier? So ein Zufall.«

»Frau Schluck! Das freut mich aber jetzt.«

Feigling. Sollte er nicht lieber ehrlich sein? Ja klar, sag ihr nur, dass du sie überreden willst, wieder für ihren Vater zu arbeiten, und dass du ihr neuer Chef sein wirst. Dann sind deine Chancen auf ein Date im Minusbereich.

»Sind Sie allein hier?« Er verrenkte den Hals, als suche er ihren Freund. Was für ein Schmierentheater. Er sah doch, dass dieser Rico nicht dabei war.

»Bin ich. Rico und ich sind nicht mehr zusammen.« Gleich darauf biss sie sich auf die Unterlippe, als ob sie bereute, ihm diese Information gegeben zu haben.

Wow! Das war ja mal eine gute Nachricht!

War sie traurig darüber? Ihrer Stimme hörte er keine Emotion an.

»Ah.« Jetzt zu sagen, dass es ihm leidtäte, wäre wirklich der Gipfel an Frechheit. »Sein Verlust ist mein Gewinn. Vielleicht darf ich Sie in diesem Fall heute endlich einmal zum Essen einladen?«

Ihre Mimik war vielsagend, sie wog sein Angebot deutlich ab. »Gern. Wohin?«, sagte sie schließlich.

Hatte sie wirklich Ja gesagt? Fast hätte er gejauchzt. »Ich kenne mich leider nicht aus, bin zum ersten Mal auf Sylt.«

»Wie wäre es mit dem Fischlokal am Hafen? Es ist zwar meist ausgebucht, aber es ist ja unter der Woche, ich schätze, da kriegen wir einen Platz.«

»Wunderbar.« Sie standen voreinander. Er spürte ein Knistern in der Luft und hoffte, dass auch sie es wahrnehmen konnte. Zwischen ihnen war etwas.

»Wann?«

Was meinte sie? Nur mühselig riss er sich von ihren Augen los. Das helle Braun hatte es ihm zwar angetan, aber noch mehr war es der Ausdruck, den sie widerspiegelten. Sie konnten je nach ihrer Stimmung blitzen oder weich wirken, so wie jetzt. Christine wirkte verändert, gelöst, nicht so kühl und angespannt wie in der Firma. Und diese Christine hatte auf ihn eine noch verheerendere Wirkung als die Geschäftsfrau.

»Wann sollen wir uns treffen?« Lachte sie ihn aus? Mein Gott, er war so was von verrückt nach dieser Frau!

»Ich hole Sie ab. Sagen wir um sieben?«

»Halb acht ist besser.« Sie sah auf die Uhr. Es war ihm schon aufgefallen, dass sie ziemlich oft drauf sah.

»Mir ist es recht.« Er sah zum Himmel, es war dunkler geworden und er spürte den Wind durch die dünne Jacke blasen. »Ich glaube wir müssen uns beeilen, es sieht nach Regen aus.«

»Gut beobachtet.« Sie lächelte. »Wollen wir uns duzen?« Sie streckte ihm die Hand hin. »Christine.«

»Philipp.« Er beugte sich vor. »Müssten wir das nicht mit einem Kuss besiegeln?«

Der Wind ließ ihre Haare wie eine Fahne wehen und er musste sich beherrschen, nicht mit beiden Händen zuzugreifen.

Christine zwinkerte. »Das können wir nachholen, unter angenehmeren Umständen.«

Hatte sie das tatsächlich gesagt? Es schien fast so, als wären seine Avancen willkommen. Der nutzlose Freund war kein Thema mehr. Sein Herz geriet in Schwebezustand.

Er folgte ihr Richtung Ort, dabei fiel ihm auf, dass sie sich langsamer bewegte als zuvor, da sie auf ihn zugegangen war. Dass sie offensichtlich Rücksicht auf sein leichtes Hinken nahm, schuf ein wohliges Gefühl in ihm.

Von allen Seiten strömten Menschen vom Strand weg. Der Wind hatte weiterhin an Stärke zugenommen und ihre Schritte waren erschwert, sodass ihr Tempo weiter gedrosselt wurde. Philipp atmete auf, als sie die Häuser erreicht hatten.

»Ich wohne hier.« Christine deutete auf ein mittelgroßes Reetdachhaus in der ersten Seitengasse.

Pension Strandglück stand auf dem Schild am Gartentor.

»Sieht nett aus«, sagte er und ärgerte sich gleich darauf über die nichtssagenden Worte.

Christine nickte. »Also dann bis halb acht.« Sie überwand die Distanz zum Haus und verschwand im Inneren, ohne sich noch einmal umzusehen.

Pünktlich zwei Stunden später stand er vor der Tür, auf sein Klingeln öffnete eine Frau in Christines Alter, deren Grübchen das freundliche Lächeln unterstützten.

Sie zog ihre gelbe Strickjacke über die Schultern, ehe sie ihm die Hand reichte. »Hallo, Sie müssen Philipp sein, ich bin Elsa.« Sie rief nach hinten. »Christine?«

Sein Blick fiel auf die Treppe und er hatte einen Moment das Gefühl, keine Luft zu bekommen. Christine trug eine lange dunkle Hose, eine weinrote Bluse mit gleichfarbigem Pullover darüber. Ihr Haar war zu einem lockeren Zopf geflochten, ihre Augen waren in einem strahlenden Blick auf ihn gerichtet. Ihm wurde heiß, so hatte sie ihn noch nie angesehen. Als würde sie sich intensiv auf den Abend freuen.

Freude wallte in ihm hoch. Es ging ihm wie einem Kind, das sich jahrelang nach einem Spielzeug verzehrt hatte, und jetzt war er so überwältigt, dass er zu keiner Reaktion fähig war.

»Du bist pünktlich«, stellte sie fest, als wäre das eine außergewöhnlich überraschende Tatsache.

»Bin ich das nicht immer?« Krampfhaft versuchte er, sich zu erinnern, ob er jemals zu einer Besprechung zu spät gekommen war. Ihm fiel keine ein. »Du bist ja auch schon bereit. Ist Unpünktlichkeit nicht die Masche der Frauen?«

»Was für ein Vorurteil.« Christine kräuselte die Nase.

Elsa stupste ihn spielerisch. »Jetzt haben Sie es vermasselt. Und ich hätte Sie fast sympathisch gefunden.«

»Tut mir leid.« Das kam davon, dass er so aus der Fassung gebracht war. Stupide Bemerkungen.

Dass Christine mit ihm ausging, hieß noch lange nicht, dass sie sich auch breitschlagen ließ, zur Firma zurückzukehren.

Oder Sex mit ihm zu haben.

Denk an was anderes, Degenhardt!

Der Wind hatte nachgelassen und zum Hafen war es nicht weit. Christine schlüpfte in eine wetterfeste Jacke, die auf einem Bügel in der Garderobe hing, auch ihre festen Turnschuhe passten für den Spaziergang.

Seine Schwester würde niemals auf elegante Schuhe verzichten. Wenn sie sich für ein Date zurechtmachte, hatte er immer das Gefühl, sie sei in einen Farbtopf gefallen. Christines Make-up war geschmackvoll und dezent, es unterstrich ihre natürliche Schönheit auf eine Weise, die seinen Körper kribbeln ließ. Als ob der nicht ohnehin schon genug verrücktspielte, sobald sie in seiner Nähe war!

Das kleine Lokal am Hafen war, wie erwartet, gut besucht, doch sie ergatterten einen Zweiertisch im zeltüberdachten Vorbau. Durch die Heizkanonen war es kuschlig warm.

Sie wählten beide eine Fischspeise und er bestellte eine Flasche Sauvignon Blanc.

»Du machst hier Urlaub?«, fragte sie schließlich.

»Ja. Ich habe gekündigt und bevor ich meinen neuen Job antrete …« Ihr Lachen unterbrach ihn. »Weshalb lachst du?«

»Weil es auch für mich ein Neuanfang ist.«

»Tatsächlich?«

Für seine Schauspielkunst sollte er den Oscar kriegen. Jetzt wäre die Gelegenheit gewesen, ihr zu beichten, dass er ihretwegen hierhergekommen war. Dass er alles bereits wusste und dass sein neuer Job … nein, er wollte das erste Date nicht verderben. Zu lange hatte er sich nach dieser Frau gesehnt.

Der Ober brachte den Wein und bot den üblichen Probierschluck an.

»Möchtest du probieren?«, fragte Philipp sie.

Sie nickte und der Kellner goss ihr ein. »Gut gewählt«, sagte sie schließlich, kurze Zeit später waren sie wieder allein.

Er hob sein Glas und sie prosteten sich zu. Auch ihm schmeckte der Wein und er las an ihrer Mimik, dass er damit, dass er sie hatte probieren lassen, Punkte gesammelt hatte. »Ich kann mir Schluck-Säfte nicht ohne dich vorstellen.« Vorsichtig stellte er das Weinglas ab. »Du bist doch das Herz der Firma.«

»Mein Vater sieht das anders. Er glaubt nicht, dass Frauen in Führungspositionen arbeiten sollten.«

»Das ist eine furchtbar altmodische Einstellung aus dem letzten Jahrhundert. Wie kommt er darauf?«

»Es ist nun mal so, dass Frauen sich verlieben, schwanger werden, Hormonen ausgeliefert sind und ständig ihre Meinung ändern.« Sie spielte mit dem Glas, aus ihrem Tonfall hörte er die tiefe Kränkung, die ihr Vater ihr zugefügt haben musste. »Worte meines Vaters, die er fortlaufend in immer unterschiedlichen Formulierungen wiederholt.«

»Du hast doch einen super Job gemacht.«

»Ja, Alex und ich waren ein tolles Team. Aber irgendein Idiot hat meinem Vater zugetragen, dass Alexander mir den Großteil der Arbeit überlassen hat.« Rasch trank sie einen weiteren Schluck. »Es war ein perfektes Arrangement, er konnte sich um seine Musik kümmern, und ich …«

»… während du dich totgearbeitet hast.« Au Backe, er sollte lieber nicht zugeben, dass er der »Idiot« war. »Entschuldige, aber das wäre schließlich keine Dauerlösung gewesen.«

»Nein, natürlich nicht. Ich habe gehofft, dass, wenn

die Zeit vergeht, mein Vater – egal. Er stellt lieber einen Fremden von außen ein, statt mir die Leitung zu übertragen.« Sie schüttelte den Kopf. »Das ist so demütigend.«

»Du musst ihm beweisen, was du wert bist.«

»Habe ich das nicht die letzten Monate getan? Was will er denn noch mehr? Es ist alles reibungslos gelaufen. Weshalb musste irgendein Mistkerl Papa die Augen öffnen?«

»War es nicht ätzend für dich, wenn dein Bruder die Lorbeeren für deine Arbeit eingefahren hat?«

»Du verstehst nicht, was mir die Firma bedeutet.« Sie trank erneut einen Riesenschluck, stellte das Glas heftig ab. »Schon als kleines Mädchen bin ich fast jeden Tag dort gewesen und habe den Ablauf studiert. Ich höre noch die Stimme meiner Mutter.« Sie schloss die Augen, während sie zitierte: »Apfelsäfte gibt es viele, aber keiner mundet so gut wie unserer. Das liegt am einmaligen Geschmack der Früchte vom Alten Land. Ein Rezept, das von Generation zu Generation weitergegeben wird.«

»War sie auch in der Firma?«

»Sie war Technikerin und hat sich um die Anlagen gekümmert.«

»Das entspricht aber nicht dem Frauenbild deines Vaters.«

»Nein!« Sie lächelte. »Papa war früher komplett anders. Er war fröhlich. Er und Mama haben viel gelacht zusammen. Meine Schwester Jackie und ich standen ihm besonders nahe. Damals hat er sogar gewürdigt, wie gut Alexander musizieren kann. Er spielte Klavier und

Gitarre. Nach dem Tod von Mama hat sich alles geändert.« Sie nestelte am Armband ihrer Uhr. »Mama war eine richtige Koryphäe, sie kannte jede Maschine bis ins kleinste Schräubchen und war auch verantwortlich für den Ankauf von neuen Maschinen. Sie war immer up to date, sozusagen. Meine Omi hat mir das später alles genau erzählt. An manche Sachen erinnere ich mich noch selbst, Mama in ihrem blauen Drillichanzug, mit dem dicken Bauch …«

»Dicker Bauch?« Philipp hatte die Frau auf dem Foto nicht als übergewichtig in Erinnerung.

»Sie war schwanger mit Tim.«

»Dein Vater erwähnte mal, dass sie kurz nach der Geburt gestorben sei.«

»Eine Hirnembolie, es ging ganz schnell. Die Ärzte haben noch zwei Tage um ihr Leben gekämpft, aber sie war wohl schon hirntot.«

»Das muss schlimm für euch gewesen sein. Wie alt warst du?«

»Neun. Es war so furchtbar, weil Mama noch einen Tag vorher mit Jackie und mir gebastelt hat; Möbel für unser Puppenhaus. Sie war handwerklich wahnsinnig geschickt. Und wir haben uns riesig aufs Baby gefreut, haben ja die gesamte Schwangerschaft schon gut mitbekommen. Es war alles so verdammt in Ordnung am Tag vorher. In der Nacht ist Papa mit ihr ins Krankenhaus gefahren und am nächsten Tag hieß es, sie sei im Koma.« Christines Augen bekamen einen glasigen Glanz, während sie ganz offensichtlich Bilder vor sich hatte. »Ich höre noch das gleichmäßige Pumpen der Beatmungsmaschine und das Piepen des Herzmonitors, damals konnte ich die Geräusche noch nicht zuordnen. Papa hat komplett starr neben mir gestanden. Alex, auf meiner anderen Seite, hat meine Hand genommen. Und Jackie, meine kleine Schwester, die war auf dem Arm von Oma. Ich weiß noch, wie die Tür aufging und ein Arzt hereinkam, er hatte eine Glatze – komisch, dass man sich an solche Nebensächlichkeiten erinnert. Der Arzt sagte zu Papa: ›Wenn Sie Ihren Sohn sehen wollen, können Sie jederzeit auf die Säuglingsstation. Er ist gesund und kräftig‹, und Papa hat so eine unwirsche Handbewegung gemacht, als wollte er die Luft durchschneiden und er schrie, er hat wirklich geschrien. ›Zum Teufel, was soll ich mit dem Kind? Meine Frau soll aufwachen, das ist es, was ich mir wünsche.‹« Christine musste schlucken und ihre Augen waren nun wieder auf Philipp gerichtet. »Papa ist über Mamas Bett zusammengebrochen, er hat geweint.«

Philipp griff nach ihrer Hand, schwieg jedoch.

»Mama ist in der Nacht gestorben. Irgendwie ist die Welt stehengeblieben und dann doch nicht, verstehst du? Das klingt schräg, aber ich erinnere mich, dass die Gänse auf dem Hof von meiner Tante so entsetzlich schnatterten, es war am Tag der Beerdigung. Und ich hab sie angeschrien: ›Haltet das Maul, meine Mama ist tot und ihr schreit so rum!‹ Tante Sibylle hat mich dann in den Arm genommen.«

Philipp griff nach ihrer Hand und drückte ihre Finger. »Ich kann das so nachempfinden. Mein Vater ist auch früh gestorben, ich war zehn.«

»Das wusste ich nicht, tut mir leid.« Ihre Stimme klang anteilnehmend warm und so verspürte er zum ersten Mal das Bedürfnis, weiterzusprechen.

»Woher hättest du das wissen sollen? Und es war auch so furchtbar plötzlich, ein Verkehrsunfall.«

»Das ist schlimm. Wie ist es passiert?«

»Mein Vater war Klempner und an diesem Tag fuhren wir nach Stade. Er hat eine Waschmaschine geliefert und angeschlossen.«

»Du warst dabei?« Es klang entsetzt.

»Ja. Wir waren auf dem Rückweg. Ich kann mich nur an einen großen Krach erinnern, bin erst im Krankenhaus aufgewacht.«

Lügner! Aber er konnte sie nicht am ersten gemeinsamen Abend mit seiner Geschichte überfordern.

»Und da musstest du erfahren, dass dein Vater gestorben ist?« Sie wirkte, als würde sie gleich anfangen zu weinen. »Wie schwer warst du verletzt?«

»Beide Beine gebrochen, das rechte mehrmals.«

»Daher das Hinken?«, fragte sie leise.

»Ja.«

»Ich wette, da steckt mehr dahinter. Bestimmt hast du Monate in der Reha verbracht.«

Er nickte. »Die Ärzte meinten, dass ich im Rollstuhl bleiben müsste, und machten mir wenig Hoffnung, doch ich habe hart gearbeitet.«

»Ich hoffe, du bist stolz auf das, was du erreicht hast.«

Kurz war er still. Er hatte immer nur seine Aufgabe

gesehen, den Mann zu finden, der seinen Vater auf dem Gewissen hatte. Aber Christine sah ihn.

»Für deine Mutter muss es besonders schlimm gewesen sein«, fuhr sie fort. »Sie lebt doch hoffentlich noch?«

»Ja. Sie ist eine bewundernswerte Frau, hat sich nie unterkriegen lassen und eine Tanzschule aufgebaut. Tanzen ist und war immer ihre Leidenschaft, sie hat mal in einer Gruppe bei einem Musical mitgetanzt. Auch wenn es für eine Solo-Karriere nicht gereicht hat, so hat sie ein Talent, andere zu motivieren. Sie unterrichtet in verschiedenen Sparten, vom klassischen Tanz bis zu den modernen Tänzen.«

»Toll. Soll ich ehrlich sein? Ich habe beim Tanzen zwei linke Füße, die sich immer irgendwie verknoten. Dann stolpere ich. Meistens in andere Leute hinein. Deswegen tanze ich nicht.«

Er lachte. »Wie ich. Das Talent meiner Mutter hat einen großen Bogen um mich gemacht. Lisa-Maria konnte es wesentlich besser, sie studiert jetzt Sport in Berlin. Hast du auch Geschwister?«

»Drei, und dann noch eine Halbschwester und einen Adoptivbruder. Aber im Grund mache ich da keinen Unterschied.«

»Eine Patchworkfamilie. Dein Vater hat ein zweites Mal geheiratet, nicht wahr?«

»Stefanie. Sie ist in Ordnung. Ich denke, es ist schwer für sie, weil Papa Mama immer noch liebt. Und wir haben es ihr am Anfang auch nicht leicht gemacht, vor allem Alex. Aber sie ist eine liebenswerte Frau. Jemand, der sich in andere einfühlen kann und dann die richtigen Worte und Gesten findet. Sie hat nie erwartet, dass wir sie als Mutter ansehen, das hätte rein rechnerisch nicht funktioniert. Aber sie war und ist uns eine Freundin. Papa hat sie als Kindermädchen ins Haus geholt, sie hat Julian, ihren Sohn, mitgebracht. Er war drei damals und ist wie ein leiblicher Bruder für mich. Stefanies Eltern wollen bis heute nichts mehr von ihr wissen, weil sie aus der komischen Sekte ausgebrochen ist, in der die leben.«

»Sie muss es schwer gehabt haben.«

»Ja, vor allem, als der Mann, mit dem sie durchgebrannt ist, sie schwanger sitzen gelassen hat.«

»Ein Schuft.« Er schüttelte den Kopf. »Diese Sekten sind furchtbar, kaum zu glauben, dass es immer noch so viele gibt.«

»Bitte sehr.« Der Kellner servierte das Essen.

»Danke, das duftet lecker.« Philipp legte sich die Serviette auf den Schoß und griff zum Besteck.

Auch Christine schnupperte genießerisch. »Dieses Lokal hat mir Elsa schon lange ans Herz gelegt.«

»Sie scheint eine warmherzige Person zu sein.«

»Ja. Sie ist wunderbar und die beste Freundin, die ich habe. Sie spürt immer, was ich brauche. Und ich bin froh, dass sie glücklich geworden ist. Sie und Reno zusammen zu sehen, das rückt vieles an den rechten Platz.«

»Die Liebe ist ein Phänomen und lässt das meiste rundum unwichtig erscheinen.« Philipp schnitt ein Stück vom Fischfilet ab und spießte es auf die Gabel. »Vermutlich wäre sie ihm auch in den Kongo oder auf eine Forschungsstation in der Antarktis gefolgt.«

Christine lachte. »Das müsste ich sie fragen, aber ich bin überzeugt davon. Ich habe keine verliebtere Frau gesehen als sie.«

Sie wurden unterbrochen, der Kellner stellte noch einen Korb Brot auf den Tisch.

»Danke schön.« Christine brach ein Stück Brot ab, nahm den Löffel und tauchte ihn in den Sylter Fischeintopf.

Minutenlang genossen sie schweigend das leckere Essen. Schließlich fiel ihm eine Frage ein, die ihm schon lange unter den Nägeln brannte.

»War es schlimm für dich?« Seine Stimme war automatisch leiser geworden. »Ich meine, die Trennung von deinem Freund?«

Sie zog ihre Nase kraus. »Wie kommst du jetzt darauf?«

»Weil ich dich gerne anbaggern möchte und nicht weiß, wie willkommen das ist.«

Sie lachte so laut heraus, dass eine Dame vom Nachbartisch herübersah. »Das ist mal ein neuer Anmachspruch.«

»Und? Wirkt er?«

»Ich bin hier, oder nicht?«

»Stimmt.«

Sie wurde ernst und rührte in ihrem Eintopfgericht. »All die Jahre habe ich mir die Beziehung schöngeredet, dass es toll sei, so einen gut aussehenden Freund zu haben, dass ich auf keine Veranstaltung allein hingehen muss und so.«

»Du bist doch eine selbstbewusste toughe Geschäftsfrau, weshalb denkst du, du brauchst einen Mann neben dir?«

»Weil es die Gesellschaft trotz aller Emanzipation erwartet. Von Frauen noch mehr als von Männern. Bei Frauen, die Singles sind, wird getuschelt, dass sie wohl keinen abgekriegt hätten, Männer hingegen …«

»Glaube mir, die haben es genauso wenig leicht. Geschwätz hinter dem Rücken, welche Macke man haben muss, dass keine anbeißt. Meine Mutter löchert mich schon seit Jahren.«

»Das ist eine andere Geschichte, denke ich. Mütter ticken da alle gleich. Wie alt bist du eigentlich?«

»Ich sage, gerade erst dreißig, meine Mutter winkt mit dem Vierziger.«

»Und was sagt deine Schwester?«

»Zweiunddreißig. Zumindest habe ich meinen letzten Geburtstag mit dieser Zahl obenauf gefeiert. Und zwar am achtzehnten Januar.«

»Da ist die Vierzig noch weit weg.«

»Finde ich auch.«

Wieder aßen sie eine Weile wortlos, es war eine angenehme Stille. Philipp fielen zahlreiche Dates ein, bei denen die Frauen ununterbrochen plapperten, während sie ein Salatblatt von einem Ende des Tellers zum anderen schoben.

Christine schien keine Probleme mit Essen zu haben. Dass sie jeden Bissen genoss, sah er ihr an, die kleinen, fast unhörbaren Glücksseufzer und die fürwitzige Zunge, die mehrmals über die Lippen fuhr, sprachen für sich. Eine Sinnlichkeit, die ihm gefiel. Er ertappte sich dabei, wie er fasziniert auf ihren Mund starrte, ihre verlockend weichen Lippen, hinter denen gerade wieder ein Stückchen Fisch verschwand.

Da hob sich ihr Blick – erwischt. Rasch beugte er sich über seinen Teller und schob sich die nächste Gabel voll in den Mund.

»Wohnst du direkt in Hamburg?«, fragte Christine schließlich.

»Ja. Ich habe zwei Zimmer über der Tanzschule meiner Mutter. Auf ewig will ich da nicht bleiben. – Übrigens ist Mama seit dem Tod meines Vaters allein und kommt in der Gesellschaft gut klar.«

»Als Witwe mit Kindern hat sie einen anderen Stand, im Gegensatz zu einer unverheirateten Frau.«

»Du klingst wie aus dem letzten Jahrhundert.«

»Weil viele noch so denken.« Wurden ihre Wangen tatsächlich leicht rosa? »Und ja, die Gesellschaft ändert sich. Zu Zeiten meiner Omi wäre es unmöglich gewesen, dass eine Frau allein in ein Lokal geht und dort etwas isst oder trinkt. Mittlerweile stößt sich niemand mehr daran. Aber um ehrlich zu sein, ich fühle mich trotzdem nicht wohl, das zu tun.«

»Dann solltest du es einfach mal machen.«

»Wozu?«

»Um dich aus deiner Komfortzone zu schubsen.«

»Da sehe ich keinen Sinn drin. Und glaube mir, ich agiere oft genug außerhalb meiner Komfortzone.«

»Wann zum Beispiel?«

Sie runzelte die Stirn und sah auf ihre Uhr. Er legte seine Hand über das Ziffernblatt. »Keine Ablenkung. Du musst nirgendwohin. Es ist egal, ob es zehn oder elf Uhr ist.«

»Vielleicht möchte ich pünktlich ins Bett, weil ich morgen eine Wattwanderung gebucht habe?«

»Wann denn?«

»Um zwölf.«

»Um Himmels willen, hier sind keine zwanzig Stunden Schönheitsschlaf mehr drin.« Sie lachten beide. Dann lehnten sie sich zurück, um dem Kellner Platz zu machen, der die Teller abservierte.

»Magst du noch etwas Süßes?«, fragte er leise.

»Immer. Elsa hat mir erzählt, dass die Vanille-Kokosnuss-Panna-Cotta mit Mangosoße hier unschlagbar ist.«

»Dann sollten wir uns das nicht entgehen lassen.« Er winkte und sie bestellten.

»Darf ich dich was Privates fragen?« Christine wirkte verlegen. »Aber du musst nicht antworten.«

Er schluckte. Was konnte jetzt kommen?

»Frag«, sagte er einfach.

10

Wolfgang

»Hast du mit Stefanie darüber gesprochen?«

Wolfgang schüttelte den Kopf.

Johanna, seine Schwiegermutter, saß vor ihm, rüstig wie eh und je, in einem ihrer topmodernen Hosenanzüge und mit dem flotten Kurzhaarschnitt wirkte sie um fünfzehn Jahre jünger als die dreiundsiebzig, die sie war.

Er hatte nichts sagen, sondern ihr lediglich einen kurzen Besuch abstatten wollen, nun, da sie von ihrer Reise zurück war. Monikas Mutter hatte er sich immer sehr verbunden gefühlt.

»Das solltest du aber. Sie ist eine patente, wirklich tüchtige Frau geworden und sie liebt dich.«

Mit seiner rechten Hand zeichnete er einen großen Bogen durch die Luft. »Ich weiß. Aber sie ist so jung. Ich habe ihr damals in einer schwierigen Situation geholfen und es war zweckmäßig, sie zu heiraten, der Altersunterschied …«

»Na, na, na, du hast sie geheiratet, weil es deine Pflicht war. Schließlich hast du nicht die Finger von ihr lassen können. Ich kann rechnen, Lilly wurde wenige Monate nach eurer Hochzeit geboren.« Sie zwinkerte ihm zu. »Nun guck nicht so! Ich bin nicht von gestern und ich hab auch Verständnis dafür. Zudem habe ich bemerkt, wie vernarrt sie in dich war.«

Er musste schlucken, Johanna hatte es noch nie so offen ausgesprochen.

»Dennoch hätte ich mich zurückhalten müssen.«

»Immerhin hast du sie geheiratet.«

»Ja. Schon ein Mann hat sie schwanger sitzen gelassen. Aber sie war so jung, ich hätte es besser wissen müssen.«

»Ihr seid euch im Lauf der Jahre gewiss nähergekommen, Wolfgang. Auch ich wünschte, Moni wäre noch am Leben und ihr zusammen und glücklich. Doch sie ist seit siebzehn Jahren tot. Sie hätte nicht gewollt, dass du dein Leben lang …«

»Lass gut sein, Johanna.« Er tippte auf den Brief, den er auf den Tisch zwischen die Kaffeetassen gelegt hatte. »Das hier ist jetzt wichtiger.«

Sie sah es nicht einmal an. »Christine ist wütend auf dich. Sie hat mich gestern angerufen.«

»Meine Güte, hat sie dich auch noch mit ihrem Kram belästigt.«

»Wolfgang, du weißt, dass ich dich immer geschätzt und geliebt habe. Für Moni warst du der liebevollste Ehemann, den man sich vorstellen kann. Aber seit ihrem Tod – du musst nach dieser langen Zeit endlich wieder anfangen zu leben. Und nicht alle von dir stoßen, die dich lieben.«

Liebe? Was hatte er verpasst?

Er brauchte das auch nicht. Dieses filigrane Glück war den Schmerz hinterher nicht wert. Stur sah er in seine Kaffeetasse.

Johanna legte ihre Hand über seine. »Überleg dir das mit Christine noch einmal. Ruf sie an.«

»Das würde nichts bringen.« Wolfgang wischte mit der rechten Hand durch die Luft und klatschte auf seine linke. »Ich weiß, was in ihr vorgeht und dass sie glaubt, ich schätze ihre Arbeit nicht. Aber ich kann ihr jetzt noch keinen Führungsposten geben.«

»Das verstehe ich und sie wird es einsehen, wenn ihr erster Frust überwunden ist. Mach es ihr leichter, ruf sie an.«

»Ich gebe ihr noch ein paar Tage.«

»Und Alex?«

»Der muss seinen eigenen Weg gehen, soll er schauen, was er mit seiner Musik erreicht! Aber sich für eine Arbeit bezahlen lassen, die er nicht ausführt, das geht nicht, das musst du einsehen.«

»Da hast du recht. Doch er ist trotzdem dein Sohn.«

Er seufzte. »Natürlich. Momentan habe ich andere Sorgen.« Er tippte erneut auf den Brief. »Bitte, lies ihn.«

Endlich griff sie danach, zog das Blatt aus dem Umschlag, legte ihn wieder hin, um ihre Brille aufzusetzen.

Lieber Bruder!

Du kennst mich noch nicht, aber ich bin wirklich deine Schwester. Mein Name ist Cynthia Young-Schluck und ich lebe in Denver.

Am 17. November 2017, also vor fünf Monaten, ist unsere gemeinsame Mutter verstorben, Elisabeth Schluck. Sie wurde 89 Jahre alt. Erst in ihrem Nachlass habe ich Unterlagen gefunden, die auf dich hinweisen.

Vielleicht denkst du jetzt, dass ich mich nur melde, weil es mir um das Erbe geht, aber das stimmt nicht. Von Herzen gern möchte ich dich kennenlernen.

Bist du einverstanden, wenn ich dich besuchen komme? Ich würde meinen Mann und meinen Sohn mitbringen und ich hoffe, dass auch du mir deine Familie vorstellen wirst.

Herzliche Grüße

Deine Schwester Cynthia

PS: Die Erbschaftsangelegenheiten habe ich an ein Anwaltsbüro weitergeleitet.

»Das klingt gar nicht gut!« Johanna legte den Brief auf den Tisch. »Von wegen nicht interessiert an der Erbschaft und dann betraut sie gleich an einen Anwalt?«

»Hat mein Vater einmal zu dir etwas gesagt?«

»So verbunden waren wir zwei auch nicht.«

»Ich dachte, ihr hättet euch verstanden.«

»Weil wir bei den Familienfesten miteinander gesprochen haben? Er war neunzehn Jahre älter als ich, ja, wir haben Gespräche geführt und waren höflich zueinander. Du weißt, wie er war. Meist verschlossen und verbittert. Du musst aufpassen, dass du nicht so endest wie er.«

Wolfgang fuhr ungeduldig mit der Hand durch die Luft. »Keine Moralpredigt, bitte. Worüber habt ihr gesprochen?«

»Dieses und jenes, manchmal konnte er sogar lachen.

Aber es ging niemals so weit, dass er mir Privates erzählt hat. Ich weiß nur, dass deine Mutter ihn verlassen hat, als du fünf warst. Er hat nie etwas Positives über sie gesagt, lediglich, wie er sie verwöhnt hätte und sie ihn hintergangen hat. Und dass sie dort drüben gestorben sei, als du noch klein warst.«

»Ja, das hat er mir ebenfalls erzählt. Dass sie tot sei und das schon sehr lange. Doch hier steht«, er tippte mit dem Zeigefinger auf das Papier, »dass sie erst am 17.11.2017 gestorben sein soll, im Alter von neunundachtzig. In diesem Fall hätte sie meinen Vater drei Jahre überlebt.«

»Das ist wirklich merkwürdig.«

»Sie hat mir nie geschrieben. Und jetzt habe ich eine Schwester, die mir einen Teil des Erbes abspenstig machen will.« Er griff nach der Kaffeetasse und leerte sie.

Johanna stand auf und legte ihm die Hand auf die Schulter. »Du wirst mit ihr sprechen müssen. Zudem ist es vielleicht ganz spannend, eine Schwester zu haben.«

»So kann auch nur eine Frau reden.« Er trat ans Fenster. »Ich kenne diese Person nicht, sie ist eine Fremde. Emotionen werden da bestimmt keine aufkommen. Zudem ruiniert sie die Firma, das Lebenswerk unseres Vaters.«

»Wieso glaubt sie, dass sie etwas erben kann?« Seine Schwiegermutter ging zum Glasschrank und holte eine Flasche Weinbrand heraus. »Die Firma Schluck hast du von deinem Vater geerbt, nicht wahr? Wenn deine Mutter in den USA noch ein Kind bekommen hat, muss es nicht zwangsläufig von deinem Vater sein. War sie schwanger, als sie ihn verlassen hat?«

»Ich habe keine Ahnung. In dem Brief steht nicht, wie alt die Frau ist. Nur, dass sie geheiratet und einen erwachsenen Sohn hat. Aber es klingt schon so, als ob sie sich für meine Schwester hält.«

»Deinen Vater, der in diesem Fall auch ihrer sein müsste, erwähnt sie mit keinem Wort. Theoretisch könnte er noch leben. Viele werden über neunzig.« Johanna schenkte ihm ein Glas ein und trat zu ihm. »Es ist also bis jetzt nichts erwiesen.«

»Danke.« Er nahm ihr das Glas ab und drehte es zwischen den Fingern. »Ja, das ist eigenartig. Im Fall, dass diese Frau wirklich Anspruch hat, beträfe das die Hälfte meiner Firma. Du weißt, dass ich das niemals flüssig machen könnte, ohne Schluck-Säfte zu verkaufen.« Mit Schwung leerte er das Glas und stellte es auf den Tisch zurück.

»Was wäre, wenn du ihr schreibst, dass sie kommen soll? Lernt euch kennen. Sie kann doch nicht als Motiv haben, dich zu ruinieren?«

»Du bist zu naiv für die Welt.« Er fühlte sich plötzlich alt und müde. »Bei der Aussicht auf Reichtum hört jede Freundschaft auf, dann werden die Menschen zu Bestien.« Energisch straffte er die Schultern. »Ich werde die Sache einfach ignorieren. Amerika ist weit weg und erst mal muss sie beweisen, dass sie wirklich meine Schwester ist.«

»Wolfgang, sprich mit deiner Frau. Ich weiß nicht, ob das der richtige Weg ist.«

11

»Du musst die Äpfel behandeln wie Babys, zärtlich und mit Gefühl. Dann schmeckt auch der Saft.«
Aus den Aufzeichnungen von Edwin Schluck, 1915

Christine

»Wieso ist ein Mann wie du allein?«

Philipp starrte sie an. Diese Frage hatte er offenbar nicht erwartet. »Ein Mann wie ich?«

»Attraktiv, lukrativer Job, weltmännisches Auftreten, charmant.« Sie lächelte. »Ich denke, nun habe ich dein Ego genug gestreichelt.«

»Ich bin nicht allein.«

Sie zuckte zurück und verschränkte die Arme vor der Brust. Die Enttäuschung überzog sie wie eine zähe Masse, die bewegungsunfähig machte, und ihr fehlten die Worte.

Sein Lachen erlöste sie aus der Starre. »Schau nicht so entsetzt. Ich habe eine Familie, meine Mama und meine quirlige Schwester. Und natürlich Freunde, von denen ein paar manchmal nerven, aber von denen ich keinen missen möchte. Nur die eine, die für mein Herz, die habe ich noch nicht gefunden.«

»Meine Güte, du hast mir den Schock des Lebens verpasst!« Sie lockerte ihre Arme und griff nach dem

Weinglas, um einen kräftigen Schluck zu nehmen. »Für mich wäre es total furchtbar, einer anderen Frau den Mann wegzunehmen.«

»Hast du das schon einmal erlebt?«

»Ja.« Sie sagte es spontan. Christine hatte lange nicht mehr an ihre Jugendliebe gedacht. »Es war demütigend. Daher sind gebundene Männer für mich tabu.«

»Das kann ich verstehen. Möchtest du darüber reden?«

»Ist nichts Besonderes, eine Schulkollegin hat mir meinen ersten Freund gezielt ausgespannt.« Im Grunde war sie schon lange drüber weg. »Jetzt bist du dran. Hast du schlechte Erfahrungen gemacht?«

Er wurde ernst und nickte. »Ja. Und ich bin alles andere als perfekt, glaub das ja nicht. Ich habe jede Menge Narben innen und außen, zusätzlich ein paar schlimme Macken.«

Die Schwermut in seinem Tonfall gefiel Christine nicht. Für ein erstes Date wollte sie nicht so tief graben und die lockere Stimmung zwischen ihnen zerstören.

Erstes Date? Würden weitere stattfinden? Sie hoffte es von Herzen.

»Du musst nichts erzählen«, sagte sie leise und sah auf die Uhr. »Es ist schon elf, ich habe morgen eine Wattwanderung.«

Das Watt glänzte in der Sonne, Christine zog die Schuhe aus und genoss den weichen nassen Sand unter ihren Füßen. Die Kälte kribbelte ein wenig, doch es machte ihr nichts aus. Philipp hatte es ihr gleichgetan. Sie war nicht überrascht gewesen, dass er kurz vor zwölf ebenfalls bei der Gruppe aufgetaucht war.

Und sie freute sich über seine Gegenwart.

Der gestrige Abend hatte vor dem Einschlafen noch in ihr nachgeklungen und sie in angenehm heitere Stimmung versetzt. Auf dem Heimweg hatten sie miteinander gelacht und zwischen ihnen hatte es vibriert, als wären sie ans Stromnetz angeschlossen. Sein Hinken war jedoch wieder stärker hervorgetreten. Irgendwann würde sie sich nach seiner Reha erkundigen, aber dazu mussten sie vertrauter werden. Auf die Frage, wie lange er bleiben wollte, hatte er leise geantwortet, er hätte sich noch nicht festgelegt. Ihr Herz hatte einen kleinen Hüpfer gemacht. Sie war gern in seiner Nähe und schätzte ihn als Begleiter.

Nach diesem Urlaub war es fraglich, ob sie ihn wiedersehen würde. Schließlich arbeitete sie nicht mehr bei Schluck und jemand anderes würde die Verhandlungen führen.

Monatelang hatte sie seine Versuche, sie zu einem Date zu überreden, abgeblockt. Nun stellte sie fest, dass sie seine Gesellschaft genoss.

Aber wollte sie sich unmittelbar nach ihrer gescheiterten Beziehung in eine neue stürzen?

»Alle beisammen?« Der Wattführer war ein weißhaariger Mann mit Bart, kräftig gebaut, mit einem Rucksack auf dem Rücken. Er könnte zu Weihnachten glatt als Weihnachtsmann durchgehen, dachte Christine und hätte beinahe gekichert. »Wichtig ist, keine Alleingänge! Ich bin Palle und alle hören nur auf mich und niemanden sonst.«

Die Gruppe war überraschend groß, fast dreißig, die dem knorrigen Alten folgten, und aus verschiedenen Menschen zusammengewürfelt. Familien mit Kindern, zwei junge Paare, eine Gruppe Frauen, die offenbar einen Vereinsausflug machten, und zwei Damen in den Vierzigern, beide mit reichlich Make-up im Gesicht.

Palle verstand es, die Führung interessant zu gestalten, ging auch auf die paar Kinder ein, die ganz vorn mitliefen.

Christine hatte schon mehrere Wattführungen mitgemacht, daher hörte sie nur mit halbem Ohr hin. Philipp neben ihr beanspruchte all ihr Denken und sein Geruch verwirrte ihre Sinne. Noch nie zuvor hatte sie sich gewünscht, sich einem Mann an den Hals zu werfen, ihn zu riechen, zu schmecken, seine nackte Haut berühren zu wollen. Dieser Kerl war Versuchung pur. Was sprach dagegen, ihn sich zu nehmen? Er war interessiert an ihr und sie wollte sich ein wenig Auszeit gönnen.

Die letzten zwei Jahre waren harte Arbeit gewesen, sie hatte es ihrem Vater beweisen wollen – und wofür? Er hatte sie eiskalt ausgebootet und wollte sie degradieren, unter einem Chef zu arbeiten, der womöglich all ihre Strategien umstellen würde. Nein, mit ihr nicht. Sie war qualifiziert und klug, sie würde einen anderen Job finden. Auch wenn sie dafür ihr geliebtes Jork verlassen musste. Und sogar das Alte Land. Ihr Herz krampfte sich bei dem Gedanken zusammen. Sie wollte nicht weg.

»Was geht hinter deiner Stirn vor sich?« Philipps samtige Stimme hüllte sie ein wie eine wärmende Decke.

Und in Sekundenbruchteilen war ihre Entscheidung getroffen. Sie lächelte ihn an. »Vermutlich kann ich noch zu wenig abschalten. Ich muss es tun, um einen klaren Kopf zu bekommen. Ich bin hierhergereist, um Schönes zu erleben und an nichts zu denken, was mit Arbeit, Job, Beruf und Firma zu tun hat.«

»Gute Idee.« Sein Schmunzeln zusammen mit dem Aufblitzen von Leidenschaft in seinen Augen ließ Hitze in ihre Wangen schießen. Und ihre Blicke waren sekundenlang ineinander festgehakt. Die Schmetterlinge in ihrem Bauch schlugen Salti und das Kribbeln in ihren Fingerspitzen nahm zu. Das Bedürfnis, ihn zu berühren, überwältigte sie fast. Da wurde sie angerempelt, sie stolperte und wäre hingefallen, hätten sie nicht zwei starke Arme aufgefangen.

»Entschuldigung«, zirpte eine Stimme neben ihrem Ohr, sie gehörte einer der aufgetakelten Damen. »Aber Sie stehen da wirklich blöd rum.«

»Wobei – so ein Hindernis lasse ich mir gefallen.« Die Zweite sah mit einem eindeutig schmachtenden Blick auf Philipp. »Wollen wir hinterher alle zusammen etwas trinken? Es ist so aufregend, neue Menschen kennenzulernen.«

»Wir haben leider schon was vor.« Philipp nahm fast demonstrativ Christines Hand, und sie musste ein Grinsen unterdrücken, als sie die Enttäuschung auf den Gesichtern der Flirtkanonen sah. Sie schlossen wieder zur Gruppe auf.

»Haben wir das?«, fragte sie leise.

»Was?«

»Etwas vor?«

»Unbedingt.«

Ein albernes Kichern entglitt ihr. Ihre Hand fühlte sich in der seinen an, als hätte sie immer schon dorthin gehört. Die Erklärungen des Wattführers glitten an ihr vorbei, sie spürte nur den Mann an ihrer Seite, die Wärme der Sonne auf ihrer Haut und den nassen Sand unter den nackten Füßen. Obwohl das Wasser im Mai noch kalt war, hatten einige andere wie sie die Schuhe mittlerweile ausgezogen. Auch Philipp trug seine Stiefel in der Hand, sein Hinken bemerkte sie schon kaum mehr. Wären sie allein, würde sie stehen bleiben, ihn an sich ziehen und endlich probieren, ob seine Lippen hielten, was sie versprachen …

»Ich mag ohnehin keine Austern.«

Sie schrak aus ihren Gedanken bei Philipps Worten.

Das Erschrecken musste er ihr angesehen haben. Er runzelte die Stirn. »Wo warst du denn gerade? Wollten wir nicht abschalten, nicht an die Firma oder sonst etwas Unangenehmes denken?«

Sie schluckte. Woran sie wahrhaftig gedacht hatte, das konnte sie ihm nun wirklich nicht sagen.

Sein Gesicht näherte sich und er flüsterte nah an ihrem Ohr. »Jetzt aber aufgepasst.«

Christine nickte heftig und fokussierte Palle, der in jeder Hand eine Auster hielt. »Tja, so ist das mit der Evolution. Tierarten werden von anderen verdrängt und so gehört leider auch die ursprüngliche Sylter Royal zu den ausgestorbenen Rassen der Austern.«

»War sie im Geschmack besser als die jetzige pazifische Muschel?« Wieder die blondierte Mittvierzigerin.

»Die Pazifik-Auster meinen Sie? Ich denke nicht, dass es da Unterschiede im Geschmack gab. Nach nahezu vierzig Jahren kann sich vermutlich auch niemand mehr erinnern. Nicht einmal ich, wenn ich damals welche gegessen hätte.« Er lachte. »Und jetzt suchen wir noch einen der berühmten Wattwürmer.« Die Kinder scharten sich hüpfend um ihn, während er mit einer Schaufel in den weichen Sand stach.

Zwei Stunden später saßen sie auf einer Bank mit Blick über die Dünen, zwei Pappbecher mit heißem Tee in den Händen. Die Schuhe hatten beide wieder angezogen. Christines Handy vibrierte und sie holte es aus der Tasche, zögerte kurz.

»Nichts Angenehmes?«, fragte Philipp.

»Papa.« Energisch drückte sie ihn fort und fing einen Blick von Philipp auf, den sie nicht deuten konnte. »Ich habe jetzt keine Lust drauf.« Weshalb entschuldigte sie sich? Es ging ihn schließlich nichts an.

»Ich verstehe dich«, kam es leise von ihm. »Und vielleicht ist es ganz gut, wenn du ihn eine Zeit lang schmoren lässt.«

»Um dann was zu tun? Ich kehre nicht zur Firma zurück.« Heftig schüttelte sie den Kopf.

»Es bricht dir das Herz, wenn du gehst.«

Ihr wurde kalt und sie nippte rasch am Tee. Woher wusste er das? Sie wollte den Gedanken an Schluck-Säfte wegschieben. Heute nicht dran denken. Einen Tag Ruhe vor dem Karussell in ihrem Kopf.

Er schien es zu spüren, denn er griff nach ihren Fingern. »Entschuldige, du wolltest eine Pause und die sollst du haben. Und ich maße mir auch nicht an, dass ich besser weiß, was für dich gut ist.«

Sie drückte seine Hand und zog sie zurück. »Was sind deine Pläne?«

»Ich möchte momentan nur hier sein, bei dir. So lange habe ich mir das vorgestellt, die Wirklichkeit übertrifft es bei Weitem. Aber du bist in einem Ausnahmezustand, du weißt beruflich nicht, wie es weitergeht, dazu die Trennung von deinem Freund …«

»Rico hat mich jahrelang betrogen.«

Er riss die Augen auf und lehnte sich zurück. »Das glaube ich ja nicht, was für ein Idiot! Welcher Mann, der dich haben darf, betrügt dich?«

Das kam so inbrünstig geschockt heraus, dass ihr heiß wurde und sie nicht antworten konnte.

Er beugte sich vor. »Es tut mir leid, es ist … demütigend und verletzend, wenn man das erfahren muss. Ich habe ihn nach der flüchtigen Einschätzung für einen Loser gehalten – aber klar, Versager brauchen auch die Bewunderung von billigen Seitensprüngen für ihr Ego.«

»Stopp.«, sie hob die Hand, »Rico hat mich nicht auf diese Weise betrogen.« Oder hatte er das auch? Was wusste sie schon, was er in seiner Freizeit in Hamburg getan hatte während seines Nichtstudiums? Ohne Beschönigung erzählte sie Philipp, wie Rico ihr den Studenten vorgespielt hatte. »Elsa hat mich schon darauf hingewiesen, dass ich mich zu wenig mit ihm und seinen Bedürfnissen befasst habe. Ich hingegen habe davon profitiert, dass er eine beruhigende Wirkung auf mich hatte, wenn ich wieder mal«, sie senkte verlegen den Kopf, »nun, ich reagiere manchmal ein wenig über.«

»Ist mir nicht aufgefallen.«

Überrascht sah sie ihn an und stupste ihn an, da sie sein Augenzwinkern bemerkt hatte.

»He, Vorsicht, ich bekleckere mich mit Tee.«

»Selbst schuld.«

»Also dieser Wunderknabe hat zwar nicht an der Uni, aber dafür dich studiert und dir gekonnt vorgegaukelt, an dir interessiert zu sein.«

»Ja. Wir haben harmoniert. Er konnte aufmerksam zuhören und hatte Verständnis, wenn es mal später wurde. Aber er hat gelogen, als wir gemeinsam Zukunftspläne geschmiedet haben. Ich wollte beim Bürgermeister ein gutes Wort für ihn einlegen, ob er einen Platz in der hiesigen Oberschule bekommt. Wäre kein Problem gewesen, bei dem Lehrermangel. Außerdem ist der Bürgermeister mein Onkel.«

»Ich weiß, wie du dich gefühlt haben musst.« Philipp lehnte sich zurück. »Und ich denke, dass es keinen Unterschied macht, ob der Partner fremdgeht oder dich sonst wie betrügt. Es ist eine Vertrauenssituation, die unweigerlich zerbricht.«

»Du hast es auch erlebt?« Sie umschloss den heißen Becher und nippte daran.

»Madeleine. Wir waren zusammen seit der Schulzeit. Sie hat dann eine Ausbildung zur Logopädin gemacht. Unsere Liebe überdauert alles, dachte ich. Wir waren in der Schule eine tolle Clique, zu viert, Jörn, Harald, Maddy und ich. Und dann hat sich Madeleine irgendwann in Harald verliebt und sie wurden ein Paar. Madeleine ist wochenlang zweigleisig gefahren.«

»Ui, das ist nicht die feine Art.«

»Nein. Im Grunde genommen hat mich das am meisten gekränkt. Dass sie so lange unehrlich waren, beide.«

»Und Harald hat es nichts ausgemacht, dass sie ab und zu auch noch mit dir in die Kiste hüpfte?«

»Keine Ahnung, was in seinem Kopf vorging. Ich habe die beiden dann erwischt und ihm die Nase blutig geschlagen.«

»Du bist also gewalttätig.« Sie meinte es humorvoll, doch seine Miene verschloss sich.

»Offenbar. Ich wusste davor selbst nicht, dass ich so durchdrehen kann.« Er ballte die rechte Hand und öffnete sie gleich wieder. »Und ich bin nicht stolz darauf. Im Prinzip ist man der Schwächere, sobald man zuschlägt. Und das war ich auch. Ein Idiot, der nicht gecheckt hat, was sich vor seinen Augen abspielt.«

»Hat sie dir wenigstens eine Erklärung geliefert?«

»Ich habe ihr zu viel gearbeitet. Die Standardausrede. Harald ist Beamter und hat natürlich geregelte Arbeitszeiten, vor allem kann er pünktlich Feierabend machen.«

»Es wäre ehrlich von ihr gewesen, dir das vorher mitzuteilen. Ich schätze, für Rico war es passend, dass ich oft abwesend war. Dadurch konnte er sein Nichtstudium umso besser verschleiern.«

»Ich mache dir einen Vorschlag.« Philipp hob die Hand und formte sie zur Schere. »Wir schneiden jetzt sämtliche Erinnerungen zu unseren Ex-Gesponsen durch und genießen die Gegenwart.«

»Einverstanden.« Christine schmiegte sich an ihn. »Wir könnten mit einem Kuss anfangen.« Hatte sie das wirklich gesagt? So kannte sie sich gar nicht, frivol und fordernd.

Die Reaktion kam mit halbsekündiger Verzögerung. Philipp beugte sich zu ihr und schon berührten seine Lippen die ihren.

Sie warf den leeren Pappbecher in den Sand, schlang die Arme um ihn und vertiefte den Kuss. Kurz darauf fühlte sie seine Hände, die durch ihr Haar strichen und schließlich ihren Körper entlangwanderten. Durch den Pullover verspürte sie die Hitze, drückte sich an ihn. Zeit und Raum verschwammen, nicht einmal eine Atombombe neben ihr hätte diesen Kuss unterbrechen können.

In ihr wuchs ein Hochgefühl, Philipp schien es nicht anders zu gehen, denn seine Bewegungen wurden leidenschaftlicher, intimer und … mit einem Seufzen löste er sich von ihr.

»Du bist Versuchung pur.«

Christine registrierte, dass ein paar Strandspaziergänger zu ihnen herübersahen. Tatsächlich hatte sie ihre

Umgebung ausgeblendet. Nie zuvor hatte sie so intensiv empfunden. Sie wollte diesen Mann – sofort.

»Komm mit zu mir«, raunte sie in sein Ohr und knabberte daran. Was tat sie da? Es protestierten ihre letzten verbleibenden Gehirnzellen, die noch vernünftig zu arbeiten schienen. Auch wenn ihr Philipp schon seit zwei Jahren bekannt war, kannte sie ihn doch nicht!

»Und deine Freundin?« Es klang heiser und turnte sie noch mehr an.

»Elsa und Reno sind zu ihren Eltern nach Rantum gefahren, sein Vater hat Geburtstag. Und die meisten Gäste sind auf einem Ausflug mit dem Schiff nach Amrum gefahren. Ich glaube, es ist nur ein älteres Ehepaar übrig, das hört schon schlecht.« Sie gluckste. »Und ich habe ein Doppelbettzimmer, die zweite Hälfte ist noch unberührt.« Keine einzige Gehirnzelle tat mehr ihren Dienst, geblieben war alberne Leichtigkeit. Nie zuvor hatte sie sich so gefühlt. Frei. Irrational. Verrückt. Unvernünftig. Glücklich.

»Dann los.« Er sprang auf und zog sie hoch.

Christine bückte sich zu ihrem Teebecher, doch er war schneller und warf beide Becher in den Abfalleimer.

»Es bleibt eine Frage.« Christine hob den Zeigefinger.

»Ja?« Es klang fast zaghaft und mit den hochgezogenen Augenbrauen wirkte er so, als hätte er Angst, dass ihm ein versprochenes Geschenk doch noch weggenommen würde.

»Hast du Kondome?«

12

Philipp

Ostern und Weihnachten waren für Philipp zusammengefallen, Geburtstag dazu. Von einem Wunsch zu fantasieren war eine Sache, aber dass er jetzt mit Christine an der Hand Richtung »Pension Strandglück« strebte, um …, das ging weit über seine kühnsten Träume hinaus.

Vielleicht sollte er die Situation nicht ausnutzen? Christine befand sich in einem Ausnahmezustand, ihre berufliche Zukunft hing in der Schwebe und sie hatte sich gerade erst von ihrem Freund getrennt. Und er wusste, würde er ihre Avancen zurückweisen, könnte sie sich verletzt fühlen, wie edel seine Absichten auch sein mochten. Doch warum sollte er das tun? Es würde ihn genauso schmerzen wie sie.

Es war noch heller Nachmittag. Die Sonne schien vom Himmel und hatte schon einiges an Kraft. Das Geräusch der Wellen und das Kreischen der Möwen hörte er nur im Hintergrund, denn er vernahm, dass Christine summte.

Sie sang. Er konzentrierte sich und erkannte »An der Nordseeküste«, da lachte er hell heraus.

Ihre Augen leuchteten, als sie den Kopf zu ihm drehte.

»Du singst«, sagte er.

»Oh.« Ihre Wangen überzogen sich wieder mit dem

zarten Rotton, der ihre Verlegenheit zeigte. »Das tue ich, wenn ich mich wohlfühle.«

»Das ist eine schöne Angewohnheit.«

»Ehrlich?« Sie blieb stehen. »Meine Familie lacht immer darüber, dass ich vor mich hin summe. Und meist sagen sie, dass ich still sein soll.«

»Ich höre dich gern.« Er zog sie an sich und umarmte sie. Und als sie ihr Gesicht zu ihm hob, dieses zart modellierte, da konnte er nicht anders und küsste sie erneut.

»Mama, schau, die knutschen sich.« Eine helle Kinderstimme ließ sie auseinanderfahren. Vor ihnen stand ein Knirps, der sie frech angrinste und dabei eine Zahnlücke offenbarte.

Rasch legte Philipp den Arm um Christine und sie gingen weiter. Der Weg zu ihrer Pension zog sich unendlich in die Länge.

Im Haus war es still.

»Ich wohne oben.« Christine zeigte zur Treppe. »Es gibt leider keinen Aufzug.«

Zum Glück. »Das ist kein Problem«, gab er laut zur Antwort.

»Ich dachte, wegen deines Beins.«

»Das hält viel aus. Soll ich dich hochtragen?«

Sie lachte schallend und der Klang vibrierte bis in seine Nervenspitzen. »Das wäre ja noch schöner!« Plötzlich spürte er ihre Arme um sich und ihre Lippen auf der Wange. »Beeilen wir uns lieber.« Ihr heiseres

Flüstern schoss ihm durch den Körper wie Feuer. Zum Nachdenken blieb ihm keine Zeit, denn sie nahm seine Hand und zog ihn hinter sich her.

Was war mit der ruhigen kühlen Christine passiert? Hatte er diese professionelle Seite an ihr schon zum Anbeißen gefunden, so schien ihr heißblütiger Teil das Bild zu komplettieren.

Sie war perfekt für ihn.

Die Stufen erschienen ihm endlos und schließlich hatte sie auch noch Probleme, mit ihrem Schlüssel das Schlüsselloch anzuvisieren.

Endlich standen sie im sonnendurchfluteten Dachzimmer, es war klein, wirkte aber mit dem altrosa Bettüberwurf und den geblümten Vorhängen heimelig. Von hier aus konnte er über die Dünen auf das Meer blicken. Das nahm er jedoch nur am Rand wahr, denn als ihre Lippen sich auf seine legten, vergaß er Raum und Zeit.

Später konnte er nicht mehr sagen, wie er seine Kleidung verloren oder wer den rosa Überwurf entfernt hatte. Er fühlte sich wie überkochende Milch, heiß und überschießend, genoss ihre Berührungen und sog den ihr eigenen Duft ein.

Manchmal wurden Wünsche wahr, und es war um Längen besser als in seiner Vorstellung. Sie waren beide ausgehungert, gierig, unersättlich, und obwohl er anfangs noch vorsichtig und zurückhaltend war, so verlor er sich zunehmend im Wirbel seiner Leidenschaft in der Gewissheit, dass er damit nicht allein war.

Es dämmerte draußen, als sie wieder aus ihrer eigenen Welt auftauchten. Christine schmiegte sich in die Kuhle seiner Achselhöhle, als wäre sie immer schon ein Teil von ihm gewesen. Mit der Fingerspitze zog sie eine Spur von seinem Hals über seinen Bauch. Die Gefühle, die ihn überwältigten, waren unbeschreiblich. Zufriedene Sattheit, Zärtlichkeit, Wärme, Geborgenheit, Heimkommen – das war pures Glück.

Oder Liebe?

Er machte sich nichts vor. Christine war für ihn schon sehr lange der Inbegriff seiner Traumfrau. Aber Traum und Realität trafen sich selten.

Auch an diesem Tag nicht.

Denn die tatsächlichen Ereignisse hatten seine Vorstellungen und Fantasien bei Weitem übertroffen.

Sie rekelte sich neben ihm und stieß plötzlich einen entsetzten Laut aus. Er sah das Entsetzen auf ihrem Gesicht, der Blick war auf sein linkes Bein gerichtet. Offenbar sah sie es zum ersten Mal richtig an. Ein Kübel Eiswasser hätte ihn nicht heftiger aus der wohligen Stimmung reißen können. Sein Inneres krampfte sich zusammen. Rasch versuchte er, die Decke über das verkrüppelte Bein zu ziehen, doch es wollte nicht so schnell gelingen, da sie teilweise beide drauflagen.

»Tut mir leid, ich hätte dich vorwarnen sollen. Ist kein schöner Anblick.« Philipp ärgerte sich über sich selbst. Zu gut war ihm Madeleines angewiderter Gesichtsausdruck in Erinnerung, sie hatte während ihrer gesamten Beziehung bewusst vermieden, die Narben anzusehen.

Christine nahm ihm die Decke weg und beugte sich über das Bein. Er hielt den Atem an. Minutenlang sprachen sie kein Wort. Sein Hals wurde eng.

Dann spürte er, dass Christine mit ihren Fingern zart über die wulstigen Narben strich. »Tut es noch weh?« Ihre Stimme hatte einen merkwürdigen Unterton, als ob sie fast aufschluchzte.

»Manchmal«, er holte tief Atem. »Wenn das Wetter wechselt, ab und zu.«

»Ist das bei deinem Unfall passiert?« Ihre Finger fuhren dabei ununterbrochen sanft sämtliche seiner Narben entlang.

»Ja.« Er zögerte.

Christine zog die Hand zurück und sah ihn an. Offenbar wartete sie auf weitere Erklärungen.

Er beschloss, die Kurzfassung zu wählen. »Ich war einige Zeit eingepfercht, bis man mich gefunden hat. Die Nerven waren abgeklemmt, die Knochen mehrmals gebrochen und gesplittert. Es waren mehrere Operationen nötig und man machte mir nicht viel Hoffnung, dass ich jemals wieder würde gehen können.«

»O mein Gott!« Ihr Mund war ein O, ihre Augen wirkten entsetzt. »Du musst vor Schmerzen fast wahnsinnig geworden sein.«

»Es waren weniger die Schmerzen als die Panik.« Er schloss die Augen. »So bewegungslos liegen zu müssen, mein kompletter Unterkörper sowie meine rechte Hand waren darunter.« Er holte tief Luft und spürte auf einmal Arme um sich.

Christine umfasste ihn, drückte ihn kurz an sich. »Das muss furchtbar für dich gewesen sein, ganz schrecklich.«

»Wenige Wochen zuvor hatten wir in der Schule über Medien und ihre Wirkung gesprochen, was erlaubt ist und was nicht. Da kam der Fall Omayra Sanchez zur Sprache, sagt dir der Name etwas?«

Christine war von ihm abgerückt, hielt aber weiterhin seine Hand und runzelte die Stirn. »Nein.«

»Sie war ein dreizehnjähriges Mädchen, das 1985 in Kolumbien vom Erdbeben überrascht und eingeklemmt wurde. Sie konnte nicht befreit werden, es fehlte eine spezielle Pumpe, aber die Ärzte waren sich auch sicher, dass, sobald der Druck von den Beinen des Mädchens entfernt würde, die starken Blutungen den sofortigen Tod zur Folge hätten. Sie haben Omayra mit Medikamenten und Flüssigkeit versorgt, bis sie sechzig Stunden später gestorben ist. Und nun dachte ich, dass ich das Gleiche erleben müsste.«

Nun kroch Christine erneut zu ihm und schmiegte sich an ihn. Haut an Haut, es war ein Gefühl wie Heimkommen.

»Später habe ich erfahren, dass es nur zwei Stunden waren, bis ich befreit wurde, die Fahrt im Rettungswagen habe ich nicht mitbekommen und bin erst nach der ersten Operation aufgewacht.«

»Du warst bestimmt sehr lange Zeit im Krankenhaus.«

»Ja. Anfangs haben sie mich ins künstliche Koma versetzt. Später kam auch noch eine Infektion hinzu, es dauerte Monate.«

»Was für eine Kraft, das Ganze zu überstehen.« Die Anerkennung und Bewunderung in ihrer Stimme taten ihm gut.

»Es blieb mir ja nichts anderes übrig.«

»Trotzdem. Die innere Einstellung und der Wille machen sehr viel aus. Zurückgeblieben ist nur ein leichtes Hinken …«

»Und das verunstaltete Bein.«

»Du solltest stolz darauf sein.« Sie sah ihn nun an und ihr klarer Blick unterstrich ihre Worte. »Die Narben zeugen davon, wie tüchtig du warst, was du überstanden und geleistet hast. Ich wette, die Reha war noch einmal schwieriger.«

Er atmete langsam aus und fühlte, wie die Anspannung von ihm wich. Philipp hatte gar nicht bemerkt, wie sehr er sich verkrampft hatte. »Die meisten Menschen finden es abstoßend.« Er spürte die Blicke, wenn er schwimmen ging.

»Wer sind die meisten? Die Dummen? Vergiss sie, trag die Narben mit stolz geschwellter Brust und Selbstbewusstsein. Ich zumindest finde es beeindruckend. Sie zeigen, dass du gekämpft und überlebt hast. Du hast keinen Grund, sie zu verstecken.« Ihre Augen blitzten, als wollte sie jedem Kontra bieten, der das Gegenteil behauptete.

In ihm schwappte etwas über, er zog sie an sich und küsste sie heftig. Sekunden später waren sie wieder im Strudel der Leidenschaft gefangen.

Wie viel Zeit war vergangen? Wann hatte sich der letzte Rest an Tageslicht verabschiedet? Es war stockdunkel draußen. Und nun drangen auch wieder Geräusche von den restlichen Hausbewohnern gedämpft zu ihnen. Vielleicht wäre es nun eine Gelegenheit, Christine von dem Tattoo zu erzählen. Möglicherweise wusste sie etwas.

Sein Magen meldete sich. Wann hatten sie zum letzten Mal gegessen? Christine drückte sich an ihn, als wollte sie in ihn hineinkriechen. Um nichts in der Welt wollte er dieses Gefühl missen.

Seine äußeren Narben schien sie zu akzeptieren, seine inneren kannte sie noch nicht.

Es klopfte an der Tür. »Christine, bist du zurück? Möchtest du mit uns essen oder bist du wieder verabredet?«

Zu seinem Entsetzen sprang die Tür auf.

13

Wolfgang

»Hat sich Christine gemeldet?« Stefanie setzte sich zu ihm ins Wohnzimmer.

»Ich habe probiert, sie anzurufen, sie hat mich weggedrückt.« Wolfgang war müde, ein arbeitsreicher Montag lag hinter ihm. »Ich muss etwas mit dir besprechen.« Er bemühte sich um einen geschäftsmäßigen Tonfall. »Johanna meinte, du solltest Bescheid wissen.«

»Ah, wenn Johanna das sagt …« Sie ließ den Satz unvollendet, aber es klang leicht verschnupft.

»Was soll das heißen?« Stress konnte er keinen gebrauchen, nicht noch mehr.

»Dass du mit allen Problemen zuerst zu ihr rennst.« Es klang scharf und das war er von Stefanie nicht gewohnt. Johanna hatte doch recht gehabt.

»Sie ist so etwas wie eine Ersatzmutter für mich.«

»Altersmäßig könnte sie niemals deine Mutter sein.« Sie setzte sich neben ihn. »Ich bin deine Frau, Wolfgang.«

Aber nicht seine Vertraute. Sie sprach es nicht aus, doch es war offensichtlich. Die Mutter seiner verstorbenen Frau und ihn trennten vierzehn Jahre, seine Frau hingegen war achtzehn Jahre jünger als er. Kurz plagte ihn ein Anflug von schlechtem Gewissen, dass er seine zweite Frau nicht so lieben konnte, wie sie es verdiente.

Sie waren seit siebzehn Jahren verheiratet, er nahm sie mit in sein Bett, doch im Prinzip wusste er wenig von ihr. Zum ersten Mal seit Langem sah er sie richtig an.

Stefanie war älter geworden, aus dem Mädchen, das er geheiratet hatte, war eine Frau in den besten Jahren geworden. Im letzten Jahr hatte es ein großes Fest zu ihrem vierzigsten Geburtstag gegeben und ja, sie war ohne Zweifel attraktiv. Ihre dunklen Haare, die im stufigen Pagenkopf geschnitten waren, hatten ihm immer schon gefallen. Das runde Gesicht mit den Grübchen wirkte auch heute jugendlich frisch.

Sie hatte Besseres als ihn verdient.

Doch er konnte sich jetzt nicht damit auseinandersetzen. »Es ist etwas passiert, das die Firma bedroht.«

Er spürte sofort, dass sie sich komplett auf ihn konzentrierte. Wieder einmal wurde ihm bewusst, dass er sie eventuell unterschätzte. Ihr Blick war weich und ihre vollen Lippen wirkten entspannt. Offenbar war sie nicht länger sauer auf ihn, weil er bei Johanna gewesen war.

Er kannte niemanden, der so wenig nachtragend war wie Stefanie. Eine Eigenschaft, die er stets an ihr geschätzt hatte. Und sie verdiente die Wahrheit.

»Ich habe Post aus den USA erhalten, aus Denver in Colorado, um genau zu sein.« Er lehnte sich zurück. »Du erinnerst dich, dass ich dir erzählt habe, dass meine Mutter in die USA ausgewandert ist?«

»Nein.« Sie zupfte an ihrem Rock, der hinaufgerutscht war. Er konnte ihr ansehen, dass er ihr zu eng war. Weshalb kaufte sie nicht passende Größen? Stefanie hatte stets darunter gelitten, dass sie nicht gertenschlank war, ihn hatten ihre überschüssigen Pfunde nie gestört. Er mochte es weich und mollig. »Du hast mir nur erzählt, dass sie gestorben ist, als du klein warst.«

Hatte er ihr wirklich nie gesagt, wie einsam er sich als Kind gefühlt hatte? Mit einem Vater, der stets arbeitete und nie Zeit für ihn hatte? Und einer Mutter, die nachts wie ein Geist verschwand? In all den Jahren hatte sie sich kein einziges Mal gemeldet.

»Sie hat meinen Vater – also uns – verlassen, als ich fünf war. Und ich habe nie mehr von ihr gehört.« Verflixt, weshalb erzählte er das, als ob es ihm noch etwas ausmachen würde? Er war lange darüber hinweg. »Als ich meinen Vater nach ihr fragte, ich schätze, da war ich acht oder so, hat er mir gesagt, sie sei gestorben.«

Er schloss kurz die Augen und sah die Szene deutlich vor sich. »Kommt Mama nicht wenigstens heute? Ich hab doch Geburtstag!« Wolfgang stand seinerzeit vor Annegret in der Küche. Die alte Haushälterin beugte sich zu ihm. »Deine Mama lebt nun in Amerika. Bestimmt schreibt sie dir bald.«

»Reden Sie dem Jungen keinen Unsinn ein.«

Er zuckte zusammen.

Die Stimme seines Vaters war so kalt und schnitt mitten ins Herz. »Meine Frau ist seit drei Jahren weg, hätte sie sich melden wollen, dann wäre das inzwischen wohl längst passiert!« Wolfgang wurde heftig am Arm gepackt und hinausgezerrt. »Belästige nie wieder das

Personal mit solchen Fragen.« Spucke benetzte Wolfgangs Gesicht, die Stirn seines Vaters war gerunzelt.

Wie immer.

»Deine Mutter ist tot, verstehst du? Also frag nie mehr nach ihr.«

»Und später?« Stefanies Frage riss ihn aus den Erinnerungen.

»Irgendwann, da war ich schon erwachsen, habe ich ihn ein zweites Mal gefragt und wollte auch die Todesursache wissen. Da meinte er, es wäre eine schwere Grippe gewesen.«

»Aber das stimmte nicht?«

»Ich habe es niemals angezweifelt. Weshalb sollte mich mein Vater belügen?«

»Weil er verbittert war, dass sie gegangen ist? Weil er den Kontakt zwischen ihr und dir nicht zulassen wollte?«

»Sie wollte mich doch gar nicht mehr.« Unabsichtlich war seine Stimme lauter geworden. Dann wischte er mit der Hand durch die Luft. »Ist auch egal jetzt. Tatsache ist, dass ich einen Brief erhalten habe. Von einer Frau, die sich Cynthia Young-Schluck nennt. Sie behauptet, meine Schwester zu sein.«

»Und das ist möglich? Wieso meldet sie sich erst jetzt?« Stefanie runzelte die Stirn. »Das heißt, deine Mutter muss mit ihr schwanger gewesen sein, als sie euch verließ? Wie alt ist sie denn? Passt es zusammen?«

Wolfgang war überrascht, wie rasch Stefanie die Zusammenhänge erfasste. »Ihr Alter nennt sie nirgends. Nur dass ihre Mutter, die offenbar auch meine war, im November letzten Jahres gestorben ist.«

»Das tut mir leid für dich.«

»Wieso das?«

»Dass du es nicht gewusst hast. Deine Mutter war noch lange Jahre am Leben, du hättest sie treffen und dich von ihr verabschieden können.«

Er sprang auf. »Diese Frau interessiert mich nicht, es macht keinen Unterschied, ob sie gestern oder vor hundert Jahren gestorben ist!« Sein Gebrüll schmerzte ihm selbst in den Ohren und beschämt ließ er sich auf den Polstersessel fallen. »Es geht nicht um die Frau, die mich geboren hat.« Er bemühte sich um einen normalen Tonfall. »Eine leibliche Schwester hätte natürlich Anspruch auf das Erbe, zumindest auf den Pflichtteil. Aber da Papa kein Testament hinterlassen hat, in dem ich der Alleinerbe bin, könnte sie sogar eine gleichberechtigte Erbin sein.«

»Auch wenn dein Vater nichts von ihr wusste?«

»Natürlich.« Er fuhr durch sein Haar. »Hätte er von ihrer Existenz gewusst, hätte er ein Testament zu meinen Gunsten verfasst. Aber da ich ohnehin der Alleinerbe war, hat er es sich gespart. Unnötige Notarkosten, das waren seine Worte. Es ist eine Katastrophe. Ich müsste die Firma verkaufen, denn ich kann unmöglich so viel Bargeld herausziehen, das wäre die Pleite. Und ich kann auch keinen so hohen Kredit aufnehmen. Wir haben erst vor ein paar Monaten die neue Abfüllanlage in Betrieb genommen, die Rückzahlungen laufen Jahre.«

Erneut kam eine Erinnerung in ihm hoch. Damals, als er noch jede Veränderung, die Firma betreffend, von seinem Vater hatte absegnen lassen müssen.

»Die neue Saftpresse in unumgänglich«, sagte Wolfgang und ärgerte sich, dass sein Vater in vielen Dingen so stur war.

»Und warum, frage ich mich? Denkst du wirklich, dass die Leute Kirschsaft trinken wollen?«

»Es wird einfach Zeit, dass wir das Sortiment erweitern. Und unsere Forschungsabteilung hat bereits ein tolles Rezept geliefert.«

»Die Flausen stammen bestimmt von deiner Frau.«

»Lass Monika aus dem Spiel.« Er hasste es, wenn sein Vater diese Karte zog. »Und wenn du nicht offener wirst bezüglich neuer Wege, die wir gehen wollen und müssen, dann werde ich die Firma verlassen.«

Wie viel hatte sich seither in der Firma getan!

Stefanie legte ihre Hand auf seinen Arm und er konzentrierte sich wieder auf das Jetzt. »Mach dir keine Sorgen«, sagte sie sanft. »Bislang ist nichts erwiesen. Ohne DNS-Test erhält die Dame gar nichts. Mir erscheint verdächtig, dass sie sich erst jetzt meldet.«

»Sie schreibt, dass sie erst nach dem Tod ihrer Mutter von Schluck erfahren hat.«

»Und sie fordert ihr Erbe ein?«

»Das auch.« Er lachte auf. »Tatsächlich hat sie ihre Erbansprüche bereits an ein Anwaltsbüro weitergeleitet. Das sagt für mich alles.«

Stefanie schwieg kurz, sagte dann: »Antworte ihr und frage nach, was sie will. Möglicherweise ist sie mit Anteilen an der Firma zufrieden, dann müsstest du nicht verkaufen.«

»Anteile! Gewiss nicht. Ich werde nicht reagieren.«

»Aber damit löst sich das Problem nicht.«

»Ich habe genug andere Probleme, dringendere.« Er spürte, dass er erneut die Fassung verlor. »Christine hat sich noch nicht gemeldet. Und Alex, der Träumer, denkt, dass er ein neuer Grönemeyer wird oder so. Heute war Jackie bei mir und will ins Forschungslabor wechseln. So ein Schwachsinn! Gerade erst mit dem Studium fertig und möchte Getränke kreieren? Nein, sie ist in der Qualitätssicherung gut aufgehoben. Julian ist momentan der einzige Lichtblick, der macht seine Prüfungen. Lilly hat auch nur Flausen im Kopf, ständig die Nase über das Handy gebeugt. Die komische Kleidung und dieses überladene Make-up.«

»Sie ist vierzehn. In diesem Alter müssen sie erst ihren Weg finden. Und Tim entwickelt sich prächtig.«

Über Tim wollte er nicht sprechen, hatte ihn absichtlich weggelassen. Wie immer.

Da blieb er lieber bei Lilly. »Die Kleine steht vor der Pubertät. Hoffentlich driftet sie nicht in die Drogenszene ab! Ich bin zu alt für so was. Weiß Gott, es war wirklich ein Fehler, dass wir sie bekommen haben.«

Ein erstickter Laut kam von der Tür. Da stand seine jüngste Tochter, käseweiß, dic Hände auf den Mund gepresst.

14

»Was denkt ihr, weshalb ausgerechnet der Apfel
dazu in der Lage war, Eva im Paradies zu verführen?
Keine andere Frucht lässt sich mit ihm vergleichen.«
Aus den Aufzeichnungen von Edwin Schluck, 1915

Christine

»Du hast ausgesehen, wie ein Teenager, der was ausgefressen hat.« Christine musste immer noch darüber lachen, wie entsetzt Philipp gewesen war, als Elsa sie beide im Bett erwischt hatte. Nach dem kurzen Schock hatten sie alle herzhaft gelacht.

Der Mai neigte sich dem Ende zu. Die Tage auf Sylt zogen wie ein einziger Traum vorüber. Nie zuvor hatte sich Christine dermaßen wohlgefühlt. Eine Mischung aus Freiheit, Frieden, Aufregung und Glück, ein Cocktail, der sie trunken machte, eine Stimmung, in der sie badete und aus der sie nie mehr herauswollte.

War sie in Philipp verliebt? Vielleicht ein wenig, aber dennoch würde es ein Flirt bleiben. Ihrer beider Zukunft war ungewiss. Ihrer Frage, ob er schon Pläne hätte, war er ausgewichen.

Momentan war ihr das völlig gleichgültig. Zum ersten Mal in ihrem Leben spielte Zeit keine Rolle und sie ertappte sich dabei, dass sie kaum auf die Uhr sah.

Zusammen mit Philipp, der gleich nach dem magischen Nachmittag sein Hotel gekündigt hatte und zu ihr gezogen war, erkundete sie die gesamte Insel. Sie spazierten durch den Nobelort Kampen, wanderten den Kliffweg bis nach Keitum, besichtigten die Hünengräber und besuchten eine der Strandsaunas. Am meisten genoss sie die langen Strandspaziergänge; die Hörnumer Odde umrundeten sie mehrmals.

Am heutigen Tag waren sie nach einem ausgiebigen Frühstück nach List gefahren und wanderten zum Ellenbogen. Sie hatten ein gutes Stück Weg vor sich, ehe sie den nördlichsten Punkt Deutschlands erreichen würden. Zahlreiche Vögel tummelten sich am Strand und im seichten Wasser, der Ort war als Naturschutzgebiet bekannt.

Sie setzten sich auf eine der Bänke. Und auf einmal sprach Philipp von Schluck-Säfte. »Vielleicht ist dein neuer Chef eine Bereicherung?«

Zwei Wochen lang hatte Christine den Kopf in den Sand gesteckt und sich treiben lassen. Mit diesem Satz holte sie die Realität wieder ein. »Du erwartest, dass ich klein beigebe und als Assistentin weitermache, unter einem Neuling, der womöglich alle meine Konzepte für nichtig erklärt?«

»Das kommt auf einen Versuch an, nicht wahr?« Sein Blick wanderte über das Meer. »Es ist dein Erbe und es liegt dir im Blut. Dein Vater lebt nicht ewig, wer wird dann die Firma weiterführen? Dein Bruder, der Gitarre spielend und singend durchs Haus wandern würde? Deine Schwester, die sich im Labor verkriecht?«

Ein glucksendes Geräusch drängte sich bei dieser Vorstellung aus ihrer Kehle. »Es sind ja noch drei andere da«, sagte sie, wieder ernst. »Mein Vater ist gerade mal neunundfünfzig und fit wie ein Turnschuh. Außerdem hasse ich den Gedanken, auf seinen Tod zu spekulieren. Er ist mein Vater und ich mag ihn, auch wenn ich ihn für seine antiquierten Ansichten an die Wand klatschen könnte.«

»Immerhin hat er eine Tätowierung am Unterarm, das ist gerade sehr modern. Heutzutage fällt man ja schon auf, wenn man keine hat.« Seine Worte klangen zwar wie spontan hingeworfen, doch Christine nahm eine merkwürdige Anspannung bei ihm wahr.

»Es hat dich offenbar fasziniert.«, Sie erinnerte sich, an seine Reaktion, als er das Tattoo zum ersten Mal entdeckt hatte. »Ist mir aufgefallen. Aber Papa hat es in seiner Jugend machen lassen, da war es noch nicht so ›in‹.«

»Ja. Weißt du, was es für eine Bedeutung hat?« Auch jetzt schwang eine gewisse Erregung in seiner Stimme mit.

»Nicht wirklich.« Sie nahm einen Schluck. »Jackie und ich haben ihn mal gefragt, als wir Kinder waren. Er hat von einer Jugendsünde gesprochen und dass wir uns nie tätowieren lassen sollen, weil man das nur schwer oder gar nicht abbekommt.«

»Es ist ein außergewöhnliches Motiv, eine Schlange mit Ball oder Kugel auf dem Kopf und einem Kegel im Maul.« Nun lag etwas eigenartig Drängendes in seinem Tonfall, das sie sich nicht erklären konnte.

»War wohl eine Jugendgruppe oder so. Auf jeden

Fall ist es kein Beweis für seine Fortschrittlichkeit.« Sie zuckte mit den Schultern. »Tut mir leid, mehr hat er nie erzählt. Wieso fragst du?«

Er wirkte fast enttäuscht, doch lächelte so rasch wieder, dass sie es sich vermutlich eingebildet hatte. »Ich dachte, ich hätte so eine Tätowierung schon mal wo gesehen.«

Sie beobachteten eine Weile schweigend eine Möwe, die am Strand herumstolzierte.

»Sie läuft wie eine Königin«, Christine kicherte.

»Könnte auch ein König sein.« Er stand auf und zog sie an der Hand hoch. »Wollen wir weiter?«

»Stimmt. Apropos Königin, verstehst du dich gut mit deiner Mutter?« Sie spazierten nun weiter auf dem asphaltierten Damm.

»Sie bringt mich manchmal auf die Palme. Nicht, weil sie altmodische Ansichten hätte, sondern wegen ihrer Unvernunft. Sie ist nicht viel jünger als dein Vater und glaubt immer noch, mit Mitte fünfzig herumspringen zu können wie ein frischgeborenes Lamm!« Er grinste. »Also eher eine Prinzessin.«

»Na ja, als Tänzerin ist das ihr Job. Ich wette, sie ist total fit.«

»Das schon, aber sie arbeitet viel. Wenn sie keinen Unterricht hat, tüftelt sie Choreografien für Tanzformationen aus, vor allem für Vereine bei Faschingsveranstaltungen. Und Hochzeitspaare studieren bei ihr den Brauttanz ein.«

»Brauttanz?«

»Kennst du den Brauch nicht? Dass Bräutigam und Braut eine Tanzeinlage bieten?«

»Ach, du liebe Güte, Philipp! Das wäre nichts für mich mit meinen beiden linken Füßen.«

»Dann werden wir nicht zusammen tanzen?« Seine Augenfältchen vertieften sich. »Meine Mutter hat schon ganz andere Tanzmuffel zum Tanzen gebracht, glaube mir. Und ich würde gern eine Runde mit dir drehen.«

Konnte er das überhaupt mit seinem Bein? Und wollte er ihre Beziehung nach diesem Urlaub fortsetzen? Sie sogar seiner Mutter vorstellen?

Er musste ihr die widerstreitenden Gefühle angesehen haben, denn ein Schatten fiel über sein Gesicht. »Du hast schon recht, ganz so flott gingen Walzer oder Quickstepp nicht bei mir. Man merkt natürlich, dass ich gehandicapt bin. Es ist so ähnlich, als sängen Leute leidenschaftlich falsch. Das macht doch Spaß. Warum soll ich also mit meinem Bein nicht tanzen? Macht mir auch Spaß.«

»Natürlich sollst du tanzen.« Rasch legte sie ihm die Hand auf den Oberarm. »Mir ging nur gerade durch den Kopf, was das hier ist. Zwischen uns, meine ich.«

»Du klingst verschreckt.« Er griff nach ihrer Hand. »Ich kann nur sagen, ich habe nie zuvor für eine Frau so empfunden wie für dich. Und du weißt, dass ich schon sehr lange versuche, dir näherzukommen.« Seine Stimme wurde etwas dünn, fast wie bei einem Teenie, der seine Gefühle formuliert.

Das stimmte natürlich, das konnte sie nicht abstreiten.

»Sag mir, dass es weitergeht mit uns. Ich verspreche, dass ich nicht gleich morgen das Aufgebot bestellen werde, aber das heißt nicht, dass ich es mir nicht vorstellen kann.« Philipp war stehen geblieben, seine dunklen Augen glänzten wie Mahagoni.

Was sollte sie darauf antworten? Ja, sie war verliebt und ein großer Teil von ihr wollte nichts anderes, als an ihn geschmiegt in den Sonnenuntergang reiten. Auf einem einzigen Pferd, versteht sich. Doch ihr Verstand pfuschte empfindlich dazwischen. Jahrelang hatte sie an einer falschen Beziehung festgehalten, sich vorgestellt, Rico und sie wären ein Paar, das die goldene Hochzeit anpeilen könnte. Wie hatte sie so blind und verbohrt sein können?

Was, wenn sie sich die Gefühle für Philipp nur einbildete? Es war zu schnell gegangen und sie konnte nicht damit umgehen. Sie kannte ihn viel zu wenig.

Lügnerin. Sie wusste nach der kurzen Zeit bereits mehr über ihn, als sie jemals über Rico gewusst hatte.

Einige Radfahrer fuhren vorbei. Christine und Philipp traten einen Schritt zur Seite.

»Wir hätten auch Räder leihen sollen, dann ginge es schneller.« Christine sah der Gruppe nach, ehe sie sich wieder umdrehte. Überrascht stellte sie fest, dass Philipp sie intensiv ansah.

»Ich muss dir noch was sagen …« Das Klingeln eines Handys unterbrach ihn.

Aber sie hatte ihres doch in der Pension gelassen?

Da sah sie schon, wie Philipp seines an Ohr hielt. »O mein Gott! Ist sie schwer verletzt?« Er klang besorgt und ängstlich zugleich. »Ich bin gerade hier mitten in der

Pampa, aber ich komme, so schnell es geht.« Das Handy noch in der Hand, drehte er sich zu Christine. »Tut mir leid, ich muss zurück und sofort abreisen. Meine Mutter hatte einen Unfall.« Er machte sich bereits mit langen Schritten auf den Rückweg.

Sie hatte Mühe, ihm zu folgen. »Was ist ihr denn passiert? Langsam, Philipp, es bringt nichts, wenn du auch noch stürzt.«

»Auf dem asphaltierten Weg?«

»Du könntest den Damm hinunterfallen.«

Er lachte nicht, doch immerhin drosselte er sein Tempo.

»Wer war am Telefon?«

»Meine Schwester. Es ist ein Glück, dass sie momentan zu Besuch bei Mama ist.« Er strich sich eine Haarsträhne aus der Stirn.

»Und weißt du Genaueres?« Sie fühlte ein wenig Frustration, dass er sich jedes Wort aus der Nase ziehen ließ.

»Nicht viel. Mama ist gestolpert und die Treppe hinuntergestürzt.« Er scrollte während des zügigen Tempos in seinem Handy.

»Was suchst du?«

»Wann der nächste Autozug in Westerland losfährt. Ah, alle halbe Stunde, das müsste funktionieren. Hoffentlich kriege ich noch einen Platz.« Er seufzte. »Zu dumm, ich muss zuerst nach Hörnum zurück und wir sind hier am anderen Ende der Insel …«

»Keine Panik, Philipp. Wir können auch ein Taxi nehmen, wenn dir der Bus zu langsam ist.« Sie waren mit dem Bus nach List gefahren, hatten ihre Autos stehengelassen.

Die öffentlichen Verbindungen auf Sylt waren gut.

»Ob ich gleich online einen Platz auf dem Sylt-Shuttle buchen soll?«

»Das machst du im Taxi.« Christine kam sich vor wie im Schleudergang. Eben noch hatten sie nebeneinandergesessen und ihre Gefühle analysiert, jetzt war es so, als wäre ihr etwas Wunderbares im letzten Moment aus den Händen gerissen worden.

»Ja.« Er steckte das Handy ein und schritt zügig aus. »Ich wette, meine Mutter hat sich übernommen. Wenn sie tanzt, kennt sie kein Ende. Und sie ist nun mal keine zwanzig mehr.« Sein Blick war eine Mischung aus Zärtlichkeit und Resignation.

»Erzähl mir ein wenig über ihre Tanzschule.«

»Sie hat sie ganz allein aufgebaut.« Offenbar war das ein Thema, das Philipp lag.

Den gesamten zweistündigen Rückweg bis nach List schwärmte er von seiner tüchtigen Mutter, die ihn und seine Schwester nach dem Tod des Vaters allein großgezogen hatte.

»Ohne sie säße ich heute im Rollstuhl. Sie war es, die mich immer wieder aufgemuntert und motiviert hat«, schloss er und umarmte Christine. »Ich melde mich.«

Eine Stunde nach seiner Abreise fehlte ihr Philipp bereits. Sie war mit Elsa in der Küche und half ihr, Omas Apfelkuchen für die Kaffeestunde am nächsten Tag zu backen. Während ihre Freundin den Teig rührte, saßen sie und Reno am Küchentisch und schälten die Äpfel.

»Er hat von Hochzeit gesprochen. Zumindest indirekt.« Christine schüttelte den Kopf. »Wir kennen uns doch kaum.«

»Immerhin hast du seit zwei Jahren mit ihm zu tun, nicht wahr? Hast mit ihm immer Verhandlungen geführt.« Elsa trennte geschickt Eigelb und Eiweiß.

»Schon, aber das ist was anderes. Da ging es ums Geschäft.« Sie ließ das Schälmesser sinken und sah Elsa an. »Verdammt, ich hänge hier fest. Philipp meint, ich soll mich mit meinem neuen Chef einigen. Und Omi ist davon überzeugt, dass Papa irgendwann einlenken wird.«

»Du brennst für Schluck-Säfte, Christine. Ich habe dich damals beneidet, dass du immer wusstest, wo du hingehörst. Für dich war klar, dass du in den Familienbetrieb einsteigen würdest, und du hast dein Ziel von Anfang an verfolgt. Aber es ist gut, dass die Sache mit Alexander herausgekommen ist. Mit einem neuen Chef kannst du dich entfalten und, wer weiß, von ihm lernen.«

»Hmm.« Christine war überzeugt, dass er ihr nichts Bedeutendes würde beibringen können. Sie war es doch, die die Firma in- und auswendig kannte.

»Ein wenig kann ich die Gedankengänge deines Vaters nachvollziehen. Du hättest deinen Bruder dazu animieren sollen, es selbst zu melden und zuzugeben, dass ihm die Arbeit nicht liegt.«

»Er brauchte das Geld, mit seiner Musik verdient er ja nichts. Es ist eben schwierig, in der Branche Fuß zu fassen.« Ihr kam in den Sinn, dass sie Alexanders Worte wiederholte.

»Unsinn.« Es war das erste Mal, dass Reno sich in die Unterhaltung einmischte, und sie sah ihn überrascht an. Elsas Freund war ausgesprochen wortkarg.

Mehr kam auch nicht und Christine beugte sich zu ihm. »Wie meinst du das? Du kennst ihn doch überhaupt nicht.«

»Wenn er für seine Musik so brennen würde, wie du für die Firma, dann hätte er schon was erreicht«, antwortete er trocken.

Sie starrte ihn überrascht an, so einen langen Satz hatte sie ihn selten sprechen gehört. Hilfesuchend sah sie zu ihrer Freundin. »Denkst du auch so?«

Elsa wog Zucker ab und schüttete ihn in ein Sieb über der großen Rührschüssel. »Da ist was dran. Was tut dein Bruder genau? Er spielt in einer Band, komponiert ein bisschen, bringt aber nichts zu Ende. Zielstrebigkeit sieht anders aus.«

Christine musste schlucken. Darüber hatte sie sich noch nie den Kopf zerbrochen. Alexander spielte mit seinen Kumpels und sie traten um ein Taschengeld auf – wäre da nicht mehr drin? Hatte er seine Kompositionen mal an eine Agentur geschickt? »Ich hätte ihn motivieren sollen.«

»Geht's noch?« Elsa tippte sich an die Stirn. »Du bist nicht deines Bruders Hüter oder so; steht schon in der Bibel.«

Christine musste lachen. »Das war allerdings in einem anderen Zusammenhang.«

»Egal. Schau jetzt auf dich.« Elsa stellte die Schüssel

in das Rührgerät, schaltete ein und sprach lauter, um das Geräusch zu übertönen. »Dein neuer Chef hat keine Ahnung vom Betrieb, das musst du ausnutzen. Und er hat höchstwahrscheinlich auf manchen Gebieten mehr Erfahrung als du. Eventuell ist es eine Bereicherung, wenn ihr gut zusammenarbeitet. Und sollte es nicht klappen, what shall's?« Sie zwinkerte auf ihre charakteristische Weise. »Du hast nichts zu verlieren! Gehen kannst du jederzeit, aber du würdest dich ärgern, wenn du es nicht wenigstens versucht hättest. Denn – sei ehrlich – du willst weder der Firma noch deiner Heimat den Rücken kehren.«

So ähnlich hatte sich Philipp auch ausgedrückt. Reno neben ihr schnitt die Äpfel in Scheiben, ohne den Kopf zu heben. Sie legte ebenfalls den Schäler zur Seite und griff nach dem Brett und dem Messer. »Momentan ist alles so entsetzlich durcheinander.« Sie begann zu schnippeln, eine Tätigkeit, die sie schon immer beruhigt hatte.

»Pass auf, die Schneide ist scharf«, warnte Elsa. »Und ich finde, du machst die Dinge komplizierter, als sie sind. Warum schnappst du dir Philipp nicht? Er mag dich, das sieht ein Blinder.«

»Hab ich doch.«

»Ich meine, für mehr als einen Urlaubsflirt.« Elsa verdrehte die Augen.

»Nach dem Flop mit Rico zweifle ich an meiner Menschenkenntnis.«

»Du hast längst gewusst, dass Rico ein Blindgänger ist. Es war bequem für dich, ihn aus der Ecke zu holen, wenn du das wolltest. Philipp scheint mir doch ein anderer Typ zu sein.«

»Ich kenne ihn zu wenig.«

»Ihr wart jetzt fast zwei Wochen lang ununterbrochen zusammen. Wann hattest du das mit Rico? Es zählt doch die Intensität, nicht die Zeit in Minuten gemessen.«

Zwei Wochen? War sie wirklich schon so lange hier? Sie rechnete nach, tatsächlich über einen Monat.

»Es macht Plopp, wenn der richtige Mensch da ist«, meldete sich Reno auf einmal. Sie hatte bereits vergessen, dass er auch noch da war.

»War das bei dir so?«

»Ja. Und ich glaube, es ist bei allen so. Nur haben manche keine Antenne dafür.«

»Du hast gleich gewusst, dass ich die Richtige bin?« Elsa schaltete die Küchenmaschine aus. »Aber du hast so lange nichts gesagt, Reno!«

»Weil ich Angst hatte, dass du nicht mit mir kommen würdest.« Er warf seinen Anteil zu den Apfelscheiben in die Keramikschüssel. »Gibst du mir die Marinade?«

Elsa holte den Krug mit der vorbereiteten Flüssigkeit aus Zitronensaft, Rum, Zucker, Vanillinzucker, einer Prise Salz und goss sie über die Scheiben. »Darauf wäre ich nie gekommen.« Sie drückte Reno einen Kuss auf die Wange. »Meine Güte, und ich habe mir monatelang den Kopf zerbrochen, ob du überhaupt auf mich stehst.«

»Das zwischenmenschliche Leben ist gepflastert mit Missverständnissen.« Er lächelte, was sein kantiges Gesicht attraktiver machte. »Aber zum Glück habe ich mich dann doch getraut.« Mit einem Kochlöffel vermischte er die Scheiben mit der Marinade, Christine schüttete ihre restlichen dazu. »Philipp ist in Ordnung. Das spüre ich.«

Sie sah aus dem Fenster. Ein Sturm hatte sich aufgebaut, wie oft um diese Jahreszeit, und sie hoffte, dass Philipp gut bei seiner Mutter angekommen war.

Weshalb meldete er sich nicht?

15

Philipp

Beklemmung überfiel Philipp, als er das Krankenhaus betrat. So viele Monate hatte er darin vor über zwanzig Jahren zugebracht. Und doch, kaum kam ihm der charakteristische Geruch einer Klinik in die Nase, fühlte er sich in Sekunden nach damals zurückversetzt.

»Gut, dass du endlich da bist.« Seine Schwester lief auf ihn zu. Lisa-Maria klammerte sich an seinen Hals, Tränen glänzten in ihren Augen. »Sie operieren schon seit fast drei Stunden. Es ist ein komplizierter Splitterbruch.«

Er drückte sie an sich. »Alles wird gut, Lissy.« Ein banaler Satz, von dessen Wahrheit er natürlich nicht überzeugt sein konnte. »Was genau ist passiert?«

Sie ließ die Arme fallen. »Der Kopf ist unverletzt, sie konnte um Hilfe rufen, sodass die Nachbarin sie gehört und die Rettung alarmiert hat. Als ich ankam, war Mama schon im OP.«

»Keine Kopfverletzung!« Philipps Knie wurden weich.

»Ja, sie hatte Glück. Außer Prellungen ist nichts passiert, aber beim Sturz muss sich ihr Bein verdreht haben. Hoffentlich können sie es wieder richten.« Lisa-Maria schluckte. »Wenn sie nicht mehr tanzen kann …«

»Die Klinik hat einen guten Ruf, sie werden Mama helfen«, sagte er mit einem aufmunternden Lächeln.

»Hol dir was zu trinken. Oder essen. Hast du überhaupt schon was zu Mittag gegessen?«

»Ich hab keinen Hunger, aber eine Cola kann nicht schaden.« Sie ging zum Automaten. »Was ist mit dir?«

»Nichts, danke.« Ihm war schlecht und ein wenig schwindlig, vor allem, nachdem er die sieben Stockwerke im Eiltempo absolviert hatte. Er sollte Christine Bescheid geben, doch er konnte nur auf einen der Stühle sinken und durchatmen.

Das Gesicht in den Händen vergraben, erschienen vor ihm die Bilder seines eigenen Krankenhausaufenthalts. Und der schreckliche Geruch nach Desinfektionsmitteln, die Geräusche der Apparate, Piepsen, Tropfen, das Aufpumpen des Blutdruckapparates, Schmerzen, Infusionen, Übelkeit und die anstrengenden qualvollen Therapien.

Als wäre es gestern gewesen.

»Philipp.« Eine wärmende Umarmung. Seine Mama ist gekommen, den ganzen weiten Weg. Obwohl sie doch auf Lisa-Maria aufpassen muss. Ihm ist gleich wohler. »Ich weiß, wie schwer es für dich ist. Gib nicht auf, du hast schon so große Fortschritte gemacht.«

»Aber es tut so weh.«

»Ich weiß, mein Großer, ich weiß.«

Und sie weinen beide.

Philipp schüttelte sich bei diesen Gedanken, blickte auf. Seine Schwester stand beim Automaten und unterhielt sich mit einer vermutlich anderen Besucherin.

Leidvoll hatte er sich dann zurückgekämpft ins Leben, man hatte ihm gesagt, dass er keinen Sport mehr betreiben können und womöglich nur mit Krücken gehen würde. Zumindest später. Anfangs bezweifelten die meisten Ärzte, dass er sich jemals wieder auf seinen Beinen fortbewegen könnte. Kurz stehen, ja, aber auf keinen Fall gehen, nicht mal ein paar Schritte. Er hatte das Gegenteil bewiesen. Nur sein rechtes Bein musste er leicht nachziehen, je müder er wurde, desto ausgeprägter hinkte er und litt darunter. Den Sport hatte er sich nicht nehmen lassen. Vor allem das Radfahren nicht.

Sein Hass auf den Kerl mit dem Tattoo saß ihm wieder direkt unter der Haut. Schade, dass Christine nicht wusste, wie ihr Vater dazu gekommen war.

»Willst du auch einen Schluck?«, drang Lisa-Marias Stimme zu ihm. »Du bist käsig im Gesicht.«

Er nahm ihr die Flasche ab und trank. »Danke.« Das kühle Getränk half ihm, sich zu erden.

Eine junge Ärztin kam aus dem abgetrennten Operationsbereich. »Sind Sie die Angehörigen von Frau Degenhardt?«

»Ihre Kinder«, antwortete Philipp.

»Ihre Mutter ist stabil, es war ein komplizierter Drehbruch des Unterschenkels.«

»Was heißt das?« Lisa-Marias Stimme klang schrill. »Muss sie in den Rollstuhl?«

»Nein, so schlimm ist es nicht«, die Ärztin hob beide Arme, »aber ich habe in den Unterlagen gelesen, dass sie ein Tanzstudio betreibt. Es wird einige Zeit dauern, bis sie wieder tanzen kann.«

Philipp stieß die Luft aus. Erneut standen die Bilder

seiner eigenen Rekonvaleszenz vor Augen, selbst für ihn war es ein langer beschwerlicher Weg gewesen, obwohl er noch ein Kind gewesen war. Bei Kindern heilte alles schneller und Mama war schon über fünfzig.

»Das ist so schrecklich.« Lisa-Maria begann zu weinen und er zog sie an sich.

»Mama schafft das.«

»Aber ihre Tanzstunden, du weißt, dass sie mit Leib und Seele Tanzunterricht gibt.« Ihre Schultern bebten.

Philipp zog sie an sich. »Du hast doch gehört, sie wird wieder gesund werden. Lass uns zu ihr gehen.«

Auf dem Weg zur Intensivstation klingelte sein Handy erneut, er sah die Nummer von Christine aufleuchten. »Geh schon mal vor, ich komme gleich nach.«

Lisa-Maria zog kurz eine Schnute, verschwand aber danach hinter der Glastür zur Intensivstation.

Philipp nahm das Gespräch an.

»Bist du gut angekommen? Wie geht es deiner Mutter?« Christine verschluckte die Worte fast, offenbar war sie komplett aus dem Häuschen.

»Alles okay, ich bin nur müde.«

»Deine Mama?«

»Sie wurde operiert und liegt nun auf der Intensivstation, ich bin gerade auf dem Weg zu ihr. Es ist ein komplizierter Bruch und sie wird«, er unterbrach sich, erst jetzt wurde ihm so richtig bewusst, was das für seine Mutter bedeuten würde, »vielleicht kann sie nie mehr tanzen.«

»Wie schrecklich.« Ihre Stimme kippte. »Es tut mir leid, Philipp. Kann ich irgendwas tun? Soll ich kommen?«

Wie gern hätte er sie hier! Eine Umarmung, liebevolle Worte und die Gewissheit, dass sie mit ihm fühlte.

»Nein, du kannst da nichts machen. Genieß die letzten Tage auf Sylt.«

»Ich kann mich sofort ins Auto setzen …«

»Auf keinen Fall! Ich gehe jetzt mal zu ihr und melde mich nachher noch einmal.«

Eine halbe Minute später stand er an ihrem Bett. Man hatte ihm einen Übermantel gegeben und ihn angewiesen, sich die Hände zu desinfizieren.

Mama wirkte blass und klein, sie war immer schon ein zierliches Persönchen gewesen. Eine Infusion tropfte, der Überwachungsmonitor zeigte ein EKG an, sonst lag sie komplett reglos.

Lisa-Maria hielt ihre Hand und drückte ihr Gesicht darauf, er setzte sich auf die andere Seite. Anfassen wollte er sie nicht, denn die linke Hand war mit dem Infusionsschlauch verbunden.

Seine energisch agile Mama so reglos liegen zu sehen, verlangte ihm einiges ab. Am liebsten hätte er laut gebrüllt und mit der Faust gegen die Wand geschlagen. Natürlich tat er nichts dergleichen, sondern saß wie eine Statue neben dem Bett.

Während er das eintönig gleichmäßige Tropfen der Infusionsflüssigkeit im Ohr hatte, erklang Lisa-Marias verzweifelte Stimme. »Wacht sie wieder auf?«

»Natürlich.«

»Ich habe einen Film gesehen, da ist jemand nach der Narkose nie mehr aufgewacht.«

Mit zwei Schritten umrundete er das Krankenbett, war bei seiner Schwester und umarmte sie. »Unsere Mama wird schon bald die Augen aufschlagen. Und aus dem Bett springen wollen, wirst sehen. Sie ist eine Königin.«

Lisa-Maria wischte die Tränen von den Wangen und blickte ihn groß an. Dann breitete sich ein Lächeln auf ihrem Gesicht aus. »Ja, Philipp, sie ist eine Königin, sie schafft das.«

16

Wolfgang

Wolfgang hatte nicht gewusst, dass Stefanie dermaßen böse auf ihn werden konnte. Nach der unbedachten Bemerkung über seine jüngste Tochter, die mit einem Schluchzen die Treppe hochgelaufen war, war seine Frau mit zusammengepressten Lippen an ihm vorbeigeeilt und Lilly gefolgt.

Das war nun fast zwei Wochen her. Er hatte nicht erwartet, dass ihm Stefanies Schweigsamkeit so zusetzen würde. Seine Versuche, mit Lilly zu sprechen, waren ebenfalls kläglich gescheitert.

Er hatte keine Zeit für solchen Kram. Wenigstens waren drei seiner Kinder mit dem Studium fertig, auch Julian studierte fleißig. Der Junge war tüchtig und er bereute nicht, ihn adoptiert zu haben. Das war sein Geschenk an Stefanie gewesen. Sie hatte gut für seine mutterlosen Kinder gesorgt, selbst wenn es nicht bei allen geglückt war.

Dic Sache mit Alexander lag ihm schwer im Magen. Dass der Junge ihn so enttäuscht hatte! Und Christine drückte seine Anrufe weg.

Stefanies Worte kamen ihm in den Sinn. »Mir ist jetzt klar, weshalb du mich nie beachtet hast. Du wolltest mich nie.« Die Worte hatten ihn erwischt wie Bisswunden.

Die Mahlzeiten verliefen schweigend. War ihm früher das Geplapper von Frau und Kindern meist zu viel gewesen, so war die Eiszeit jetzt unerträglich. Wer war er eigentlich, dass sie glaubten, ihn ignorieren zu können? Wegen einer einzigen unglückseligen Bemerkung?

»Wie läuft es in der Schule?«, fragte er schließlich, um die frostige Stille zu unterbrechen. Heute hatte er bereits genug Ärger gehabt. Sein Techniker hatte ihm nahegelegt, eine neue Verpackungsmaschine anzuschaffen, die alte würde es nicht mehr lange machen. Er wusste nicht, ob es wirklich nötig wäre. Monika hatte er blind vertraut. Seine Frau kannte sämtliche Geräte der Firma in- und auswendig.

Erneut schweiften seine Gedanken ab.

»Wir werden eine neue Mikrofiltrationsanlage brauchen.« Monika blickte ihn bekümmert an. »Die hier arbeitet schon längere Zeit unzuverlässig.«

»Wenn du das sagst, ist wirklich nichts mehr zu reparieren. Holst du Angebote ein?« Wieder einmal schätzte er sich glücklich, so eine tüchtige Technikerin in der Familie zu haben. Sogar sein Vater hatte einsehen müssen, was für ein Gewinn seine Monika war.

»Wir sollten dieses Produkt hier nehmen, aus der Schweiz. Ist ein wenig teurer, aber dafür garantieren sie den Service.« Sie hielt ihm die Mappe ihn.

Er warf keinen Blick darauf, warum auch? »Bestell sie.«

Besteckgeklapper holte ihn in die Gegenwart zurück. Lilly aß schweigend, hatte seine Frage nicht beantwortet.

In ihm stieg Zorn hoch. »Madam, ich rede mit dir.«

»Warum?« Sie sah ihn schräg von unten an und schob sich eine weitere Gabel voll Reisfleisch in den Mund.

»Was soll dieses dämliche Getue?« Er schlug mit der Hand auf den Tisch. »Ich habe eine einfache Frage gestellt und erwarte eine simple Antwort.«

»Klar. Gut.«

»Wie?«

»Gut. Die Schule.« Sie griff nach ihrem Glas. »Interessiert dich doch nicht.«

»Dein pubertäres Verhalten zeigt mir, wie unreif du bist.« Er legte die Gabel hin. Stefanies Blicke bohrten sich in ihn wie Laser. »Stefanie, kommst du nachher ins Wohnzimmer? Wir müssen uns dringend unterhalten.« Er stand auf und verließ das Esszimmer.

Was war nur in seine Familie gefahren? Er hatte anderes zu tun, als sich über solche Kinkerlitzchen zu ärgern. Zielgerichtet schritt er zum Barschrank und goss sich ein Glas Whisky ein, den edlen, Jahrzehnte gelagerten, den er sich nur selten gönnte. Er würde Stefanie zur Rede stellen. Dass sie Lilly gegen ihn aufhetzte, ging gar nicht. Anders konnte er sich das Verhalten seiner Jüngsten nicht erklären. Wegen einer etwas unglücklichen Bemerkung wochenlang zu schmollen!

Er war zu alt für so was.

Es dauerte über eine Stunde, ehe Stefanie zu ihm kam. Er hatte bereits die gesamte Wirtschaftszeitung, die er abonniert hatte, gelesen. »Hast du noch das Haus geputzt?« Er griff sich an die Stirn. »Ach nein, das musst du ja nicht machen. Wir haben eine Reinigungskraft.«

»Ich arbeite im Apfelglück, wenn du dich erinnerst.«

»Was du nicht tun müsstest. Deine Aufgabe ist es, dich um die Kinder zu kümmern. Und da ich Lillys Verhalten heute erlebt habe, machst du einen hundsmiserablen Job.«

Stefanie ging schweigend zur Bar, wählte einen Weinbrand. »Entschuldigung, dass ich nicht gleich springe, wenn du mich zu dir zitierst wie eine Dienstbotin.«

Dass sie auf seine provozierende Bemerkung nicht reagierte, schürte seine Wut. »Es ist wichtig«, schnauzte er sie an. So aufsässig kannte er sie gar nicht. Er schwenkte sein Whiskyglas, seine zweite Portion.

Sie setzte sich zu ihm, nahm einen tiefen Schluck und stellte dann das Glas ab. »Ich habe sehr viel akzeptiert von dir, Wolfgang. Du hast mich damals geheiratet, weil du eine Mutter für deine Kinder brauchtest …«

»Halt!« Er hob die Hand. »Was ist mit deinem Sohn? Wir haben beide von der Hochzeit profitiert.«

»Das streite ich nicht ab.« Ihre Stimme zitterte leicht, sie blieb jedoch ruhig, ihre dunklen Augen waren direkt auf ihn gerichtet. »Ich habe gewusst, dass du deine erste Frau geliebt hast und ich da niemals mithalten kann. Dennoch habe ich gehofft, dass in dir so ein klein wenig Zuneigung mir gegenüber entstehen könnte.« Sie holte geräuschvoll Luft. »Ich bin eine naive dumme Gans, nach so vielen Jahren immer noch auf etwas zu warten, das nie eintreten wird.«

»Kommt jetzt so eine weibliche Gefühlsduselei?« Er leerte sein Glas und stand auf. Das gärende Gefühl im

Bauch ignorierte er. »Meine Zeit ist zu schade für so was. Du hast damals gewusst, worauf du dich einlässt, dein Sohn hat meinen Namen bekommen und im Gegenzug dazu warst du eine Mutter für meine Kinder.«

»Das hast du immer betont, du musst es nicht wiederholen. Aber immerhin sind wir ein richtiges Ehepaar und in der Nacht …«, sie stockte und senkte den Kopf. »Zumindest weiß ich, dass du nicht fremdgehst.«

»Was denkst du?« Er drehte sich zu ihr. »Ich bin ein Ehrenmann. Jetzt lassen wir das Thema und du sagst mir, was mit Lilly los ist. Oder mit dir in der letzten Woche.«

Sie holte geräuschvoll Luft, stand ebenfalls auf und stellte sich vor ihn hin. »Du musst mit ihr sprechen. Dass du deine stupide Bemerkung, von wegen, es wäre besser gewesen, sie nicht zu bekommen, nicht ernst gemeint hast. Sie ist noch nicht einmal fünfzehn. Was denkst du, wie das bei ihr ankommt?«

»Ich habe mit ihr geredet, aber sie schaltet auf stur. Und auf ihr zickiges Pubertätsgehabe habe ich nun mal keinen Bock.« Er zuckte mit den Schultern. »Vielleicht denkt sie dann darüber nach, wie sinnlos sie Zeit vergeudet mit ihrem ständigen Tippen ins Handy, statt für die Schule zu arbeiten. Sie ist meiner Frage ausgewichen, weil sie vermutlich katastrophale Noten hat.« Er ließ sich wieder auf seinen Sessel fallen, das halb volle Glas in der Hand.

»Das glaubst du?«

»Sonst hätte sie mir eine Antwort gegeben, also ja, ich bin mir sicher.«

»Zu deiner Information: Lilly ist eine Einser-Schülerin, die Beste ihrer Klasse. Sie arbeitet auf einen Eins-Komma-null-Durchschnitt hin, momentan steht sie bei eins Komma eins.«

Ihm blieb der Mund offen stehen.

»Da staunst du, was? Du hast keine Ahnung von deinen Kindern, von keinem von ihnen.« Stefanie ging wieder zur Bar und schenkte sich nach. »Kein Wunder, du hast dich in den vergangenen Jahren bestenfalls oberflächlich mit ihnen beschäftigt, auch, als sie noch bei uns gegessen haben.«

»Du tust so, als hätte ich sie in der Gosse verkommen lassen.« Was wollte sie von ihm? Er verstand es nicht. »Ich habe allen eine teure Ausbildung ermöglicht.«

»Das ist löblich, aber auch deine Pflicht als Vater. Sie hätten zusätzlich deine Anerkennung, Wertschätzung, Lob und Liebe gebraucht.«

»Liebe!« Wolfgang spuckte ihr das Wort förmlich entgegen. »Ein destruktiver Wahnsinn. Wegen der sogenannten Liebe wurden Menschen umgebracht, Kriege geführt und Existenzen vernichtet. Mein Vater war nur noch ein Schatten seiner selbst, als meine Mutter ihn verlassen hat.«

»Du bist anders als dein Vater.« Stefanie trat nun auf ihn zu, beugte sich zu ihm. »Ich weiß, dass du Monika vermisst und das sollst du auch. Aber da drin«, sie legte ihre Hand auf seine linke Brustseite, »da ist ein warmes Herz. Und es schlägt ebenso ein wenig für uns, deine Kinder und mich.«

Er griff sie am Handgelenk und schob ihre Hand weg, nicht grob, aber bestimmt. Dann drehte er sich um und ging zum Barschrank, um sich zum dritten Mal nachzuschenken. Betont langsam setzte er sich wieder hin. Eine Weile war es still.

Vermutlich sollte er ihr zustimmen, aber er konnte es nicht. Momentan fühlte sich sein Herz wie ein zerklüfteter Felsbrocken an. Schließlich sagte er mit einem Seufzen: »Die Sache mit Alexander liegt mir einfach im Magen.«

»Alexander wird seinen Weg gehen.« Sie setzte sich nun ihm gegenüber.

»Wenn du es sagst.«

»Christine hätte den Job als Verkaufsleiterin verdient und nicht, dass du ihr einen Mann vor die Nase setzt.«

»Was soll das jetzt?« Er erkannte seine Frau nicht wieder. Nie hatte sie sich in Firmenangelegenheiten eingemischt. »Davon verstehst du nichts.«

»Jackie wird von deinem hochgelobten Langenhaupt gemobbt und schikaniert, wo es geht.«

»Unsinn. Lehrjahre sind keine Herrenjahre. Sie muss eben noch viel lernen, mit ihrem auswendig gelernten Wissen von der Uni kommt sie nicht weit.«

»Und Tim, denkst du, er spürt nicht, dass du ihn ablehnst?«

»Schwachsinn!« Er brüllte nun. »Hör auf, von Dingen zu sprechen, die du nicht verstehst.«

»Weshalb ist er dann so selten da?«

»Weil er in der Nationalmannschaft ist? Er hat seinen

Sport, schon vergessen?« Wolfgang erhob sich abrupt und trat ans Fenster.

»Er kommt nur nach Hause, wenn es gar nicht anders geht. Das wäre nicht so, würdest du ihn nicht mit Nichtachtung strafen.«

»Das bildest du dir ein. Er ist mein Sohn, weshalb sollte ich so was tun?« Fast zerbrach er das Glas, so sehr krampften sich seine Finger darum.

»Du hast in deinem Kopf, dass er schuld an Monikas Tod ist.«

Es war, als würde sie Eiswasser über ihn gießen. Wolfgang erstarrte. Es dämmerte, dennoch konnte er die Konturen der Apfelbäume deutlich erkennen, die im Moment fast bedrohlich auf ihn wirkten. Sein Hals wurde eng.

Stefanie hatte zum ersten Mal ausgesprochen, was er sich selbst niemals eingestanden hätte. Tief im Inneren wusste er, dass es die Wahrheit war. Er war nicht stolz darauf, aber er konnte nicht über seinen Schatten springen. In all den Jahren hatte er Tim nie verziehen, dass seine Frau gestorben war. Monika hatte unbedingt ein viertes Kind haben wollen und er hatte ihr nichts abschlagen können.

Er hörte, wie Stefanie ihr Glas auf den Tisch stellte. Minuten passierte nichts. Die Stille dröhnte im Raum, er drehte sich um.

Sie saß ruhig da und sah ihn an. »Wo stehen wir, Wolfgang? Du und ich? Bin ich in all den Jahren immer noch nicht mehr geworden als eine bequeme Stiefmutter für deine Kinder? Ich habe akzeptiert, dass du nach Lilly keine weiteren Kinder wolltest. Ich habe dulden müssen, dass du dich hast sterilisieren lassen. Dass du jetzt Lilly so behandelst, so über sie – uns – denkst, das trifft mich.«

Er drehte sich langsam um und sah sie gefühlt zum ersten Mal richtig an. Das etwas rundliche Gesicht, die Augen, die auf ihn traurig wirkten, blinzelten, als ob sie Tränen zurückhalten mussten, die herabhängenden Hände und den vollen Mund.

Sägespäne kratzten im Hals. »Stefanie, du hast immer gewusst, dass Gefühle nicht meine Stärke sind. Deswegen habe ich dich für die Kinder engagiert, damit du das ausgleichst.«

»Das reicht nicht. Alle deine Kinder leiden unter deiner Gleichgültigkeit, auch jetzt noch als Erwachsene.«

»Das hast du mir nie gesagt.« Völlig erschlagen setzte er sich erneut ihr gegenüber hin.

»Weil ich bei den kleinen Kindern einiges ausgleichen konnte, wie du es nennst. Doch nun sind alle erwachsen und sehen dich klar, nicht das Fantasiebild von Vater, das sie sich während ihrer Jugend gebastelt haben. Versuch, Brücken zu bauen, Wolfgang, sonst ist irgendwann der Graben zu tief.«

Er zögerte kurz, dann wischte er mit der Hand in die Luft. »Tut mir leid, ich habe momentan komplett andere Sorgen, wie du weißt. Das war es, worüber ich mit dir sprechen wollte, bevor du mich mit meinen Unzulänglichkeiten konfrontiert hast.«

»Hat sich deine Schwester gemeldet?« Die Besorgnis

in ihrer Stimme schürte sein schlechtes Gewissen. Wie rasch sie immer auf seine Probleme switchen konnte.

Die alte Stefanie war wieder zurück.

Er war erleichtert, trotzdem kamen seine Worte wie ein Zischen heraus. »Nenn sie nicht so. Ich habe keine Schwester, zum Teufel damit.«

»Du machst einen Fehler.« Stefanie ging zur Tür. »Mit allem. Und wenn du diesen Weg weitergehst, wirst du irgendwann keine Familie mehr haben.«

Und sie verließ tatsächlich den Raum.

17

»Egal zu welcher Jahreszeit, wenn ich durch meine Apfelplantage gehe, ist es wie Urlaub.«
Aus den Aufzeichnungen von Edwin Schluck, 1915

Christine

Das Wochenende ohne Philipp war Christine unendlich lang erschienen. Sie telefonierten, seiner Mutter ging es zum Glück besser. Dabei fiel ihr ein, dass sie ihn noch gar nicht gefragt hatte, wie es jobmäßig bei ihm weiterginge. Schon griff sie zum Telefon, um das nachzuholen, da rief Oma an.

»Was hast du nun vor?«, fragte sie ohne Umschweife.

»Ich weiß es nicht.« Was quälte die Großmutter sie denn ständig damit?

»Sei vernünftig, Christinchen. Dein Papa ist nicht der einfachste Mensch, deine Stiefmutter kann ein Lied davon singen. Aber gib ihn nicht auf, gib die Firma nicht auf, du gehörst dorthin, wie deine Mutter dort hingehört hat.«

»Ich verstehe ihn wirklich nicht. Mama hat er ernst genommen. Warum mich nicht?«

»Deine Mama spielte für ihn in einer anderen Liga. Es hängt damit zusammen, dass seine Mutter ihn damals verlassen hat … wie auch immer, jetzt holt ihn die Vergangenheit ein. Er hat es nicht leicht.«

»Wie – was meinst du damit?«

»Das muss er dir selbst erzählen. Aus diesem Grund musst du unbedingt zurückkommen.«

Alle sagten das. Sogar Jackie, die im Prinzip das Gleiche dachte wie sie. »Was soll ich in der Firma ohne dich?«, jammerte sie oft.

Sie hätte auch gern mit Alex gesprochen, aber der nahm ihre Anrufe nicht an. Die wochenlange Funkstille bedrückte sie, gerade zu ihrem älteren Bruder hatte sie von klein auf einen besonderen Draht gehabt.

Während eines langen Strandspaziergangs kam sie zu einem Entschluss. Der neue Geschäftsführer würde übermorgen anfangen, sie wollte es probieren. Vielleicht konnte sie mit ihm zusammenarbeiten. Die Erleichterung ließ sie fast schwindlig werden.

Als Philipp anrief, sie hatten in den vergangenen Tagen zweimal täglich telefoniert, wollte sie es ihm gleich sagen, doch er kam ihr zuvor.

»Stell dir vor, sie will noch mit Gips wieder Tanzstunden geben.« Seine Stimme klang fassungslos.

»Aber sie ist doch im Krankenhaus?«

»In drei Tagen wird sie entlassen. Sie spaziert schon mit Krücken herum und die Ärzte zeigen sich nun überraschend optimistisch. Ich wünschte, sie würden Mama ein bisschen einbremsen. Sie will nicht einmal in eine Reha, sagt, sie könne selbst Übungen machen.«

»Philipp, deine Mutter ist noch nicht mal sechzig! Außerdem ist sechzig das neue vierzig, also ist deine Mama Mitte dreißig sozusagen.«

»So ein Unsinn«, Christine spürte sein Kopfschütteln. »Lisa-Maria ist auch komplett von den Socken.«

»Philipp, was ist dein Problem?« Christine verstand nicht, weshalb seine Mutter nicht wieder tanzen sollte.

»Was, wenn sie noch einmal stürzt? Und sich diesmal schwer verletzt, am Kopf?«

»Es gibt keine Garantie im Leben. Niemand lebt unter einer Glasglocke.«

»Das sagt sich so leicht.«

Sie hörte ihn heftig atmen. »Du klingst, als wärst du auf einer Bergtour.«

»Ich steige Treppen, meine Mutter liegt im siebten Stock.«

»Und der Aufzug ist kaputt?«

Er hustete kurz. »Ist mir zu voll. Bin gleich oben, ich hoffe, Mama turnt nicht wieder irgendwo herum. Letztens habe ich sie eine Viertelstunde lang suchen müssen, sie war in der Cafeteria auf dem Dach.«

Schön, dass er seine Mutter so liebte, aber er schien etwas überfürsorglich zu sein. Zu ihr hatte er jedoch noch kein Wort gesagt, ob er die Beziehung mit ihr fortsetzen und vertiefen wollte. Und sie, die als Geschäftsfrau so tough war, wagte nicht zu fragen. Ob er schon einen neuen Job hatte? Es war Zeit, heimzukehren. Fast vier Wochen waren genug, sie wollte Elsa nicht länger zur Last fallen.

»Ich werde zu Schluck-Säfte zurückkehren«, sagte sie.

Der neue Chef sollte sie kennenlernen. Und seine Chance bekommen. Es blieb ruhig.

»Philipp? Bist du noch dran?«

»Deine Entscheidung kommt überraschend.« Er klang irgendwie komisch, als ob er einen Frosch verschluckt hätte.

»Du wolltest es doch.«

»Ja, der Meinung bin ich weiterhin.«

Sie wartete. Würde er sie um ein Date bitten?

»Ich muss Schluss machen, meine Mutter erwartet mich, ich musste ihr ein paar Sachen besorgen.«

»Klar.«

Christine hielt ihr verstummtes Mobiltelefon in der Hand. Enttäuschung machte sich in ihrem Inneren breit. War Philipp an der Fortführung der Beziehung interessiert? Mit seiner Abreise schienen sie sich nicht nur räumlich entfernt zu haben.

Den letzten Tag verbrachte sie damit, ein Konzept auszuarbeiten, mit dem sie ihren neuen Chef überzeugen wollte. Sie würde sich nicht die Butter vom Brot nehmen lassen. Auf keinen Fall!

18

Philipp

»Du hättest es ihr längst sagen müssen.« Jörn kratzte sich am Kopf, zog seine Schirmkappe wieder auf und griff nach dem Paddel.

Es war warm für diese Jahreszeit und sie hatten sich jeder ein Kanu gemietet, um etwas für die Fitness zu tun. Im zügigen Tempo waren sie die Alster hinabgepaddelt, nun pausierten sie im Schatten einer Trauerweide.

»Am Telefon fand ich es unangebracht. Der Unfall meiner Mutter kam einfach zum falschen Zeitpunkt.« Philipp holte die Wasserflasche aus seinem wasserdichten Rucksack und trank.

»Aber nun wird sie komplett überrascht sein. Stell dir vor, sie kommt in die Firma, erwartet einen Fremden und dann stehst du da – boah, wenn sie nicht gleich davonrennt.«

»So ist sie nicht.« Doch sicher war er sich nicht.

»Würdest du dir nicht auch doof vorkommen?« Jörn kramte zu seinen Füßen, bis er seine Wasserflasche aus dem Bauch des Kanus zog und aufschraubte. »Ich meine, du überredest sie, es zu versuchen, da hättest du gleich sagen können, dass du es bist.« Er setzte die Flasche an.

Philipp rutschte hin und her.

Und Jörn war offensichtlich schlau genug, es zu erraten, denn er grinste. »Ah ich verstehe, du wolltest mit ihr ins Bett, nicht wahr? Hätte sie gewusst, dass du ihr neuer Chef bist …«

»Ja, ja, schuldig im Sinn der Anklage. Das willst du doch hören, Jörn. Verdammt, ich weiß selbst, in was für eine Lage ich mich geritten habe. Und ich wollte es ihr sagen, bevor wir abreisen, aber …«

»Schon klar, der Unfall deiner Mutter. Wie geht es ihr übrigens?«

»Sie wird morgen entlassen, mit Gips natürlich. Und sie muss noch eine Zeit lang mit Krücken gehen. Auf eine Reha will sie verzichten.«

»Und was planst du bezüglich der anderen Sache?«

»Ich hab's nicht vergessen. Doch es hat Zeit. Christine wusste nicht viel, lediglich dass ihr Vater es als Jugendsünde ansieht. Ich habe Angst, dass sich meine Vergangenheit und Christines überkreuzen …«

»Wie soll ich das verstehen?«

»Der Gedanke, dass Christines Vater womöglich mit dem Kerl befreundet sein könnte, das belastet mich.«

Am ersten Juni betrat Philipp das wunderschöne Fachwerk-Gebäude von Schluck-Säfte, wie so oft in den vergangenen Jahren. Nur dieses Mal kam er nicht als Verhandler für eine andere Firma, sondern war offiziell der neue Chef der Verkaufsleitung.

Das Firmenapartment, das ihm vorläufig zur Verfügung gestellt worden war, lag im dritten Stock eines Neubaus im Nachbarort Buxtehude. Da es möbliert war, hatte er zwar nur das Nötigste eingepackt, trotzdem war sein Ford Puma ziemlich vollgeladen. Insgesamt war er dreizehnmal die Treppen hochgestiegen. So war es zu spät geworden, Christine noch zu sehen. Das stimmte nur zum Teil, musste er sich eingestehen.

Sie wähnte ihn in Hamburg und er war zu feige gewesen, ihr zu sagen, dass er nur wenige Minuten von ihr entfernt wohnte. Am Telefon erzählte sie ihm, dass sie ein Konzept für die Zusammenarbeit mit ihrem neuen Chef ausgearbeitet habe. Bestimmt würde sie ausflippen, sobald sie sah, wer vor ihr stand. Auf die Frage, was er beruflich tun würde, hatte er kürzlich ausweichend geantwortet. Unerwartet überfiel ihn ein Magengrummeln. Er hätte es ihr erzählen müssen.

Zu spät.

Langsam schritt er die Treppen hinauf, das Büro des obersten Chefs lag im vierten Stock, wie er von seinem Einstellungsgespräch wusste.

Auf dem Gang begegnete er Wolfgang Schluck, offenbar war der im Haus unterwegs gewesen. Das passte zum Chef, dass er in aller Früh seinen ersten Rundgang absolvierte.

»Herr Degenhardt, erfreulich, dass Sie schon da sind. Ich habe positive Neuigkeiten.«

Er folgte seinem künftigen Arbeitgeber in dessen Büro, es war groß, aber nicht zu pompös gestaltet, vor allem der antike Schreibtisch aus dunklem Eichenholz hatte es ihm bereits beim letzten Mal angetan. Und natürlich das breite Panoramafenster.

»Nehmen Sie Platz. Kaffee?«

»Nein, danke, ich komme gerade vom Frühstück.«

»Ich für meinen Teil kann den ganzen Tag Kaffee trinken, ja, ich weiß, es ist nicht so gesund, aber ich habe schon mit dem Rauchen aufgehört, beides klappt nicht.«

Die Philipp bereits bekannte Sekretärin kam herein und stellte ein Tablett mit einer Kaffeekanne und zwei Tassen auf den Schreibtisch.

»Danke, Irene, ich mache das selbst.« Offenbar erinnerte sich Schluck an das Missgeschick bei Philipps erstem Besuch. »Sie kennen sich ja schon, aber noch mal offiziell, das ist Irene Schneider, meine rechte Hand sozusagen.«

Philipp stand auf und reichte ihr die Hand. »Philipp Degenhardt. Freut mich, Frau Schneider.«

Sie drückte sie kurz und eilte wieder hinaus.

Offenbar wich das von ihrem üblichen Verhalten ab, denn Schluck schien aus dem Konzept gebracht. »Nun ja, sie ist wohl etwas müde nach dem Wochenende. Sie hat eine große Familie.« Er schenkte sich eine Tasse ein und deutete auf die zweite. »Sie wollen wirklich nicht?«

»Nein, danke.« Philipp konnte den Blick kaum von Schlucks rechtem Unterarm lösen. Dort saß das Tattoo, verborgen durch den Hemdsärmel.

»Sie sind informiert, dass meine beiden Kinder das Ressort geführt haben und nach dem Ausscheiden von Alexander auch Christine nicht bleiben wollte. Wie ich erwartet habe, hat sie es sich anders überlegt, und ich denke, dass Sie von ihrem Wissen, was die Firma betrifft, durchaus profitieren können. Aber lassen Sie sich von ihr nicht auf der Nase herumtanzen, sie hat zu lange allein entschieden und das ist ihr ein wenig, hm, zu Kopf gestiegen.«

Philipp ärgerte sich über die Formulierungen von Schluck. »Ich bin froh und dankbar, dass sie es sich anders überlegt hat. Und ich hoffe auf eine gute Zusammenarbeit auf Augenhöhe. Sie hätte den Job auch ohne mich geschafft.«

»Nun, ich habe da so meine Zweifel, aber Ihre Einstellung ehrt Sie. Dennoch möchte ich Ihnen mitteilen, dass ich hinter Ihnen stehen werde, Vetternwirtschaft gibt es bei mir nicht.«

Philipp musste sich auf die Zunge beißen, um den alten Herrn nicht anzufahren. Ansonsten wäre es der kürzeste Job seines Lebens geworden. Zudem kam er ihm verändert vor. Der Direktor wirkte müde, die tiefen Schatten unter seinen Augen und die verstärkten Falten deuteten darauf hin.

Was war los mit ihm?

»Melden Sie sich am besten gleich in der Personalabteilung bei Frau Santner, sie wird Sie dann herumführen und Ihnen alles zeigen.«

Minuten später zuckelte Philipp hinter einer kleinen korpulenten Frau her, die das Reden offenbar miterfunden hatte. Ihm dröhnte nach kurzer Zeit der Kopf von den zahlreichen Informationen, Anekdoten und Erklärungen, die ihm Frau Santner gab. Er ertappte sich, dass er mehrmals auf die Uhr sah und damit Christine mit ihrer Macke bestimmt überbot. Wartete sie schon auf ihren neuen Chef? Es wäre schlimm, wenn sie von jemand anderem erfahren müsste, dass er den Job hatte, den sie so angestrebt hatte.

Frau Santner führte ihn durch die Büroräume, zeigte ihm die Kantine und die Chefetage. »Ihr Büro liegt im dritten Stock.« Zum Glück benutzten sie das Treppenhaus.

Schließlich standen sie vor einem hellen Raum, den die Personalchefin als sein künftiges Büro auswies.

»Möchten Sie unsere Produktionsstätten sehen?«, fragte sie und drehte sich bereits um, als wollte sie Richtung Aufzug gehen, der am anderen Ende des Ganges lag.

Sein Magen zog sich zusammen. »Nein, danke. Das wird dann Frau Schluck machen, sie müsste gleich kommen.«

»Wie Sie meinen.« Es klang etwas verschnupft, als ob die Dame beleidigt wäre, dass er Christine den Vorzug gab.

In diesem Moment öffneten sich die Aufzugtüren und sie kam zusammen mit einem jungen Mann heraus. Christine trug eine Aktenmappe und lachte offenbar über etwas Amüsantes, das ihr Begleiter von sich gegeben hatte.

Wer war der Kerl? Philipp schüttelte innerlich den Kopf. So ein Unsinn, auf einen Fast-noch-Schüler eifersüchtig zu sein.

Er registrierte genau den Moment, als sie ihn erblickte und abrupt stehen blieb. Mit großen Augen sah sie ihn an und wechselte die Aktenmappe von einer Hand in die andere.

»Guten Morgen, Christine«, sagte er in seinem freundlichsten Tonfall und ging auf sie zu.

»Sie kennen sich bereits?« Die Personalchefin blickte überrascht von einem zum anderen. Der junge Mann winkte kurz und verschwand in einem der Räume.

»Natürlich, das ist Herr Degenhardt von der Fröhling-Kette. Pardon, du arbeitest ja nicht mehr dort.« Christine schien sich von ihrer Überraschung erholt zu haben. Sie klang geschäftsmäßig kühl und auf einmal wünschte er sich ihre leidenschaftliche Hitze zurück. »Haben wir einen Termin?« Ihr Tonfall suggerierte ihm, dass das Erwähnen ihrer privaten Beziehung unerwünscht wäre. Immerhin duzte sie ihn.

»Aber, Christine, Herr Degenhardt …«

»Danke, Frau Santner, ich spreche selbst mit ihr«, unterbrach er die geschwätzige Personalchefin.

Wieder traf ihn ein Blick mit hochgezogenen Augenbrauen, die Dame sah ein zweites Mal indigniert von ihm zu Christine. »Nun gut, wenn Sie noch Fragen haben, wenden Sie sich jederzeit gern an mich.«

»Ich will es mir merken.« Er spürte die Ungeduld in seiner Stimme.

Frau Santner presste die Lippen zusammen, nickte ihm zu, ehe sie in den Aufzug stieg. Eine neue Freundin hatte er sich nicht gemacht, aber es war ihm wichtiger, endlich mit Christine sprechen zu können.

»Was meint sie damit?« Christine blickte ihr kopfschüttelnd nach.

»Das möchte ich nicht hier auf dem Gang besprechen.«

»Nun ja, aber du hast dir eine ungünstige Zeit ausgesucht. Jetzt kommt gleich mein neuer Chef – oder Partner, wie du ihn genannt hast, und ich möchte ihm mein Konzept vorstellen.« Suchend sah sie sich um. »Er scheint nicht da zu sein.« Sie runzelte die Stirn, er wusste, dass sie Unpünktlichkeit hasste. Dann lächelte sie plötzlich. »Solange er nicht da ist, komm einfach in mein Büro.«

Er folgte ihr in einen hellen Raum, direkt neben seiner neuen Wirkungsstätte, die ihm vorher die Santner gezeigt hatte. Behutsam schloss er die Tür hinter sich.

Christine legte die Mappe auf den Schreibtisch, mit zwei Schritten war er bei ihr, zog sie in die Arme und küsste sie. Sie explodierten, als hätte man ein Streichholz entzündet. Offenbar hatte Christine ihn genauso vermisst, wie er sie. Die Zeit wurde zur Nebensache, wie immer, wenn sie sich küssten.

Es war Christine, die sich sanft von ihm löste. »Wie sehe ich aus?« Sie legte ihre Handflächen auf ihre leicht geröteten Wangen. »Verflixt, gleich kommt der Neue und der erste Eindruck wird eine Katastrophe sein. Als käme ich direkt …«

»Du siehst wunderschön aus«, sagte er leise. »Und die Tage ohne dich waren die Hölle.«

»Du hast mir auch gefehlt.« Es kam gepresst heraus, als würde es ihr schwerfallen, das zuzugeben. »Aber, Philipp, was tust du hier? Ich muss jetzt …«

»Deinem neuen Chef dein partnerschaftliches Konzept vorstellen.«

»Richtig.« Sie sah auf die Uhr. »Wo bleibt der nur? Am ersten Tag schon mit Verspätung, das ist ein schlechtes Zeichen.«

»Doch, er ist da.«

»Das sagst du erst jetzt?« Sie schob ihn zur Seite und riss die Tür auf. »In seinem Büro ist er aber nicht, die Tür steht offen.«

»Er ist hier.« Philipp schluckte. Lass es sie gut aufnehmen. Er war gespannt wie ein Bogen.

Sie drehte sich um und begriff offenbar in einer Zehntelsekunde. Betont langsam schloss sie die Tür.

»Du bist es?« Ihre Stimme zitterte leicht.

»Ja. Du kannst mir dein Konzept vorstellen.«

Schweigend kehrte sie zu ihrem Schreibtisch zurück, an ihrer ausdruckslosen Miene konnte er nichts ablesen, aber ihre blass gewordenen Wangen beunruhigten ihn. Er wartete, dass sie ihre Mappe öffnen würde, stattdessen nahm sie sie hoch und schritt an ihm vorbei.

»Viel Glück«, sagte sie tonlos.

Im letzten Augenblick griff er nach ihrem Ärmel und hielt sie davon ab, zur Tür hinauszugehen. »Was ist los, Christine? Sprich mit mir.«

»Das fragst du nicht im Ernst, oder?« Leben kehrte in ihre leeren Augen zurück. Sie riss sich los und funkelte ihn förmlich an. »Du hast mir alles vorgespielt, nicht wahr? Du bist nach Sylt gekommen, um mich zu überreden, zurückzukommen, das war kein Zufall, dass wir uns getroffen haben, nicht wahr?«

Es wäre sinnlos, es zu leugnen, in seiner Miene las sie offenbar wie in einem offenen Buch.

»Und ich bin drauf reingefallen! Weil du genau weißt, dass du mein Wissen brauchst, um einen guten Start zu haben. Von wegen partnerschaftliche Zusammenarbeit. Quatsch mit Soße.«

»Das stimmt nicht.«

Wie konnte sie alles so falsch verstehen?

»Dann nenne mir einen Grund, nur einen, weshalb du sonst nach Sylt gekommen bist?«

Er seufzte. »Weil ich dich seit unserer ersten Begegnung faszinierend finde.« Vorsichtig nahm er ihre Hand. »Ich wollte schon lange ein Date mit dir, du erinnerst dich? Und ich habe diesen Job angenommen, weil ich mit dir zusammenarbeiten möchte. Was soll ich hier ohne dich? Es ist eine neue berufliche Herausforderung für mich, aber ich weiß natürlich, dass du mehr Insiderwissen hast, als ich je haben könnte. Wenn ich dazu meine Erfahrung im kaufmännischen Bereich einbringe, dann sind wir ein Dream-Team. Ich liebe dich, Christine, und ich möchte mit dir zusammen sein …«

Sie entriss ihm ihre Hand. »Du glaubst doch nicht, dass wir eine Affäre haben können? Du der große Chef und ich dein Betthäschen? Wir wären das Firmengespräch Nummer eins. Vergiss es.«

»Du bist meine Freundin, kein Betthäschen …« Er brach ab. Daran hatte er nicht gedacht, dass es ein schlechtes Licht auf Christine werfen könnte, wenn sie mit ihrem offiziellen neuen Boss schlief. »Zwischen uns, das ist keine billige Affäre.« Er griff nach ihren Schultern und zog sie näher. »Es ist nicht verboten, dass wir eine Beziehung haben.«

Langsam löste sie sich von ihm und trat einen Schritt

zurück. »Träum weiter, Philipp. Das funktioniert nicht.«

Seine Arme sanken herab. »Du willst also immer noch gehen?«

Er sah sie schlucken, dann straffte sie die Schultern. »Nein. Ich werde dich auf die Probe stellen, ob du das, was du in Sylt versprochen hast, auch halten kannst.« Sie hob ihre Mappe hoch. »Wir besprechen gleich alles und fangen mit dem Kleingedruckten an.«

»Kleingedrucktes?«

»Sex. Es wird keinen geben.«

»Du willst unsere Zusammenarbeit rein geschäftlich halten?« Er hielt den Atem an und ballte die Hände.

»Ja.«

»Das heißt, wir werden ein Team sein.« Es war ein Anfang. Schritt eins wäre geschafft, sie würde bleiben. Bestimmt konnte er auch die nächste Hürde schaffen.

Sie lächelte, aber es war kein wärmendes Lächeln, denn ihre Stirn blieb gerunzelt. »Das wird sich herausstellen, ob es sich positiv entwickelt. Wollen wir?« Sie klemmte die Mappe unter den Arm.

»Nicht jetzt.« Das frostige Klima war unpassend für ein Sondierungsgespräch, bei dem Philipp möglicherweise auch auf ein paar Änderungen bestehen müsste. »Würdest du mich vorher vielleicht durch die gesamte Firma führen? Frau Santner hat mir bis jetzt nur die Büroräume und die Kantine gezeigt. Alles andere wollte ich mir lieber mit dir ansehen und erklären lassen.«

»Du möchtest die Produktion kennenlernen?« Ihre Stimme klang schon ein wenig wie früher.

»Genau das.«

Ihre Miene veränderte sich nicht, dennoch spürte er, dass ihr sein Interesse gefiel. »Wir gehen am besten zu Fuß«, schlug sie vor. »Da du ohnehin nicht so gern mit dem Lift fährst, passt es gut, wir sind schneller so.«

Nicht so gern, das war die Untertreibung des Jahrhunderts. Irgendwann würde er ihr erzählen, dass er überhaupt niemals in einen Aufzug einsteigen würde. Allerdings nur, wenn sie sich auf persönlicher Ebene wieder näherkommen konnten. Da musste er wohl sämtliche Energie in seine Überzeugungskraft legen. Aber vorläufig würde er sie nicht drängen. Er war schon erleichtert, dass sie ihn nicht einen »krummen Hund« nannte.

Sie verließen das Bürogebäude durch den Hinterausgang über die schmale zweite Treppe. Die Sonne malte Schattenmuster auf den Boden, die durch die umstehenden Kirschbäume hervorgerufen wurden. Ein paar Tische und Bänke waren aufgestellt, auf Philipp machte es einen gemütlichen Eindruck.

»Das hier ist ein Erholungsplatz für unsere Angestellten«, sagte sie immer noch unterkühlt. »Viele nehmen sich ihr Essen von der Kantine mit heraus oder bringen eine eigene Brotzeit mit. Hat dir Karoline den Kühlschrank mit den Säften gezeigt? Alle dürfen bei uns so viel Saft trinken, wie sie mögen.«

»Hat sie. Ich finde das sehr großzügig.«

»Es ist selbstverständlich. Es wäre doch gemein, wenn die Angestellten den ganzen Tag rund um unsere Produkte arbeiten müssen und keinen Schluck trinken dürfen. Den Durst unserer Mitarbeiterinnen und Mitarbeiter zu löschen, bringt uns jetzt nicht an den Bettelstab.«

Sie brachte ihn in einen Vorraum, der aussah wie eine Garderobe mit Schließfächern. »Wir machen oft Führungen für Schulklassen oder Touristen. Hier müssen sie ihre Taschen lassen. Es darf nichts mit hineingenommen werden, auch keine Handys. Fotos sind nicht erlaubt.«

Er nickte, hob dann beide Hände hoch. »Ich habe nichts dabei – halt, natürlich das Handy.« Rasch griff er in seine Tasche, doch sie wehrte ab.

»Nein, behalte es. Ich pass schon auf, dass du keine Fotos machst. Und da du hier arbeiten wirst, darfst du das für den Eigenbedarf tun, aber sie niemandem schicken oder gar ins Netz stellen.«

Sie klang, als spräche sie zu einem x-beliebigen Fremden. Weder ein Lächeln von ihr, noch Freundlichkeit in der Stimme. Damit musste er jetzt wohl leben. Er hoffte, nicht allzu lange. »Logisch«, murmelte Philipp.

Christine ging zu einem großen Schrank und holte zwei verpackte Übermäntel sowie zwei kleinere Päckchen heraus. »Das musst du anziehen und die Mütze wie eine Piratenkappe binden.«

Der weiße Schutzmantel aus weichem papierartigem Material war schnell angezogen, bei der Kopfbedeckung sah er Christine genau zu, wie sie es machte. Danach zog er die Kappe über den Kopf und zog die Bänder am Hinterkopf straff.

»Für die Frauen mit üppigen Frisuren haben wir auch

andere Kopfbedeckungen.« Sie zog eine heraus, die aussah wie eine alte Duschkappe. »Aber bei Männern und Kindern ist die Piratenkappe beliebter.«

»Kann ich mir vorstellen.« Vermutlich würde er mit der anderen Kappe lächerlich aussehen.

Sie führte ihn durch einen langen Gang. Im ersten Raum waren Behälter, die mindestens zehn Meter hoch zur Decke reichten. Dahinter befand sich ein Laufband in Aktion, auf dem Äpfel lagen, einige Mitarbeiterinnen standen am Band und holten ein paar heraus, die sie hinter sich auf ein anderes Band warfen.

»Das sind Lageräpfel aus unseren Lagerräumen. Sie müssen speziell behandelt werden und werden bei fünf Grad in einem dunklen Raum aufbewahrt. Dann behalten sie Geschmack und Äußeres. In den Wintermonaten werden sie nach und nach verwertet. Die Leute erwarten schließlich gleichbleibende Qualität.« Sie führte ihn weiter zu den Saftpressen. »Hier gewinnen wir aus zweihundert Kilogramm Äpfeln einhundertfünfzig Liter Saft.«

Philipp schaute an dem meterhohen Chromstahlbehälter hoch, von denen mehrere die riesige Halle ausfüllten.

»Aus dem Saft wird Konzentrat, ungefähr zwanzig Liter bleiben übrig.« Sie ging zu einem der Behälter, hielt einen Becher in der Größe eines Schnapsglases darunter. Aus dem Hahn kam Flüssigkeit in der Konsistenz von zähem Honig. Auch die Farbe wies eine Ähnlichkeit auf. »Riech einmal.«

Er schnupperte. Sie hielt es ihm vor das Gesicht. Der intensive Geruch nach reifen Äpfeln stieg in seine Nase.

»Wow. Wie schmeckt das?«

»Ungenießbar.«

»Darf ich?«

»Natürlich.«

Rasch tauchte er den kleinen Finger in das Konzentrat und leckte ihn ab. »Intensiv und zuckersüß.«

»Ja, das bleibt übrig, wenn man das Wasser entzieht.« Sie nahm ihm den Becher wieder ab und stellte ihn in den Gully am Rand. »Das Konzentrat wird dann in unsere Lagerbehälter umgefüllt und kann in unseren isolierten Außenbehältern jahrelang gelagert werden.«

»Praktisch.«

»Vor allem wenn wir einmal ein ernteschwaches Jahr haben.«

»Verwendet ihr ausschließlich eure eigenen Äpfel?«

»Vom Apfelhof Schluck, den Andreas Bremer führt. Er ist mit uns verwandt, mein Vater ist ein Cousin seiner Mutter. Die hat das Apfelglück übernommen, das ist ein Kaffeelokal, in dem sie ihren selbst gebackenen Apfelkuchen und noch mehr Süßes anbietet.« Sie deutete auf die vorbeifahrenden Äpfel. »Viele der Äpfel kommen vom Apfelhof, aber eben nicht alle. Es gibt einige andere Bauern in der Umgebung, denen wir das Obst abkaufen.«

»Es sind nur Früchte aus dem Alten Land?«

»Ja. Alex hat mal den Vorschlag gemacht, zu vergrößern und mehr Früchte zuzukaufen, Papa war strikt dagegen. Er will keine Riesenfirma. Unser Saft wird in Teilen Europas vertrieben und das reicht. Ich denke auch, dass die Qualität leiden würde. Unsere Säfte haben einen einmaligen Geschmack, weil nur die Früchte vom Alten Land verwertet werden. Seit ein paar Jahren ist Andreas teilweise auf Bio umgestiegen – unsere Frisbi-Säfte sind mittlerweile ein Renner, obwohl sie teurer sind. Die Leute legen zunehmend Wert auf Natürlichkeit.«

Philipp wusste, dass Frisbi die Abkürzung für Frisch und Bio war, Säfte ohne Zusatzstoffe und Konservierungsmittel, die nur gekühlt und begrenzt haltbar waren.

Mit jedem neuen Raum, den sie betraten, lauschte er faszinierter und spürte ihre Liebe zur Firma und dem, was sie tat. Wolfgang Schluck musste irgendwann einsehen, dass er einen wahren Schatz als Tochter hatte. Sie würde sein Lebenswerk in eine neue Ära führen können. Christine kannte die Firma in- und auswendig, denn sie beantwortete sämtliche seiner Fragen spontan und zufriedenstellend.

Immer wieder während der Führung staunte Philipp über ihre Professionalität einerseits und kränkte sich andererseits, dass sie es schaffte, jeglichen Hauch von Nähe und Anziehung zwischen ihnen wegzulassen. Wieso konnte sie das nach Sylt?

Sie erreichten das Labor, in dem ihre Schwester arbeitete.

»Wie oft nehmt ihr Proben für die Qualitätskontrolle?«

»Täglich mehrmals. Die Auflagen vom Gesundheitsamt sind umfangreich.«

Christine öffnete die Tür zu einem Labor, in dem zwei Leute an Schreibtischen vor dem Computer saßen. Eine davon war Jacqueline.

Am Rand war ein Untersuchungstisch mit zahlreichen Pipetten und Gläsern. »Darf ich vorstellen, das ist Michael Langenhaupt, unser Chefchemiker.« Der glatzköpfige Mittfünfziger hob kurz den Kopf. »Mein neuer Kollege Philipp Degenhardt.«

»Ah, der Ersatz für deinen Bruder, der hinausgeflogen ist.« Langenhaupt stand auf und näherte sich, sein beachtlicher Bierbauch bildete die Vorhut. »Ist eben doch nicht so leicht, sich einfach ins gemachte Nest zu setzen, selbst wenn man der Sohn des Chefs ist.« Er streckte Philipp die Hand hin. »Willkommen, Herr Degenhardt.«

Philipp stellten sich die Haare auf, der Mann war ihm gleich unsympathisch. Dennoch blieb er höflich und erwiderte den Händedruck, der recht lasch ausfiel.

Dann drehte er sich zu Christines Schwester um, die er bereits kannte und die mittlerweile auch herangekommen war. »Hallo, Jacqueline, schön, dich wiederzusehen.«

»Sie kennen sich?« Das Stirnrunzeln des Chemikers sowie der Blick, den er Jacqueline zuwarf, verursachten Philipp ein unangenehmes Magengrummeln. Man musste nicht besonders intelligent sein, um zu erfassen, dass Langenhaupt Jacqueline nicht mochte.

»Wollen wir zusammen zu Mittag essen, Jackie?«, fragte Christine rasch. Offenbar war auch ihr die gespannte Stimmung im Raum aufgefallen.

»Gern.« Sie sah zu Herrn Langenhaupt. »Wann ist es Ihnen recht?«

Er drehte ihnen den Rücken zu, ging Richtung Schreibtisch zurück und machte eine wegwerfende

Handbewegung. »Das können Sie entscheiden.«

Christine beugte sich zum Ohr ihrer Schwester, Philipp konnte ihre Worte nicht verstehen, doch er sah Jackie nicken.

Zurück auf dem Flur sprach er es aus. »Deine Schwester hat es nicht leicht mit dem alten Zausel, nicht wahr?«

»Nein. Er schikaniert sie, wo es geht, denn er denkt, dass wir alle unsere Jobs nur bekommen haben, weil Papa der Chef ist. Dabei war es bloß Alex, du weißt ja, Jackie hingegen arbeitet hart. Und ihr Chemiestudium hat sie mit großem Erfolg absolviert, sich nicht wie mein Bruder mehr oder weniger durchgeschlängelt. Jackie würde gern in der Forschungsabteilung arbeiten, sie hat kreative Ideen für neue Produkte.«

»Und das darf sie nicht?«

»Papa sieht keine Kapazitäten dafür. Er meint, unsere Produktpalette sei ausreichend, und mit den Giganten auf dem Markt könnten wir ohnehin nicht mithalten. Auf der anderen Seite haben sich unsere Säfte einen guten Namen gemacht, auch wenn der Marktanteil vergleichsweise gering ist. Und ein innovativ neues Produkt könnte nicht schaden.«

»Stimmt. In gewisser Weise gebe ich deinem Vater recht, dass man genau überlegen muss, ob und welches Produkt neu platziert wird. Es wird viel auf den Markt geworfen, das rasch wieder verschwindet. Aber ganz ohne neue Produkte kommt kaum jemand aus. Wenn deine Schwester eine Idee hat, dann müssen wir sie auf jeden Fall prüfen.«

»Das meinst du ernst?«

»Natürlich. Wir sind ein Team, Christine.«

Da war es wieder. Ihr unvergleichliches Lächeln, das Hitze in seine Wangen steigen ließ. Seine Hoffnung wuchs.

Von draußen ertönte lautes Geschrei.

19

Wolfgang

Insgesamt waren es bereits vier E-Mails, die er in seiner Mailbox vorfand.

Cynthia. Was für ein schrecklicher Name. Amerikanisch halt. Ihre Deutschkenntnisse schienen einwandfrei.

Hast du meinen Brief erhalten?

Bitte schreib mir.

Ich möchte dich kennenlernen.

Hast du Kinder? Habe ich Nichten oder Neffen?

Mom starb am 10. November 2017. Schade, dass du uns nie besuchen gekommen bist.

Machte sie ihm jetzt tatsächlich Vorwürfe, dass er nichts gewusst hatte? Hätte er seine Mutter als erwachsener Mann treffen können? Nein, wozu? Sie hatte ihn zurückgelassen und sich kein einziges Mal umgedreht, kein Brief, keine Nachricht und schon gar kein Besuch. Wer brauchte so eine Mutter? Und weiß Gott, auch keine Schwester, die nur auf das Erbe scharf war. Ob sein Vater sich über eine Tochter gefreut hätte?

Wozu spekulieren, er war seit vier Jahren tot. Und er hatte immer erzählt, dass Elisabeth bereits wenige Jahre nach ihrer Auswanderung in die USA gestorben wäre. Wolfgang glaubte seinem Vater und nicht einer ominösen Schwester. Daher hatte er sämtliche Nachrichten ignoriert. Und weder Johanna noch Stefanie von den weiteren E-Mails erzählt. Denn beide würden ihn nicht verstehen.

Das Zerwürfnis mit Stefanie nagte an ihm. In seiner gesamten Ehe mit ihr hatte er dies nie erlebt. Was verlangte sie von ihm? Sie hatte gewusst, dass er keine Gefühle mehr investieren würde.

Seine Gedanken schweiften zurück an jenen Abend vor fünfzehn Jahren, als Stefanie händeringend vor ihm gestanden hatte.

»Ich bin schwanger.«

Wie jung sie war! Die Worte hingen folgenschwer in der Luft. In Wolfgangs Magen bildete sich ein eisiger Klumpen. Er hatte nicht noch einmal heiraten wollen. Monika war erst seit zwei Jahren tot. Allerdings hätte er Stefanies Anziehungskraft widerstehen müssen und seine Bedürfnisse unterdrücken. Aber nun würde er das Richtige tun.

All die Jahre hatten er und Stefanie in einer gewissen Harmonie verbracht. Weshalb änderte sie auf einmal die Regeln?

Er musste an die frische Luft. Es war erst Mitte des Nachmittags und es lag nichts Wichtiges mehr an. Seit zwei Wochen war Degenhardt am Ruder der Verkaufsabteilung und es schien zu funktionieren. Christine sah er kaum, offenbar wich sie ihm aus.

Irene hob erstaunt den Kopf, als er sich für heute

verabschiedete, enthielt sich aber eines Kommentars.

Tief atmete er die frühsommerliche Luft ein, es war bereits angenehm warm und er erreichte die Apfelplantage seiner Cousine in weniger als fünfzehn Minuten.

Wolfgangs Großvater hinterließ seinen beiden überlebenden Kindern je ein Erbe. Der Tochter die Apfelplantage, während der Sohn, sein Vater, eine zwar kleine, aber florierende Mostfirma übernahm. Vater hatte sie vergrößert und gemeinsam mit ihm waren Schluck-Säfte entstanden, die Marke für Saft aus dem Alten Land.

Rundum sah Wolfgang bereits die winzigen Knollen, die zu Äpfeln werden sollten.

Er fand Andreas mit ein paar Helferinnen inmitten der in exakten Reihen angelegten Bäumchen. Sie hingen Duftfallen in die Bäume, um auf natürliche Weise der Apfelwickler und Fruchtschalenwickler Herr zu werden.

Der Sohn seiner Cousine unterbrach seine Erklärungen nicht, nickte Wolfgang nur kurz zu. Schließlich verteilte sich die Gruppe und machte sich an die Arbeit, während Andreas in seinen geliebten grünen Gummistiefeln auf Wolfgang zuging. Der stämmige Mann wirkte älter als die vierzig, die er war, dennoch kam sich Wolfgang ihm gegenüber uralt vor. Er verbrachte zu viel Zeit am Schreibtisch, dabei sollte er etwas für seine körperliche Fitness tun. Sein Freund Günther, der Arzt im Ort, hatte es ihm schon mehrmals angeraten.

»Schaust du, ob meine Bioäpfel gedeihen?« Andreas deutete mit dem Arm über die Plantage. »Ich bin zufrieden, für deinen Frisbi-Schluck wird es genügend geben.«

Zusammen marschierten sie zum Hof zurück, während Andreas ihm einige der besonders vielversprechenden Apfelbäume zeigte. »Sie entwickeln sich prächtig und dürften auch resistenter gegen Schädlinge sein.«

»Ich muss zugeben, das Projekt ist mit Potenzial angelaufen.« Wolfgang hätte nicht gedacht, dass die Bioprodukte sich so gut verkaufen würden.

Seit fünf Jahren hatten sie den Frisbi-Schluck im Angebot, ein wenig teurer als die normalen Säfte, aber die Leute kauften ihn trotzdem.

»In diesem Jahr versuchen wir, einen Teil mit alten Apfelsorten zu veredeln. Vielleicht wäre das eine Gelegenheit für ein neues Produkt. Der Prinzessinapfel hat beispielsweise ein süß-würziges, weiniges Aroma, und besonders interessant ist der Ribston Pepping, er hat ein saftiges, pikant-süßes Fruchtfleisch mit Muskat-Aroma.«

»Hochinteressant.« Experimentierfreudig war Wolfgang nie gewesen. »Vielleicht in ein paar Jahren.«

Wolfgang sah die Enttäuschung auf Andreas' Gesichtszügen, doch er konnte nun mal nicht aus seiner Haut. Jedes neue Projekt musste er hundertmal kontrollieren.

»Bist du nur gekommen, um die Äpfel zu bestaunen?«

Bei der Frage überspülte Wolfgang das schlechte Gewissen. Er sollte sich wirklich öfter mit Andreas treffen, auch einfach so. »Ich habe gehört, dass deine Mutter krank ist. Wenn ich sie frage, bagatellisiert sie wahrscheinlich, aber Stefanie hat mir erzählt, dass sie kaum noch arbeiten kann.«

»Das stimmt. Sie hat Rücken, schon seit Jahren. Und

sich nie geschont. Der Arzt meint, ein Bandscheibenvorfall, sie sollte gar nicht arbeiten, eventuell muss sie operiert werden. Das kommt nun zu ihrer kaputten Hüfte hinzu. Zum Glück ist deine Steffi eingesprungen, wir sind so froh. Sie ist einfach toll.« Seine Augen glänzten und das versetzte Wolfgang einen Stich. Altersmäßig würde Andreas wesentlich besser zu Stefanie passen als er. Und niemand nannte sie Steffi! Seine Kinder hatten sie von klein auf »Steff« genannt, ohne I.

»Vater meinte, sie sei ein Geschenk. Meine Mutter vertraut ihr und hat versprochen, ein paar Wochen kürzerzutreten.«

»Ist schon gut. Ich bin froh, wenn Stefanie eine Beschäftigung hat. Seit die Kinder groß sind, hat sie ohnehin nichts mehr zu tun.«

Andreas runzelte die Stirn. »Du machst Spaß, nicht wahr? Stefanie ist fast täglich acht Stunden in unserer Wirtschaft, dann euer Haushalt …«

»Wir haben eine Reinigungskraft.«

»Zweimal die Woche, da bleibt noch genug zu tun. Und Lilly ist momentan nicht einfach. Was sie sich letzthin wieder geleistet hat, geht auf keine Kuhhaut.«

Sie hatten das Hofareal erreicht und Wolfgang sah einige Menschen an den gedeckten Tischen sitzen. Das Apfelglück lief offenbar blendend.

Was hatte Andreas gesagt? Lilly? Er hatte nur mit einem Ohr zugehört, wie immer, wenn das Thema auf seine Familie kam. Die Firma war ein Sechzehn-Stunden-Job, da wollte er nicht mit häuslichen Problemen belastet werden. Sollte er Andreas gegenüber zugeben, dass er keine Ahnung hatte, was seine jüngste Tochter so trieb?

»Stefanie hat alles ausgezeichnet im Griff«, sagte er daher lahm.

»Sie übernimmt sich. Du musst achtgeben, dass sie nicht in ein Burn-out schlittert.«

»Unsinn. Das ist auch so ein neumodischer Kram. Die Menschen haben früher mehr gearbeitet und hatten keine seelischen Probleme. Wenn du mich fragst, ist das alles nur Show, sonst nichts.«

Sie standen nun direkt vor dem Apfelglück und er sah Stefanie, die ein Tablett mit Kuchen und Kaffee auf die Terrasse brachte und geschickt verteilte.

»Trinkst du eine Tasse Kaffee mit mir?«, fragte Andreas. »Ich glaube, deine Frau hat heute den Kuchen gebacken.«

»Nein, danke, ich muss wieder.« Er drehte sich um und ging den Weg zurück durch die Plantage Richtung seiner Firma.

»Ich kann dich fahren«, rief ihm Andreas nach.

Er hob die Hand. »Danke, laut meinem Arzt soll ich mich öfter bewegen.«

Wolfgang wollte sich nicht mehr umdrehen, doch nach einer Minute tat er es trotzdem und sah, wie Andreas den Arm um Stefanie gelegt hatte und sie sich ansahen.

Schnell ging er weiter und ignorierte das Ziehen in seinem Magen.

20

»Wenn du auf einer einsamen Insel strandest
und es gibt dort einen Apfelbaum,
dann ist dein Überleben gesichert.«
Aus den Aufzeichnungen von Edwin Schluck, 1915

Christine

Christine war mehr als nur beeindruckt, wie Philipp die Situation gemeistert hatte.

Zwei Mitarbeiter, Simon und Daniel, waren in Streit geraten. Philipp trat zwischen die Raufenden und drückte sie auseinander. Dabei musste er sich einmal ducken, andernfalls hätte er von einem der beiden einen Fausthieb abbekommen.

»Wo ist das Problem?«, fragte er ruhig, nachdem die beiden Kontrahenten schwer atmend vor ihm standen. Sie schwiegen.

Die anderen standen ebenfalls rundum und musterten Philipp teils interessiert, teils misstrauisch.

»Das ist Philipp Degenhardt, unser neuer Verkaufsleiter«, stellte Christine ihn vor. »Also, was ist hier los?«

»Er hat mir meine Anna weggenommen.« Simon wischte mit dem Handrücken über seinen Bart.

»Sie hat sich mir an den Hals geworfen.« Daniel sah rundum. »Ich mochte sie schon lang.«

»Okay. Sie mögen sie also beide.« Philipp trat zu Daniel. »Wenn sie Sie bitten würde, mit ihr einen Yogakurs zu machen, würden Sie das tun?«

Daniel kratzte sich am Kopf.

»Und Sie.«, Philipp drehte sich bereits zu Simon. »Wenn sie sich wünscht, ein Wellness-Wochenende mit Ihnen zu verbringen, würden Sie das tun?«

Sein Mund klappte auf, offenbar wusste auch er nicht, was er sagen sollte.

»Dann überlegt euch mal beide, ob diese Frau es wert ist, wenn ihr nicht ihr zuliebe etwas tun könnt.«

Kurze Zeit später verschwand Simon im Haus, während Daniel sich mit einer Flasche Saft auf die Bank setzte. Der Rest zerstreute sich.

Schließlich waren Philipp und Christine wieder im Inneren des Gebäudes.

»Ich fass es nicht, dass es geklappt hat.« Christine schüttelte den Kopf.

»Hat mich selbst überrascht.« Philipp grinste. »Es waren doofe Fragen, aber ich habe mal gelesen, dass es nicht auf den Inhalt ankommt, sondern man soll sie einfach verwirren.«

»Genial.«

Danach setzten sie sich zusammen und Christine offenbarte ihm ihr Konzept. Wiederum überraschte er sie. Natürlich war er nicht mit allen Punkten einverstanden, aber sie diskutierten auf Augenhöhe, er nahm ihre Argumente ernst und es fiel kein einziges abfälliges Wort.

Die nächsten beiden Wochen legten den Grundstein für ihre zukünftige Zusammenarbeit. In mehreren Gesprächen diskutierten sie die wichtigsten Dinge, aber immer auf Augenhöhe. Er fragte an den richtigen Stellen nach und mehr als einmal lobte er ihre Verkaufsstrategien. Zu keinem Zeitpunkt riss er alles an sich und behandelte Christine als Assistentin, ihre Meinung schien ihm wichtig. Auch mit Nele wusste er respektvoll umzugehen und die junge Sekretärin fraß ihm bereits nach wenigen Tagen aus der Hand.

Bei der allwöchentlichen Besprechung mit ihren Verkäuferinnen und Verkäufern überließ er Christine das Wort. Danach saßen sie zusammen und er bot ihr ein paar geringfügige Verbesserungsvorschläge an, die Hand und Fuß hatten. Allmählich schätzte sie, dass sie einen Mitstreiter hatte, der ihr Arbeit abnahm, sodass ihr Arbeitspensum spürbar kleiner wurde. Dabei blieb Philipp immer korrekt und höflich, nicht ein einziges Mal erwähnte er die Tage auf Sylt.

War sie darüber erleichtert oder enttäuscht? Wenn sie ehrlich war, traf eher das Zweite zu.

Am Abend des vierzehnten Junis begann es heftig zu regnen. Christine stand am Fenster und sah auf die Menschen im Hof. Es war Schichtwechsel.

Sie hörte Philipp hereinkommen, wusste sofort, dass er es war und drehte sich um.

»Der Tag ist ganz gut gegangen, nicht wahr?« Er sah einfach unwiderstehlich aus, wie er sie anlächelte. »Tobias wird morgen die Inseltour machen und unsere neuen Angebote vorstellen.«

»Ja, er ist einer unserer besten Verkäufer.«

»Und was sagst du zu uns beiden? Bist du zufrieden mit mir als Mitarbeiter?«

»Nett ausgedrückt. Du bist der Chef.« Er sah sie schweigend an, sodass sie gleich hinzufügte: »Okay, du kehrst das nicht raus. Es ist toll, mit dir zusammenzuarbeiten.« In Christines Magen flatterten Schmetterlinge. Wenn er so verschmitzt grinste, hätte sie ihn am liebsten umarmt.

Vor ihren Augen wurden die intimen Bilder lebendig und sie musste sich beherrschen, nicht einen Schritt auf ihn zuzugehen.

»Wollen wir zur Feier des Tages essen gehen? Ich lade dich ein.« Es war die erste private Annäherung, die er seit zwei Wochen versuchte.

Ja, schrie es in ihr. Mit aller Anstrengung schüttelte sie den Kopf. »Ich meine es ernst, Philipp. Keine Beziehung. Sylt war schön, aber wir müssen es vergessen.«

Seine Mundwinkel zogen sich abwärts, doch seine Stimme blieb ruhig. »Wir haben beide bewiesen, dass wir beruflich gut können. Willst du alles leugnen, was sonst noch zwischen uns ist?«

»Da ist nichts.« Sie bemühte sich um einen festen Klang. »Eine Affäre innerhalb der Firma ist unmöglich.«

»Eine Affäre?« Seine Stimme hatte einen merkwürdigen Unterton. »So siehst du es?«

»Du nicht?«

»Ich dachte, wir hätten uns ineinander verliebt.« Er räusperte sich. »Ist nicht das erste Mal, dass ich mich geirrt habe. Ich wünsche dir einen schönen Abend.«

Ohne sich umzusehen, war er weg und Christine spürte plötzlich Leere in sich. Und die Gewissheit, dass sie womöglich einen Fehler machte.

Nach Dienstschluss begegnete ihr Jackie. Sie hatte Tränen in den Augen und wischte sich über die Wange.

»Was ist passiert?«

»Ich weiß nicht, ob ich hier weiter arbeiten kann.« Sie kiekste ein wenig, räusperte sich und danach klang ihre Stimme wieder fast normal. »Langenhaupt wird mich nie für voll nehmen.«

»Jackie, du bist doch erst seit drei Monaten hier.«

»Die längste Zeit meines Lebens. Kommst du mit? Ich möchte wieder einmal bei Steff vorbeischauen.«

»Gute Idee.« Christine befiel das schlechte Gewissen. In den vergangenen Wochen hatte sie ihre Stiefmutter nicht gesehen.

»Sie ist merkwürdig in letzter Zeit. Sie und Papa reden kaum miteinander, hat Lilly erzählt.«

»Die Ehe der beiden war noch nie der Himmel auf Erden.« Das Vorbild ihres Vaters war nicht unbedingt das, was sie sich unter einer tollen Ehe vorstellte.

»Diesmal scheinen sie echt Probleme zu haben. Und Lilly geht es auch nicht gut.«

Gemeinsam gingen sie über den Vorhof. Zu ihrer Überraschung radelte Julia in den Hof.

Sie hielt vor ihnen, ihre sonst fröhliche Miene war

verschlossen. »Hi, gut, dass ich euch sehe. Was habt ihr mit Alex gemacht?« Sie klang erbost, was nicht ihre Art war. »Er hat mir geschrieben, dass er nun in Berlin wohnt, weil du ihn aus der Firma verdrängt hättest.« Mit dem Zeigefinger tippte sie auf Christine.

»Das stimmt so nicht. Papa hat ihn entlassen. Mensch, Julia, du kennst Alex doch. Er hat nur seine Musik im Kopf und den Job vernachlässigt. Es war eine Frage der Zeit, dass Papa das spitzkriegt.« Sie beugte sich vor. »Hast du Kontakt zu ihm? Wie geht's ihm? Auf meine Nachrichten antwortet er nicht.«

»Er hat nur geschrieben, dass er nun in Berlin lebt und als Sänger durchstarten möchte.« Julia seufzte. »Ich soll ihn mal besuchen kommen.«

»Tu das.« Jacqueline legte ihr die Hand auf den Unterarm. »Ich glaube, er braucht eine Freundin. Schickst du mir seine Adresse? Auch meine Anrufe nimmt er nicht an, aber ich könnte ihm schreiben.«

Julia überlegte kurz, dann nickte sie. »Mal sehen.« Damit radelte sie davon.

»Die ist aber echt sauer auf uns.« Jackie sah ihr nach.

»Ja, sie ist schon seit der Grundschule seine treue Freundin.«

»Schade, dass aus ihr und Alex nie ein Paar geworden ist. Ich mag sie.«

»Um Gottes willen, das wär total schlimm für sie. Alex ist so ein Träumer, Künstler halt, während Julia bodenständig und fleißig ist. Das wäre niemals was geworden.«

Kuchenduft umschmeichelte ihre Nasen, als sie die

geräumige Wohnung im Erdgeschoss betraten. Und sie fanden Stefanie in der Küche vor, wo sie gerade eine Torte mit Erdbeeren belegte. Drei fertige Torten standen bereits auf dem Tisch.

»Hat jemand Geburtstag?« Christine ließ sich auf der Küchenbank nieder. »Die sehen ja mega aus.«

»Sind für die Kaffeestunde im Apfelglück, Sibylle kann momentan nicht lange stehen und mehrere Stunden Kuchen backen.«

»Schon wieder? In letzter Zeit ist sie häufig kränklich.«

»Ihre Bandscheibenprobleme werden nicht besser. Außerdem braucht sie dringend eine neue Hüfte, sie kann nicht einmal mehr schlafen vor Schmerzen. Sie ist bereits auf der Warteliste, es kann jedoch Monate dauern. Aber sie hat Angst um das Café.«

»Gut, dass du ihr hilfst. Und deine Kuchen sind genauso lecker wie ihre.«

Stefanie lächelte geschmeichelt.

»Steff, vielleicht solltest du das Apfelglück übernehmen. Es wäre an der Zeit, dass sich Sibylle zur Ruhe setzt«, sagte Christine.

»Du Träumerin!« Jackie lachte laut. »Als ob unser Tantchen das jemals täte.«

»Wenn sie nun aber nicht mehr kann?« Christine sprach leise und Jackie wurde sofort ernst. Erwartungsvoll sahen sie zu ihrer Stiefmutter.

»Sie hat mir tatsächlich angeboten, ihr das Café abzukaufen. Andreas hat mit dem Hof genug zu tun und eine Frau, die sich ums Café kümmert, ist nicht in Sicht.«

Stefanie sah rasch weg und begann einen neuen Teig zu kneten.

»Nach seiner entsetzlichen Scheidung wundert mich das nicht.« Jacqueline tauchte den Finger in die Cremeschüssel und leckte ihn genüsslich ab.

»Lydia war eine Schlange. Und sie erfindet immer wieder Ausreden, damit er Hendrik nicht sehen darf«, sagte Stefanie mit einem bösen Unterton. »Wie kann man nur so gehässig sein? Ein zehnjähriges Kind nicht zum Vater zu lassen. Andreas hat nicht die Zeit, ständig nach Düsseldorf zu fahren.«

»Wirst du es tun?«, fragte Christine.

»Soll ich die Creme einfüllen?« Jackie deutete auf den Topf.

»Gern. Hier, ich habe die Tortenform schon bereit, ich wollte nur schnell den Teig fertig kneten.« Stefanie schob ihr die Form hinüber. »Was tun, Christine?«

»Das Apfelglück übernehmen?«

»Eher nicht.« Schwang da ein wenig Trauer in ihrer Stimme mit?

»Warum?« Geschickt verteilte Jackie die Creme in der Tortenform. Christine beneidete ihre Schwester wie immer um ihre Fingerfertigkeit. Sie selbst hatte kein Händchen fürs Backen.

»Ich weiß nicht, ob ich hierbleibe.« Die Worte kamen sehr leise von Stefanie.

»Wie meinst du das?«, fragte Christine.

»Euer Vater und ich – wir waren ja nie das Standard-Ehepaar mit Herzchen und Blümchen. Aber offenbar haben wir uns komplett in andere Richtungen entwickelt. Und Lilly fühlt sich zunehmend unwohler mit uns beiden. Sie ist ohnehin in einer schwierigen Phase.«

Das war ein Schock. Nur so konnte sich Christine ihren Aufschrei erklären, auch Jacqueline saß mit offenem Mund da. »Aber das geht doch nicht«, brachte sie nach einigen Sekunden heraus. »Du bist das Herz unserer Familie. Ohne dich …« Christine spürte ihren Hals eng werden.

Es war fast wie damals, als Mama auf einmal tot war. An einem Tag waren sie noch fröhlich auf der Apfelplantage, halfen bei der Ernte mit und lachten viel, bastelten später zusammen. Am Abend versprach Mama ihnen, dass das Baby in der Nacht kommen würde.

»Wir sehen uns morgen im Krankenhaus«, sagte sie und gab dann allen einen Kuss. Auch Alex nahm sie in die Arme, obwohl er mit elf schon nicht mehr in der Öffentlichkeit umarmt werden wollte.

Und dann war Mama weg.

Es wurde düster im Haus Schluck. Mit Mama war auch die Sonne untergegangen, alle schlichen bedrückt auf Zehenspitzen herum. Omi kümmerte sich um den kleinen Tim, niemand konnte sich über das Baby freuen.

Doch dann kam Stefanie ins Haus, zusammen mit ihrem Sohn Julian. Die beiden umsorgten Tim, während die anderen Kinder sich nur zögernd an das Kindermädchen und den neuen Bruder gewöhnten. Doch Stefanie bewies unendliche Geduld und wurde den mutterlosen Kindern eine Freundin.

Stefanie deckte den Teig mit einem Tuch ab und stellte ihn auf die Ablage neben dem Herd. Christine reichte ihr die Tortenform mit der eingefüllten Creme, die sie im Kühlschrank verstaute.

Dann setzte Stefanie sich zu den Schwestern. »Ich habe immer gehofft, dass sich zwischen eurem Papa und mir etwas entwickelt. Er denkt bis heute, dass ich ihn nur geheiratet habe, damit Julian eine Familie bekommt. Dabei habe ich mich fast von Beginn an in ihn verliebt.«

»Aber Papa mag dich doch auch«, kam es von Jackie.

»Ja, das tut er.« Sie räusperte sich. »Zumindest ein wenig, leider nicht so, wie ein Mann eine Frau liebt. In seinem Herzen ist nach wie vor eure Mama. Nicht, dass ich das grundsätzlich schlecht finde, Herzen sind groß genug für viele Menschen. Ich habe eben gehofft, dass da irgendwann ein winziger Ort für mich sein wird, nur für mich, versteht ihr?« Christine wusste nicht, was sie darauf sagen sollte, doch Stefanie sprach ohnehin bereits weiter. »Ich wäre gern seine Vertrauensperson geworden, diejenige, die er als Erste anspricht, wenn er Kummer hat. Stattdessen rennt er zu eurer Oma.« Sie schüttelte den Kopf. »Die Firma ist bedroht, das geht mich doch eher was an als sie.«

»Die Firma ist bedroht?« Christine sah entsetzt zu Jackie.

»Na, wenigstens wisst ihr von nichts, sonst wäre ich mir total bescheuert vorgekommen. Euer Vater hat Post aus den USA erhalten, aus Colorado. Von seiner Schwester.«

»Aber Papa hat doch keine Schwester?«

»Offenbar schon. Sie heißt Cynthia und möchte ihn kennenlernen.«

»Das klingt nett.« Jackie zupfte an ihrem Ohr, ein deutliches Zeichen, dass sie nervös war.

»Wolfgang hat Angst, dass sie sich nur meldet, um ihr Erbe einzustreichen. Offenbar hat sie schon ein Anwaltsbüro eingeschaltet. Da euer Opa kein Testament hinterlassen hat, erbt sie die Hälfte der Firma. So viel kann euer Papa unmöglich flüssig machen.«

Eine eiskalte Hand schien Christines Herz zu zerdrücken. »Aber das geht doch nicht«, murmelte sie.

»Ist das gesetzlich okay?« Jackie nahm eins der süßen Teilchen und biss hinein, dann wurde ihr offenbar bewusst, dass die anderen beiden sie anstarrten. »Tut mir leid, aber wenn ich mich aufrege, muss ich essen.«

»Ich verstehe das alles nicht richtig.« Christine versuchte, ihre Gedanken zu sortieren. »Papa hat uns erzählt, dass seine Mutter in den USA gestorben ist, als er sieben war oder so. Das hat zumindest Opa behauptet.«

»Vielleicht hat es nicht gestimmt«, warf Stefanie ein. »Ihr wisst, dass euer Großvater bis zum Lebensende ausgesprochen verbittert darüber war, dass seine Frau ihn wegen eines anderen verlassen hat. Das hat er nie überwunden. Man durfte ihn nie darauf ansprechen.«

»Wobei es theoretisch gestimmt haben könnte.« Jacqueline legte ihr halb gegessenes Nusshörnchen ab und leckte sich den Zucker von den Lippen. »Wenn unsere Großmutter schwanger war, als sie ging, und dann nach der Geburt starb. So wie Mama«, fügte sie hinzu.

Es gab Christine einen innerlichen Riss, wie meist, wenn das Gespräch auf ihre verstorbene Mutter kam. »Papa war fünf, als ihn seine Mutter verlassen hat, also vor vierundfünfzig Jahren. Das heißt, seine vermeintliche Schwester dürfte nicht mehr als fünf Jahre jünger sein als er. Weshalb, so frage ich mich, hat sie sich nicht früher gemeldet?«

»Mit fünf?« Jackie leckte über ihre Finger.

»Scherzkeks!« Christine knuffte sie in die Seite. »Ihre Mutter natürlich.«

»Vielleicht hat ihr Stiefvater nicht gewusst, dass sie … egal, das sind nur Spekulationen.« Stefanie holte einen Teller aus dem Regal und legte Jackies Nusshörnchen darauf. »Tatsache ist, sollte wirklich ein Anspruch bestehen, dann wäre das der Ruin der Firma.«

»Vielleicht hat sie sogar geschrieben und Opa hat es unserem Papa verheimlicht?« Jackie schien sich immer mehr für das Thema zu erwärmen.

»Papa hat nach Opas Tod bestimmt seine Sachen durchgesehen.«

»Auch die Kisten auf dem Dachboden?« Die Augen ihrer Schwester glänzten. »Ich denke, ich werde da am Wochenende mal nachsehen.«

»Viel Erfolg. Ich glaube, wenn überhaupt was da war, hat Opa alles verbrannt oder so.« Christine hatte plötzlich das Bedürfnis, mit jemandem darüber zu sprechen.

Nein, nicht mit irgendjemandem.

Mit Philipp.

Eine Stunde später machte sie sich auf den Weg. Sie wusste, wo er vorübergehend wohnte.

Schluck-Säfte hatte Firmenapartments in Buxtehude für jene Mitarbeiter, die sich in Ruhe etwas suchen wollten, oder für die Erntehelfer, die nur saisonal blieben. Sie fand einen Parkplatz direkt vor dem Flüsschen Westviver.

Hinter einer älteren Dame schlüpfte sie dann ins Haus und da Philipp mal erwähnt hatte, dass er im dritten Stock wohnt, fuhr sie gleich hinauf.

Die Überraschung stand Philipp ins Gesicht geschrieben, als er sie vor der Tür stehen sah. Sein zögerliches Luftholen verursachte ihr ein unangenehmes Kribbeln im Bauch.

»Komme ich ungelegen?«, fragte sie und konnte nicht verhindern, dass ihre Stimme spitz klang.

»Unerwartet«, verbesserte er und sein Lächeln war wieder da.

Erleichterung durchflutete sie, bis sie von drin etwas scheppern hörte. »Du hast Besuch?« Sie schmeckte Galle. Natürlich, sie hatte ihm klargemacht, dass eine Affäre nicht drin war, da hatte er sich Ersatz beschafft.

Innerhalb weniger Wochen.

Vor Enttäuschung glaubte sie, zu ersticken. Scham überrollte sie und sie wollte nichts wie weg. Doch ihre Füße schienen festgeklebt zu sein.

»Wo hast du Pfeffer?«, ertönte nun eine eindeutig weibliche Stimme aus der Küche.

Das war zu viel. Christine drehte sich um und eilte zum Lift.

21

Philipp

Christine konnte verdammt schnell rennen. Obwohl Philipp ihr in Sekundenschnelle folgte, war sie bereits im Aufzug drin. Die Tür ging gerade zu, er hätte sich dazwischenwerfen müssen.

Doch das schaffte er nicht. »Christine, bleib, ich kann es dir …« Die Türen waren zu. Rasch eilte er zur Treppe, er musste sich beeilen, wenn er drei Stockwerke schaffen wollte, ehe der Lift unten landete. Und das möglichst ohne Sturz.

Was tat Christine hier? Es musste enorm wichtig sein, dass sie hier aufkreuzte. Hatte sie ihm nicht erst heute erneut erklärt, dass sie keine Beziehung wollte? Weshalb stand sie jetzt vor seiner Tür? Hatte sie es sich überlegt? Was dachte sie nun von ihm?

Eifersucht!

Ihre Reaktion schien eindeutig zu sein. Er musste es schaffen, sie zu erreichen und zu beruhigen. Mit seinem Handicap war dies nicht so einfach. Sein schwächeres Bein war der abrupten Belastung nicht gewachsen, doch er ignorierte die Schmerzen. Bei der vorletzten Treppe hörte er das »Ping« des Aufzugs.

»Christine, warte.« Er japste nach Luft. Dabei hatte er gedacht, dass er gut in Schuss wäre. Offensichtlich nicht.

Es wurde Zeit, dass er wieder mehr trainierte.

Er holte sie ein, als sie in ihren Wagen steigen wollte. Kurzzeitig wurde ihm schwarz vor Augen, sein Bein schmerzte und er brachte kein Wort heraus. Aber seine Kraft reichte aus, Christine am Einsteigen zu hindern, indem er sich zwischen sie und die offene Autotür quetschte.

Ihre Augen waren aufgerissen, als sie ihn so nach Luft schnappen sah. Ihre Züge wurden weicher und er las Besorgnis darin. Oder war dies Wunschdenken?

Eine Ewigkeit verging, in der sie sich nur ansahen. Wer hatte den Anfang gemacht? Er konnte es später nicht eindeutig sagen, aber ihre Gesichter näherten sich und ihre Lippen fanden zusammen, wie von Magneten angezogen.

Der Kuss hatte es in sich. Philipps Gehirn war wie leergefegt, er spürte nur noch Christine in sich und um sich, überall, er wollte nichts mehr auf dieser Welt, als dass der Kuss niemals enden möge.

Doch sie waren im realen Leben. Christine war es, die sich als Erste löste und entsetzt über seine Schulter sah.

»Hat uns jemand gesehen?«, fragte er leise und war froh, dass er wieder sprechen konnte.

»Der neue Mitarbeiter im Marketing. Papa hat ihn uns erst vor zwei Wochen vorgestellt. Der Name fällt mir momentan nicht ein.«

»Thorsten Leonhardt.«

»Richtig.«

»Ja, der hat auch eine Wohnung hier. Ist ein netter Bursche.«

Sie machte sich von ihm frei. »Mag sein, aber es wird sich herumsprechen, dass du und ich …«

»Mist«, sagte er gespielt zornig. »Nun werden alle erfahren, dass ich den Job nur erhalten habe, weil ich mit dir schlafe.«

Christine starrte ihn kurz an, dann prustete sie los und er atmete erleichtert durch. Ihr Lachen kribbelte durch seinen gesamten Körper und hinterließ ein wohlig angenehmes Gefühl.

»Kommst du nun wieder mit hinauf?«, fragte er rasch. Die gute Stimmung musste er ausnutzen. »Dann lernst du meine Schwester kennen.«

Er erkannte sofort den Moment, da es bei ihr klickte. Ihr Körper entspannte sich und ein schiefes Grinsen verzerrte ihren Mund. »Ich habe mich wohl beschissen benommen.«

»Nein.« Er strich ihr eine Haarsträhne aus der Stirn. »Du hast mich glücklich gemacht. Deine Reaktion hat mir bewiesen, dass ich dir etwas bedeute.«

»Natürlich tust du das.« Sie stieß ihn in die Seite. »Aber ein Verhältnis in der Firma, das geht einfach nicht.«

»Kein Verhältnis, Affäre, nur Sex oder andere Bezeichnungen. Mach unsere Beziehung nicht zu etwas Billigem. Ich habe mich total in dich verliebt. Gib uns die Chance, herauszufinden, was daraus wird. Die letzten Wochen waren die Hölle! Dir nahe sein zu müssen und doch nicht mehr zu dürfen.«

Sie zögerte, dann nickte sie. »Ich vermute, das wollte ich auch, so in mir drin.« Mit Schwung schlug sie die

Autotür zu und sperrte mit ihrem Funkschlüssel zu.

»Bist du deswegen gekommen?«

»Auch. Mir wird erst jetzt bewusst, was es bedeutet, dass ich gleich zu dir gelaufen komme, wenn ein Problem auftaucht.«

»Welches Problem?«

Sie sah nach oben. »Ist vielleicht nicht so günstig, wenn du deine Schwester zu Besuch hast. Andererseits«, sie zuckte mit den Schultern, »sollte die Sache stimmen, werden es ohnehin alle erfahren.«

Auf dem Weg ins Gebäude konnte Philipp nicht verhindern, dass er stärker hinkte als sonst.

»Es tut mir leid, dass du meinetwegen so gesprungen bist.« Christine klang kleinlaut.

»Das war es wert.« Er log nicht. Für Christine hätte er weitaus schlimmere Beschwerden auf sich genommen. »Wir treffen uns oben.«

»Du willst wieder die Treppe nehmen?« Sie wirkte ratlos, wie sie da vor dem offenen Lift stand.

»Ich kann in keinen Aufzug steigen.« Sie musste endlich wissen, dass er ein paar Tics hatte.

»Nie?«

»Nein.«

»Was machst du in einem Wolkenkratzer?«

»Die müssen ohne mich auskommen.« Tatsächlich wusste er nicht, wie er in so einer Situation damit umgehen würde. Fünfzig bis hundert Stockwerke ließen sich dann doch nicht so leicht zu Fuß bewältigen.

»Okay, in diesem Fall komme ich mit dir.« Christine

ging an ihm vorbei und begann die Stufen hochzusteigen. »Ein wenig Fitness schadet niemandem. Im Gegenteil, es wird sogar überall empfohlen.«

Erleichtert folgte er ihr. Ob sie irgendwann genauer nachfragen würde? Ehrlichkeit war das Wichtigste in einer Beziehung und er hatte ihr so einiges verschwiegen. Das hatte Zeit, denn das Wichtigste war doch heute, dass er ihr noch etwas bedeutete. Wenn er hochspringen könnte, würde er es tun. Meterhoch!

Lisa-Maria stand in der Wohnungstür, als sie den dritten Stock erreichten. »Ich hab mich schon gewundert, wo ihr bleibt. Die Nudeln sind fertig, ich finde nur den Essig für den Salat nicht.« Sie streckte Christine die Hand hin. »Ich bin Lisa-Maria, die brave Schwester von dem Kerl da.«

»Brav?«, gluckste ihr Bruder von hinten.

»Freut mich. Ich bin Christine, seine neue Arbeitskollegin.«

»Das auch.« Philipp legte den Arm um sie. »Und meine Freundin.« Er würde ihre Beziehung vor niemandem verstecken.

»Echt jetzt?« Lisa-Maria sah von einem zum anderen mit einem leichten Grinsen. »Oder sagt er das nur, weil er davon träumt?«

»Du Frechdachs, kümmere dich lieber um den Salat. Essig müsste in der braunen Kiste neben dem Herd sein.« Er wandte sich Christine zu. » Ich habe noch nicht alles ausgepackt, werde ich auch nicht, denn ich suche mir eine größere Wohnung.«

Kurze Zeit später saßen sie beim Essen. Es gab Nudeln mit einer scharfen Soße – Penne all'arrabbiata – und grünem Salat. Sie unterhielten sich locker und hauptsächlich über den Gesundheitszustand ihrer Mutter. Der Bruch heilte anscheinend gut, doch sie gab bereits wieder Tanzstunden – mit Gips und Krücken! Ein Wahnsinn, da waren sich Lisa-Maria und er einig.

Christine nahm Anteil und wirkte nicht eine Minute genervt oder gelangweilt. »Eure Mutter ist eine starke Frau, die nach dem Tod eures Vaters allein die Tanzschule aufgebaut hat. Wie alt war sie, als euer Vater starb?«

»Vierunddreißig«, sagte Lisa-Maria. »Ich war erst zwei, ich habe leider keine Erinnerung an unseren Papa.«

»Philipp hat mir von dem Unfall erzählt.« Christine sah ihn nun an, ihre Augen glänzten. »Es ist unglaublich, was er alles hat durchmachen müssen.«

»Allerdings.« Seine Schwester runzelte die Stirn. »Das Schlimmste ist, sie haben diesen Mistkerl nie erwischt, der den Unfall verursacht hat. Es muss ein Lastwagen oder zumindest ein starker Geländewagen gewesen sein. Und der ist einfach weitergefahren, nachdem er gesehen hat, was er angerichtet hat.«

»Um Gottes willen, das hast du mir gar nicht erzählt!« Christine sah ihn schockiert an.

»Ist lange her.« Philipp warf seiner Schwester einen bösen Blick zu, den sie offenbar verstand.

Sie begann die Teller in die Küche zu räumen.

»Er wurde nie gefasst?«, fragte Christine nach.

Auf einmal hatte er das Bedürfnis, sich alles von der Seele zu reden. Aber nicht vor seiner Schwester, sie hatte keine Ahnung, wie sehr ihn das nach all den Jahren immer noch belastete.

»Ich habe drei Häuser weiter eine kleine Bar gesehen. Da können wir ungestört reden.«

»Ist das nicht …« Christine nickte mit dem Kopf Richtung Küche, wo sie Lisa-Maria werkeln hörten.

»Sie ist unkompliziert, mach dir keine Sorgen.«

Philipp saß ihr gegenüber in einer Bar nicht weit von seiner Wohnung. Die Bedienung stellte ihre Longdrinks vor sie hin.

Er hob sein Glas. »Ich bin froh, dass du gekommen bist«, sagte er leise. »Lange hätte ich die kühle Geschäftlichkeit zwischen uns nicht mehr ausgehalten.«

Er sah sie schlucken, dann nickte sie. »Ich auch nicht.«

Eine Ewigkeit sahen sie sich nur an, in ihren braunen Augen spiegelte sich das Licht der Kerze, die vor ihnen auf dem Tisch flackerte.

Er riss sich von ihrem Anblick los und kam nur widerwillig zum Thema zurück, weswegen sie nun hier saßen. »Du möchtest gern wissen, wie das damals passiert ist«, sagte er dann, Christine nickte.

»Ich kann mich nicht mehr deutlich erinnern. Papa und ich waren fröhlich. Wir haben so viel gelacht. Und dann schepperte es, ich konnte mich nicht bewegen.«

»Der Fahrer hat euch einfach so liegen gelassen?«

»Ja. Ich habe Stimmen gehört und Füße gesehen, ein

dunkles großes Fahrzeug – sie sind kurze Zeit später weggefahren.«

»Und die Polizei?«

»Ich war wochenlang nicht vernehmungsfähig. Als sie die Ermittlungen aufnehmen konnten, war die Spur kalt. Zudem hat der starke Regen die meisten Spuren weggewaschen. Und den Aussagen eines zehnjährigen Kindes wurde nicht so viel Bedeutung beigemessen, zumal ich nicht wirklich etwas Genaues gesehen hatte.«

»Das muss schrecklich für euch gewesen sein, dass das Ganze nie aufgeklärt wurde.« Christine lehnte sich zurück.

»Ist lange her und wir haben uns damit abgefunden«, log er.

»Ich kann mir vorstellen, dass man so ein Erlebnis niemals ganz vergessen kann.« Sie drehte ihr Glas zwischen den Händen. »Aber ich bin froh für dich, dass du es halbwegs hast verarbeiten können. Ich nehme an, es war furchtbar für dich, als du, selbst schwer verletzt, vom Tod deines Vaters erfahren musstest. Wer hat es dir gesagt?«

»Mama. Sie war verweint und ihre Haare standen wild um ihren Kopf. Den Anblick werde ich nie vergessen.« Er holte geräuschvoll Atem. »Das hat mich am meisten schockiert. Ich habe meine Mutter vorher niemals in so einem aufgelösten Zustand gesehen. Ich habe nach Papa gefragt und sie hat heftig zu weinen begonnen.«

»Das muss furchtbar für euch beide gewesen sein.«

Er nickte, griff zu seinem Glas und trank einen Schluck. Der Gin wärmte ihn ein wenig.

»Und danach kam die Reha, von der du mir auf Sylt erzählt hast?«

»Ja. Zuerst hieß es, dass ich vermutlich nie mehr ohne Krücken würde gehen können. Der offene Bruch hatte sich entzündet, ich musste mehrmals operiert werden, fieberte und bekam zahlreiche Antibiotika. Meine Mutter hat mir viel später erzählt, dass auch mein Leben am sprichwörtlich seidenen Faden hing.«

»Wie furchtbar!«

»Sie wäre zusammengebrochen, hätte sie nicht die Verantwortung für Lisa-Maria gehabt. Die brauchte ihre Mama, sie war erst zwei und hat noch nichts verstanden von alldem.«

»Deine Mutter muss eine unheimlich starke Frau sein.«

»Das ist sie. Ich werde dich bald zu ihr bringen.« Er legte den Kopf schief. »Vorausgesetzt, wir sind nun ein Paar. Das sind wir doch, oder?«

Sie sah auf ihr Glas.

Er beugte sich vor. »Christine, weshalb bist du heute zu mir gekommen?«

Sie zögerte kurz. »Ich weiß es nicht.«

Er hatte das Gefühl, dass diese Antwort nur teilweise der Wahrheit entsprach. Hatte sie ihm etwas sagen wollen und sich nun spontan anders entschieden? Die Art, wie sie mit dem Cocktailspieß in ihrem Glas rührte, schien das zu unterstreichen.

»Ich war nie zuvor eifersüchtig.« Sie hob das Gesicht und sah ihm in die Augen. »Rico gab oft Partys, da waren meistens Mädchen dabei, und ganz ehrlich, ich habe keine Ahnung, ob er mir immer treu gewesen ist, auch wenn ich nicht glaube, dass er fremdgegangen ist. Es war mir offenbar nicht so wichtig. Doch heute, als ich deine Schwester reden hörte, erschien es mir wie ein Weltuntergang.« Verlegen grinste sie und wandte den Blick ab. »Das klingt jetzt dramatisch, aber ich kann meine stupide Reaktion nicht anders erklären. Es tut mir leid, dass du meinetwegen die Treppen hinunterstürzen musstest und dein Bein belasten …«

»Stopp.« Er hob die Hand, nahm sanft ihr Kinn und drehte ihren Kopf zu sich. »Ich habe mich so gefreut, dass du gekommen bist. Denkst du, ich hätte mich damit abgefunden, dass du unserer Liebe keinen Raum geben willst? Lange hätte ich nicht mehr gewartet, bevor ich mir etwas überlegt hätte. Es waren die schlimmsten Wochen meines Lebens.«

»Es wird Gerede geben.«

»Wollen wir uns von anderen Menschen vorschreiben lassen, was wir tun und wie wir handeln?«

»Es wird schwierig werden.«

»Denkst du, dass es Probleme mit deinem Vater gibt?«

»Der kriegt es als Letzter mit, sein Interesse für mich ist nicht gerade groß.« Sie klang nicht verbittert, eher, als würde sie eine Tatsache feststellen. »Aber vor ein paar Wochen war ich noch mit einem anderen zusammen und …«

»Liebe lässt sich keinen Zeitstempel aufdrücken, kennt keine Vorschriften und überfällt einen, ohne dass man sie bestellt hat.«

»Liebe?«

Er sah an ihrem Kehlkopf, dass sie schluckte.

»Was sonst? Nur die Liebe lässt uns so verrückt handeln, wie wir es auf Sylt getan haben.«

»Das waren Anziehungskraft, gemeinsame Interessen, Sympathie und …« sie befeuchtete ihre Lippen, er konnte den Blick nicht davon lösen, »… Lust.« Sie betonte das Wort auf spezielle Art, sodass seine Finger zu kribbeln begannen.

Er wollte sie küssen, sie an sich reißen, umarmen, drücken und mehr. Doch für heute mussten seine Sehnsüchte unerfüllt bleiben.

»Du hast alles gut zusammengefasst. Wenn man diese Begriffe zusammen in einen Beutel gibt und schüttelt, entsteht Liebe.«

Ihren Gesichtsausdruck konnte er nur als entsetzt deuten. Christine starrte ihn an und benetzte wiederholt mit der Zunge ihre Lippen.

»Sieh mich nicht so an, als ob der Weltuntergang unmittelbar bevorstünde.« Er griff nach ihren Händen, löste sie vom Glas und drückte sie. »Ich habe noch niemals so für jemanden gefühlt wie für dich. Und ich will dich nie mehr loslassen müssen. Wäre meine Schwester nicht zu Besuch, würde ich dich wie ein Neandertaler in meine Wohnung schleppen und über dich herfallen …«

Sie lachte los. »Wie könnte ich einem dermaßen umwerfend romantischen Angebot widerstehen?«

22

Wolfgang

Wolfgang hatte es getan und zurückgeschrieben. Kurz und knapp.

Sehr geehrte Frau Young!

Meine Mutter ist für mich gestorben, als ich fünf war. Daher wünsche ich keinen Kontakt zu Ihnen.

Hochachtungsvoll

Wolfgang Schluck

Absichtlich ignorierte er ihren Doppelnamen. Die Frau war keine Schluck, nie gewesen. Sie hatte kein Recht darauf, diesen Namen zu tragen. Und ganz gewiss war sie keine Schwester von ihm. Nach Abschicken der E-Mail blockierte er ihre Adresse.

Erleichtert goss er sich ein Glas Whisky ein. Hoffentlich sah die Frau ein, dass sie ihn in Ruhe lassen sollte.

Es klopfte. War Stefanie endlich da? Wo steckte sie den ganzen Abend bloß? Er konnte das Gefühl nicht einordnen, das ihn befiel, wenn er an seine Frau zusammen mit Andreas dachte. Seit Wochen arbeitete sie bereits im Apfelglück. Sie wich ihm aus, das war eindeutig.

Die Firma verbrauchte fast seine gesamte Energie, war es zu viel verlangt, zu Hause Frieden zu finden? Er hatte Stefanie niemals etwas versprochen, das er nicht geben konnte. Aber wenn sie nun zu ihm käme, wollte er versuchen, irgendwie einzulenken.

Doch in der Tür standen seine beiden älteren Töchter.

»Wir müssen mit dir reden«, sagte Jacqueline, die eine Schachtel bei sich hatte.

Diesen energischen Tonfall kannte er nicht von ihr. Eher von Christine, seiner Ältesten. Und die schien offenbar in den letzten Wochen eingesehen zu haben, wie gut es war, dass er ihr die Verantwortung abgenommen hatte. Degenhardt war ein fähiger Bursche und er hatte sie offensichtlich gezähmt.

Kurz nahm er das Äußere seiner Töchter auf.

Ein sonderbares Gefühl durchdrang ihn. Wann waren seine Töchter so erwachsen geworden? Und jede eine Schönheit auf ihre Art. Christine schlank und groß, auf eine kühle Art schön, und Jackie kleiner, kompakter, mit einer gewaltigen Ausstrahlung. In seinem Kopf sah er die Kinder von damals, wie er ihnen vorgelesen hatte, ein Mädchen auf jedem Knie, Alexander zu seinen Füßen.

Und Monika vor ihnen. »Sie müssen jetzt wirklich schlafen gehen.«

Ein Jammern der Kinder.

»Noch eine Geschichte, Moni, dann bringe ich sie ins Bett.«

Nach ihrem Tod hatte er ihnen nie mehr vorgelesen. Reue stieg in ihm hoch. Könnte er doch nur einmal einen einzigen dieser Tage erleben. Monika war tot, aber seine Kinder lebten und waren ihm fremd geworden.

Das schlechte Gewissen flutete mit Macht über ihn, er schwankte und hielt sich an der Hausbar fest. In seinem Hals bildete sich ein Kloß, der auch durch mehrmaliges Schlucken nicht verschwinden wollte. Sekunden vergingen, bis Wolfgang sich gefasst hatte. Er ließ den Tresen los.

»Kommt her und setzt euch.« Er ging zur Sitzecke in seinem Arbeitszimmer, sie folgten ihm. Schließlich saßen sie einander gegenüber: er im einzigen Stuhl, sie auf dem Sofa.

»Was hast du da, Jackie? Schleppst du Laborberichte rum mit dir?« Er zwinkerte ihr zu. War eigentlich schön, dass seine Töchter ihn gemeinsam besuchten.

»Nein, Papa, ich habe das hier auf dem Dachboden gefunden.«

Irritiert sah er sie an, während sie den Pappkarton auf den Tisch stellte.

»Opa hat immer erzählt, dass deine Mutter, also unsere Großmutter, ein paar Jahre, nachdem sie ihn verlassen hat, in den USA gestorben sei, richtig?«

»So ist es. Wie kommt ihr nun darauf?« Er ballte die Hände und öffnete sie wieder. Dieses Thema schmerzte noch immer, selbst nach so langer Zeit. Sie war gegangen, um nie mehr wiederzukehren.

»Aber hier sind Briefe von ihr, die reichen bis ins Jahr 2003. Und ein Foto haben wir auch gefunden.«

Er fuhr hoch. »Das kann nicht sein. Mein Vater …«

»Opa hat dir nicht die Wahrheit gesagt, Punkt. Du hast selbst erzählt, dass er kaum über Oma gesprochen hat. Und wie verbittert er jahrelang war. Erst mit uns

Enkelkindern wurde er nachsichtiger.«

»Er hätte mich niemals so angelogen.«

Jackie klopfte auf den Karton. »Hier sind die Beweise. Diese Briefe sprechen eine andere Sprache. Sie hat dir jedes Jahr geschrieben, immer zu deinem Geburtstag im März. Und sieh dieses Foto.« Jackie hielt ihm eine Farbfotografie hin.

Obwohl er nicht wollte, konnte er den Blick nicht abwenden und nahm das Bild an sich. Eine Frau um die fünfzig, bildschön, mit gestylten blonden Haaren und … der Halskette, an der ein blauer Stein leuchtete. Es war die Kette, die er als Fünfjähriger zum letzten Mal gesehen hatte, am Hals der Mutter.

Wie in Trance stand er auf, ging zur Kredenz und öffnete die oberste Schublade. Kramte, bis er das gerahmte Bild ertastete. Das Hochzeitsbild seiner Eltern. Sein Vater Karl im jugendlichen Alter, daneben die bildschöne Elisabeth. Mit der goldenen Halskette und dem Herzen aus Aquamarin. Es war ein Schwarz-Weiß-Foto, dennoch war die Kette eindeutig zu erkennen. Mit beiden Fotos kehrte er zu seinen Töchtern zurück.

Christine beugte sich über seine Schulter und ergriff das Wort. »Das muss unsere Großmutter sein. Wow, die sieht wie eine Filmschauspielerin aus Hollywood aus.«

»Was nützt die Schönheit, wenn kein Herz in ihrer Brust schlägt?«

Christine nahm ihm das neue Bild aus den Fingern und deutete auf die Beschriftung. »1978, 50. Geburtstag«, las sie.

Wolfgang spürte, dass seine Finger zitterten, und er ballte sie erneut. »Weshalb hätte mein Vater diese Briefe aufheben sollen? Wenn er mich schon dermaßen anlügt, so wäre es besser gewesen, sie zu verbrennen.«

»Wir können ihn leider nicht mehr fragen. Du musst unbedingt die Briefe lesen. Ich habe nur einen gelesen, aber sie hat sich gewünscht, dich wiederzusehen.«

Mit der Handfläche schlug er auf seine Schenkel und sprang auf. »Tatsächlich? Weshalb sollte sie das hoffen? Sie ist doch gegangen.«

»Sie durfte dich nicht mitnehmen.«

»Sie hatte die Wahl!«, brüllte er. Rundum bauten sich rote Schleier um ihn auf. »Welche Mutter lässt ihr kleines Kind zurück? Geht einfach? Das ist keine Mutter, verdient die Bezeichnung nicht. Es ist mir egal, ob und wann sie gestorben ist, für mich war sie von jetzt auf gleich tot, versteht ihr das?« Mit einer unkontrollierten Handbewegung fegte er über den Tisch, der Karton kippte um und ein paar Papiere fielen heraus. Dann warf er das gerahmte Hochzeitsbild auf den Boden, sodass das Glas splitterte.

Er sah hoch und der Anblick seiner Töchter, die mit starren Gesichtern, aufgerissenen Augen und offenen Mündern dasaßen, brannte sich in seine Seele.

»Wir verstehen dich.« Christine räusperte sich und er sah, wie sie einen Blick mit Jackie wechselte.

Die nickte nun heftig und fügte leise hinzu: »Unsere Mama war schließlich auch von heute auf morgen nicht mehr da.«

Der Kloß in seinem Hals wuchs zum Tennisball.

Doch die Wut ebbte langsam ab, wie Wasser, das im Boden versickerte. Plötzlich schämte er sich, dass er sich so hatte gehen lassen.

Sekundenlang war es still, dann ertönte eine sanfte Stimme von der Tür her. »Dennoch war es nicht in Ordnung von deinem Vater, dir die Briefe vorzuenthalten.«

Stefanie war hereingekommen. Wie viel hatte sie mitangehört? Seine Zornanfälle kamen selten, waren jedoch dann umso heftiger.

»Vielleicht hättest du Klarheit, wenn du die Briefe lesen würdest«, sagte Jackie leise.

Er wunderte sich, dass die Kleine hier die Rädelsführerin gab, sie hatte ihm noch nie zuvor so die Stirn geboten.

»Und wenn sie hundertmal schreibt, wie leid es ihr tut, ihre Tat ist mit nichts zu entschuldigen.« Er holte tief Luft und war dankbar, dass er sich wieder im Griff hatte. »Eure Mutter hätte euch niemals freiwillig verlassen. Das ist der Unterschied.«

Kurz war es totenstill.

»Es wäre eine Chance für dich, dass du dich damit auseinandersetzt.« Stefanie sprach in ihrer stillen Art, die gerade dadurch sehr laut war, kam näher und setzte sich neben seine Töchter.

»Was wird das hier jetzt?« Erneut stieg Unmut in ihm auf. »Eine Inquisition? Oder eine psychologische Sitzung? Es geht euch alle nichts an, und dich«, er zeigte mit dem Finger auf Stefanie, »am allerwenigsten.«

Er sah, wie seine Frau zurückzuckte, ihre Wangen wurden blass. Sie schluckte merklich, stand auf wie eine wandelnde Mumie und ging langsam aus dem Zimmer.

Mist, das hatte er wieder gut hingekriegt! Er hatte das Klima zwischen ihnen verbessern und nicht verschlechtern wollen. Irgendwie bekam er keine Luft. Im tiefsten Inneren wollte er sie zurückrufen und sich entschuldigen, stattdessen sah er ihr nur bewegungslos nach. Hatte er nicht einlenken und die Stimmung im Haus endlich normalisieren wollen? Auf einmal hatte er nur wieder Andreas mit seiner Frau vor Augen. Sie würde ihn verlassen, wie alle anderen auch.

»Papa, das war nicht in Ordnung.« Christine erhob sich ebenfalls. »Wäre Stefanie nicht gewesen, hätten wir Mamas Tod nie verkraftet. Denn du warst nicht für uns da.«

Es war wie ein Messerstich. Jackie sah ihn nicht an, sie sammelte die herausgefallenen Papiere ein und schlichtete sie fast liebevoll in den Karton, den sie dann vor ihn auf den Tisch platzierte. »Jedes Ding hat zwei Seiten, Papa. Hast du schon mal überlegt, dass Opa einen Teil Schuld daran haben könnte, dass deine Mutter fortgegangen ist?«

Dann war er allein. Das Ziehen im Inneren war unangenehm, als ob in seinem Bauch gekämpft würde.

Das hatte er nicht gewollt.

Der Karton mit den Briefen erschien ihm wie ein Korb mit Giftschlangen.

23

»Die Veredelung eines Apfels ist wie die Liebe
zwischen zwei Menschen.«
Aus den Aufzeichnungen von Edwin Schluck, 1915

Christine

Die nächsten Tage erlebte Christine wie im Traum. Nach Lisa-Marias Abreise hatte Philipp sie nach der Arbeit zum Essen eingeladen, ein richtiges Date in einem feinen Restaurant in Buxtehude. Danach war sie wie selbstverständlich zu ihm mitgekommen.

Während der Arbeit mussten sie sich zusammenreißen. Doch Christine spürte, dass sie ihre frisch erwachte Liebe nicht lange würden geheim halten können.

Das Wochenende war gekommen, sie hatten zusammen in Christines Wohnung gekocht und es gerade noch geschafft, zu essen, ehe sie wieder übereinander herfielen.

Nun lagen sie aneinandergekuschelt auf der Couch. Christine erzählte Philipp von der angeblichen Tante in Amerika und den Briefen. »Papa hat sie bis heute nicht gelesen.«

»Vielleicht hat er Angst, dass die Identität seiner Schwester bestätigt wird.« Philipp löste sich von Christine und erhob sich.

Sie beobachtete ihn, wie er zum Tisch ging und die beiden Rotweingläser holte, die noch vom Abendessen dort standen. Sein Hinken fiel kaum ins Gewicht, dafür konnte sich seine Kehrseite sehen lassen. »Wenn du mich so ansiehst, dann …« Er grinste und reichte ihr ihr Glas.

»Das klingt nach einem tollen Versprechen.« Sie nahm ihm das Glas ab und nippte daran, ehe sie es auf dem Couchtisch platzierte. Er glitt erneut neben sie.

»Wenn an der Geschichte was dran ist, wäre es fatal für Schluck-Säfte. Diese Tante hätte Anspruch auf die Hälfte.«

»Da kenne ich mich zu wenig aus, aber ich könnte Jörn fragen.«

»Jörn?«

»Mein bester Freund. Du wirst ihn bald kennenlernen. Er ist Anwalt und hat mir letztens von einem ähnlichen Fall erzählt.« Philipp kratzte sich am Kinn. »Ich finde, ihr solltet die Briefe selbst lesen, wenn euer Vater das nicht tut.«

»Leider hat er sie weggesperrt. Jackie ist unglücklich deswegen, sie bereut, dass sie sie ihm überhaupt gegeben hat.«

»Wie geht's ihr mit Langenhaupt?«

»Schlecht.«

»Rede du einmal mit eurem Vater.« Er drückte ihr einen Kuss auf die Nase. »Du hast mich auch bei jedem Verkaufsgespräch um den Finger gewickelt.«

»Habe ich das?« Christine strich mit ihrer Hand seinen Oberkörper entlang.

»Jedes Mal.« Er beugte sich über sie und küsste sie.

Briefe und Schwestern waren im selben Augenblick vergessen.

Am nächsten Morgen nach der Morgenbesprechung folgten Christine und Philipp ihrem Vater in sein Büro.

Ihr Vater setzte sich an seinen Schreibtisch. »Ist noch was?«

»Gibt es was Neues? Hast du die Briefe gelesen?«, fragte Christine.

Kurz wirkte er verwirrt, als hätte er keine Ahnung, wovon sie sprach. Ein rascher Seitenblick auf Philipp, dann schüttelte er heftig den Kopf. »Sicher nicht. Und ich wäre dir und deiner Schwester dankbar, wenn ihr euch nicht in meine Privatangelegenheiten mischen würdet.« Der schroffe Tonfall ließ Christine zurückzucken.

»Papa, Jackie möchte in die Forschungsabteilung«, sprach sie schon weiter, ehe der Mut sie verließ.

»Hat sie jetzt dich geschickt? Ich habe keine Zeit für solche Flausen. Zuerst muss sie sich auf dem Platz bewähren, wo sie ist, das habe ich ihr auch gesagt.«

»Langenhaupt schikaniert sie.«

»Red nicht so einen Unsinn.« Er stand auf, zog sein Jackett aus und hängte es über den Stuhl. Darunter trug er ein Kurzarmhemd. »Sonst noch etwas? Aber nur Wichtiges, meine Zeit ist kostbar.« Kurz rückte er seinen Sessel zurecht und setzte sich wieder hin.

»Woher haben Sie das Tattoo?«, fragte Philipp zu Christines Überraschung.

Auch ihr Vater schien aus dem Konzept gebracht und sah kurz auf seinen Unterarm. »Eine Jugendsünde, als ich siebzehn war.«

»Dann hat es eine Bedeutung? Wie viele gibt es davon?« Philipp beugte sich vor, Christine spürte seine Anspannung. Sie erinnerte sich, dass er bereits auf Sylt nach dem Tattoo gefragt hatte.

»Sagen Sie bloß, es gefällt Ihnen?«

»Vielleicht. Es ist einmalig gut gemacht und so – speziell.« Es klang in Christines Ohren gekünstelt. Was hatte Philipp mit diesem Tattoo?

Doch ihr Vater nickte. »Speziell ist es auf jeden Fall. Es ist ja kein Geheimnis, einfach nur lange her. Wir waren ein Kegelklub in der Oberschule, haben mit verschiedenen Bällen auf die Kegel geschossen, aber so, dass sie nicht umfallen sollten. Am leichtesten ging es mit einem Tennisball, mit einer normalen Bowlingkugel war es kaum möglich.«

»Klingt nach einem lustigen Zeitvertreib,« sagte Christine, die die Geschichte nun auch zum ersten Mal hörte.

»Wir haben viel Spaß gehabt, ja.« Ihr Vater lächelte und sie genoss den seltenen Anblick. »Nur die Tattoostecherei, die war ein Blödsinn. Natürlich haben wir es heimlich gemacht, mein Vater hat mir damals eine Ohrfeige gegeben, als er es gesehen hat. Jeder von uns suchte sich seine eigene Stelle aus. Manche waren geschickter und wählten eine weniger sichtbare Körperstelle, sodass die Eltern es nicht bemerkt haben.«

»Wie viele waren Sie? Haben Sie noch Kontakt zueinander?« In Philipps Stimme schwang ein aufgewühlter Unterton mit.

Offenbar war ihr Papa in seinen Erinnerungen versunken, er sprach bereitwillig weiter. »Wir waren an die vierzig, fünfzig. Es hat uns nach dem Abi in alle Richtungen verstreut, manche sind auch vorher abgegangen. Waren verrückte Zeiten damals.«

»Wissen Sie, wo Sie sich haben stechen lassen?« Erneut fiel Christine der hektische Tonfall in Philipps Stimme auf.

»Tatsächlich erinnere ich mich genau. War nicht so einfach, jemanden zu finden, der das bei uns machte. Und damals, in den Siebzigerjahren, gab es nicht so viele Studios wie heute. Es war in Stade, das Studio existiert immer noch, bin erst vor Kurzem dran vorbeigefahren.«

»Echt jetzt?« Philipps Blick war immer noch auf das Tattoo gerichtet.

»Ich hoffe, du lässt dich nicht auch stechen?« Christine war sein Interesse langsam unheimlich.

»Dann wollen wir nun mal endlich arbeiten.« Ihr Vater wedelte sie mit der Hand hinaus, grinste jedoch dabei. Seine schlechte Laune hatte sich offenbar in Luft aufgelöst.

Im Flur drehte sie sich zu Philipp. »Was bedeutet das Tattoo?«

Philipp zuckte mit den Schultern. »Nur so, hat mich einfach interessiert, dass ein Mann wie dein Papa so was hat machen lassen.«

Sie kaufte es ihm nicht ab, doch er sprach schon weiter. »Wegen Jackie – soll ich mal mit Langenhaupt reden?«

»Ich denke, das würde die Sache schlimmer machen. Das müsste schon von Papa kommen.« Christine seufzte. Sie hätte ihrer Schwester gern geholfen. Philipp legte einfach den Arm um sie und drückte sie kurz an sich. Das machte ihr Mut. Philipps Interesse für das Tattoo geriet in den Hintergrund.

Am Nachmittag fuhr sie mit ihm zum Apfelglück und sie verputzten mehrere Stücke von Stefanies herrlichem Altländer Butterkuchen mit Äpfeln. Es war ein warmer Julitag und sie genossen es, im Garten zu sitzen. Kinderlachen drang zu ihnen herüber, unter den nahe gelegenen Apfelbäumen erklärte Andreas zahlreichen Mädchen und Buben im Rahmen eines Kinderprogramms die Apfelernte.

»Sag mal, was denkst du, können wir die Wirte überzeugen, dass sie ausschließlich Schluck-Säfte ausschenken?«, fragte Christine.

»Du kannst wohl nicht richtig abschalten heute?« Er beugte sich vor und sah ihr in die Augen. »Also gut. Wir müssen ihnen ein lukratives Angebot machen. Ich hätte da ein paar Ideen.« Es war interessant, wie rasch er von privat auf geschäftlich switchen konnte, darin ähnelten sie einander sehr.

Stefanie setzte sich kurz zu ihnen und sie wechselten ein paar Worte, ehe sie weitermachen musste.

»Ich staune immer wieder, wie viel Elan in dieser Frau

steckt.« Christine las Anerkennung in Philipps Blick, als er ihr nachsah.

»Sie hat bereits bemerkt, wie es um uns steht.« Christine war Steffs Augenzwinkern nicht entgangen.

»Weil sie Anteil an ihren Mitmenschen nimmt, feinfühlig ist und gut beobachten kann, das sind herausragende Eigenschaften.«

»Das hast du in der kurzen Zeit bemerkt? Du bist ein guter Menschenkenner.«

»Nicht immer.« Philipp steckte das letzte Stück Apfelkuchen in den Mund. »Dieser Kuchen ist der Wahnsinn.«

»Ja, das ist er.« Sie sah Stefanie zu, die von Tisch zu Tisch ging und alle versorgte. »Ich wünschte, Papa wäre ein wenig – hmm – fürsorglicher zu Steff.«

»Er mag sie sehr«, kam es überraschend von Philipp.

»Woraus schließt du das?«

»Seine Stimme hat einen weichen Unterton, wenn er über sie spricht.«

»Er spricht über sie?«

»Häufig sogar. Von ihren Kochkünsten, dass sie für euch da war, dass sie nun selbstlos im Apfelglück einspringt …«

»Das hätte ich nicht gedacht.«

»Es sind meist Nebensätze und wahrscheinlich ist es ihm selbst nicht bewusst, aber sie bedeutet ihm viel.«

»Warum sagt er es nicht direkt zu Steff? Das würde sie glücklich machen.«

»Geht es dir jetzt besser mit deinem Vater?«

»Schwierig. Manchmal frage ich mich, ob er mich

überhaupt sieht. Aber er ist mein Vater und ich liebe ihn trotzdem. Dennoch ist es anders als zwischen dir und deiner Mutter. Zwischen euch ist so ein liebevolles Band, so innig.«

Philipp nickte. »Ich liebe sie bedingungslos. Sie hat mir unendlich viel Kraft gegeben, damals nach meinem Unfall. Ich weiß, dass sie unbegrenzt für mich einstehen würde, mit allem, was sie hat. Sie gibt mir eine Sicherheit und Geborgenheit, die ich viel zu oft für selbstverständlich nehme. Das wurde mir bewusst, als ich von ihrem Unfall hörte. Es hat mir vor Augen geführt, dass ich da einen Schatz habe und mir das jeden Tag immer wieder sagen sollte. Und ihr natürlich.«

»Das klingt schön.« Christine räusperte sich, denn ihre Stimme kam dünn heraus. »Ich liebe meinen Vater, doch ich habe das Gefühl, dass er uns zwar irgendwo mag, aber nur, wenn wir Schönwetter-Kinder sind. Jedes Kind sollte sich angenommen fühlen, egal welchen Blödsinn es gemacht hat. Eltern – das sollte ein Hafen sein, zu dem es immer kommen darf und mit offenen Armen aufgenommen wird. Die Arme meines Vaters waren zu oft vor der Brust verschränkt, wenn du verstehst, was ich meine.«

»Das tut mir leid für dich. Ist er nur zu euch Mädchen so, oder …«

»Nein, es betrifft uns alle. Er hat sich nie interessiert, für unsere Schulnoten nur insoweit, dass wir die Klasse schaffen, er ist kein einziges Mal zu irgendeiner Veranstaltung gekommen, nicht einmal zum Uni-Abschluss.

Und es war für ihn selbstverständlich, dass wir in die Firma einsteigen, es hat ihn nie gekümmert, dass Alex lieber Musik macht. Am schlimmsten ist es mit unseren jüngeren Geschwistern. Julian hat er zwar adoptiert, aber damit ist keine größere Aufmerksamkeit verbunden. Tim ist die meiste Zeit im Sportinternat, macht verschiedene Sportarten und ist erfolgreich im Ruderteam, hat Chancen, das nächste Mal bei den Olympischen Spielen dabei zu sein. Er kommt ohnehin selten nach Hause, selbst da ist Papa so oft wie möglich in der Firma. Und Lilly, Stefanie macht sich große Sorgen, seit sie ständig mit ihrem Instagram-Account beschäftig ist. Das ist nicht ungefährlich, wie man weiß.« Sie sah auf ihre Uhr. »Shit, ich habe total vergessen, dass ich mich mit dem Apfelbauern treffen wollte. Herr Sörensen, er pflanzt alte Apfelsorten an und möchte uns seine Äpfel bringen, die er nicht verkaufen kann.«

»Lohnt sich das?«

»Wir nehmen auch kleinere Mengen an. Da wir ausschließlich Äpfel vom Alten Land verwenden, summiert sich das. Aber unter hundert Kilo lohnt es sich natürlich nicht.«

»Hundert Kilogramm ist ohnehin eine kleine Menge.«

»Ja, der Verdienst für Herrn Sörensen ist nicht groß, aber es ist besser, als die Äpfel wegwerfen zu müssen. Du weißt ja, dass sich Äpfel, die die falschen Maße haben, nicht verkaufen lassen.« Sie stand auf. »Ich kläre die Eckdaten mit ihm ab und dann entscheiden wir gemeinsam.« Er nickte und auf einmal war sie froh, dass sie nicht mehr alles allein beschließen und verantworten musste.

Zusammen fuhren sie zurück. Das zufriedene Gefühl in ihr hielt an. Sie musste gleich zu Herrn Sörensen, Philipp hatte sich mit seinem Freund Jörn zum Kanufahren verabredet.

Philipps heißer Abschiedskuss tröstete sie. »Vielleicht schaffe ich es bis neun«, sagte er.

Sie stieg in ihren Kleinwagen und fuhr rasch zu Herrn Sörensen nach Buxtehude. Das Gespräch verlief positiv und kurz vor sieben war sie wieder zu Hause.

Ob sie etwas kochen sollte? Sie musste zugeben, dass Kochen nicht ihre große Stärke war, das hatte Rico die meiste Zeit übernommen, aber irgendwas Einfaches bekäme sie hin. Doch nur für sich allein machte es keinen Spaß.

Hatte sie Rico mit ihren Gedanken heraufbeschworen? Denn überraschend passte er sie vor der Haustür ab. Fast hatte sie nach den Wochen vergessen, wie gut er aussah, daran hatte sich nichts geändert. Das blonde Haar war kurz geschnitten, offenbar war er beim Friseur gewesen, der Bart gestutzt, die tiefblauen Augen leuchteten im Licht der Abendsonne.

»Hi, ich wollte mal fragen, wie es dir geht?« Irgendwann hatte sie sein schiefes Grinsen prickelnd gefunden, jetzt blieb sie unberührt.

»Danke der Nachfrage. Was treibt dich hierher nach der langen Zeit? Hast du noch etwas vergessen?« Sie wollte ihn möglichst schnell wieder hinausbefördern.

»Ja, meine Kopfhörer. Hast du sie gefunden?« Er folgte ihr ins Haus und die Treppe hinauf. Seine Nähe verursachte ein unangenehmes Prickeln in ihrem Rücken.

»Habe ich nicht.«

»Darf ich nachsehen?«

»Rico, es ist Monate her. Wären deine Kopfhörer noch da, wären sie aufgetaucht.«

»Ich denke, sie liegen hinter der Kommode.«

In ihre Wohnung wollte sie ihn nicht unbedingt lassen, doch schließlich hatte er zwei Jahre hier gelebt.

Sie legte ihre Schlüssel in die Schale und ließ ihre Wohnungstür angelehnt. Mit zwei Bewegungen streifte sie die Pumps ab, schwieg jedoch, als er mit Schuhen den Wohnraum betrat.

»Du hast nichts verändert.« Er drehte sich zu ihr und lächelte erneut. »Ich habe dich vermisst.«

»Such deine Kopfhörer.«

Doch Rico kam auf sie zu. »Chrissy, ich habe einen Fehler gemacht. Weißt du, ich tu mir schwer mit Lernen, das war schon in der Schule so. Und ich wollte ja studieren, wollte es wirklich, weil du bist ja auch eine Studierte und ich wollte zu dir passen. Daher habe ich gemogelt. Aber ich will es jetzt versuchen … habe mich noch einmal eingeschrieben … am ersten Oktober fange ich an.« Sein Gesichtsausdruck erinnerte an einen Hund, der etwas ausgefressen hatte. Fast tat er ihr leid.

»Rico, du willst von vorn anfangen, dabei bist du über dreißig. Wenn dir das Studium nicht liegt, weshalb machst du nicht eine andere Ausbildung?«

»Du tust so, als wäre ich bereits ein Greis!« Er hob beide Arme. »Zugegeben, ich habe mich etwas gehen lassen, aber in ein paar Jahren habe ich meinen Abschluss und ich werde mich an der hiesigen Oberschule bewerben. Wir können zusammen sein, heiraten und …«

Christine fühlte sich wie im falschen Film. Kam Rico tatsächlich nach dieser langen Zeit hier an und wollte da anknüpfen, wo sie vorher gewesen waren?

»Rico, es ist lange her. Du hast mich belogen und auf meine Kosten hier gelebt. Du musst dein Leben auf die Reihe kriegen.« Sie schüttelte den Kopf und dann gingen wie so oft die Pferde mit ihr durch, sie wurde laut. »Meine Güte, allein die Tatsache, dass du jetzt Monate gebraucht hast, hier aufzutauchen! Ich bin nicht mehr solo, verstehst du?«

Sein Mund klappte nach unten. »Du hast einen Neuen? Wen?«

»Das geht dich nichts an.«

»War ja klar, dass du dich gleich dem Nächstbesten an den Hals wirfst. Hauptsache, ein Vorzeigebubi, nicht wahr? Du tust so, als hättest du nicht von unserer Beziehung profitiert! Wer war denn immer für dich da, zu jeder Tages- und Nachtzeit, hat nie gemault, wenn die feine Dame Überstunden machte oder bei Meetings saß? Wer hat gekocht und dich umsorgt? Und wer hat dich zu deinen Events begleitet, weil du dich mit einem Mann an deiner Seite wohler fühlst? Wer hat dich zum Lachen gebracht und dir zugehört, wenn du dich jedes Mal neu über die Banalitäten des Geschäftslebens geärgert hast?«

Er war immer lauter geworden.

Das Wort »Banalitäten« gab Christine den Rest. »Hau ab und lass dich nie wieder blicken!« Sie legte alles an Lautstärke hinein, was ihre Stimme zu bieten hatte.

Auf einmal zog er sie an sich. »Du bist wundervoll, wenn du so ausflippst.« Und dann küsste er sie.

Christine strampelte sich frei und stieß ihn von sich. »Was verstehst du nicht an ›Hau ab‹?«

Die Tür wurde aufgestoßen und Wolfgang Schluck stand darin. »Was ist hier los? Man hört euch im gesamten Haus.«

Christine schämte sich auf einmal, dass ihr Vater die Szene hatte miterleben müssen. »Rico wollte gerade gehen.«

»Von ›wollen‹ kann keine Rede sein. Aber offenbar hat Ihre Tochter bereits einen neuen Lover gefunden.« Ihr Vater hatte Rico nie das Du angeboten, das sagte viel darüber aus, was er von ihm hielt.

Wobei er Philipp auch noch siezte.

Rico ging zur Tür und drehte sich jedoch um. »Du wirst es bereuen, mich so behandelt zu haben, Chrissy.«

»Sparen Sie sich Ihre Drohungen.« Ihr Vater trat zur Seite und Rico verschwand nun endgültig. Es blieb still, während sie hörte, wie Rico die Treppe hinunterging, und schließlich klappte die Haustür.

»Was hat das zu bedeuten?« Ihr Vater schloss die Tür hinter sich.

»Komm erst mal rein, Papa.« Christine ging ihm ins Wohnzimmer voraus. »Möchtest du was trinken?«

»Falls du Bier da hast.« Er setzte sich.

»Klar. Philipp trinkt es auch hin und wieder.« Sie ging in die Küche und holte eine Flasche aus dem Kühlschrank, öffnete sie und brachte sie samt Glas ihrem Vater.

»Degenhardt und du, ihr seid ein tolles Team.« Ihr Vater schenkte sich ein. »Ist es auch privat ernst zwischen euch?«

»Ja.« Philipp und sie – das war keine billige Affäre.

Papa trank ein paar Schlucke. »Ich denke, er ist in Ordnung. Trotz seiner Faszination für mein Tattoo.« Er lachte tatsächlich und Christine war erleichtert, dass er ihre Liebe zu Philipp guthieß.

»Hast du etwas Neues gehört von deiner angeblichen Schwester?« Sie setzte sich ihm gegenüber und bereute die Frage sofort.

Wie eine Jalousie fiel seine gute Laune zusammen. Kurz presste er seine Lippen aufeinander, seine Stirn runzelte sich. »Das muss dich nicht kümmern.«

»Ich bin erwachsen, Papa. Die Frau ist meine Tante.«

»Unsinn. Auf einen solchen Betrug werde ich nicht hereinfallen und genau das habe ich ihr geschrieben. Dass sie mich in Ruhe lassen soll.«

»Aber wenn sie es wirklich ist?«

»Nein. Ich will mit dieser Frau nichts zu tun haben.« Er stand auf. »Sie ist bestenfalls meine Halbschwester und dann hat sie keinerlei Anspruch auf das Erbe. Die Firma hat meinem Vater gehört und nicht meiner Mutter.« Mit wenigen Schritten ging er zur Tür, drehte sich noch einmal um. »Konzentrier dich lieber auf die Firma. Und auf Degenhardt. Ich mag ihn.«

Ein warmes Gefühl stieg in Christine auf. Sie brauchte

die Billigung ihres Vaters nicht, dennoch war sie froh, dass er Philipp mochte. Doch sie wollte sich nicht ablenken lassen.

»Papa, bitte lies die Briefe.«

»Nein.« Er riss die Tür auf.

»Warum nicht? Papa, sie war doch deine Mutter, unsere Oma!«

Er antwortete nicht und sie hörte ihn die Treppen hinuntergehen und schließlich einen Stock tiefer die Wohnungstür klappen.

Warum hatte sie das Thema anschneiden müssen? Gerade jetzt, wo sie sich ein wenig nähergekommen waren?

Sie musste mit jemandem darüber sprechen und eilte hinauf zu Jackie. Jacqueline öffnete die Tür, einen Kochlöffel in der Hand. Ihre Schwester konnte ausgezeichnet kochen.

»Hi, herein. Wenn du Lust hast, ich habe Hühnercurry, reicht für dich ebenfalls. Auch für Philipp.«

»Er ist mit seinem Freund unterwegs.«

Jackie grinste. »Ich mag ihn.«

»Das freut mich. Papa hat gerade dasselbe gesagt. – Hm, da riecht es lecker!«

»Na dann komm endlich rein.«

»Gern.« Christine sah Jackie zu, wie sie geschickt den Tisch deckte, jeder Handgriff war effektiv und sinnvoll. »Sag mir, was ich dir helfen kann?«

»Gar nichts, setz dich hin.«

Christine tat wie geheißen.

»Weswegen war Papa bei dir? Doch nicht nur um dir

zu sagen, dass er Philipp nett findet?« Jackie war immer pragmatisch und erwartete schon lange nicht mehr, dass ihr Vater sich für seine Kinder interessierte.

»Er kam gerade in eine Szene mit Rico …«

»Was wollte der denn noch?«

»Sich wieder ins Nest setzen.« Innerlich schüttelte Christine den Kopf über Ricos Dreistigkeit.

»Ich hoffe, du hast ihm die Tür gewiesen!« Jackie stellte den Topf auf den Tisch. »Nimm dir schon mal, ich bringe noch den Reis.«

Christine schöpfte sich von dem appetitlichen Hühnergeschnetzelten auf den Teller. Jackie stellte die Schüssel mit Reis auf den Tisch und setzte sich gegenüber.

»Hat Papa was über Steff gesagt? Ist dir aufgefallen, dass Andreas und Steff nun oft miteinander Kaffee trinken?«

»Echt jetzt?« Christine starrte ihre Schwester an, die sich nun selbst Essen auftat.

»Ja, fällt mir auf, wenn ich ins Apfelglück gehe. Magst du ein Glas Wein?«

»Gern. Was hast du da?«

»Einen Sauvignon Blanc. Habe ich noch von meinem Geburtstag übrig. Steht schon fast drei Monate im Kühlschrank.« Sie stand auf und ging hinüber.

Kurze Zeit später stießen sie an.

»Hast du wirklich nichts bemerkt?«, fragte Jacqueline schließlich.

»Nein.« Was sagte das über sie aus? Neben der Firma und ihrer Verliebtheit zu Philipp hatte sie vergessen, rundum zu schauen. »Denkst du, die verlieben sich?«

»Ich weiß nicht, Steff ist keine, die so schnell untreu wird. Und du weißt, dass sie in Papa vernarrt ist.«

Christine aß einen Bissen. »Ja. Er ist in der Beziehung ein Idiot. Schmeckt übrigens super.« Sie lächelte ihre Schwester an. »Ich wollte, ich könnte so gut kochen wie du. Liebe geht bekanntlich durch den Magen, heißt es.«

»Ein dummer Spruch.« Jackie seufzte. »Ich wünschte, ich hätte deine Figur.«

Christine sah auf und bemerkte den Kummer in Jackies Gesicht. »Mach dich nicht nieder, Jackie! Wieso beschäftigen wir Frauen uns so viel mit unserem Aussehen? Wenn wir uns um unser Glück kümmern, dann kommt die Schönheit nach!«

Jackie prustete los. »Schreibst du nun Ratgeber für frustrierte Frauen?«

»Das fehlte noch!«

»Tja, du kannst dir vorstellen, dass nach Kai mein Selbstbewusstsein nicht gerade groß ist.« Jacqueline hatte nach ihrer unglücklichen Schulliebe nie mehr einen Freund gehabt, soweit Christine wusste.

»Wir haben beide keine guten Erinnerungen an unsere Schulzeit«, sagte sie weich.

»Ja.« Jackie sah auf Christines fast leeren Teller. »Es freut mich, dass es dir schmeckt. Übrigens, ich war noch einmal auf dem Dachboden.«

»Wieso denn das?«

»Es hat mich hinaufgezogen. Wir waren früher oft dort oben, erinnerst du dich?«

Das tat sie. Als junge Mädchen waren sie oft hinaufgegangen. Vor allem im Sommer nach Mamas Tod hatten sie aus den Kisten ihre Kleider geholt und vor dem altmodischen Stehspiegel oben anprobiert. Ihr Vater hatte alle Sachen seiner ersten Frau hinaufräumen lassen, er wollte nichts wegwerfen, was seine Kinder vielleicht später doch noch hätten haben wollen. Manchmal war auch Alexander dabei gewesen, der nur still zugesehen hatte.

Sie sah es vor sich, wie sie in Mamas langem Abendkleid über den staubigen Holzboden tanzt, mit beiden Armen das Kleid rafft, damit sie nicht stolpert. Die Sonne malt Muster auf den Boden durch die kleinen Fenster, hinter ihr dreht sich Jackie. Sie hat eines von Mamas Nachthemden angezogen, ein rosarotes mit Spitzen. Und sie summen dazu »Love Is All Around«, eines von Mamas Lieblingsliedern. Da sie beide kein Englisch können, klingt der Text ziemlich lustig, sie lachen und müssen dann weinen, weil sie Mama so vermissen.

Ihr Blick traf Jackie. »Irgendwann haben wir damit aufgehört, nicht wahr?«, sagte sie leise. »Auf den Dachboden zu gehen, Mamas Sachen anzuziehen und zu tanzen …«

»Ja. Vermutlich stimmt es, dass die Zeit die Wunden heilt. Manchmal tut es immer noch weh, an sie zu denken, aber wir haben Stefanie.« Jackie hatte ihre Stiefmutter bereits vor Christine geliebt, sie war jünger gewesen und hatte Liebe bitter nötig gehabt. Liebe, die ihnen ihr Vater nicht mehr hatte geben können. »Wie gesagt, dort stehen zahlreiche weitere Kartons und ich habe hineingeguckt.«

»Wozu denn das?«

»Mensch, Christine, da oben liegt unsere Geschichte! Das Leben unserer Ahnen, interessiert dich das nicht?«

»Hast du noch was gefunden?«

Jackie stand auf, öffnete einen Schrank, holte eine Holzkiste heraus und brachte sie zum Tisch. »Das hier. Es sind Notizen, die bis ins vorletzte Jahrhundert reichen. Von unserem Vorfahren Edwin Schluck, er war damals schon Apfelbauer.«

»Steht was Interessantes drin?«

»Ich hatte noch keine Zeit, alles genau anzusehen. Aber erinnerst du dich, dass Opa uns mal erzählt hat, dass seine Großmutter verschwunden sei?«

»Stimmt. Da war sein Vater, also unser Urgroßvater, auch erst fünf Jahre alt.«

»Genau. Wie unser Vater. Opa hat von einem Fluch erzählt, dass offenbar immer wieder eine Mutter ihren Sohn mit fünf allein lässt.«

»Daran erinnere ich mich überhaupt nicht. Du hattest den besseren Draht zu Opa.«

»Er wurde mit dem Alter immer lockerer.« Jackie schob ihren leeren Teller von sich. »Du weißt ja, mit mir hat er viel geredet.«

»Stimmt.«

»Aber was er mir verschwiegen hat, ist, sein Großvater wurde sogar verdächtigt, dass er seine Frau umgebracht habe.«

24

Philipp
Ein paar Stunden vorher

»Was heißt, du kommst heute nicht?« Jörn klang enttäuscht. »Ich habe extra eine Vernissage von einem meiner Klienten abgesagt.«

»Vielleicht kannst du ja trotzdem hin. Ich fahre bereits nach Stade.« Philipp telefonierte mit seinem Freund über die Freisprechanlage in seinem Wagen. Es musste ein Unfall passiert sein, denn er steckte im Stau. »Ich habe heute von meinem Chef erfahren, woher er das Tattoo hat.«

»Ah. Ich dachte schon, du hättest es vergessen!«

Philipp wollte nicht zugeben, dass durch seine Verliebtheit die Suche nach dem Mörder seines Vaters tatsächlich ein wenig in den Hintergrund gerückt war. »Ich bin auf dem Weg zu dem Laden, den Schluck mir beschrieben hat. Das Tattoo haben sich die Mitglieder eines Kegelklubs stechen lassen. Sie nannten sich die Schlangenkegler.«

»Ein Kegelklub! Aber, wenn es ein offizielles Emblem von einem Klub ist, dann hätte doch die Polizei damals …«

»Die Polizei hatte zu wenige Anhaltspunkte.« Philipp zuckte mit den Schultern. »Außerdem war es mehr so eine Insidersache. Ein Schülerklub. Schluck hat erzählt, er wäre damals siebzehn gewesen. Und sie haben auch nicht richtig gekegelt, sondern die Kegel aufgestellt und die Kugel so rollen lassen, dass kein einziger Kegel umfällt.«

»Das nenne ich mal eine kreative Variante. Und? Kennt er den Mann?«

»Wie denn? Ich habe ja nur die Beine gesehen, aber Schluck hat bestätigt, dass sich jeder eine andere Stelle ausgesucht hat, das Emblem stechen zu lassen. Leider kann er sich nicht mehr erinnern, wie viele Mitglieder es waren, er schätzt um die vierzig.«

»Und es gibt eine Liste?«

»Schön wär's.«

»Verrenn dich nicht darin. Meine Güte, das Ganze ist doch über zwanzig Jahre her ...«

»Zweiundvierzig.«

»Wie bitte?«

»Na, Schluck war siebzehn damals, er ist neunundfünfzig.«

»Ist ja noch schlimmer. Der Tätowierer kann sich bestimmt nicht dran erinnern.«

»Warum nicht? Er hat immerhin vierzig Leute gestochen. Das hat er doch nicht alle Tage.«

»Träum weiter! Was glaubst du, wie viele Gruppen sich Tattoos machen lassen? Und hast du dir schon überlegt, dass er vielleicht gar nicht mehr lebt? Oder senil ist? Nach so vielen Jahrzehnten?«

»Ah, der Stau löst sich auf. Drück mir die Daumen.« Philipp wollte nicht daran denken, dass Jörn recht haben könnte.

Philipp zuckelte im Schneckentempo an der Unfallstelle vorbei und erreichte endlich Stade. Er folgte dem Navi und fand die richtige Straße, auch den Laden sah er sofort. Es war ein gelb-weißes Gebäude, der Verputz bröckelte leicht. Die Fußgängerzone begann, er stellte seinen Wagen trotzdem direkt vor dem Geschäft ab.

Auf der schwarzen Tür stand in weißer Schrift: *Hinnerks Tattoos und Piercing.*

Mit Klebestreifen war ein *Geschlossen*-Schild angebracht. Philipp klopfte trotzdem an die Tür.

»Gehört der rote Karren Ihnen?«, ertönte es über seinem Kopf. Er sah hoch und erblickte eine grauhaarige Dame, die ihn mit gerunzelter Stirn aus dem Fenster im oberen Stock ansah.

»Ja. Wissen Sie, wo der Besitzer des Studios wohnt?«

»Ist momentan in Indien – Gott sei Dank! Stellen Sie Ihr Auto da weg, sonst rufe ich die Polizei.«

»Ich müsste ihn wirklich dringend sprechen. Sind Sie die Vermieterin?«

»Hören Sie, junger Mann, mit diesen tätowierten Gestalten habe ich nichts zu tun. Und ich habe Ihnen schon gesagt, dass der Besitzer den gesamten Sommer über in Indien ist. Vielleicht auf einem Selbstfindungstrip? Ist ja so modern heutzutage.«

»Wann kommt er denn zurück?«

»Hat er nicht gesagt. Jetzt fahren Sie endlich fort, sonst …«

»Schon gut. Mit Ihnen ist offenbar nicht gut Kirschen essen.«

»Ich hasse Kirschen.« Das Fenster wurde zugeschlagen.

Philipp beeilte sich, in seinen Wagen zu steigen. Er war tief enttäuscht. So nah dran und jetzt musste er warten. Und er wusste nicht einmal, wie lange.

Direkt daneben lag ein Einkaufszentrum mit einer Parkgarage. Er fuhr aufs Dach, um in Ruhe zu telefonieren.

Jörn hob sofort ab. »Du schon wieder! Ich bin gerade erst auf der Vernissage angekommen. Und ich muss leider bemerken, dass ich nichts von Kunst verstehe ...«

»Er ist auf Urlaub«, platzte Philipp heraus. »Angeblich in Indien. Und niemand weiß genau, wann er heimkommt.«

»Das tut mir leid«, antwortete Jörn. »Aber vielleicht ist das ein Wink des Schicksals? Verdammt, du musst endlich abschließen. Dein Vater wird nicht mehr lebendig.«

»Ich will, dass der Kerl mir ins Gesicht sieht und zugibt, dass er ein Mörder ist.« Noch während er es aussprach, wurde Philipp bewusst, wie absurd seine Forderung war.

Er fühlte sich plötzlich elend!

»Ich sehe dich schon, wie du vor ihm hintrittst, die Hände in die Hüften gestemmt und er vor dir auf den Knien um Vergebung fleht.« Der höhnische Unterton passte nicht zu seinem Freund.

»Red nicht so einen Quatsch.«

»Philipp, du hast seither Panikattacken in engen Räumen, kannst in keinen Aufzug steigen und hast Komplexe wegen deiner Narben. Der Mann wird dir nicht helfen.«

»Ich muss ihn finden.« Philipp seufzte. »Jörn, das verstehst du nicht.«

»Dann hoffe ich mal, dass der Tätowierer nicht in Indien vom Tiger gefressen wird.« Er hörte Jörn seufzen, schließlich wurde seine Stimme sanfter. »Du bist mein Freund und du weißt, dass du immer auf mich zählen kannst. Solltest du Frieden finden können, dann mit Christine. Wer so eine Seelenpartnerin gefunden hat, muss sie festhalten. Hast du es ihr erzählt?«

»Noch nicht.«

»Mach das. Ich werde mich wieder der Kunst widmen.«

»Tu das.«

Christine! Philipp wählte ihre Nummer, doch sie nahm nicht ab.

25

Wolfgang

Wolfgangs gute Laune verflog, als er sah, wie die Post aus dem Briefkasten quoll. Stefanie war offenbar schon wieder nicht zu Hause und machte Überstunden im Apfelglück.

Den gesamten Sommer hatte er sie kaum gesehen. Vorhin war er nur rasch zu Christine hinaufgegangen, als er die Diskussion mit ihrem Ex vernommen hatte. Er zog den Packen Briefe und Prospekte aus dem Kästchen, als Alexander zur Tür hereinkam. Stumm wollte er an seinem Vater vorbeigehen, doch da kochte etwas in Wolfgang über.

»Guten Tag, guten Abend, grüß Gott – hast du deine Manieren gänzlich abgelegt?«

Alexander trat auf die erste Treppenstufe, dann drehte er sich um. »Du hast nie an meine Musik geglaubt, aber ich werde bald groß herauskommen, Papa. Ich habe einen Vertrag bei einer Agentur in Aussicht.«

»Dann wünsche ich dir viel Glück.« Wolfgang bemühte sich um einen ruhigen Tonfall.

»Du hast ja jetzt Christine. Die möchte ohnehin ans Ruder und Chef werden, da bleibt es in der Familie.«

»Sie ist zu jung.« Wolfgang stapfte zum Aufzug.

Alex starrte ihn an. Dann lachte er laut. »Soll das heißen,

sie hat mich ganz umsonst bei dir angeschwärzt? Ich dachte, sie tut es, um endlich in Führung zu gehen.«

»Von ihr hätte ich nichts erfahren. Sie hat genauso gelogen wie du. Degenhardt hat mir die Augen geöffnet und passenderweise hat er auch einen neuen Job gesucht. Der Mann ist einsame Spitze und sprüht vor neuen Ideen.«

»Soll das heißen, Degenhardt, der Einkäufer der Fröhling-Kette, hat nun meinen Posten?«

»Bereits seit ein paar Wochen. Du hast dich offenbar nicht mehr dafür interessiert, wie es weitergeht.«

»Nein. Wenn ich ehrlich bin, ist es schon vorher ohne mich gelaufen.«

»Das habe ich letztlich begriffen.« Zorn stieg in ihm auf. »Hast du überhaupt kein Gewissen?«

Alexander schüttelte den Kopf. »Ich verstehe dich nicht, Papa. Christine ist top und wie du jetzt weißt, hat sie so gut wie alles gemanagt. Weshalb setzt du ihr Degenhardt vor die Schnauze?«

»Die beiden harmonieren prächtig. Sie sind zudem ein Paar.«

»Na dann ist ja alles gut.« Er zuckte die Schultern und begann die Treppe hinaufzusteigen.

»Du wirst schon sehen, wie weit du mit deiner Musik kommst. Mag sein, dass du vorerst ein wenig Erfolg hast, aber das ist eine unsichere Branche, das bleibt nicht so.« Er bereute seine Worte im selben Moment. Damit holte er seinen Ältesten bestimmt nicht ins Boot zurück.

»Danke, Papa, du verstehst es, einen zu motivieren.«

Sein Sohn blieb stehen und wandte sich um. Es gab Wolfgang einen Stich, Alex hatte Monikas Augen. Wie letztens bei seinen Töchtern schien die Zeit vergangen zu sein und er war erwachsen geworden, hatte sogar in seiner Firma gearbeitet. Doch heute sah er ihn zum ersten Mal bewusst.

Die kleine rebellische Falte auf der Stirn, die er an Monika so geliebt hatte. Das leicht lockige mittelblonde Haar, die etwas schiefe Nase und den Dreitagebart, der momentan bei der Jugend so modern zu sein schien.

»Ich will nicht, dass du in dein Unglück rennst«, sagte er leiser. »Ein Künstlerberuf ist hartes Brot, da sind schon viele Illusionen zerbrochen …«

»Ich muss es versuchen, sonst würde ich es mein Leben lang bereuen.«

»Ich will dir nur sagen, dass du jederzeit zurückkommen kannst. Vorausgesetzt, du machst diesmal deinen Job.«

»Nein.« Alexander begann erneut die Treppe hinaufzugehen.

»Weshalb bist du dann zurückgekommen?«

»Weil ich ein paar Sachen holen muss.« Sein Sohn ging einfach weiter. »Ich will und brauche die Firma nicht. Das ist nicht meins und wird es nie sein. Du musst dir einen anderen Nachfolger suchen.«

Wolfgangs Welt zersplitterte. Es klang endgültig und da wusste er, dass er immer noch die Hoffnung gehabt hatte, sein Sohn würde zurückkommen. »Irgendwann tut es dir leid, dass du diese Chance mit Füßen getreten hast.« Er brüllte nun und hasste sich für den Ausbruch. »Und komm nicht angekrochen, wenn du Geld brauchst.«

Alex antwortete nicht mehr und war in der nächsten Sekunde nach oben verschwunden. Wolfgang sperrte nun die Wohnungstür auf, warf die Post auf das Tischchen in der Garderobe, zog sich aus und ging in die Küche. Er nahm sich ein Glas Mineralwasser, setzte sich hin und starrte auf das geblümte Tischtuch.

Wie viel Zeit vergangen war, konnte er später nicht sagen.

Stefanie kam herein. »Ah, hier bist du.«

»Wirst du jetzt immer so lange im Apfelglück bleiben? Den ganzen Sommer warst du ständig dort«, nörgelte er und hätte sich am liebsten gleich auf die Zunge gebissen. Das kam so vorwurfsvoll heraus, dabei wusste er doch, dass sie für Sibylle einspringen musste, die eine neue Hüfte bekommen hatte und auf Reha war.

»Momentan schon.« Sie blieb ruhig. »Hast du Hunger? Ich könnte rasch Nudeln kochen oder belegte Brote machen.«

»Nein.« Erneut schob sich das Bild von ihr und Andreas in seinen Kopf. Und er war zu feige, das Thema anzusprechen. »Ich habe gerade Alex getroffen. Das hat mir den Appetit verdorben.«

»Weshalb?«

»Das fragst du noch? Er will nicht in die Firma zurück. Offenbar bekommt er sogar einen Plattenvertrag oder wie man das heutzutage nennen mag.«

»Ist doch schön für ihn.« Stefanie holte sich ebenfalls ein Wasser aus dem Kühlschrank und goss sich ein Glas ein. »Du kannst stolz auf ihn sein.«

»Stolz? Er sollte irgendwann die Firma übernehmen, stattdessen klimpert er auf der Gitarre und – ach, was soll's.«

»Hast du immer noch geglaubt, dass er zurückkommen wird? Bist du ernsthaft böse, weil deine Kinder ihren eigenen Weg gehen?«

»Eigene Wege, das klingt so famos.« Er fuhr sich durch die Haare und stellte fest, dass ein Friseurbesuch nötig war. Wieder so ein Posten, der Zeit fraß. »Es gibt so etwas wie Familienpflichten, Tradition und Verantwortung. Da kann nicht jeder seinen eigenen Egoismus pflegen. Alexander wusste von klein auf, dass er irgendwann einmal dazu prädestiniert war, die Firma zu übernehmen. Er ist nun mal der Älteste.«

»Wenn du dich ein bisschen aufmerksamer um deine Kinder bemüht hättest, dann wüsstest du, dass er niemals Interesse daran hatte.«

Er schlug mit der Hand auf den Tisch und ignorierte das Brennen. »Verdammt, ich habe dir soeben erläutert, dass es nicht darum geht, was er möchte und was nicht. Es wäre seine Pflicht gewesen. Denkst du, mich hat mein Vater jemals gefragt?«

Stefanie zuckte nicht im Mindesten vor seiner lauten Stimme zurück. Ihr kühles Schweigen ließ seinen Zornpegel wieder sinken und er stützte seinen Kopf auf die Arme.

»Was wäre deine Antwort gewesen?«, kam es nach ein paar Minuten von ihr.

»Wie?«

»Hättest du gern einen anderen Beruf ergriffen?«

»Die Frage hat sich nie gestellt. Ich wusste von Anfang an, was meine Pflicht ist.«

»Und du erfüllst diese Pflicht gern. Ich weiß, wie viel dir Schluck-Säfte bedeutet. Aber Alexander will und wird deine Firma nicht übernehmen. Christine hingegen …«

»Zum Teufel!« Er sprang auf. »Es wird keine Frau an der Spitze von Schluck geben.«

Stefanie entfernte sich wieder von ihm und ließ sich ebenfalls auf einem Küchenstuhl nieder. »Dann hast du wirklich ein Problem. Denn auch unsere anderen beiden Söhne …«

»Unsere? Du meinst deinen und meinen.«

Kurz war es totenstill im Raum, vom offenen Fenster her zwitscherten die Vögel und ab und zu brummte ein Wagen auf der entfernten Landstraße.

Wolfgang spürte, wie sich die Luft rund um sie veränderte, sie schien zu wirbeln, als Stefanie langsam aufstand und sich vor ihn hinstellte. »Jetzt weiß ich wenigstens, wie du über all die Jahre denkst, die wir zusammen verbracht haben. Ich habe die Illusion gelebt, dass wir eine Familie geworden sind und alle Kinder zu unseren Kindern«, sie betonte das Wort »unsere« besonders. »Was war ich doch für ein naives Dummchen.« Ihr plötzliches schrilles Lachen schnitt durch seinen Körper. »Du tust mir leid, Wolfgang. Denn du hast recht, für mich sind alle sechs meine Kinder, alle sind in meinem Herzen und ich empfinde für sie als Mutter oder enge mütterliche Freundin. Du hingegen hast keine Kinder.« Sie legte ihre Hand auf seinen Brustkorb. »Hier drinnen, da hast du einen Schrein für deine verstorbene Frau errichtet, aber wenn sie wüsste, wie wenig du dich um eure gemeinsamen Kinder gekümmert hast, würde sie enttäuscht sein.«

Was war in Stefanie gefahren? Noch nie zuvor hatte sie dermaßen scharf mit ihm gesprochen. Was fiel ihr ein? Sie hatte kein Recht dazu. Er stieß ihre Hand weg.

»Geh doch«, schrie er. »Verschwinde zu deinem Liebhaber, du wirst es ohnehin bald tun, warum nicht gleich? Mir musst du nichts vormachen und dich hinter meinen angeblichen Fehlern verstecken. Tu es einfach.«

26

»Dem Apfel den Saft herauszulocken, sollte behutsam geschehen. Ein bisschen ähnelt es der Goldwäsche.«
Aus den Aufzeichnungen von Edwin Schluck, 1915

Christine

Im September wurden die ersten Äpfel geerntet und täglich lieferten die Apfelbauern mit ihren Traktoren und Kleinlastwagen Obst zum Pressen.

Christine und Philipp halfen ein paarmal mit und genossen anschließend die Köstlichkeiten im Apfelglück. Sie vermieden Zärtlichkeiten in der Öffentlichkeit, trotzdem war ihre Liaison nicht unbemerkt geblieben. Mittlerweile wussten alle, dass Philipp und Christine ein Paar waren. Es hatte keinen speziellen Tag gegeben, an dem es publik wurde, eher ein fließender Übergang, bis es sich herumgesprochen hatte.

Christine war richtig verliebt, ein Gefühl, das sie zum ersten Mal erlebte. Nicht bei Leo und nicht bei Rico war sie so in einem anderen Menschen aufgegangen. Und sie vertraute Philipp.

Sie musste sich eingestehen, dass sie es genoss, einen kompetenten Partner in der Firma zu haben. Philipp hatte alles wahr gemacht, was er versprochen hatte. Sie waren ein Team und entschieden zusammen. Und sie liebte es, einen Freund auf Augenhöhe zu haben. Philipp war nicht bei ihr eingezogen, blieb jedoch häufig über Nacht.

Auch seine Mutter hatten sie bereits mehrmals besucht, und die beiden Frauen hatten sofort einen Draht zueinander gefunden.

Während sie ihr Glück mit Philipp genoss, schienen sich ihr Vater und Stefanie immer weiter voneinander zu entfernen. Ihre Stiefmutter verbrachte die meiste Zeit im Apfelglück, obwohl Sibylle nun wieder arbeiten konnte. Papa hingegen war gefühlt rund um die Uhr in der Firma anzutreffen. Den gesamten Sommer war die Atmosphäre zwischen Steff und ihm unterkühlt geblieben. Das war ungewöhnlich, denn Steff lenkte sonst immer ein. Papa wurde zunehmend unzugänglicher, mehr als je zuvor. Christine bemerkte auch, dass er über den Sommer abgenommen hatte. Sein kantiges Gesicht hatte ein paar Furchen dazubekommen. Wann immer sie ihn auf die ominöse Tante ansprach, erhielt sie eine rüde Abfuhr.

Auch an Philipp fiel ihr eine zunehmende Unruhe auf, subtil zwar, aber als liebende Frau spürte sie jede Veränderung an ihm. Dennoch war es nicht so greifbar, dass sie ihn darauf angesprochen hätte.

Nach der Morgenbesprechung, bei der ihr Vater auffallend wenig geredet hatte, folgte sie ihm in sein Büro.

»Was willst du?«, herrschte er sie an und ließ sich auf seinen Stuhl hinter dem Schreibtisch fallen.

»Was ist los?«, fragte sie fast gleichzeitig. Sie schwiegen beide, schließlich holte Christine tief Luft. »Du und Steff. Ihr seid unglücklich.«

»Davon verstehst du nichts.«

»Papa, ich bin kein Kind mehr.«

»Trotzdem ist es unsere Privatangelegenheit.«

Sie holte tief Luft. »Gibt es Neuigkeiten von der amerikanischen Tante?«

»Nenn sie um Himmels willen nicht Tante! Diese Betrügerin, das kratzt mich nicht. Seit meiner ablehnenden E-Mail habe ich nichts mehr von ihr gehört. Vermutlich hat sie gemerkt, dass sie sich an uns die Zähne ausbeißt.«

»Was ist mit den Briefen?«

»Christine, hast du keine Arbeit?« Seine Augen fixierten sie mit jenem Blick, der fast eine Waffe war.

Doch Christine ließ sich nicht einschüchtern. »Dann gib sie uns zurück. Sie war unsere Großmutter, wenn du die Briefe nicht lesen magst, tun wir es.«

»Den Teufel werdet ihr tun!« Er schlug mit der Faust auf die Schreibtischplatte.

»Jackie hat auf dem Dachboden eine Kiste mit Unterlagen von unseren Vorfahren gefunden, Edwin Schluck, der die Firma gegründet hat …«

»Die Firma? Damit meinst du Schluck-Säfte? Unsinn. Edwin war ein Apfelbauer, sonst nichts. Er war ein Mostbauer, hat in seiner Scheune seine eigenen und für die umliegenden Bauern Äpfel gepresst, um 'nen Apfel und ein Ei. Geschäftsmann war er keiner.«

»Wusstest du, dass seine Frau verschwunden ist?«

»Ja, mein Großvater hat es mir mal erzählt. Sie ist wahrscheinlich genauso abgehauen wie meine liebe Frau Mama. Mit einem Liebhaber. Nur dass Edwin Schluck sogar verdächtigt wurde, sie umgebracht und ihre Leiche verscharrt zu haben.« Ihr Vater lachte laut. »Was für ein Quatsch.« Er schaltete den Computer ein. »Worüber reden wir hier eigentlich? Was willst du wirklich?«

»Vielleicht findet Jackie noch mehr heraus.«

»Was glaubt ihr denn? Unsere Familie hat keine Leichen im Keller. Edwin hatte die Mosterei, mein Großvater Leopold hat Schluck-Säfte gegründet und seinen beiden überlebenden Kindern die Apfelplantage und die Saftfirma vererbt. Mein Vater hat Schluck-Säfte ausgebaut und meine Tante die Plantage erweitert. – Jetzt muss ich arbeiten.« Er wandte sich demonstrativ dem Bildschirm zu.

Christine blieb und trat von einem Fuß auf den anderen. Es verging eine Minute, ehe er sie anfuhr. »Was stehst du da herum? Ab an die Arbeit.«

Sie nahm ihren Mut zusammen. »Papa, es ist nicht in Ordnung, wie du Steff behandelst …«

»Fängst du wieder damit an?« Er runzelte die Stirn. »Behauptet wer? Meine Tochter maßt sich an, ein Urteil zu fällen?«

»Mensch, Papa, kannst du nicht zugeben, dass es dir nicht gut geht?«, brach es aus ihr heraus und sie bereute es im selben Moment.

Sein Gesicht lief rot an. »Wie kommst du darauf?«

»Das spüre ich. Mittlerweile merken es alle.«

»Unsinn!« Er fixierte sie mit einem scharfen Blick. »Stefanie und Andreas, sagt dir das was?«

Christine riss die Augen auf. Offenbar hatte Jackie

recht. Ihr Vater glaubte das wirklich!

»Da staunst du, was? So ist es, wenn man plappert und nichts weiß! Und jetzt raus, ich habe zu arbeiten und keine Zeit für weibliche Zickereien.«

»Wie kommst du darauf, Papa? Steff würde nie … und ausgerechnet mit Andreas …«

»Verschwinde!«, brüllte er nun.

Sie floh. Schon lange nicht mehr hatte sie ihren Vater so außer sich erlebt.

Andreas und Steff? Niemals würde Christine das glauben, da musste sie Jackie recht geben. Aber wenn ihr Vater eifersüchtig war, dann musste er doch etwas für Stefanie empfinden?

Bei der Kaffeemaschine traf sie auf Philipp, dessen Augenringe auf eine zu kurze Nacht hinwiesen. »Wurde wohl spät gestern mit Jörn?«

»Ja, tut mir leid. Wir haben die Zeit übersehen, er hat mir von einem interessanten Fall erzählt. Wir reden später darüber.« Er warf einen bezeichnenden Blick zur offenen Tür von Nele. Und Christine musste ihm zustimmen, Nele galt als Plaudertasche erster Güte.

Wieder hatte sie das Gefühl, dass er ihr irgendetwas verheimlichte. Es gab keinen konkreten Beweis dafür, nur manchmal ertappte sie ihn dabei, wie er nachdenklich in der Ecke saß. Dann reagierte er nicht gleich, wenn sie ihn etwas fragte. Sie hatten zu wenig Zeit für sich. Leidenschaftlicher Sex war kein Ersatz für Gespräche, obwohl er natürlich auch eine Art Kommunikation darstellte. Eine heiße, durchaus befriedigende, musste sie zugeben.

Auf der anderen Seite schalt sie sich selbst als paranoid. Was sollte er verbergen?

»Was ist mit deinem Vater?«

»Er und Steff – ich weiß nicht, ob es eine Versöhnung gibt. Er denkt, sie hätte was mit Andreas.«

»Lächerlich. Jeder Blinde sieht, dass sie nur Augen für ihn hat.«

»Und er ignoriert die amerikanische Tante, hält sie für eine Betrügerin.«

»Was ja sein kann.«

»Ja. Doch er glaubt, dass sie echt ist, vermute ich mal. Sonst würde er nicht so den Kopf in den Sand stecken. Und die Briefe will er auch nicht lesen.«

Philipp zog sie in seine Arme. »Hoffen wir, dass er noch zur Einsicht kommt.«

27

Philipp

Während der letzten Wochen war Philipp immer wieder mal beim Tätowierstudio vorbeigefahren.

Mitte September hatte er Erfolg. Die Ladentür stand offen.

Minuten nachdem er seinen Wagen geparkt hatte, betrat er den Laden. Drinnen saß ein bulliger Typ hinter einem schwarz lackierten Holztisch. Er war am ganzen Körper tätowiert, sogar das Gesicht und die Glatze.

»Guten Abend.« Langsam stand er auf.

Der Mann war klein, reichte Philipp knapp bis zur Schulter. Zudem schien er viel zu jung, um dem Mörder seines Vaters ein Tattoo gestochen zu haben. Enttäuschung kroch in Philipp hoch.

»Ich bin Philipp Degenhardt. Sind Sie der Besitzer?«

»Ja. Hinnerk Obermeier.« Er streckte ihm die Hand hin und Philipp schüttelte sie kurz. »Ich suche ein bestimmtes Tattoo.« Er holte sein Handy heraus, doch Hinnerk winkte ab. »Ich bin heute erst den zweiten Tag aus Indien zurück, hier ist es noch etwas unwirtlich.« Er wies auf den Laden, der tatsächlich staubig wirkte. »Gehen wir was trinken.«

Philipp war überrascht über das Angebot, stimmte jedoch zu.

Hinnerk führte ihn die Straße entlang zu einem Café. Philipp konnte nicht umhin, ihn immer wieder anzusehen, an dem Mann schien kein Fleckchen normale Haut übrig zu sein. »Stechen Sie sich selbst?« Was für ein doofer Einstieg. »Nein, dumme Frage, an manche Stellen kommen Sie bestimmt nicht hin.«

Hinnerk lachte und zeigte überraschend weiße Zähne. »Ich bin ein lebendes Kunstwerk und Kunst ist nicht für jeden verständlich.« Punkt für ihn. »Und lass die Siezerei, das hasse ich. Ich bin Hinnerk.«

Sie betraten das Wirtshaus und fanden einen Platz am Rand. Nachdem sie beide Weinschorle bestellt hatten, saßen sie einander gegenüber.

»Ich weiß jetzt nicht, wo ich anfangen soll, aber ich hatte gehofft, du wärst ein wenig älter.« Philipp wand sich innerlich ob seiner unbeholfenen Worte.

»Na, ich nicht.« Wieder dieses Lachen. »Denkst du, ein Alter sticht besser? Wegen Erfahrung und so?«

»Nein, ich …«

»Du bist Anfänger, hast Angst vor Nadeln, stimmt's?«

»Nein, das heißt natürlich, ja, aber ich will mich ohnehin nicht stechen lassen.« Er zog erneut sein Handy aus der Tasche und scrollte zu der Aufnahme. »Ich weiß, dass in den Siebzigerjahren des letzten Jahrhunderts ein Kegelklub diese Tattoos bekam. Das muss gemacht worden sein, als du noch ein Kind warst.«

Hinnerk war nur einen kurzen Blick auf das Foto. »Sieht aus wie von meinem Onkel. Der hat mir das Studio hinterlassen, sozusagen.«

»Kann ich mit ihm sprechen?«

»Oh, Alter, der ist lange tot. Ist an Leukämie gestorben, das war 1995.«

Jörn hatte recht behalten. Verdammt, er hatte seine Zeit vergeudet.

»Das Studio wurde in der Zwischenzeit verpachtet, ich war zwölf Jahre damals, aber er hat es mir vererbt. 2003 habe ich den Laden hier übernommen.«

Da war er wohl vergeblich gekommen. Enttäuschung kroch in Philipp hoch und sekundenlang wusste er nicht, was er weitersprechen sollte.

»Schau nicht so bedröppelt.« Hinnerk klopfte ihm auf die Schulter. »Ich kann nachschauen. Ist noch alles da von meinem Onkel. Der Pächter hat die Sachen in Kartons hinten hingestellt. Und ich hab's so gelassen.«

»Wirklich?« War das seine Stimme? So kieksend?

»Klar. Was suchst du überhaupt? Nur das Tattoo? Willst du so eins?«

»Nein, nein.«

Philipp zögerte. Hinnerk griff zu seinem Glas und nahm einen Schluck. Auf seinem Handrücken war ein Schmetterling zu erkennen. Zwischen Blumen. Der Tätowierer war seinem Blick gefolgt.

»Die meisten Tattoos haben eine Bedeutung«, erklärte Hinnerk. Offenbar wollte er Philipp Zeit geben zu überlegen, ob er die Frage beantworten wollte. Er hob seine Hand hoch. »Der Schmetterling ist für mich etwas Besonderes. Ein Zeichen für Veränderung, Wiedergeburt, Freiheit.«

»Und eine Schlange?«

»Kann verschiedene Sinngehalte haben. Beispielsweise das chinesische Tierkreiszeichen, dann steht sie für Klugheit, Stärke und Einfühlsamkeit. Oder im biblischen Sinne als Zeichen der Sünde.«

»Was sagt das über den Träger aus?«

»In deinem Fall nicht viel. Wenn eine Gruppe sich ein Tattoo stechen lässt, demonstrieren sie damit lediglich ihre Verbindung. Meist möchte man sich mit Tattoos motivieren oder sich an Ereignisse erinnern.«

»Ich suche einen Mann, der meinen Vater totgefahren und Fahrerflucht begangen hat«, kam es leise von Philipp.

»Shit, Alter, das ist krass. Ich fang morgen an zu stöbern, versprochen.«

»Darf ich dir helfen?«

»Nichts für ungut. Aber an den Krempel lass ich niemanden ran.«

War es ein Lichtschimmer oder endete hier nun endgültig seine Suche? Er hatte keine allzu großen Erwartungen. Was würde Hinnerk nach so vielen Jahren finden können?

Es war zu spät gewesen, noch zu Christine zu fahren, aus diesem Grund hatte er Bauchschmerzen vorgetäuscht.

»Geht's dir besser?«, fragte sie daher sofort am Morgen und er fühlte sich gleich noch schlechter, weil er sie angelogen hatte.

»Bin wieder okay.« Er musste mit ihr reden, schon bald. Aber er hatte Angst, dass sie seine Suche als lächerlich abtäte. »Heute Abend machen wir es uns gemütlich, ja?«

Sie nickte und lächelte. Rasch fuhr er seinen PC hoch und begann zu arbeiten.

Zwei Stunden später klingelte sein Handy, Schluck selbst war am Apparat. »Könnten Sie sofort zu mir kommen?«

»Natürlich.« Was wollte der Alte von ihm?

Während er den Gang hinunter in das Büro des Direktors eilte, schoss ihm der Gedanke in den Kopf, ob er Christine hätte informieren sollen.

Irene winkte ihn durch, er fand den Chef vor dem Computer sitzend.

»Ah, Degenhardt, kommen Sie. Ich habe Ihr Konzept erhalten, das die Wirtschaften in der Gegend betrifft. Großartige Idee, ich denke, das lässt sich machen. Die Preise sind für uns gerade noch akzeptabel und die Gasthäuser bekommen unsere Produkte wirklich zu Schnäppchenpreisen. Am kommenden Samstag treffen sich die Wirte vom Alten Land zu ihrer Jahreshauptversammlung, da werden Sie mit mir hingehen und das Konzept vorstellen. Die werden begeistert zugreifen.«

»Ich bin da nicht ganz so optimistisch, weil sie uns im Gegenzug versprechen müssen, ausschließlich unsere Säfte zu verkaufen.«

»Das kriegen wir hin.«

Der überraschende Enthusiasmus des Chefs nahm ihm irgendwie den Wind aus den Segeln. Bei der Morgenbesprechung hatte er angespannt gewirkt. Philipp war nicht entgangen, dass Christine danach noch mit ihm gesprochen hatte.

»Ich kenne ja alle schon seit Jahrzehnten und sie wissen, wie viel unsere Produkte wert sind. Also am kommenden Donnerstag, um zwanzig Uhr im Jork-Keller.« Offenbar schien für Wolfgang Schluck das Gespräch beendet, denn er wandte sich wieder dem Computer zu.

»Christine muss mitkommen.« Philipp wusste, dass er fast trotzig klang. Aber es konnte nicht sein, dass sie außen vor blieb.

»Warum nicht gleich die gesamte Abteilung?« Schluck schüttelte den Kopf. »Degenhardt, das ist Unsinn. Was soll Christine dort?«

»Sie hat das Konzept erstellt.« Philipp trat nun näher an den Schreibtisch und stützte seine Hände auf. »Daher sollte auch sie es präsentieren.«

»Nein, die Wirtegemeinschaft braucht einen verlässlichen Ansprechpartner.«

»Und das ist Christine nicht?«

Schluck erhob sich, umrundete den Schreibtisch und trat direkt vor Philipp hin. »Sie sollten es vermeiden, Berufliches mit Privatem zu mischen. Nur, weil Sie eine Affäre mit meiner Tochter haben …«

»Das ist Unsinn.«

»Ist es nicht. Wäre Christine ein Mann und ein normaler Angestellter, würden Sie sich nicht so für sie einsetzen. Aber eine Frau muss man immer mit Samthandschuhen behandeln, denn sonst könnte sie gekränkt sein.« Schlucks Stimme war beim letzten Satz eine Oktave höher gerutscht.

»Nein.« Philipp bemühte sich um Ruhe. »Wäre Christine ein Mann, würde ich mich genauso verhalten.

Sie hatte die Idee und die Ausarbeitung stammt ebenfalls zum Großteil von ihr. Ich schmücke mich nicht mit fremden Federn. Aus diesem Grund muss sie es den Wirten vorstellen.«

»Nein. Ich habe Sie als Ressortleiter eingestellt. Man schickt nicht Schmidchen, sondern den Schmied. Und ich erwarte einen perfekten Job.«

»Was haben Sie gegen Ihre Tochter? Sie arbeitet hart, sie ist klug und sprüht vor kreativen Ideen.«

»Herr Degenhardt, ich habe keinen Zweifel, dass meine Tochter momentan für die Firma das Beste gibt. Aber das bleibt nicht so, Frauen haben die Tendenz, dass sie von heute auf morgen ihre Meinungen wechseln, ihr Pflichtbewusstsein vergessen und ihre Prioritäten verschieben. Frauen sind bedauerlicherweise ihren Hormonen ausgeliefert, sie entwickeln ungeahnte Emotionen und vernachlässigen plötzlich alle ihre Aufgaben. Die Firma ist zu wertvoll, als dass ich einer Frau Verantwortung übergeben könnte. Zudem ist Christine eine bildschöne Frau. Irgendwann ist sie schwanger – vielleicht sogar von Ihnen – und dann wird ihr die Firma unwichtig werden. Christine wird niemals eine leitende Position ausführen können …«

»Gut, dass du ausgesprochen hast, wie du über mich denkst, Papa.« Christines Stimme klang leicht zitternd, dennoch scharf.

Beide Männer drehten sich zu ihr um. Wann war sie hereingekommen? Philipp erinnerte sich, dass die Tür nur angelehnt gewesen war. Ihre Augen glänzten, ihre

Lippen waren zusammengepresst, die Hände in die Seiten gestützt.

Wolfgang Schluck wandte sich ab, ging zu seinem Stuhl zurück, setzte sich ruhig hin. »Man sollte nicht Gesprächen lauschen, die einen nichts angehen.« Seine Stimme klang kalt.

»Das ist alles?« Ihre Gesichtszüge entgleisten, Philipp sah sie mehrmals schlucken, offenbar konnte sie nichts mehr sagen. Schließlich wandte sie sich ab und verließ das Zimmer, ohne ihn anzusehen.

Philipp sah ihr erschüttert nach. »Sie haben keine Ahnung, was Ihre Tochter für ein Schatz ist. Haben Sie Christine jemals geliebt?«

»Mischen Sie sich nicht in Dinge, die Sie nichts angehen.«

Philipp fand Christine in ihrem Büro, sie saß starr an ihrem Schreibtisch. »Dein Vater hat es nicht so gemeint.«

Sie schwieg, spielte mit einem Kugelschreiber. Was war mit dem Mann los, dass er so negativ über Frauen dachte und speziell nicht erkennen konnte, dass er Christine so falsch einschätzte?

Kurz erzählte er ihr, was Schluck von ihm erwartete. »Ich werde dich selbstverständlich mitnehmen, egal, was dein Vater sagt. Du musst das Konzept vorstellen.«

»Nicht nötig.« Sie schaltete ihren Computer ein. »Jetzt weiß ich wenigstens, dass ich niemals eine Chance hatte.«

»Dein Vater ist ein sturer alter Kerl.«

»Wenn er siebzig oder achtzig wäre, dann würde ich ihm das durchgehen lassen. Aber er wird nächstes Jahr erst sechzig.«

Er stellte sich hinter sie und legte die Hände auf ihre Schultern. »Ich werde alles tun, dass dein Vater seine Meinung ändert. Das wäre doch gelacht, wenn …«

»Lass gut sein.« Sie klickte und rief ihre E-Mails auf.

Er löste seine Hände. In ihm krampfte es sich zusammen, weil er nicht wusste, wie er sie trösten konnte.

Weshalb hatte Schluck eine dermaßen verbohrte Meinung?

Er ging in sein eigenes Büro und arbeitete weiter, die Gedanken kreisten jedoch immer wieder um dieses Thema.

Der Tag war ereignisreich, es gab keine Möglichkeit für ein privates Wort. Heute Abend würde er ihr ausführlich alles erklären.

Doch es kam anders. Am späten Nachmittag klingelte sein Handy. Hinnerk. Sein Magen schlug einen Salto.

»Philipp? Ich hab was.«

»Und zwar?« In Philipp wirbelte alles durcheinander. So schnell? Leichtes Misstrauen stieg in ihm auf.

»Einen Namen. Eine Adresse in Stade. Aber du musst vorbeikommen, ist kompliziert.«

»Wie?«

»Bin bis acht heut im Laden.«

Den Rest vom Tag konnte er sich kaum konzentrieren, am liebsten wäre er sofort losgefahren. Ausgerechnet heute hatten sie um fünf noch eine Besprechung mit der Marketingabteilung angesetzt. Viel kam nicht dabei heraus, nach der Kündigung des Bereichsleiters fehlte ein zündender Kopf.

»Wollen wir zum Lühe-Anleger fahren?«, fragte Christine, als die anderen gegangen waren.

»Ich habe noch etwas zu erledigen.« Es kam knapper heraus, als er beabsichtigt hatte.

»Was denn? Ich dachte, wir sind zusammen heute Abend?« Sie wirkte enttäuscht und frustriert. Klar, er hatte sie gestern schon versetzt.

»Ich kann jetzt nicht länger bleiben, wir reden, wenn ich wiederkomme.«

Ihre Miene wurde ausdruckslos, dann nickte sie und verließ kommentarlos den Raum. Das hatte er prima hingekriegt. Doch es brannte ihm zu sehr unter den Fingernägeln, als dass er sich die Zeit für ein paar erklärende Worte nehmen wollte.

Hinnerk hatte noch einen Kunden, als Philipp das Tattoo-Studio erreichte. Ungeduldig trat er von einem Fuß auf den anderen, hörte den Ladenbesitzer mit seinem Kunden hinter dem Vorhang Belangloses plaudern. Zwischendurch kam ab und zu ein Schmerzenslaut.

Hätte er das gewusst! Eine Aussprache mit Christine war dringend nötig. Ob sie ihn ebenfalls für einen fanatischen Spinner halten würde, der nicht loslassen konnte?

Endlich kam Hinnerk heraus, hinter ihm sein Kunde, ein stämmiger Bursche mit Stiernacken, dem Philipp ungern in der Dunkelheit begegnen würde. Doch das Vorurteil war absurd, denn der Kerl grüßte freundlich und winkte mit einem Grinsen zum Abschied.

»Tja, Philipp, deine Geschichte hat mich glatt umgehauen, das kannst du mir glauben! Daher habe ich noch in der Nacht zu suchen begonnen. Guck dir das mal an.« Hinnerk hielt ihm einen Zettel hin, der offenbar mehrfach gefaltet gewesen war und an den Seiten ausfranste. Auch die Farbe wies auf das Alter hin.

Es war ein Karteiblatt, teilweise ausgefüllt, jedoch mit Bleistift, und deshalb nicht mehr überall leserlich. In klein prangte das Tattoo der Schlange mit dem Ball.

Philipp blieben die Worte im Hals stecken.

Es war eins zu eins das gesuchte Tattoo. Und seine Gedanken drifteten sofort zu dem schrecklichen Tag, als er Stimmen hörte.

Er blinzelt. Alles ist komisch auf den Kopf gestellt und er sieht die Straße durch ein Spinnennetz. Es dröhnt rundum, das muss der Regen sein. Wer redet da?

Ja, eine schrille, helle Kinderstimme. »Das Auto liegt verkehrt herum. Die Scheibe ist kaputt!«

Da guckt doch jemand rein? Durch das viele Regenwasser, das herunterrinnt, kann er kaum was erkennen.

»Die sind hinüber, da ist nichts mehr zu retten. Geh wieder zum Auto, du wirst total nass.« Das Gesicht verschwindet, auf einmal sind nackte Waden in Philipps Blickfeld. Da ist ein Bild drauf. Er blinzelt wieder. Eine Schlange? Ja, eine Schlange mit etwas im Maul.

Philipp starrt darauf und verliert sich in den Bildern des Unfalls.

»Philipp? Ist es das richtige Tattoo?«

Nur mühselig fand Philipp wieder in die Gegenwart zurück. Vor sich war der tätowierte Glatzkopf von Hinnerk.

»Ja«, brachte er heraus.

»Super. Also ich hab nur einen gefunden, der sich das Tattoo auf die Wade hat stechen lassen. Die anderen hatten andere Stellen, Schulter, Oberarm, Unterarm, Oberschenkel oder Rücken.«

»Nur einer?« Konnte das wahr sein? Philipp spürte, dass seine Hände zitterten, und er beugte sich über das Blatt.

Bernd Birnbaum, entzifferte er. Eine Telefonnummer und Adresse. Darunter eingetragen: Schlange, daneben eine sechsstellige Nummer, gestochen 3. September 1976.

Er hatte einen Namen!

»Es ist eindeutig die Handschrift meines Onkels. Die Adresse ist allerdings Jahre alt.«

»Einen Versuch ist es wert.«

»Dann nur zu, Sherlock Holmes.« Hinnerk hielt den Daumen hoch.

Kurz vor sieben erreichte er die angegebene Adresse. Es war ein Mehrfamilienhaus, doch an den Klingeln fand er nirgends den Namen Birnbaum.

Enttäuscht sah er an der Fassade hoch, als ein junger Mann zur Tür kam. »Hallo, könnten Sie mir vielleicht sagen, ob hier ein Herr Birnbaum wohnt?«

»Tut mir leid, ich wohne selbst erst kurz hier. Aber wenn nichts am Klingelschild steht, gibt es ihn vermutlich nicht.« Der Bärtige verschwand im Haus.

Ratlos sah sich Philipp ein wenig um, dann zog er sein Handy heraus und wählte Jörns Nummer. »Ich habe einen Namen, leider wohnt er offenbar nicht mehr hier.«

»Du könntest beim Meldeamt nachfragen, aber ich befürchte, du wirst keine Auskunft bekommen. Datenschutz und so.«

»Ja.« Philipp hatte sich schon lange nicht mehr so schlecht gefühlt. Die Enttäuschung überflutete ihn. So nah am Ziel und doch daneben.

Nun stand er wieder fast am Anfang.

»Ich vermute, dass der Kerl die Zeit, in der du nicht aussagen konntest, genutzt hat, um zu verschwinden.«

Er setzte sich auf eine Bank im Park gegenüber. »Wenn das so ist, dann kann er überallhin abgehauen sein.«

»Wie viele Parteien wohnen im Haus?«, fragte Jörn. »Es wäre einen Versuch wert, alle durchzufragen. Möglicherweise weiß doch jemand Bescheid.«

Philipp überlegte kurz, dann beschloss er, dem Rat zu folgen. Er schlüpfte ins Haus, stieg die Treppen hoch, denn er wollte von oben anfangen.

In der Dachwohnung öffnete ihm der junge Bärtige, der vorhin an ihm vorbeigegangen war. Philipp entschuldigte sich und ging zur nächsten Tür. Hier stand ein kleines Mädchen in der Tür, auch dessen Mutter wusste nichts mehr von einer Familie Birnbaum. So kämpfte er sich von Stockwerk zu Stockwerk, bei drei Wohnungen war offenbar niemand zu Hause.

Erst im Erdgeschoss hatte er Glück.

Eine Dame in den Fünfzigern öffnete, als er bei *Eleonore Karsten* läutete. »Die Birnbaums, ja, die kannte ich gut. Gudrun war mit mir befreundet, sie hatte es nicht leicht mit ihrem Mann. Er arbeitete als Elektriker, doch dann hat er seinen Job verloren und hat zu viel getrunken. Sie sind nach Kassel gezogen.«

»Haben Sie eine Adresse?« Philipp spürte sein Herz bis in den Hals schlagen.

»Gudrun ist leider verstorben, schon vor Jahren, aber warten Sie mal.« Sie verschwand im Inneren der Wohnung. Abwartend blieb er stehen, trat von einem Bein aufs andere, während er Frau Karsten Schubladen und Schranktüren öffnen hörte. Schließlich brachte sie eine Karte mit Blumen, bei näherem Hinsehen erkannte Philipp eine Hochzeitsanzeige.

»Nadja, die Tochter, hat geheiratet und ist wieder hierhergezogen.« Frau Karsten hielt ihm eine Karte hin.

Konnte das das Kind sein, das beim Unfall dabei gewesen war? »Hatten die Birnbaums noch andere Kinder?«

»Nein, Nadja war das einzige Kind.«

Er las die gedruckte Anzeige.

Nadja Birnbaum hatte vor fünf Jahren Jakob Wenzel geheiratet.

Und tatsächlich stand eine Gratulationsadresse drauf.

Es war unglaublich! Nadja wohnte am Rande von Jork. Er speicherte die Telefonnummer und Adresse in seinem Handy, bedankte sich bei der alten Dame und verließ das Haus.

Kaum saß er im Wagen, wählte er die Nummer.

Eine sympathisch helle Frauenstimme meldete sich. »Wenzel.«

»Hier spricht …« Er befeuchtete die Lippen. »Philipp Degenhardt. Sind Sie Nadja Wenzel?«

»Ja.« Sie räusperte sich. »Sie möchten zu meinem Vater, nicht wahr?«

»Woher wissen Sie das?«

»Kommen Sie am Freitagnachmittag um fünf Uhr, Geestberg 23 in Stade.«

Es klickte und er starrte auf sein Handy. Was war das denn?

Und jetzt musste er sich noch tagelang gedulden!

28

Wolfgang

»Ich habe es nicht so gemeint.« Es war das erste Mal, dass so etwas wie eine Entschuldigung über Wolfgangs Lippen kam.

Stefanie knetete den Teig, bearbeitete ihn heftig. »Doch, das hast du.« Mit dem Unterarm strich sie sich eine Strähne aus der Stirn. »Es ist mein Problem, dass ich erwartet habe, dass du irgendwann Gefühle für mich entwickelst. Die Hoffnung muss ich begraben. Aber dass du mir eine Affäre mit Andreas unterstellst!«

»Er ist seit seiner Scheidung wieder frei und in deinem Alter.«

»Ja? Und weil diese beiden Komponenten zutreffen, denkst du, dass ich gleich mit ihm ins Bett hüpfe?«

Auf einmal kam er sich dumm vor. »Was muss ich tun, damit es wieder so wird wie vorher?«

Sie hielt inne und sah ihm in die Augen. »Wie vorher? Das ist unmöglich. Du willst nichts am Istzustand ändern, Wolfgang, und das ist dein Problem. Aber alles verschiebt sich, die Welt rotiert täglich und mischt die Karten neu. Wenn du nicht einsam sterben möchtest, musst du etwas tun.«

Er begriff zwar nicht, was sie meinte, aber, dass es so nicht weitergehen konnte, das lag auf der Hand.

»Was erwartest du von mir?«

»Ich will, dass du die Briefe deiner Mutter liest. Das wäre ein Anfang.«

»Niemals.« Er wollte seine Mutter nicht in einem anderen Licht sehen.

29

»Das Liebste ist mir ein Stück Apfelkuchen
von meiner Frau. Ich vermisse sie.«
Aus den Aufzeichnungen von Edwin Schluck, 1915

Christine

Auf Philipps Benehmen konnte sie sich keinen Reim machen. Es war nichts Großes, dennoch spürte Christine, dass ihn irgendetwas beschäftigte.

Er hatte sie zwei Tage hintereinander versetzt und keine richtige Erklärung geliefert. Er würde es ihr später mal erzählen, momentan könne er noch nicht darüber sprechen.

Sie beschloss, ihm zu vertrauen. Vorerst. Doch er war nicht mehr der Alte. Sie fühlte eine innere Anspannung in ihm. Allerdings wirkte er hoch konzentriert, als sie die Präsentation für die Altländer Wirtegemeinschaft vorbereiteten. Sie sollte am Donnerstag stattfinden und in den beiden Nächten davor machte er seine Abwesenheit mehr als wett.

Nun kamen sie beim Gasthof Altes Land an, zur Verhandlung mit der Wirtegemeinschaft.

Philipp hielt sie zurück, als sie die Autotür öffnen wollte. »Ich muss dir was sagen.«

Den Tonfall kannte sie so nicht, richtiggehend zögerlich.

»Dein Vater, ähm – hm – ich habe ihm verschwiegen, dass du dabei bist. Es könnte sein, dass er etwas komisch reagiert.«

»Du hast mir gesagt, er wäre einverstanden?«

»Ich wollte dich nicht aufregen. Es ist dein Konzept, daher sollst du es vortragen. Ich bin offiziell der Leiter unserer Abteilung und aus diesem Grund bestimme ich, wer die Präsentation hält.«

Ein mulmiges Gefühl stieg in ihr auf. Zusammen mit seinem sonderbaren Verhalten die letzten Tage war dies der Tropfen, der das Fass zum Überlaufen brachte. »Du denkst wohl, du kannst dir alles erlauben! Verdammt, warum hast du mich nicht vorbereitet?«

»Schrei nicht so, der Wagen ist nicht schalldicht.« Philipp deutete auf die vorbeigehenden Menschen.

»Dann hättest du mich nicht so hintergehen dürfen. Das ist absolut verabscheuungswürdig …«

Sie spürte seine Hände auf ihren heißen Wangen. Seine Lippen lagen plötzlich auf den ihren. Der Mann konnte einfach zu gut küssen, es war wie erfrischender Regen auf die Hitze ihrer Wut.

Er löste sich von ihr. »Du wirst es perfekt machen«, sagte er leise.

Sie schämte sich, dass sie sich so hatte gehen lassen. Weshalb bekam sie ihre Wutanfälle nicht besser in den Griff? Manchmal war sie wie ihr Vater! Rasch stieg sie aus und stöckelte in den ungewohnt hohen Schuhen Richtung Eingang.

Wirtinnen und Wirte waren vollständig versammelt, auch ihre Tante Sibylle vom Apfelglück war vertreten.

Christine bemerkte sofort die Veränderung im Gesichtsausdruck ihres Vaters. Soeben war er noch mit Knut Kallander, dem Wirt des Restaurants am See in Buxtehude, in ein Gespräch vertieft gewesen, als er sie erblickte. Seine Miene verzog sich von jetzt auf gleich, Stirn gerunzelt, Augenbrauen zusammengezogen, Lippen aufeinandergepresst eilte er auf sie zu.

»Was soll das?«, schnauzte er Philipp an, der ungerührt stehen blieb. »Wir hatten ausgemacht …«

»Sie haben das allein beschlossen«, erklärte Philipp und Christine bewunderte ihn, dass seine Stimme angesichts des aggressiven Tonfalls seines Chefs gleichbleibend ruhig blieb. »Aber für diese Präsentation ist Christine die qualifizierte Person.«

»Sie wird es nicht schaffen, die Alteingesessenen hier zu überzeugen.« Papas Gesicht war rot angelaufen. »Degenhardt, ich hoffe, dass Sie wenigstens den Hauptteil übernehmen werden.«

Christine spürte, wie sich ein Tsunami in ihr aufbaute, – schon wieder –, eine Welle, die sie mit aller Kraft zurückhalten musste. Hier waren weder Ort noch Zeit für so etwas.

Philipp drückte ihre Hand. »Ich muss Sie enttäuschen, Christine wird es allein machen, denn ihre Argumente werden hier alle überzeugen.« Er nickte ihr zu, ging dann nach vorn und schloss den Laptop an den Wandprojektor an.

Die Wut war vorerst zurückgedrängt und sie konnte wieder frei atmen. Mit Philipp im Rücken würde sie es schaffen.

Sie trat an ihrem Vater vorbei nach vorn und stellte sich ans Pult. Die meisten der Anwesenden kannte sie von Kind auf, viele hatten die Wirtschaften im Alten Land von ihren Eltern geerbt, nur wenige hatten gekauft oder gepachtet. Die zahlreichen Touristen waren ein Garant für gute Geschäfte, zur jetzigen Jahreshauptversammlung waren sie fast vollständig erschienen. Der beste Rahmen, um sie für Schluck-Säfte zu sensibilisieren.

Philipp setzte sich, er würde sie mit der Technik unterstützen. »Bin bereit«, sagte er leise.

Es wurde augenblicklich ruhiger, als Christine den Arm hob. Der Saal, der normalerweise als Hochzeitssaal verwendet wurde, war gut gefüllt.

»Einen schönen guten Abend euch allen. Die meisten kennen mich, für die anderen: Ich bin Christine Schluck, die Tochter von Direktor Schluck, und arbeite seit über zwei Jahren im Verkaufsmanagement von Schluck-Säfte. Dies ist mein Kollege, Herr Philipp Degenhardt.« Sie wies auf Philipp, der winkte grüßend.

»Wir haben uns überlegt, dass Schluck-Qualitätsprodukte ein Markenzeichen des Alten Landes sind und deshalb überall vertreten sein sollten. Wir möchten Ihnen als Wirtshaus- und Cafébetreiberinnen und -betreibern ein lukratives Angebot machen, damit Ihnen das Anbieten unserer Schluck-Säfte leichtfallen wird. Es wird eine Win-win-Situation für uns alle geben, denn sämtliche Touristinnen und Touristen sollen unsere Gegend mit der Überzeugung verlassen, hier den besten Saft getrunken zu haben, der ihnen jemals untergekommen ist. Als Bereicherung haben wir Mischungen vorbereitet, die es ausschließlich in der Gastwirtschaft zu kaufen geben wird, was ein zusätzliches Plus bedeutet. Philipp, bitte.«

Er ließ die computeranimierten Bilder laufen, der Reihe nach wurden sämtliche Produkte vorgestellt, die für den Ausschank vorgesehen waren.

Christine redete, ohne auf ihre Unterlagen sehen zu müssen, sie war perfekt vorbereitet. Zwischendurch warf sie einen schrägen Blick auf ihren Vater, der offenbar genauso gebannt auf die Leinwand sah wie die anderen.

Der Fotograf hatte wirklich ganze Arbeit geleistet. Die Bilder waren einfach phänomenal geworden, vor allem das Familienbild, auf dem fünf Familienmitglieder gleichzeitig nach einer Flasche Akili – Apfel-Kirsch-Limone-Saft – griffen. Vor allem dem alten Opa schienen die Freude und Lust auf das Getränk förmlich ins Gesicht geschrieben zu sein.

Ein Schluck für die ganze Familie, hieß es auf dem Bild.

Zum Schluss klatschten alle im Saal.

Dann stand Knut auf, seine mächtige Gestalt schuf sofort Dominanz. »Das ist schön und beeindruckend und wir sind von der Qualität der Limonaden überzeugt, aber der Preis? Wir wissen, dass vor allem eure Bio-

Produkte preislich nicht ohne sind, aus diesem Grund fürchte ich, dass wir …«

Christine sah, wie Philipp bereits halb aufstand, um sich einzumischen, dann warf er ihr einen fragenden Blick zu.

Nie hatte sie ihn so sehr geliebt, wie in diesem Moment. Er ließ ihr wirklich freie Hand, vertraute ihr, dass sie das Projekt zu einem erfolgversprechenden Ende brachte.

Nicht so ihr Vater. Aus dem Augenwinkel sah sie, dass er aufgestanden war und nach vorn zu Philipp ging. Was er sagte, hörte sie nicht, denn sie sprach bereits laut weiter.

»Wir haben eine Preistabelle vorbereitet, je mehr Produkte ihr abnehmt, desto günstiger wird es. Und alle, die sich dafür entscheiden, ausschließlich unsere Säfte auszuschenken und keine ähnlichen Produkte einer anderen Firma, erhalten bis zu dreißig Prozent Nachlass abhängig von der Bestellmenge.«

»Dreißig Prozent, wow, das ist viel.« Knut ließ sich langsam wieder auf den Stuhl sinken.

Philipp griff nach den vorbereiteten kopierten Zetteln mit den Preisvorschlägen, ging an ihrem Vater vorbei und verteilte sie.

Gemurmel setzte ein, Christine wartete ein paar Minuten, dann klopfte sie noch einmal mit dem Löffel gegen ein Glas. »Ich bedanke mich für eure Aufmerksamkeit und wir verabschieden uns für heute. Sollte Interesse an einer Lieferung und einem Abonnement bestehen, meldet euch bitte. Und wenn Sie noch Fragen haben, dann stehen wir jederzeit zur Verfügung.«

Alle applaudierten kurz, ihr wackelten die Knie, als sie zu Philipp trat, der sie auf die Nasenspitze küsste.

»Perfekt gemacht«, raunte er an ihrem Ohr.

Es kamen noch ein paar Fragen, die sie alle zufriedenstellend beantworten konnte. Schließlich wurden sie vom Vorstandsvorsitzenden verabschiedet und packten ihre Sachen ein.

»Ich glaube, wir gehen jetzt besser, mir ist ein wenig flau«, flüsterte Christine Philipp zu.

»Kein Wunder, du hast ja den ganzen Tag kaum was gegessen.«

Das wusste er? Wieder einmal bewunderte sie, wie einfühlsam und aufmerksam er war.

Sie sah sich nach ihrem Vater um, konnte ihn jedoch nirgendwo erblicken. »Weißt du, wo Papa ist? Vielleicht sollten wir ihn mitnehmen?«

»Er wollte hierbleiben, er kennt ja Hinz und Kunz hier. Und ich nehme an, dass er nicht die Courage hat, dir die Hand zu schütteln, der Sturkopf.« Philipp packte den Laptop ein und gemeinsam gingen sie zur Tür. »Ich versteh nicht, was mit dem Mann los ist. Er ist zwar dein Vater, aber sorry, mit seinen altmodischen Ansichten kann ich echt nichts anfangen. – Lass uns den Abend am Lühe-Anleger verbringen. Ich habe Lust auf ein wenig Zweisamkeit.«

Ihr wurde wohlig warm bei Philipps Worten.

Zwanzig Minuten später saßen sie mit Bier, gebackenem Fisch und Bratkartoffeln am Damm auf einer Decke. Die kleinen Tische bei den Imbissbuden waren besetzt, aber etwas abseits hatten sie auch mehr Ruhe.

»Lisa-Maria ist nächste Woche in Hamburg. Wir könnten gemeinsam was unternehmen.«

»Gute Idee, bei deiner Mama waren wir auch schon länger nicht mehr.« Christine mochte Philipps unkomplizierte Familie. »Ich wünschte, Alex würde sich wieder melden. Seit er mir an den Kopf geknallt hat, ich hätte ihn bei Papa angeschwärzt, habe ich nichts mehr von ihm gehört.«

»Dein Bruder ist fast dreißig. Es wird wirklich Zeit, dass er auf eigenen Füßen steht. Aus meiner Sicht ist es gut, wie alles gekommen ist.«

»Dennoch würde ich ihn gern wieder mal sehen.«

»Tja, das fällt mir bei Lisa-Maria auch am schwersten. Dass ich sie nur mehr alle paar Wochen umarmen kann.«

»Du hast Glück, dass sie wenigstens das tut. Nur weil Alex nicht länger in der Firma arbeitet, könnte er sich trotzdem privat melden. Und von Tim hören wir seit Monaten nichts.«

In seinem Gesicht las sie Erschütterung, Philipp schien nicht zu wissen, was er darauf sagen sollte, und drehte sein Glas in der Hand.

Christine fuhr fort: »Weißt du, wenn Tim hier ist, lacht er und reißt Witze. Aber ich spüre, dass er nicht so ist. Wie viele Clowns oder Komiker, sie sollen ja auch eher melancholisch sein.«

»Und Lilly?«

»Du hast sie schon ein wenig kennengelernt, sie ist – schwierig momentan.«

»Halt ein Teenager.«

»Zumindest hat sie ihre Mutter noch.«

»Und eine wunderbare. Ich mag Stefanie gern, sie gibt einem das Gefühl, dass sie dich so akzeptiert, wie du bist.«

»Ja, genau, das ist sie. Und es macht mich kirre, dass Papa …«, sie schüttelte den Kopf, »nun, dass er so ist, wie er ist.«

War das Rico, der sich beim Kebab-Stand anstellte? Christine runzelte die Stirn, doch als sie noch mal hinsah, konnte sie den blonden Mann in der Menge nicht mehr sehen. Sie musste sich getäuscht haben. Ricos letzten Besuch bei ihr hatte sie in unangenehmer Erinnerung.

Nachdem sie die leeren Papiertüten zusammengeknüllt und in den Abfallkorb geworfen hatte, traute sich Christine endlich, die Frage zu stellen, die ihr auf der Zunge brannte. »Was ist mit dir, Philipp? Du wirkst seit Tagen wie eine aufgezogene Sprungfeder.«

Er trank von seinem Bier. »Ich war auch aufgeregt wegen der Präsentation.«

»Du warst schon vorher so, nicht erst seit dem Abend, an dem du mich versetzt hast. Nein, halt, es waren ja zwei Abende hintereinander. Und seither scheinst du noch nervöser zu sein.«

»Ich habe dir doch gesagt …«

»Hast du. Dennoch …«

Er griff plötzlich nach ihrer Hand. »Du siehst Gespenster. Iss fertig und dann …« Sein Zwinkern ging ihr durch und durch.

Christine hatte keine Lust, den schönen Abend zu verderben. Lieben bedeutete Vertrauen. Selbst wenn Philipp mit etwas beschäftigt war, er würde mit ihr sprechen, wenn er dazu bereit wäre.

Sie leerten ihre Becher, schlenderten zum Parkplatz und fuhren zu ihr nach Hause.

Wie immer kamen sie zusammen in einem Feuerwerk der Emotionen und schliefen danach Arm in Arm ein.

In der Nacht wurde es Christine jedoch speiübel, sie schaffte es kaum bis zur Toilette und musste sich mehrmals übergeben, so schlecht hatte sie sich schon lange nicht mehr gefühlt. Philipp kümmerte sich rührend um sie, brachte ihr ein Glas Wasser und einen nassen Lappen.

Ihm schien nichts zu fehlen, obwohl er das Gleiche wie sie gegessen hatte.

»Fahr lieber nach Hause«, forderte sie ihn mehrmals auf.

»Ich lasse dich doch nicht im Stich, wenn es dir schlecht geht«, war seine empörte Antwort. Im Gegensatz zu Rico. Der hatte es gehasst, wenn sie krank war, und panische Angst vor Ansteckung gehabt.

Doch Philipp tupfte ihr weiterhin das Gesicht ab, half ihr immer wieder zur Toilette, bis sie endlich in der Morgendämmerung erschöpft einschlief.

Sie erwachte gegen Mittag und atmete erst einmal durch. Es schien überstanden zu sein. Möglicherweise hatte sie den fetten Fisch nicht vertragen.

Wie peinlich, sie hatte sich von Philipp helfen lassen müssen wie ein Baby. Und doch war sie froh, dass er da gewesen war. Stefanie oder Jackie hätten vermutlich nichts mitbekommen, und ob sie selbst die Kraft gehabt hätte, jemandem Bescheid zu geben, stand in den Sternen.

Immer noch war ihr schwindlig und sie schaffte den Toilettengang nur mühselig, mit zahlreichen Pausen. Erschöpft lag sie wieder im Bett, da sah sie das Stück Papier auf dem Nachttischchen, daneben einen Teller mit Zwieback und ein Glas Wasser.

Guten Morgen, ich hoffe, dass es dir wieder besser geht. Bitte ruf mich an, ich möchte dich nicht wecken.

Wärme und ein wohliges Gefühl stiegen in ihr auf. Geborgenheit. Sie wählte Philipps Nummer und er meldete sich sofort.

»Wie fühlst du dich? Soll ich heimkommen?«

Heimkommen. Was für einen wunderschönen Klang das Wort hatte.

»Nein, heute ist doch das Meeting mit Jorgensen.« Der kleine Apfelbauer wollte ihnen eine neue Sorte präsentieren, allerdings konnten sie sich beide nicht vorstellen, dass er genug liefern könnte, dass sich eine Produktion lohnen könnte.

»Das lässt sich problemlos verschieben. Er spricht ohnehin lieber mit dir.«

»Nein, dann denkt er, dass wir ihn von vornherein nicht ins Kalkül gezogen haben.«

»Stimmt ja auch.«

»Das müssen wir ihm schonend beibringen.«

»Das liebe ich an dir«, seine Stimme wurde nun leise, »deine wertschätzende Art allen gegenüber.«

Sie musste schlucken, wie immer, wenn er seine Zuneigung mit einem Lob kombinierte.

»Bitte sag Stefanie, wenn du was brauchst«, sprach er weiter, »ich habe ihr gesagt, dass du krank bist, und sie hat heute frei.«

»Aber ich will nicht, dass sie an ihrem freien Tag …«

»Christine, sie macht sich genauso Sorgen um dich wie ich.«

Eine Viertelstunde später brachte Stefanie ein Tablett mit Tee. »Du bist weiß wie Milch«, sagte sie leise. »Trink erst mal, du brauchst Flüssigkeit. Philipp hat erzählt, dass du die ganze Nacht …«

»Schon gut.« Sie wollte sich nicht daran erinnern, wie er zigmal ihren Kopf gehalten, sie auf dem Weg von Bett zur Toilette und umgekehrt gestützt hatte, am Schluss fast getragen. Im Grunde hatte er genauso wenig Schlaf abbekommen wie sie. »So liegend könnte ich Bäume ausreißen.« Das war zwar übertrieben, aber sie war froh, dass die Übelkeit vorbei war.

Stefanie setzte sich zu ihr. »Ich muss mit dir reden, da du diejenige bist, die sich am meisten um Firmenbelange kümmert. Alex hat andere Interessen, auch wenn euer Vater das nicht einsehen will und immer noch hofft, dass er zurückkommt …«

»Das tut er?« Der altbekannte bittere Zorn überwältigte sie und ließ sie fast ihre Krankheit vergessen. Für einen richtigen Wutanfall war sie jedoch zu schwach.

»Seit er ihn getroffen hat, wohl nicht mehr.«

»Wann war das?«

»Vor ein paar Tagen. Alex wollte ein paar Sachen holen.«

Ein unangenehmes Gefühl stieg in Christine hoch, Alexander hatte es nicht der Mühe wert gefunden, sich bei ihr zu melden! Rasch nahm sie einen Schluck Tee, der jedoch nur wenig half.

»Es kam ein Brief von einem Anwaltsbüro.«

»Wegen der verschollenen Schwester?«

»Ja. Dein Vater hat es vorgezogen, sämtliche E-Mails zu missachten, auch den Brief hat er natürlich nie beantwortet und jetzt versucht die Dame es über einen Anwalt.«

»Warum redet Papa nicht mit ihr? Sollte wirklich ein Erbanspruch bestehen, ist die Firma ruiniert.«

»Sofern sie auf Auszahlung besteht, ganz sicher.«

Christine ließ den Kopf zurück ins Kissen sinken. »Was schreibt der Anwalt?«

»Genau das. Sie möchte ihn kennenlernen und einiges regeln. Es ist in geschliffenem Juristendeutsch formuliert, ich kann die Worte nicht eins zu eins wiederholen. Aber es läuft darauf hinaus, dass sie natürlich ein Stück vom Kuchen haben will.«

»Denkst du, sie hat Anspruch auf die Hälfte?« Christine fror plötzlich und automatisch zog sie die Decke bis zu den Schultern.

»Julian glaubt dies, denn euer Großvater hat kein Testament hinterlassen. Vermutlich dachte er, die Erbangelegenheit sei bei nur einem Erben ohnehin geregelt.«

»In diesem Fall wusste Opa nichts von seiner Tochter,

sonst hätte er das bestimmt berücksichtigt.« Christine machte sich eine Notiz im Kopf, dass sie unbedingt mit einem Anwalt sprechen sollten, der sich auf Erbrecht spezialisiert hatte. Ihr Stiefbruder Julian war mit seinen einundzwanzig Jahren noch mitten im Studium und kannte vermutlich nicht alle Winkelzüge. Sollte ihre unbekannte Tante auf eine Auszahlung bestehen, müsste die Firma verkauft werden. Zahlreiche Familienunternehmen hatten nach Erbstreitigkeiten dieses Schicksal erleiden müssen.

»Denkt Papa, dass es wirklich seine Schwester sein könnte? Bei unserem letzten Gespräch hat er das entschieden von sich gewiesen.«

»Ich glaube, mittlerweile ist er fast vom Gegenteil überzeugt. Du kennst ihn ja, er spricht ja nicht darüber.«

Beim Gedanken, dass sie die Firma verlieren könnten, wurde Christine erneut schlecht. Sie legte sich zurück und atmete flach.

»Entschuldige, ich wollte dich nicht aufregen, du bist krank.« Stefanie griff nach ihrer Stirn, wie sie es früher gemacht hatte. »Du fühlst dich heiß an. Am besten, du schläfst.«

Sie verbrachte den Tag im Bett, Stefanie brachte ihr Tee, Zwieback und mittags eine Suppe. Zum Glück behielt sie alles bei sich.

Als sie am späten Nachmittag erwachte, fühlte sie sich um einiges besser. Ihr Mund war ausgedörrt und dankbar griff sie nach dem Wasserglas, das Stefanie für sie auf das Nachtkästchen gestellt hatte. Ein Blick auf die Uhr zeigte fünf Uhr. Philipp würde wohl jeden Moment da sein.

Das Gespräch mit Stefanie kam wieder hoch. Schluck-Säfte musste in der Familie bleiben! Auch ihr Bruder sollte Bescheid wissen, daher wählte sie Alexanders Nummer. Nach monatelangen vergeblichen Versuchen hatte sie keine Hoffnung, dass er diesmal abnehmen würde. Doch als sie nach mehrfachem Klingeln aufgeben wollte, meldete er sich mit leicht verwaschener Stimme. Hatte er getrunken?

»Ah, meine liebe Schwester.« Im Hintergrund ertönte Musik, er schrie offenbar ins Mikrofon, damit sie ihn hören konnte.

»Wie geht es dir?« In ihr schrillte eine Alarmglocke.

»Blendend. Gott sei Dank bin ich weg von Schluck-Säfte!« Er kicherte. »Auf jeden Fall habe ich nun einen Musikvertrag in Aussicht – ja, da staunste, was? Ich werde groß rauskommen, eine eigene CD, Konzerte, Touren. Ihr werdet alle noch euer Wunder erleben.« Erneut lachte er. Was war los mit ihm? Verdammt, wie sollte sie mit ihm in diesem Zustand ein ernsthaftes Gespräch führen?

»Alex, bei Papa hat sich eine unbekannte Schwester gemeldet, offenbar …«

»Denkst du, es kratzt mich, was mit Papa ist? So, wie er mich behandelt hat? Außerdem, wie kann es eine Schwester geben, wenn doch seine Mutter abgehauen ist?«

»Vielleicht war sie schwanger, als sie gegangen ist. Alex, dann hätte sie Anspruch auf ein Erbe …«

Sie stoppte abrupt, denn ihr Bruder brach in schallendes Gelächter aus.

»Alex, was soll das?«

»Darum geht es«, japste er. »Ums Geld, wie immer! Und ich dachte schon, dass er sich freut, eine Schwester zu bekommen.« Erneutes Lachen, das in einem Hustenanfall endete. »Meine Güte, was bin ich froh, dass ich aus dem Zirkus raus bin.«

»Reiß dich zusammen!« Christine ärgerte sich über sein Verhalten. »Papa kann schlecht damit umgehen, er hat es nie verwunden, dass seine Mutter abgehauen ist. Er war erst fünf!«

»Denkst du, es ist leichter, wenn man elf ist? Das hat ihn auch nicht gekümmert, das weißt du. Er hat sich nur in seiner Firma vergraben und die Familie war für ihn ebenso tot wie Mama.« Erneut dieses schrille Lachen. »Aber all das beißt mich jetzt nicht mehr.«

Was war nur los mit ihm? Sie kannte ihren Bruder so nicht. »Alex …«

Doch er sprach schon weiter. »Ich werde bald auf der Bühne stehen und brauche gewiss keinen Zuspruch mehr von einem Vater, der mich ohnehin nie verstanden hat. Und die Firma ist mir schnurzpiepegal.«

Es klickte und Christine blickte fassungslos auf ihr Handy. Sie gönnte es ihrem Bruder von Herzen, dass er mit seiner geliebten Musik Erfolg haben würde. Aber, dass ihm Schluck-Säfte egal war?

Zudem: musste er sich deswegen so zudröhnen? War das üblich in der Branche? Man hörte immer wieder von Drogenexzessen und sie schauderte, wenn sie an die zahlreichen Drogentoten in der Künstlerszene dachte. Sie musste ihren Bruder bald einmal in Berlin besuchen. Das Gespräch hatte sie erschöpft und sie legte sich zurück.

»Wie geht es dir?« Stefanie stand in der Tür. »Ich habe noch mal Suppe gebracht. Hast du Hunger?«

»Später vielleicht. Philipp muss ja gleich kommen, mich wundert, dass er bis jetzt nicht da ist. Schließlich ist Freitag.«

»Er hat mich angerufen, er wurde aufgehalten.«

Ausgerechnet heute! Enttäuschung kroch in ihr hoch.

30

Philipp

Der Freitag war endlich da. Philipp konnte nicht genau sagen, weshalb er Christine nicht eingeweiht hatte. Den gestrigen Abend wollte er nach der erfolgreichen Präsentation einfach genießen und dann war sie krank geworden.

Das Gespräch mit Jorgensen war kurz gewesen, der Mann hatte erst angefangen, ein paar alte Apfelsorten wiederzubeleben, für eine Saftproduktion war es verfrüht.

Auch der übrige Tag verlief ruhig und Nele stellte keine Fragen, als er kurz nach vier Uhr Schluss machte, denn er wollte unbedingt pünktlich sein. Die Fahrt nach Stade würde ungefähr vierzig Minuten dauern. Er telefonierte mit Stefanie, da er Christine nicht wecken wollte, falls sie schlief, und bat sie, ihr auszurichten, dass er noch etwas erledigen musste. Dass sie krank war, kam ihm nun sogar entgegen.

Auf dem Weg zu besagter Adresse geisterten die widersprüchlichsten Gedanken durch seinen Kopf. Gerade in diesem Moment hätte er Christine gern dabeigehabt, denn er fühlte sich grottenschlecht. Würde er wirklich gleich dem Mann gegenüberstehen, der den Tod seines Vaters zu verantworten hatte?

Für ihn war er ein Mörder.

Sein Navi führte ihn zu – einem Friedhof. Hatte ihm die Person am Telefon eine falsche Adresse gegeben?

Er stellte seinen Wagen ab. Obwohl er ein paar Minuten zu früh dran war, wurde er bereits erwartet. Eine schlanke Gestalt stand vor der Kirche, einem roten Backsteingebäude. Beim Näherkommen erkannte er, dass es eine Frau war.

»Sie sind Philipp Degenhardt?«

»Ja. Und Sie sind …?«

»Nadja Wenzel. Sie wollten zu meinem Vater, ich bringe Sie.« Damit schritt sie voran und führte ihn über einen gepflasterten Weg ins Grüne.

Nur das Zwitschern der Vögel durchbrach die Stille.

Das war also Nadja, die Tochter von Birnbaum. Mit einem Mal ahnte er, wo er den Mann antreffen würde. Er fröstelte und rieb sich über die Oberarme.

Automatisch setzte er Fuß vor Fuß. Sie sprachen kein Wort, ehe sie zehn Minuten später vor einem Grab mit einem einfachen Stein standen.

Gudrun Birnbaum, geboren am 10.1.1955, gestorben am 2.2.1997.

Und darunter: Daniel Birnbaum, geboren 25.9.1948, gestorben 4.7.2009.

Kurz bekam Philipp keine Luft, dann wirbelten seine Emotionen dermaßen durcheinander, dass er das Gefühl hatte, zu fallen.

Der Mann, den er verfolgte, war seit neun Jahren tot.

»Nicht weit ist ein Café, ich spaziere voraus und warte

dort auf Sie, sicherlich haben Sie ein paar Fragen«, hörte er die sanfte Stimme. »Mit dem Auto sind es fünf Minuten.« Sie erklärte ihm kurz den Weg, dann marschierte sie los.

Er wollte sie aufhalten, damit sie nicht davonlief. Würde sie wirklich in dem Café warten?

Doch er brachte kein Wort heraus.

Die innere Starre wollte ihn nicht loslassen, als er den Namenszug des Mannes wieder und wieder las. Das Foto daneben zeigte einen bärtigen Rothaarigen, einen Mittvierziger, mit einer etwas schiefen Nase. Er wirkte harmlos wie der nette Nachbar von nebenan.

Das war der Mörder seines Vaters. Gewesen.

Er konnte nicht tot sein. Philipp hatte viele Male die Worte formuliert, mit denen er ihn konfrontieren wollte. Jahrelang. Manchmal waren sogar seine Fäuste im Spiel gewesen.

Der Grabstein löste sich vor seinen Augen auf, er sah sich wieder mit seinem Papa im Auto sitzen, lachen und reden, das Licht wie ein Blitz, der Krach und dann die hilflose Ohnmacht, eingeklemmt zu liegen.

Eine Ewigkeit später fand Philipp in die Gegenwart zurück, er saß auf dem Boden vor dem Grab und seine Wangen waren nass. Der Tod seines Vaters würde ungesühnt bleiben. Der Schmerz war so groß, dass er das Gefühl hatte, mitten entzweigerissen zu werden.

Wie viel Zeit war vergangen? Ob diese Nadja noch auf ihn wartete? Was machte er, wenn sie fort war? Er wusste nichts von ihr.

Nun rannte er fast zu seinem Wagen zurück, stieg ein und fuhr los.

Hoffentlich war sie noch da. Er seufzte erleichtert auf, als er sie ganz hinten sitzen sah. Sie hob den Kopf und tiefgrüne Augen schienen bis in seine Seele zu blicken.

»Möchtest du auch eine heiße Schokolade?«, fragte sie. »Oder …«

»Lieber einen Kaffee.«

Sie hob die Hand und kurze Zeit später konnte er seine Bestellung bei einem jungen Kellner aufgeben.

»Ist das Du okay?«, fragte sie. »Ich kenne dich schon mein Leben lang und habe ständig von dir geträumt.«

Er rutschte auf dem Stuhl nach hinten. Da lachte sie auf einmal. »Nein, nicht so, wie du denkst. Ich hatte ein schlechtes Gewissen. Damals …«, Ihre Augen füllten sich mit Tränen. »Ich habe dich gesehen, du hast in den Trümmern gelegen, hast dich bewegt, aber Papi wollte mir nicht glauben …«

»Er hat es genau gewusst.« Es war Philipp unerträglich, dass dieser Mann »Papi« genannt wurde. In seinen Gedanken war er ein Dämon, ein Teufel, ein Killer – solche Menschen waren keine »Papis«.

Sie senkte den Kopf. »Ja.« Es kam wie ein Hauch. »Aber das habe ich erst viel später verstanden. Mein Vater war Elektriker, hatte eine eigene Firma, doch als die Elektronikmarkt-Ketten kamen, konnte er nicht mehr bestehen. Er hat das nie verkraftet, musste nun selbst in einem großen Markt arbeiten und war unglücklich. Daher begann er zu trinken, bis sie ihm gekündigt haben.«

»Ich habe mir gedacht, dass er Alkoholiker war. Er hat dich geschlagen, das habe ich gehört. Ist das oft passiert?«

»Niemals vorher oder nachher wieder.« Sie schüttelte den Kopf, was ihren langen Hals besonders zur Geltung brachte. Die Frau war bildschön, dennoch rührte sich nichts bei ihm.

Jetzt hätte er Christine gern dabeigehabt, denn vermutlich wäre sie diplomatischer gewesen. Er bereute, ihr nichts erzählt zu haben. Doch sie lag ohnehin im Bett und hätte nicht mitkommen können.

Seine Verbitterung und sein Hass machten ihn ungerecht, das wusste er. Ändern konnte er es nicht.

»Nach dem Unfall …« Sie sah hoch und wartete, bis der Kellner den Kaffee vor Philipp hingestellt hatte, ehe sie weitersprach. »Papi war nie mehr derselbe.«

»Er hat mich einfach liegen gelassen«, fuhr Philipp sie an. »Ich war eingeklemmt, hilflos, meine Beine gebrochen, weißt du, was das für ein Gefühl ist? Ich kriege heute noch Panikattacken in bestimmten Situationen und kann in keinen Aufzug steigen.«

»Es tut mir leid.« Sie hielt seinem Blick stand. »Du hast alles Recht, wütend zu sein. Aber hätte mein Vater sich gestellt, wäre er im Gefängnis gelandet. Zusätzlich hätte er eine hohe Geldstrafe erhalten, Geld, das wir nicht hatten.«

»Deswegen soll ein Verbrechen ungesühnt bleiben? Denkst du, wir hatten viel Geld? Meine Therapien haben Unsummen verschlungen. Meine Mutter musste das alles allein aufbringen, denn meinen Vater hat deiner umgebracht. Und er ist ungestraft davongekommen. Ist das gerecht?«

»Es hätte deinen Vater nicht mehr lebendig gemacht oder dir die Schmerzen genommen. Und wenn ihr Geld gewollt hättet, wir hatten selbst keins.« Ihre Stimme klang fast völlig emotionslos.

In ihm kochte es hoch. »Soll ich dir jetzt etwa was abgeben?« Philipp lehnte sich zurück und verschränkte die Arme. Christine hätte an dieser Stelle vermutlich losgebrüllt, er war dankbar für die eisige Schicht, die ihn nun überzog und ihn austeilen ließ. »Ich nehme an, deine Mutter hat ihren Mann auch noch gedeckt und unterstützt, hätte ihm ein falsches Alibi gegeben und …«

»Das hat sie getan, ja. Obwohl, das mit dem Alibi war nicht nötig.«

Die gelassene Antwort machte ihn sprachlos. Er klappte den Mund auf und zu, doch es kam kein Ton heraus.

»Ich habe gewusst, dass irgendwann der Tag kommt, da du vor der Tür stehen wirst. Es hat lange gedauert, aber irgendwie habe ich immer das Gefühl gehabt, dass wir uns wiedersehen. Bitte, hör mir zu. Ich will die Schuld meines Vaters nicht kleinreden und an deiner Stelle wäre ich genauso wütend wie du. Du hast ein Recht darauf, alles zu erfahren. Und ich möchte hinzufügen, dass das Handeln meiner Eltern durch nichts zu entschuldigen ist, das sehe ich heute so. Aber damals war ich neun Jahre alt …« Sie brach ab, weil ihr offenbar die Stimme versagte.

Philipp wusste nicht, was er davon halten sollte. Der Zorn in ihm brodelte weiter, auch wenn er Mitleid mit der Person vor ihm hatte. »Ich war zehn«, murmelte er.

Sie sah ihn nicht an, während sie weitersprach, er musste sich konzentrieren, denn teilweise war ihre extrem leise Stimme kaum zu verstehen, zumal der Lärmpegel im Gastraum unangenehm in seinen Ohren dröhnte.

»Meine Mutter hatte Krebs, Bauchspeicheldrüsenkrebs. Wir wussten, dass sie nicht mehr lange zu leben hatte. An dem Tag fehlte ihr ein wichtiges Medikament, Papi hätte in seinem Zustand nicht Auto fahren dürfen. Daher hatte ich das Gefühl, mitfahren zu müssen. Dabei hätte ich ohnehin nichts machen können.«

»Dein Vater war besoffen, obwohl deine Mutter krank war?«

»Ja, ich weiß, das klingt furchtbar, aber …« Sie rührte in ihrer Tasse. »Papi sprach nichts, war schweigsam bis zur Apotheke. Als die Apothekerin nach Mami fragte, hat er zu weinen begonnen. Und er ist dann in zu hohem Tempo gefahren, ich habe ihn angefleht, fahr nicht so schnell, Papi. Der Regen war stärker geworden und man sah kaum was. Da hat er mich angebrüllt, willst du, dass Mami noch länger leiden muss? Sie braucht die Tropfen, dabei hat er mit der Hand aufs Lenkrad geschlagen.« Sie brach ab und verknotete ihre Finger ineinander. »Ich habe meine Füße angeschaut, war so erschrocken, weil er hat nie so gebrüllt. Danach habe ich nur noch mitbekommen, wie er abrupt das Auto nach rechts gerissen hat. Und der Krach, ich habe meine Augen zugemacht.«

»Du hast also nichts gesehen?«

Sie brachte ein schiefes Lächeln zustande, das jedoch nicht lustig war. »Nein. Wie kleine Kinder eben so denken, wenn sie die Augen zumachen, dann sind sie unsichtbar und es passiert nichts. Wir haben angehalten, es hat ja so stark geregnet. Und da lag der Wagen, quer über der Straße. Wir sind ausgestiegen, Papi hat geflucht und geschrien.«

»Das habe ich nicht gehört. Aber es donnerte auch ziemlich laut und der Regen prasselte aufs Autodach.«

»Er hat hineingeschaut und muss deinen Vater gesehen haben. Ich habe irgendetwas sich bewegen gesehen und gesagt, wir sollten die Rettung anrufen.«

»Ich weiß, was dann kam. Er hat dich angeschrien und dir sogar eine Ohrfeige gegeben.«

Sie nickte. »Er hat mich förmlich zum Wagen zurückgezerrt. Ich habe mich nicht getraut, etwas zu sagen. Als wir nach Hause kamen, musste sich Mami gerade übergeben. Ich wurde aufs Zimmer geschickt, dann haben sie gestritten.«

»Worüber?«

»Mami hatte Angst. Wenn Papi ins Gefängnis muss, ist niemand mehr da, der sich um mich kümmert. Und so hat sie ihm geholfen.«

»Wie hat sie das gemacht?«

»Ich habe das alles erst lange Zeit später mal aus Papi herausbekommen. Sie hat noch in derselben Nacht unseren Nachbarn, der Automechaniker war, gebeten, den

Wagen zu verkaufen, und das ging ganz schnell. Es war hilfreich, dass du offenbar im Koma lagst und nicht hast aussagen können.«

»Und als ich dann ein paar Wochen später dazu in der Lage war, war der Wagen längst von der Bildfläche verschwunden.« Er lachte bitter auf. »Ich habe mich nur an einen großen, dunklen Wagen mit Kennzeichen von Stade erinnert. Das hätte ohnehin nicht ausgereicht.«

»Meine Mama ist fünf Monate später gestorben. Wir sind nach Kassel gezogen, Papi hatte immer Angst, dass er erwischt wird. Und ich auch, dann wäre ich ins Heim gekommen.«

Philipp wusste nicht, was er sagen sollte. Das Schicksal von Nadja ließ ihn nicht unberührt, aber sein Vater würde nun niemals gesühnt werden.

Der Tod war gewiss keine Strafe. Um sich abzulenken, nippte er am Kaffee, schob ihn jedoch zurück, denn er war kalt geworden. »So hattest du einen alkoholkranken Vater.«

»Er hat nach dem Unfall nichts mehr getrunken. Auch nach Mamis Tod nie mehr. Ich vermisse sie heute noch.«

»Und ihn?«

»Wenn ich jetzt Ja sage, verurteilst du mich dafür?«

Er schwieg.

»Du wirkst enttäuscht. Was hättest du gemacht, wäre mein Vater noch am Leben? Ihn umgebracht?« Nadja flüsterte nun.

»Ich weiß es nicht. Ihn angebrüllt, ich habe mir Worte zurechtgelegt und wieder verworfen.«

»Ich habe ihn geliebt.« Es war wie ein Hauch. »Und vermutlich hätte ich ihn auch geschützt.«

Ihre Verzweiflung riss ihn aus seiner Starre. Er konnte nicht anders, als sich vorzubeugen und nach ihren Händen zu greifen. Ein Teil von ihm verstand sie, Birnbaum war ihr Vater gewesen.

Sie drückte seine Finger. »Ist das Hinken von damals?«

Er nickte. Nadja strich über seine Wange. Es war ein Ausdruck von Mitgefühl, nichts Erotisches lag in dieser Geste. Doch gerade das triggerte ihn. Mitleid hatte er genug erfahren während seiner Rehazeit. In seinem Inneren blies sich etwas auf, ein Ballon aus Abscheu, Wut und geballtem Hass, von dem er nun wusste, dass er ihn niemals loswerden würde. Die Frau vor ihm konnte nichts dafür, ihm wurde bewusst, dass er ihre Finger fast zerquetschte.

Abrupt ließ er sie los. »Wie konnte er damit leben? Dass er nicht ein einziges Mal daran gedacht hat, dass er ein Menschenleben auf dem Gewissen hat?«

Auf einmal schienen die Wände der Wirtschaft auf ihn zuzukommen, er spürte die Enge und hatte das Gefühl, seine Hände nicht mehr bewegen zu können. Rasch stand er auf. Er musste weg hier, wollte kein Mitleid haben mit dieser Frau, die ebenso wie er Opfer gewesen war. Es drängte ihn nur noch weg, bevor er eine Panikattacke hatte.

Alle hatten recht behalten. Jörn, seine Mutter, seine Psychologin. Zu wissen, wer seinen Vater totgefahren hatte, hatte ihm nichts gebracht.

Er musste es hier und heute begraben und vergessen. Doch das Eis in seinem Inneren wollte nicht schmelzen.

31

Wolfgang

Er hatte es nun schwarz auf weiß. Die ominöse Schwester schien es wirklich zu geben. Und sie war sich ihrer Sache offenbar so sicher, dass sie sogar einen Anwalt bemühte.

Wolfgang trat zum Fenster. Der Blick auf die Apfelbäume hatte ihn stets beruhigt, momentan bogen sich die Äste schwer vor Früchten, die Ernte war in vollem Gange. Das war seine liebste Zeit, auch wenn er noch so viel Arbeit hatte, schaffte er es immer, einige Stunden draußen zu verbringen und den eigenen Duft in sich einzusaugen. Der intensive Geruch nach Äpfeln, so kräftig, dass er den Geschmack förmlich auf der Zunge spüren konnte; es gab nichts Besseres.

Doch heute saß er in seinem stickigen Büro, nicht einmal das Fenster mochte er aufmachen. Sollte er dies alles verlieren? Wegen einer Frau, die ihn verlassen hatte, nur um dann für das zweite Kind Mutter zu sein? Schwester! Dass er nicht lachte! Die verdiente das Erbe des Vaters nicht, hatte ihn nie gekannt, nie seine Griesgrämigkeit und Launen ertragen müssen.

Die Worte seines Vaters formten sich in seinen Gedanken, als wären sie erst gestern ausgesprochen worden: »Denk immer daran, du hast eine Verpflichtung zu erfüllen. Du darfst dich von niemandem davon abbringen lassen, die Familienfirma weiterzuführen und klug zu leiten. Alles andere ist unwichtig, Gefühle darfst du nur und ausschließlich für unsere Firma entwickeln. Dann wirst du auch nicht enttäuscht werden.« Karl deutete auf die Apfelplantage. »Unser Land, vergiss niemals, dass du die Verantwortung trägst.«

Es war sein Verdienst. Sein Erbteil. Seins allein.

Er würde es sich niemals streitig machen lassen.

Spontan betätigte er den Knopf der Sprechanlage. »Irene, bitte verbinden Sie mich mit Doktor Bramstedt.«

»Von der Kanzlei Bramstedt?«

»Wer sonst?« Er knurrte es, was nicht seine Art war.

Sein Vater hatte ihm beigebracht, die Angestellten immer respektvoll und höflich zu behandeln. »Dann hast du treue, loyale Mitarbeiter, die dich nicht so leicht hintergehen, wie wenn du sie mies behandelst.«

Daran hatte Wolfgang sich gehalten und so nahmen sie ihm seine gelegentlichen Zornausbrüche auch nicht übel.

Doch heute war ihm danach, sein gesamtes Mobiliar zu zerschlagen. Er wusste, dass sich Entscheidendes ändern würde und sein Leben, wie er es bisher gewohnt war, nun bald nicht mehr existierte.

Jetzt erhob er sich doch und blickte hinaus. Er nahm die vertrauten Bilder in sich auf, ohne dass sie ihm heute Frieden gaben. Von Weitem sah er Andreas, der eine Gruppe Erntehelfer einwies. War er wirklich Stefanies Liebhaber? Energisch schob er den Gedanken beiseite und konzentrierte sich auf die Arbeitenden. Den Frauen und Männern stand ein anstrengender Tag bevor, die Apfellese war eine anspruchsvolle Tätigkeit, die größter Sorgfalt bedurfte. Es wurden die Äpfel für den Verkauf sowie diejenigen für die Saftpresse auseinandersortiert.

Auch der alte Strohhut von Martin, dem Mann seiner Cousine, stach hervor. Der über Siebzigjährige ließ es sich trotz zunehmender Altersbeschwerden nicht nehmen, mitzuarbeiten. Als Bürgermeister des Ortes nahm er sich mindestens einen Tag dafür frei, meist zwei.

Auch er selbst hatte in jedem Jahr für ein paar Stunden Hand angelegt. Er liebte die hautnahe Arbeit in der Natur, den Geruch des frischen Obstes, sogar das Summen der Insekten rundum. Und die Befriedigung, die wunderschönen runden Äpfel liebevoll einzuschichten.

Sollte das alles zunichte gemacht werden? Und was würde aus der Apfelplantage, wenn jemand anderer die Fruchtsaftfirma leitete? Die Zusammenarbeit zwischen ihm und der Verwandtschaft lief perfekt.

»Herr Bramstedt für Sie«, ertönte Irenes Stimme aus dem Lautsprecher.

Er ging zum Schreibtisch zurück und nahm den Hörer ab. »Guten Morgen! Ich möchte Sie bitten, mich in einer delikaten Sache zu unterstützen.« Und danach versuchte er in möglichst klaren Worten den Sachverhalt darzulegen.

Der Anwalt hörte zu und unterbrach ihn kein einziges Mal. Das war es, was er an dem Mann so schätzte, er war zwar ein Paragrafenhengst durch und durch, aber in der Lage, Zusammenhänge präzise zu erfassen und das Wesentliche zu erkennen.

Erst als Wolfgang am Ende war, meldete sich Bramstedt in seinem üblichen trockenen Ton. »Wenn ich das richtig sehe, dann war Ihre Mutter mit Ihrer Schwester schwanger, als sie in die Staaten auswanderte.«

»Das behauptet zumindest meine angebliche Schwester.«

»Von der Ihr Vater aber nichts wusste.«

»Nein. Sonst hätte er ein Testament gemacht. Er dachte, das könnte er sich sparen, da ich als einziger Sohn ohnehin allein erbberechtigt wäre.«

»Eine diffizile Situation.«

Wenn sein Anwalt das sagte, der immer für alles eine Lösung hatte, dann war die Lage ernst.

»Was raten Sie mir?«

»Es war vermutlich nicht klug, dass Sie einem Gespräch ausgewichen sind. Vielleicht können Sie doch …«

Die Galle stieg ihm hoch, wenn er daran dachte, mit dieser Person, die sein gesamtes Lebenswerk zerstören würde, zu sprechen. »Nein«, stieß er hervor, »das werde ich nicht.«

Der Anwalt kommentierte seinen Ausbruch mit keinem Wort. »Dann werde ich Kontakt zu der anderen Kanzlei aufnehmen. Sagen Sie mir die Daten?«

»Anwaltskanzlei Schwendinger, Weber und Friedrich.«

32

»Ein Apfel ist immer ehrlich. Bereits von außen
kann man erkennen, was im Inneren vor sich geht.
Hat er ein Loch, dann tut sich ein Wurm genüsslich.
Ist seine Haut leicht faltig, so ist er nicht mehr so saftig.«
Aus den Aufzeichnungen von Edwin Schluck, 1915

Christine

Christine war wieder gesund und die berufliche Zusammenarbeit klappte immer besser. Doch Philipp hatte sich in den vergangenen Wochen verändert.

Oft ertappte Christine ihn dabei, dass er still vor sich hinbrütete. Dann hatte er diesen besonderen Gesichtsausdruck, von dem sie wusste, dass er nun alles auf sein Inneres gerichtet hatte, und war kaum ansprechbar. Doch sobald Christine nachfragte, zog er sie an sich und lenkte sie ab. Meistens mit einem Kuss, und bei seinen Küssen vergaß Christine alles rundum. Danach konnte sie nicht sagen, was sie eigentlich gesehen hatte. Sie musste sich eingestehen, dass sie sich ein Leben ohne Philipp nicht mehr vorstellen konnte und wollte.

An diesem 26. Oktober lief alles schief. Erst bat ihr Vater sie um ein Gespräch. »Ich denke, es wird Zeit, dass wir eine Nachfolgerin für dich einarbeiten.«

»Wieso denn das?«

»Du und Philipp, das scheint mir ernst zu werden. Es ist nur eine Frage der Zeit, bis ihr an eine Familiengründung denken werdet.«

Sie zuckte zurück und starrte ihren Vater an. »Papa, ich werde achtundzwanzig, nicht vierzig.«

»Eben, das beste Alter! Schau nicht so entsetzt. Bei aller Emanzipation, das Kinderkriegen können wir Männer euch nicht abnehmen. Und du wirst nicht leicht zu ersetzen sein, daher sollten wir rechtzeitig suchen.«

Nur ihr Vater konnte ein Lob so nebenbei erwähnen und gleichzeitig mit dem Holzhammer auf ihren Kopf klopfen. Sie fühlte sich wie betäubt. Normalerweise hätte sie über die Worte ihres Vaters gelacht, doch …

Ihre Tage waren tatsächlich überfällig.

Ohne zu antworten, verließ sie das Büro. Da heute Freitag war und sie einen Haufen Überstunden hatte, beschloss sie, früher heimzugehen. Philipp war in Hamburg bei einem Auswärtstermin, daher musste sie bis zum Abend warten, ehe sie mit ihm sprechen konnte. Zudem würden sie ein langes Wochenende für sich haben.

Stattdessen rief er am späteren Nachmittag an, dass er in Hamburg bleiben müsste und erst Samstagabend zurückkommen würde.

»Kannst du wirklich nicht früher da sein? Ich dachte, wir machen uns einen gemütlichen Abend …« Was tat sie da? Sie hörte sich ja richtig weinerlich an, das war doch sonst nicht ihre Art.

»Christine, Mama braucht mich heute. In der Tanzschule muss renoviert werden und ich werde mir die

Kostenvoranschläge ansehen.« Seine Worte klangen plausibel, trotzdem hatte sie erneut das Gefühl, als ob er etwas verheimlichen würde.

»Da komme ich mit zu deiner Mutter. Ein Hotel finde ich schon und wenn ich mich gleich in den Zug setze …«

»Nein, das lohnt sich nicht.« Irgendetwas stimmte nicht mit ihm. Seine Stimme klang gehetzt. »Und morgen habe ich ein Klassentreffen, da könnte ich dich ohnehin nicht mitnehmen. Wir machen eine Schiffstour. Aber die dauert nur bis in den späten Nachmittag.« Philipps Stimme überschlug sich fast.

»Davon hast du mir gar nichts erzählt.« Zum Teufel, da war etwas gewaltig faul!

»Habe ich total vergessen, tut mir leid. Mach was mit Jackie, morgen Abend bin ich ja wieder da.«

Er log. Christine wusste es mit Sicherheit und fühlte eine Leere in sich. Sie hatte sich darauf eingestellt, den Tag mit ihm zu verbringen. Schließlich war Wochenende, bis zum nächsten Tag erschien es ihr unendlich lange. Tränen stiegen in ihre Augen. So kannte sie sich selbst nicht. War sie zu anhänglich geworden? Wurde ihm die Nähe zu viel? Bei der Arbeit und zu Hause?

Ein klärendes Gespräch war dringend nötig.

Sie zwang sich, ruhig zu bleiben. »Wir sprechen darüber, wenn du da bist.« Das »Ich glaube dir nicht« hatte sie sich verkniffen.

Sie war neben der Spur, denn sie hatte einen anderen Verdacht.

Konnte es sein, dass sie schwanger war? Zum ersten

Mal seit dem Gespräch mit ihrem Vater ließ sie den Gedanken ernsthaft zu. Es konnte nicht sein, sie nahm ja die Pille!

Sie räumte die Wohnung auf und saugte im Wohnzimmer. Eine Stunde später kam sie wieder in die Küche, um sich ein Sandwich zuzubereiten. Das musste reichen für heute.

Ihr Handy klingelte.

»Hi, Christine.«

»Rico!« Weshalb rief er an?

»Ich vermisse dich.«

Was sollte das?

Er fuhr schon fort. »Du bist zu gut für diesen Kerl, glaube mir.«

»Rico, ich liebe Philipp.« Es tat richtig gut, das auszusprechen. »Es gibt kein Zurück für mich.«

»Er betrügt dich.«

Jetzt wurde sie ärgerlich. »Red nicht so einen Quatsch.«

»Ich habe ihn gesehen. Frag ihn doch, ob er eine dunkelhaarige Frau, etwa in seinem Alter, kennt.« Das Gespräch war beendet.

Rico log.

Doch der Stachel saß. Philipp hatte sich verändert, daran bestand kein Zweifel.

Entschlossen wählte sie seine Nummer. Keine Sekunde länger wollte sie im Ungewissen bleiben.

Mailbox. Philipp schaltete sein Handy niemals aus, nicht mal nachts.

Sie scrollte zur Nummer seiner Mutter, die sich sofort meldete. »Das ist aber eine nette Überraschung, dass du mich anrufst«, sagte sie und echte Freude klang aus ihrer Stimme.

»Ja, ich wollte mal fragen, wie es dir geht?« Kälte breitete sich von innen aus, denn aus der Reaktion von Karin erkannte sie sofort, dass Philipp nicht bei ihr sein konnte. »Philipp hat mir erzählt, dass du das Tanzstudio renovieren lassen willst?«

»Das war mal im Gespräch, ja. Aber ich habe mich noch nicht entschieden, welcher Firma ich das anvertrauen werde. Wann kommt ihr wieder mal vorbei?«

»Momentan ist viel zu tun.« Christine umklammerte mit den Fingern ihr Handy und atmete durch. Sie erinnerte sich später nicht mehr, was sonst noch gesprochen wurde, und war froh, als sie auflegen konnte.

Philipp hatte sie angelogen!

Sie versuchte ein zweites Mal, ihn zu erreichen, wiederum ohne Erfolg. Am liebsten hätte sie ihm auf die Mobilbox gesprochen, einen wütenden emotionsgeladenen Schwall von Schimpfworten. Doch sie fürchtete, dass sie in Tränen ausbräche.

Rasch warf sie sich eine Jacke über, steckte eine Kerze ein und radelte in den Ort bis zum Friedhof.

Herbstblumen zierten die Grabstätte, der Wind machte es ihr schwer, die mitgebrachte Kerze zu entzünden.

»Wie soll ich damit umgehen, Mama? Sollte es stimmen und er hat eine andere, wie kann ich dann noch mit ihm zusammenarbeiten? Das geht nicht, weil es so weh tut. Und wenn ich schwanger bin? Meine Tage sind ausgeblieben. Papa wird mich mit Begeisterung aus der Firma verbannen. Denkst du, dass Rico gelogen hat?« Ein gelbes Blatt segelte vom Kirschbaum direkt auf das Grab. Sie sah hoch. »Ist das ein Zeichen, dass ich ihm nicht glauben soll?«

Minuten später fuhr sie in den Ort zur Apotheke, besorgte sich einen Schwangerschaftstest, ehe sie nach Hause radelte.

Im unteren Stock traf sie auf Lilly. Sie trug einen hautengen Minirock, die Augen schwarz umrandet, die Lippen blau geschminkt.

»Hi, wohin gehst du?«

»Kümmert's dich?« Ihre jüngste Schwester zog ihre Schultern hoch und die Unterlippe vor. »Wo ist denn dein Geliebter?« Es klang provozierend und doch irgendwie hilflos.

Christine wurde bewusst, wie wenig sie sich um ihre kleine Schwester gekümmert hatte. Der große Altersabstand schien unüberwindbar, denn sie kam sich plötzlich uralt vor. War sie auch einmal in so einer Kleidung herumgelaufen? Wann war die Kleine, die immer auf ihrem Schoß herumgesprungen war, so erwachsen geworden?

»Philipp ist zu seiner Mutter gefahren«, log sie ruhig. »Hilfst du morgen bei der Apfelernte?«

»Bin ich blöd? Ich lass mich doch nicht von den Insekten zu Tode stechen. Außerdem krieg ich ja nichts dafür.«

»Ich bin überzeugt, dass Andreas dir auch etwas zahlen würde.«

»Interessiert mich nicht.«

»Wir könnten wieder mal nach Hamburg fahren«, schlug sie vor. »Bummeln, shoppen, Fisch essen …«

»Hast du heute deinen Gute-Taten-Tag?« Lilly strich sich die langen hellbraunen Haare nach hinten. »Gib dir keine Mühe. Ich weiß ja, wie viel du zu tun hast, wie alle hier. Macht euch bloß um mich keine Sorgen.« Sie hüpfte an ihr vorbei und Christine sah ihr nach, wie sie den Kiesweg entlang zum Gartentor ging.

Lilly war ihr fremd geworden. Aber war das nicht mit allen Familienmitgliedern passiert? Jackie war die Einzige, die ihr näherstand, die anderen schienen meilenweit entfernt.

Im Badezimmer riss sie mit ungeschickten Fingern die Verpackung des Schwangerschaftstests auf. Die Anwendung war einfach. Sie rutschte am Badewannenrand hin und her und wartete die längsten fünf Minuten ihres Lebens auf das Ergebnis.

Negativ.

Was fühlte sie? Erleichterung, sagte sie sich. Dennoch war da ein Teil in ihr, der enttäuscht war.

Und was, wenn Rico doch die Wahrheit gesagt hatte? Ihr Herz riet ihr, Philipp zu vertrauen, doch ein kleiner Stachel blieb. Sie brauchte einen Ratschlag.

In der Wohnung ihrer Omi hatte sich seit Jahrzehnten nichts verändert. Die Einrichtung stammte aus den Fünfzigerjahren, gehäkelte Vorhänge zierten die Fenster.

Ihre Omi Johanna hingegen passte nicht in das Bild. Sie trug ein buntes Sommerkleid, die modische Kurzhaarfrisur ließ sie um zehn Jahre jünger erscheinen.

»Im Zweifel immer für den Angeklagten«, sagte sie und servierte Christine ein Stück ihres berühmten Apfelkuchens. »Rico ist eifersüchtig, er will dich zurückhaben. Bestimmt lügt er.«

»Das hätte ich auch gedacht, wenn Philipp sich nicht in den letzten Wochen so sonderbar verhalten würde.« Christine steckte gehorsam ein Stück Kuchen in den Mund, doch diesmal schmeckte sie nichts.

Ihre Omi stellte eine Tasse Tee vor Christine hin, das Allheilmittel gegen jedweden Kummer. »Du hättest längst mit Philipp reden sollen. Kommunikation ist das Wichtigste im Leben.«

»Er hat mich vertröstet und abgelenkt.« Christine schüttelte innerlich den Kopf, dass sie sich so hatte abspeisen lassen. »Was mache ich, wenn er wirklich eine andere hat?« Sie spürte ihren Hals eng werden.

Johanna griff nach ihrer Hand. »Kind, du hast dafür keinen Beweis, die Aussage deines Ex ist nicht gerade zuverlässig. Ich persönlich traue es Philipp nicht zu. Aber wenn es so ist, hat er dich ohnehin nicht verdient, denn in diesem Fall hätte er reinen Tisch machen müssen. Trink einen Schluck, dann geht es dir besser.«

Christine gehorchte, das heiße Getränk tat ihr tatsächlich gut. »Irgendwie fließt alles den Bach runter. Alex ist weg und spuckt auf Familie und Firma. Jackie ist unglücklich mit ihrem Chef, Tim lässt sich überhaupt nicht mehr blicken. Er kennt Philipp noch gar nicht! Und Papa und Steff haben Eiszeit.«

»Dein Vater macht sich Sorgen wegen dieser ominösen Schwester …«

»Er redet nicht mit uns! Das geht uns doch alle an. Die Firma ist schließlich auch unsere Zukunft.«

»Immerhin lässt er das Ganze jetzt durch einen Anwalt überprüfen. Cynthia Young-Schluck, so heißt seine Schwester, wünscht ein Gespräch. Sie hält sich angeblich noch in den Staaten auf, aber sie ist bereit herüberzufliegen und stimmt auch einem DNS-Abgleich zu.«

»Offenbar hat er wenigstens mit dir gesprochen. Es tut weh, dass er uns so außen vorlässt. Sogar Steff.«

Ihre Omi nickte. »Genau das habe ich ihm auch gesagt. Er hat mir versprochen, mit Stefanie zu reden.«

»Ich finde, Papa müsste das mit uns allen besprechen.« Christine spürte wieder Zorn in sich aufsteigen. »Wir sind erwachsen und es geht uns alle was an. Na ja, vielleicht ist es für Lilly noch zu früh, sie ist mir vorhin begegnet und war ziemlich ruppig, um es gelinde auszudrücken.«

»Leider. Seit euer Papa vor ein paar Monaten nicht zu ihrer Schulaufführung gekommen ist, blockiert sie total. Auch ich komme kaum an sie heran. Und sie ist so dünn geworden. Ich mache mir Sorgen.« Nun wirkte ihre Omi richtiggehend bekümmert, ihr Gesicht legte sich in Falten.

»Ich wollte sie auf einen Einkaufsbummel nach Hamburg einladen, aber sie hat mich rüde auffahren lassen.«

»Einkaufsbummel klingt gut. Lade sie noch mal ein, zusammen mit Stefanie. Das lenkt dich ab, mit Philipp kannst du ja offenbar erst morgen Abend reden.«

In diesem Moment klingelte Christines Handy. Sofort nahm sie das Gespräch an. »Philipp«, fragte sie in ihrem freundlichsten Tonfall. »Ich habe dich schon sehr vermisst. Wie geht es deiner Mutter?« Ihr Blick fiel auf Omi, die den Zeigefinger auf ihre Lippen gelegt hatte.

Klar, am Telefon würde sie das Thema nicht ansprechen, sie musste ihm dabei ins Gesicht sehen.

33

Philipp

Wochenlang hatte sich Philipp gequält. Schließlich war er an dem Punkt angelangt, dass er Nadja noch einmal treffen wollte. Trotz seines rüden Abgangs das letzte Mal war sie sofort dazu bereit gewesen. Doch leider hatte sie erst heute Nachmittag Zeit.

Das schlechte Gewissen hinterließ einen bitteren Geschmack bei ihm, weil er Christine immer noch nichts von Nadja Wenzel erzählt hatte. Er hatte sie gestern angelogen, dass er bei seiner Mutter sei und über Nacht bleiben müsse. Und heute wäre er auf einer Schiffstour. Etwas Blöderes hätte er sich nicht ausdenken können!

Philipp hatte gespürt, dass Christine misstrauisch geworden war. Ihre Fragen nach seiner Mutter und dem Fortschritt der Renovierung waren ihm irgendwie ironisch vorgekommen. Da war am Abend ein ausgiebiges Gespräch nötig.

Über Nacht war er bei Jörn geblieben, seine Mutter hätte zu viel nachgefragt. Nun saßen sie beim Mittagessen.

Jörn hatte sich zum Fisch ein Glas Weißwein bestellt. Daraus trank er genießerisch. »Was plagt dich noch?«, fragte er, es klang jedoch teilnahmsvoll und nicht abwertend. In der Nacht hatten sie bereits geredet. »Der Fahrer ist tot.«

»Ja.« Philipp seufzte und drehte sein Glas in den Händen. »Genau das lässt mir keine Ruhe.«

Jörn lehnte sich zurück. »Warum?«

»Ich weiß nicht, wohin mit meinem Hass, meiner Wut, ich ersticke fast. Ich vermute, Christine spürt das, auch wenn ich sie gut ablenken kann. Sie ist das Beste, was mir je passiert ist, und ich habe Angst, dass ich es wegen dieser negativen Gefühle vermassle. Daher habe ich mit ihr noch nicht darüber gesprochen.«

»Du hast sie belogen«, korrigierte Jörn. »Das hatten wir schon. Und auch, dass ich es nicht gut finde.«

»Ich weiß.«

»Ich habe mich immer gefragt, was du tun wirst, wenn du ihn findest. Nachweisen hättest du ihm nichts mehr gekonnt. Das Schlangentattoo reicht nicht.«

»Das weiß ich. Vermutlich wäre ich mit den Fäusten auf ihn losgegangen …«

»… und ich wäre dann der wenig beneidenswerte Anwalt gewesen, der dich vor Gericht hätte vertreten müssen. Wäre es das wert gewesen?«

»Das weiß ich eben nicht. Und jetzt habe ich auch keine Chance mehr, das herauszufinden.«

»Glaube mir, das kann ich sogar verstehen.« Jörn hob sein Glas. »Und ich muss dir einfach gratulieren, dass du ihn überhaupt gefunden hast. Weißt du, wie gering die Chance war, dass du ihn jemals aufspüren kannst?«

So lange Jahre hatte er sich danach gesehnt, den Täter zu finden.

Nun spürte er – nichts.

»Mir fehlt die Befriedigung, es ist, als ob in mir ein Vakuum entstanden wäre.«

»Du hast Jahre, nein, Jahrzehnte damit verbracht, den Kerl zu suchen. Das war bereits ein fixer Bestandteil deines Lebens. Klar, dass da jetzt ein Loch ist.«

»Ich war felsenfest überzeugt, wenn ich das Rätsel um Papas Tod aufkläre, dann wird alles in Ordnung sein, aber …« Ihm fehlten die Worte, um das zu beschreiben, was in seinem Inneren vor sich ging.

»Du hast irgendwo in dir zumindest zu einem winzigen Teil geglaubt, dass dein Vater wieder lebendig wird.«

»Unsinn.« Das entfuhr ihm heftig, doch im selben Moment wusste er bereits, dass ein Körnchen Wahrheit drin war. Das naive Kind in ihm wollte Gerechtigkeit. Der Täter sollte seinen Vater wieder zum Leben erwecken.

Wie entsetzlich dumm von ihm.

»Ich bin komischerweise zornig auf Nadja, obwohl sie damals ein Kind war, jünger als ich, und nichts für den Unfall konnte. Aber ich habe ihr übel genommen, dass sie ihren Vater verteidigt hat.«

»Würde das nicht jedes Kind?«

»Wahrscheinlich. Aber ich hasse es, dass sie diesen Kerl ›Papi‹ nennt.«

»Für sie ist er das.«

»Glaubst du, das ist mir nicht bewusst? Es ist irrational, so zu denken, Papi kann jeder werden, auch Gewaltverbrecher, aber ich …« Philipp trank nun ebenfalls einen Schluck, er hatte jedoch eine Limonade gewählt. Er wollte nüchtern bleiben für die neuerliche Begegnung mit Nadja.

»Sieh mal, ich kann dir nichts raten, weil ich nicht in deiner Haut stecke. Ich weiß nicht, was du brauchst, um Frieden zu finden und nach vorn zu schauen. Aber es muss sogar dir klar sein, wie gering die Chance war, dass du ihn aufspürst. Zumindest die Ungewissheit ist nun weg. Du warst damals zehn, schwer verletzt und hast nicht viel sehen können. Nur die Scheinwerfer von einem großen Fahrzeug, den Teil einer Autonummer und ein Tattoo auf der nackten Wade des Mannes. Du glaubst, dass du seine Stimme wiedererkannt hättest, aber auch Stimmen verändern sich im Lauf der Jahre.«

»Reden tut er ohnehin nicht mehr.« Philipp räusperte sich. »Und es war ein charakteristisches Tattoo, daher …«

»Spielt das eine Rolle? Du konntest deine Aussage erst Wochen später machen, weil du so lange im künstlichen Koma lagst. Es ist verständlich, dass du für die Polizei nicht glaubwürdig genug warst, zumal dir erst nach und nach alles eingefallen ist.«

»All das weiß ich doch.«

»Offenbar hast du es vergessen. Sonst würdest du Freudensprünge machen, dass du trotz dieser widrigen Umstände fündig geworden bist. Hattest du an seinem Grab das Bedürfnis, es zu zerstören?«

»Nein. Aber ich wollte ihn herausreißen und grün und blau prügeln.« Tränen traten in seine Augen. »Es tut so weh, so verdammt weh. Dabei ist es zweiundzwanzig Jahre her. Das ist doch eine Zeit, die alle Wunden heilen lassen müsste?«

»Ich wusste nicht, dass es dafür eine Zeitbegrenzung

gibt.« Jörn sah hoch, denn die Kellnerin servierte das Essen. »Hmm, das duftet, vielen Dank.« Er lächelte sie an und strich dabei über sein Bäuchlein.

»Wirklich lecker«, beeilte sich Philipp zu sagen, legte sich die Serviette auf den Schoß und griff zum Besteck.

Jörn begann seinen Fisch zu filetieren. »Du hast nicht einmal angefangen, den Tod deines Papas zu verarbeiten, weil du viel zu viel damit beschäftigt warst, seinen Mörder aufzuspüren. Jetzt geh heute noch auf den Friedhof und nimm endlich richtig Abschied, lass ihn gehen, schließ Frieden.«

»So viel dazu, dass du mir keine Ratschläge geben willst.«

»Das liegt mir fern, ist nur ein Tipp. Du hast Christine, Mensch, so verliebt, wie du jetzt bist, kenne ich dich gar nicht. Beneidenswert. Dein Job gefällt dir, der Ort, an dem du nun lebst, da fühlst du dich wohl. Wenn das mal nicht Jammern auf hohem Niveau ist.«

Philipp spürte, wie die Enge um seinen Brustkorb sich langsam zu lösen begann. Er nahm die Gabel und mit jedem Bissen fühlte er sich leichter. »Du hast etwas vergessen«, sagte er leise.

»Was?« Jörn blinzelte.

»Dich. Ich habe den besten Freund, der mir immer mit Vergnügen den Kopf zurechtrückt.«

»Aber gern doch.«

Ob sie kommen würde? Das letzte Mal war er einfach davongestürmt, hatte nicht einmal seinen Kaffee bezahlt.

Zwei Stunden später betrat Philipp wieder einen Friedhof, diesmal den Ohlsdorfer Friedhof in Hamburg. Der Weg war vertraut, schließlich stand er vor dem Grab seines Vaters. Er hatte rasch eine Kerze beim Friedhofseingang besorgt, die er entzündete und in der Hand hielt.

»He, Papa, ich weiß nun, wer schuld ist am Unfall. Aber er ist tot, hat sich seiner Strafe entzogen. Und ein kleiner Teil von mir ist sogar froh darüber. Wer hätte mir geglaubt?«

Das Wetter hatte umgeschlagen, es war kalt für Oktober. Der Wind schnitt in sein Gesicht, er hätte seinen Schal mitnehmen sollen. Einige Blätter wirbelten auf das Grab, die mitgebrachte Kerze flackerte und erlosch. Er holte sein Feuerzeug erneut heraus, bückte sich zum Kerzenkasten und stellte das flackernde Licht hinein. Rasch verschloss er das Türchen, ehe der nächste Windstoß seine Haare aufstellte.

Minutenlang stand er da, Tränen liefen über seine Wangen, doch er schämte sich nicht. »Leb wohl, Papa«, flüsterte er.

Langsam drehte er sich um, der Wind trocknete sein Gesicht. Sein Blick fiel auf Nadja, die in zehn Meter Abstand geduldig wartete. Sie trug eine gefütterte Jacke mit Kapuze und hatte einen blauen Wollschal dreimal um den Hals gewickelt. Dennoch sah er, dass sie zitterte.

Erleichterung durchflutete ihn. Sie war hier. »Danke, dass du gekommen bist.« Er trat auf sie zu.

»Ich bin nicht das erste Mal hier«, sagte sie leise und holte ebenfalls eine Grabkerze aus ihrer Handtasche.

Sie hielt sie ihm hin, er zündete sie an, sie schützte die Flamme mit ihrer Hand und stellte die Kerze zu seiner ins Kerzenhäuschen. Philipp griff nach ihrer Hand. Schweigend standen sie minutenlang davor. Der Wind hatte nachgelassen, die Sonne brach durch die Wolken und es wurde wärmer. Ohne, dass sie es groß abgesprochen hätten, wanderten sie ein Stück zurück und setzten sich auf eine Bank unter einem Baum.

»Ich bin froh, dass du dich noch einmal gemeldet hast.« Nadja sah ihn an. »Ich weiß, dass Papa falsch gehandelt hat, und ich wünschte, er hätte es irgendwie gutmachen können. Aber nichts hätte deinen Papa wieder lebendig gemacht. Und ich war egoistisch, wollte nicht, dass ich meinen verliere. Er ist gestorben, als ich zweiundzwanzig war. Es war, als wollte er mich versorgt wissen. Damals war ich gerade glücklich und verliebt.«

»Jetzt nicht mehr?« Philipp sah auf einen Vogel, der unweit von ihnen im Gras pickte.

»Jakob und ich haben zu früh geheiratet. Es ging schief.« Nadja blickte zu Boden. »Was denkst du nun? Du warst so wütend, als wir uns das erste Mal getroffen haben.«

»Ja.« Er holte tief Luft. »Heute habe ich mich mit meinem Vater unterhalten. Vermutlich hätte er auch nicht gewollt, dass ein kleines Mädchen ohne Eltern aufwachsen muss. Du sagst, dein Papa hätte sich nach dem Unfall verändert. Er hat nichts mehr getrunken und hat sich bemüht, ein guter Vater zu sein. Ich bin kein Richter, aber ich denke, der da oben«, er zeigte mit dem

Finger zum Himmel, »der muss sich darum kümmern, ob die Tat gesühnt ist oder nicht.«

In Nadjas Augen glänzten Tränen. »Verzeihst du mir?«

»Dir?« Philipp legte den Arm um sie. »Nadja, du warst ein Kind damals. Ich hätte dir nie und nimmer einen Vorwurf gemacht.« Es war eine Lüge, die ihm leicht über die Lippen kam. Er hatte es ihr übel genommen. Sie war mit ihrem Vater aufgewachsen, ihm war das nicht vergönnt gewesen.

Und er spürte, dass sie verkrampft war und zitterte. Da umarmte er sie komplett. Minuten vergingen, Wärme entstand und plötzlich fühlte er etwas in sich brechen. Erleichterung überflutete ihn, er konnte sich nicht erklären, was mit ihm passiert war.

Sie lösten sich gleichzeitig voneinander.

»Danke«, sagte sie leise. »Das habe ich gebraucht. Und danke, dass du so hartnäckig gesucht hast. Ich war zu feige, zu dir zu kommen.«

Ihm wurde zum ersten Mal richtig bewusst, dass sie ihn schon vor langer Zeit hätte aufsuchen können. Denn sie hatte seinen Namen immer gewusst.

Dennoch ließ ihn das Gefühl des Friedens nicht los. Die Zeit war nicht reif gewesen. Er war nicht reif gewesen.

Jetzt war er es.

Er rückte wieder von ihr ab und dachte an Christine. Heute wollte er ihr alles erzählen.

Nadja griff nach seiner Hand und drückte sie. Von der nahe gelegenen Kirche schlug es vier Uhr. Philipp und Nadja standen fast gleichzeitig auf und schlenderten zurück. Worte waren nicht mehr nötig. Sie erreichten den Ausgang.

»Wollen wir in Kontakt bleiben?«, fragte er leise.

Nadja schüttelte den Kopf. »Das möchte ich nicht. Ich freue mich, dass es dir gut geht. Aber für mich ist es besser, loszulassen. Für dich auch, denke ich.«

Er nickte.

»Ich werde nach Frankreich gehen. Eine Freundin von mir lebt in Calais und sie hat mich schon lange eingeladen. Nach meiner Scheidung hält mich hier nichts mehr. Vielleicht bleibe ich dort, ich weiß es noch nicht. Und du?«

»Mein Lebensmittelpunkt ist hier.« Er dachte an Christine. »Ich habe meine Seelenpartnerin gefunden.«

»Das ist schön.« Nun war ihr Lächeln herzlich. »Du verdienst es.« Sie drückte ihm einen Kuss auf die Wange. »Ich werde dich nie vergessen.«

»Ich dich auch nicht.« Seine Stimme klang rau. Und langsam sickerte ein Glücksgefühl durch all seine Poren.

Er war frei.

Sie umarmten sich noch einmal eine halbe Minute lang. Er sah ihr nach, wie sie sich weiter und weiter entfernte und schließlich um die Ecke bog.

Dann wandte er sich ab und gefror.

In fünfzehn Metern Abstand an eine Laterne gelehnt stand Christine.

34

Wolfgang

Heute hatte sich endlich Bramstedt gemeldet. Der Anwalt müsste jeden Moment eintreffen. Demnach gab es Neuigkeiten, hatte ja lang genug gedauert.

Wolfgang saß an seinem Schreibtisch und starrte auf das Bild von Monika und seinen drei ältesten Kindern. Seit Jahren stand es unverändert hier und er blickte fast täglich mit Wehmut darauf. Er sah nur Monika, ihr schmales Gesicht mit der spitzen Nase, die sie selbst immer gehasst hatte. Der Wind blies ihr die dunklen Haarsträhnen wirr in und um das Gesicht, doch sie lachte, wie sie es meistens getan hatte. Hindernisse waren dazu da, überwunden zu werden, war ihr Motto gewesen. Wolfgang wartete auf den ziehenden Schmerz in seinem Inneren, der immer einsetzte, sobald er an seine erste Frau dachte.

Doch heute rutschte sein Blick ab zu seinen Kindern. Alexander, der mit elf Jahren schmächtig wirkte, das Gesicht seitlich an seine Mutter gedrückt, vorn war Jacqueline, Wiesenblumen in den Fingern, die sie gepflückt hatte. Er erinnerte sich plötzlich daran, wie gern sie über die Wiesen gerannt war und immer mit Pflanzen oder Käfern in den Händen zurückgekommen war. Links im Bild war Christine, sie wirkte ernst, nachdenklich. Sie hatte stets unzählige Fragen stellen können. Nach Monikas Tod war sie still geworden.

Seine Kinder waren erwachsen. Er hatte so viel verpasst.

Zu spät.

Zwei schreckliche Worte, wenn man sie kombinierte.

Stefanies Lachen fehlte ihm, es war ihm nicht bewusst gewesen, wie sehr sie schon Teil seines Lebens geworden war.

»Du hast sie immer spüren lassen, dass sie nur die Zweitbesetzung ist.« Johannas Worte hallten in ihm nach.

Schluss mit den Gedanken. Er hatte eine Firma zu führen.

Kurze Zeit später kam sein Anwalt herein. Bramstedt wirkte wie immer im dunkelgrauen Anzug und Krawatte ausgesprochen korrekt, die schwarze Aktenmappe schien unter seinem Arm angewachsen, bis er sie mit einer eleganten Bewegung auf den Schreibtisch legte und ihm die Hand reichte.

»Ich hoffe, Sie bringen erfreuliche Neuigkeiten«, sagte Wolfgang statt einer Begrüßung. Small Talk hasste er. »Nach dieser wochenlangen Wartezeit wäre das angebracht.«

»Wie man es nimmt, Herr Direktor.« Bramstedt setzte sich, kurz drauf kam Irene und stellte eine Kaffeetasse vor den Gast hin. »Dass es so lange gedauert hat, hat seinen Grund.«

»Für Sie auch noch eine Tasse, Herr Schluck?«, fragte Irene.

»Nein, danke.« Fast hätte er mit den Fingern auf den Tisch getrommelt. Er wollte endlich hören, ob sich die

Sache zum Guten entwickelt hatte.

Bramstedt gab einen Löffel Zucker in den Kaffee und wartete offensichtlich, bis Irene den Raum wieder verlassen hatte. »Ihre Schwester …«

»Noch ist nichts erwiesen.« Seine Kehle wurde eng. »Oder wissen Sie mehr?«

»Nach all den Fakten, die meine Mitarbeiterin zusammengetragen hat, sind wir uns leider ziemlich sicher, dass es sich bei Cynthia Young-Schluck tatsächlich um Ihre Schwester handelt, Ihre gemeinsame Mutter ist Frau Elisabeth Schluck, geborene Brauner.«

»Hat sie wirklich einen Erbanspruch?«

»Ja, mit großer Wahrscheinlichkeit. Ihre Mutter hat Ihren Vater im April 1964 verlassen. Cynthia wurde Anfang Dezember desselben Jahres geboren. Rein rechnerisch käme es hin. Ihr Ehemann, Robert Young, ist ebenfalls Anwalt und hat uns bereits einen diesbezüglichen Brief zukommen lassen. Sogar auf Deutsch. Ihre Schwester spricht übrigens fließend Deutsch. Sie haben auch einen Sohn, Logan, er ist«, er blätterte in den Unterlagen, »ach ja, hier steht es, geboren 1995, er ist also dreiundzwanzig, wenn ich mich nicht verrechnet habe.«

Das Alter seines vermeintlichen Neffen interessierte Wolfgang herzlich wenig. Und dass Bramstedt diese Frau bereits als »seine Schwester« bezeichnete, stieß ihm ebenfalls sauer auf. »Lassen wir diesen Kleinkram, sagen Sie mir lieber, was da auf mich zurollt. Sie wissen, dass wir nicht Unmengen von Bargeld zur Verfügung haben, es steckt das meiste in der Firma.«

»Nun«, er rückte seine Brille gerade und rührte in seinem Kaffee, »leider weiß ich noch nicht, ob man mit ihr verhandeln kann. Möglich wäre eine Ratenzahlung des Erbes oder auch eine Beteiligung am Gewinn.«

Wolfgang fühlte sich wie von einem Eisregen überschüttet. Raten? Beteiligung? Er musste sich beherrschen, Bramstedt nicht an die Gurgel zu gehen.

Der führte die Tasse zum Mund, trank und leckte dann genießerisch über die Lippe. »Ich muss schon sagen, von Ihrem Kaffee bin ich immer wieder aufs Neue begeistert. Vielleicht sollte ich Ihre Sekretärin abwerben.« Er lachte, als hätte er den Witz des Jahrhunderts gemacht.

Wolfgang beugte sich vor. »Herr Bramstedt, wie schätzen Sie die Situation ein? Wenn sich die Dame auf keinen Kompromiss festlegen lässt? Werde ich verkaufen müssen?«

»Ich kann das so nicht sagen. Ihr Vater ist 2014 gestorben, das war vor vier Jahren. Wir werden einen beeidigten Gutachter holen, der eine Schätzung abgibt, wie viel die Firma und seine Immobilien zu diesem Zeitpunkt wert waren, wie viel an Zugewinn es gegeben hat. Da wird sich gewiss eine Differenz ergeben«, er nippte erneut an seinem Kaffee.

»Aber?« Wolfgang war nahe daran, ihm die Tasse aus den Händen zu schlagen. Er hatte Bramstedts umständliche Art nie gemocht, heute brachte sie ihn zum Wahnsinn.

»Es wird leider immer noch einiges an Vermögen übrigbleiben.« Bramstedt leerte die Kaffeetasse und stellte sie ab. »Zumindest habe ich eine kleine bessere Nachricht. Herr Young scheint schwer erkrankt zu sein, sodass eine Reise hierher vorläufig vom Tisch ist.«

Hoffentlich wird er nicht mehr so gesund, dass sie überhaupt kommen können, dachte Wolfgang und schämte sich sofort dafür. Noch nie hatte er einem Menschen Schlechtes gewünscht.

Aber, Himmel, seine Firma war sein Baby! Ihm war es zu verdanken, dass Schluck-Säfte sich dermaßen vergrößert hatte. Und nun wollte eine unbekannte Schwester sich ins gemachte Nest setzen? Weshalb hatte sie nicht selbst ein Vermögen erworben? In Amerika, dem Land der unbegrenzten Möglichkeiten?

Zum Teufel mit ihr.

»In zwei Monaten ist Weihnachten, vorher passiert nichts mehr«, schloss Bramstedt und erhob sich. »Sie können also in Ruhe im Kreis Ihrer Familie das Fest genießen.«

Wolfgang atmete auf, als der Anwalt endlich fort war. Das Fest genießen? Aufgeschoben hieß, dass das Problem weiterhin wie ein Damoklesschwert über ihm hängen würde.

Zorn wallte in ihm auf, als er zum Schrank ging und ganz hinten ein gerahmtes Bild herausholte. Nach dem Tod seines Vaters hatte er es genau da gefunden, versteckt im hintersten Winkel. Wie schon auf dem Hochzeitsfoto, trug seine Mutter ihren Schmuck mit dem tiefblauen Herz-Anhänger. Aber dieses Bild stach aus allen hervor.

Der Fotograf hatte die Schönheit seiner Mutter gekonnt in Szene gesetzt. Auf dem Bild trug sie ein geblümtes, tailliertes Sommerkleid, Handschuhe und ihr Handtäschchen vor sich. Das dunkle Haar war gelockt und umrahmt vom breiten Strohhut, die Kette rundete das Foto ab.

Sein Hals wurde eng, rasch schob er das Bild wieder zurück. Er hätte es schon längst entsorgen sollen.

Seine Mutter hatte sich weggedreht und nie mehr nach ihm umgesehen.

Und jetzt verfolgte sie ihn auch noch aus dem Grab und zerstörte sein Lebenswerk.

35

»Manchmal gibt es Äpfel, denen man nicht ansieht,
dass sie innerlich vom Wurm zerfressen sind.
Diese Art von Hinterlist kommt jedoch
beim Menschen häufiger vor als beim Apfel.«
Aus den Aufzeichnungen von Edwin Schluck, 1915

Christine

Die spontane Shoppingtour mit Stefanie und Lilly zog sich. Dennoch kam ihr der Einkaufsbummel gelegen, zu dem ihre Stiefmutter sie eingeladen hatte.

In Gedanken war sie bei Philipp, der laut eigenen Angaben auf einem der Ausflugsschiffe sein musste, die – ja, wohin fuhr er? Irgendetwas stimmte nicht. Christine war zum Glück gleich wieder abgelenkt. Lillys Modegeschmack war mit dem ihrer Mutter nicht kompatibel und Christine fühlte sich zunehmend wie ein Punchingball zwischen den beiden.

Sie war daher dankbar, als das Handy klingelte, und ging ein wenig abseits. Der Name Rico erschien auf dem Display, schon wieder. Sie musste ihm endlich klarmachen, dass seine Nachstellungen nichts brachten.

»Rico, ich habe dir gesagt …«

»Dein Macker sitzt mit seiner Neuen auf einer Bank am Friedhof Ohlsdorf.«

»Das ist vermutlich seine Schwester. Auf dem Friedhof liegt sein Vater. Und jetzt lass mich endlich in Ruhe!«

»Ich möchte dich davor bewahren, dass du unglücklich wirst.« Sein Tonfall änderte sich und wurde sanft. »Christine, wir beide gehören zusammen. Ich habe dich belogen, das tut mir leid, aber ich bin nie fremdgegangen, bis heute nicht.«

»Rico, ich habe keine Lust auf deine Verleumdungen …«

»Wie du meinst.« Es klickte, zwei Sekunden später kam ein Foto an.

Kurz hielt sie die Luft an. Es war tatsächlich Philipp, der mit einer fremden Frau auf einer Bank saß. Sie wirkten vertraulich, die Köpfe zusammengesteckt. Christine hatte noch nie zu Eifersucht geneigt, aber nun spürte sie, wie dieses unerwünschte Gefühl sie mit Spinnenbeinen umschloss.

Ehe sie noch länger darüber nachdenken konnte, ging sie zu Stefanie und Lilly, die sich durch einen Stapel Pullover wühlten.

Sie übergab ihnen den Autoschlüssel. »Philipp ist hier«, erklärte sie. »Ich fahre mit ihm heim.«

Eine Lüge. Sie würde ihn zur Rede stellen und danach mit dem Bus heimfahren.

Was tat sie hier? Als sie aus dem Taxi ausgestiegen war, hatte sie sich für die hirnverbrannte Idee verflucht, Rico zu glauben. Nun stand sie bereits seit zehn Minuten am Friedhofseingang und wartete – worauf? Sie sollte gehen. Doch plötzlich hatte sie ein Gefühl, als würde sie im freien Fall aus dem Flugzeug stürzen. Nur ein Wunder könnte sie vor dem Aufprall bewahren.

Philipp kam tatsächlich mit dieser fremden Frau heraus. Und sie schienen vertraut, umarmten sich innig. Es tat verdammt weh. Sie wollte fliehen, konnte sich jedoch nicht bewegen. Die beiden trennten sich, Philipp stand mit hängenden Armen da und sah ihr nach.

Dann drehte er sich um und sah sie.

Wo war das nächste Erdloch?

Zumindest lief er nicht feig davon. Das hätte auch nicht zu ihm gepasst. Die Dunkelhaarige war nicht mehr zu sehen.

Philipp kam mit großen Schritten näher, dabei zog er sein Bein ein wenig stärker nach.

»Sag bitte, dass das deine zweite Schwester war«, sagte sie leise und hätte bald losgekichert. Niemals hätte sie gedacht, dass sie so die Nerven verlieren würde. In der Beziehung zu Rico war immer sie es gewesen, die dirigiert hatte. Rico war ihr auch nie so unter die Haut gegangen wie Philipp. Sie hätte Rico angebrüllt, der Zorn hätte sie übermannt, nun war sie aber wie gelähmt vor Trauer.

Philipp stand nun direkt vor ihr. »Nein, ich habe nur eine Schwester, das reicht auch vollkommen.« Überraschend umarmte er sie und sie wehrte sich nicht.

Seine Anspannung war greifbar und ließ erst nach, als sie seine Umarmung erwiderte. Wie lange sie so standen, konnte sie später nicht mehr sagen. Es war, als wären sie in einem Kokon und sie hatte Angst, die Stimmung zu zerstören.

Und sie wusste plötzlich, dass die Frau keine Gefahr für sie bedeutete. Es dämmerte, die Sonne war verschwunden und der Wind schnitt unangenehm in ihr Gesicht. Sie zog den Schal hoch und ärgerte sich, dass sie auf eine Mütze verzichtet hatte.

»Du frierst«, sagte Philipp leise. »Wir gehen ins Warme.« Er deutete auf das Café Fritz unmittelbar vor ihnen.

»Wer war die Frau? Deine Ex-Freundin?«

Sie erreichten den Eingang.

»Das ist die Tochter des Mannes, der meinen Vater getötet hat.«

»Du meinst, der Fahrerflucht begangen hat? Was ist mit ihm?«

»Ist tot.« Er öffnete die Tür und sie schlüpfte neben ihm ins Warme. War das schlimm für ihn? Oder war er erleichtert darüber? An seinen Gesichtszügen konnte sie nichts erkennen. Sie fanden zum Glück einen Fensterplatz in dem gut besuchten Café.

»Wie lange weißt du es schon? Und wie hast du ihn überhaupt gefunden?« Christine platzte vor Neugierde.

»Wer hat dir gesagt, dass ich hier bin? Jörn?«

»Jörn wusste Bescheid?«

Die Kellnerin kam und sie bestellten heißen Tee und dann begann Philipp mit seiner Beichte.

»Es tut mir leid, dass ich dich angelogen habe.« Er senkte den Kopf. »Es gab kein Klassentreffen, ich …«

»Das habe ich geahnt. Das Lügen musst du noch lernen.«

»Will ich gar nicht.« Philipp nahm ihre Hände. »Ich werde dich nie mehr anlügen.« Er besiegelte seine Worte mit einem Kuss auf ihre Finger, ehe er sie wieder losließ. »Offenbar kriegst du ohnehin alles raus.«

»Es war Rico. Er hat dich gestalkt und mir schon einmal gesteckt, dass du dich mit dieser Frau triffst.« Christine reichte ihm das Handy mit dem verräterischen Bild.

Der Tee wurde gebracht. Er schob ihr das Handy zurück und presste Zitrone in seinen Tee. Sein Blick war verlegen. »Danke, dass du mir zuhören willst, das Foto sieht wirklich verfänglich aus. Aber … ich beginne am Anfang.«

Christine nickte und holte sich ein Stück Zucker für ihren Tee.

»Ich habe niemals aufgehört, den Fahrer zu suchen, der meinen Vater auf dem Gewissen hat. Ich hatte dieses Tattoo im Kopf, von dem ich eine ungeschickte Zeichnung anfertigte. Ich fiel fast um, als ich es am Unterarm deines Vaters wiedersah.«

Schließlich erzählte er ihr alles und sie hörte aufmerksam zu. Als er fertig war, waren beide Teetassen fast leer.

In ihr tobte eine ganze Reihe von Emotionen, die vorherrschende war Erleichterung, dass sie nun endlich alles wusste. »Wie geht es dir jetzt?«, fragte sie leise.

»Gut, friedlich.« Er nahm einen Schluck Tee. »Ich dachte, dass mir das Wichtigste wäre, den Fahrer zu finden und zur Rede zu stellen. Daher war ich wie von Sinnen, als ich hörte, dass er tot war. Aber«, er schüttelte den

Kopf, »heute hat es klick gemacht. Ich wusste auf einmal, dass es das Kind war, das ich gesucht habe. Er hat sie geschlagen, und dann hat sie geweint. Dieses Weinen, das ist mir nie aus dem Kopf gegangen.«

Komischerweise verstand sie ihn auf Anhieb. »Du hast sie getroffen und weißt, dass es ihr heute gut geht.«

»Gestern, als ich dir abgesagt habe, da wusste ich nur, dass ich Nadja noch einmal treffen wollte. Und sie war so nett, hierher zu kommen. Wir waren zusammen am Grab ihres Vaters und ich wollte irgendwie, dass sie auch meinen Vater kennenlernt. Klingt blöd, nicht?«

»Gar nicht.«

»Aber es hat sich herausgestellt, dass Nadja ohnehin öfter hier war – auch sie hat es nicht losgelassen.«

»Da ich dich nun schon ein wenig kenne, denke ich, dass du dir im Unterbewusstsein Sorgen um sie gemacht hast.«

»Ich glaube, du unterstellst mir zu edle Motive.« Er spielte mit seiner leeren Tasse. »In mir war nur dieser unbändige Hass auf den Mann, der uns im Stich gelassen hat. Und ich war der Überzeugung, mein Vater hätte überlebt, wenn er gleich Hilfe geholt hätte.«

»Glaubst du das nicht mehr?«

»Es war ein wahnsinniges Gewitter, der Regen war extrem stark, das Wasser lief wie ein Bach über die Straße. Ich erinnere mich, dass ich Angst hatte, dass ich ertrinken würde, denn ich lag halb im Nassen. Ein Rettungsfahrzeug hätte es schwer gehabt, durchzukommen. Und später haben wir erfahren, dass mein Vater sofort tot gewesen sein musste.« Er senkte den Kopf. »Ich konnte das nicht akzeptieren, denn ich habe mich schuldig gefühlt«, kam es aus ihm so plötzlich heraus, dass sie zurückzuckte.

»Aber warum denn?« Um Gottes willen, welche Schuld sollte er auf sich geladen haben? Ein kleiner Junge, der hilflos als Unfallopfer auf der Straße lag?

»Ich habe mir oft gesagt, wenn ich lauter gebrüllt hätte, gebettelt oder mich mehr bemüht hätte, mich zu befreien …«

Christine sprang auf, lief um den Tisch herum und legte von hinten ihre Arme um ihn. »Womit du dich gequält hast.« Sie flüsterte nur, denn sie war sich bewusst, dass ihr Verhalten nicht unbemerkt geblieben war. »Wie hast du dich da nur so hineinsteigern können?«

Sie fiel beinahe um, als er sich heftig umdrehte, ihren Kopf herunterzog und sie küsste. Im Prinzip hatte sie nichts gegen seinen Kuss, jedoch war die Lage unangenehm und so löste sie sich.

»Ich liebe dich«, sagte sie so leise, dass sie es selbst kaum hörte.

Sein Blick war voll Wärme, die fast unmittelbar in Hitze umschlug und deswegen umrundete sie den Tisch erneut und setzte sich hin. Es war auf einmal so still, dass sie sich umsah. Sämtliche Gäste hatten in ihren Gesprächen innegehalten und beugten sich nun rasch wieder über ihre Teller.

»Wir sind der Show-Act des Lokals.« Christine griff zu ihrer Tasse, stellte sie jedoch gleich wieder hin. Sie war schließlich leer. »Ich hasse es, im Mittelpunkt zu stehen.«

Ein belustigter Zug verformte seinen Mund. »Dann solltest du vielleicht solche Aktionen vermeiden. Du weißt ja, welche Wirkung du auf mich hast.«

»Ich musste ein Zeichen setzen, dass du«, sie stoppte abrupt und tippte mehrmals mit dem Finger auf seine Brust, »auch nur im Ansatz ein noch so kleines Quäntchen Schuld bei dir gefunden hast, das erscheint mir grausam absurd.«

»Ich kann verstehen, dass du das nicht nachvollziehen kannst.«

»Das kann ich. Ich meine, ich begreife zu einem gewissen Grad, dass der zehnjährige Junge von damals so gedacht hat. Aber der erwachsene Mann?«

Es rieb über seine Nase.

»Und was denkst du jetzt?«, wiederholte sie ihre Frage, da er immer noch schwieg.

»Willst du mich heiraten?«

»Wie bitte?« Das brachte sie komplett aus dem Konzept.

»Ich habe heute ein wichtiges Kapitel in meinem Leben abgeschlossen, es wird Zeit für etwas Neues, Schöneres.«

»Und da fällt dir ein Heiratsantrag ein?«

»Es ist einmal eine vortastende Frage. Wenn du im Prinzip meinen Antrag in Erwägung ziehst, dann besorge ich einen Ring.«

Christine lachte laut auf und stieß dabei gegen ihre leere Teetasse.

Im letzten Moment konnte Philipp sie auffangen, bevor sie vom Tisch rutschen konnte. »Du findest meinen

Antrag lächerlich?« Er klang nun verschnupft.

»Nein, nur die Umstände. Dass du den Ring erst kaufen willst, wenn ich Ja sage.«

»Das ist doch eine vernünftige Entscheidung? Was mache ich denn sonst mit dem Ring, solltest du ablehnen?«

»Hast du nie was davon gehört, dass eine Frau sich erst entscheidet, sobald sie den Ring gesehen hat?«

Er runzelte die Stirn. »Je größer der Diamant, desto eher ist die Dame gewogen? Ich hätte nicht gedacht, dass du so materialistisch bist.«

»Ihr Männer denkt auch immer nur ans Geld!«

»Wer hat denn von einem teuren Ring geredet?«

»Ich nicht. Ich habe lediglich von einem speziellen Ring geredet, das muss kein teurer sein, sondern der richtige.«

»Jetzt wird's kompliziert.« Philipp winkte dem Kellner. »Zahlen, bitte.«

36

Philipp

Nach diesem Abend fühlte sich Philipp in einer merkwürdig positiven Stimmung, die er nur als Glück titulieren konnte. Zusammen waren sie danach zu seiner Mutter gefahren und die Aussprache hatte bis spät in die Nacht gedauert.

Die nächsten Wochen waren von Harmonie und Liebe geprägt. Sie führten zahlreiche Gespräche über den Unfall, Nadja und Philipps langjährige Schuldgefühle. Christine hörte zu und wurde auch bei der x-ten Wiederholung nicht ungeduldig.

Er spürte, dass er endlich loslassen konnte. Beruflich wusste er, dass Christine ihn nicht mehr als Feind und Konkurrenten, sondern als Bereicherung wahrnahm. Sie akzeptierte, dass Philipp Struktur in das Team brachte und die Arbeit in Bereiche aufteilte, womit sämtliche Teammitglieder neue Kompetenzen bekamen.

»Das Ganze muss auch weiter funktionieren, wenn wir beide ausfallen sollten«, war sein stichhaltiges Argument.

»Warum sollten wir beide ausfallen?«

»Vielleicht möchte ich meinen Urlaub mit dir zusammen verbringen?« Er sah Christine an, dass sie an diese Möglichkeit noch nicht gedacht hatte. Vermutlich auch, weil Urlaub fast ein Fremdwort für sie war. »Wir könnten nach Weihnachten mal zwei Wochen nach Florida fliegen oder auf die Malediven. Irgendwohin, wo es warm ist.«

Ihre Augen waren groß auf ihn gerichtet.

»Oder möchtest du lieber Skifahren?«

»Um Himmels willen!« Sie prustete los. »Sag bloß, du kannst das?«

»Ich habe es mal versucht, Jörn ist ein begeisterter Skifahrer und fährt jedes Jahr nach Österreich. Aber irgendwie haben sich meine Beine mit den Skiern nicht vertragen und verknotet. Immerhin hat mir das Flair vom Aprés-Ski gefallen.«

Sie stieß ihn in die Seite. »Ich wette, die zahlreichen Gläser Glühwein waren schuld daran, dass du nicht richtig fahren konntest.«

»Eigentlich«, er grinste in Erinnerung an seine missglückten Versuche, »waren es Jagatees, das ist Rum mit einem Schuss Tee drin.«

Nele streckte den Kopf zur Tür herein. »Herr Amstedt ist hier.«

»Kleinen Moment. Und nächstes Mal bitte anklopfen.« Er hatte das der frechen Assistentin schon zigmal gesagt, sie wollte es sich einfach nicht merken.

Im Gegenteil zog sie auch noch den Mund zu einem Flunsch und schloss die Tür nicht gerade leise.

»Du hast sie schlecht erzogen.«

»Ich denke, bei ihr ist Hopfen und Malz verloren.« Christine schüttelte den Kopf. »Amstedt ist aber rasch gekommen.«

»Wir haben ihm auch ein ausgesprochen lukratives Angebot gemacht.« Amstedt interessierte ihn momentan nicht. »Was sagst du zu meinem Vorschlag?«

»Welchem?«

Diese Frau machte ihn wahnsinnig. »Urlaub?«

»Können wir jetzt noch buchen? Weihnachten ist schließlich schon in«, sie rechnete kurz, »sieben Wochen?«

»Wenn wir uns rasch entscheiden.« Es klopfte und gleich darauf trat der glatzköpfige Amstedt ein.

Er musste wirklich ein ernstes Wort mit Nele sprechen.

Sie kamen tagelang nicht auf das Thema zurück, irgendwie wich ihm Christine aus, sobald er das Wort Urlaub erwähnte. Und sie lenkte ihn gezielt ab, mit Küssen und mehr. Überhaupt fiel ihm zunehmend eine Veränderung an ihr auf, sie wirkte blass und schien sich öfter nicht wohlzufühlen, auch wenn sie es vor ihm zu verstecken versuchte. Doch wann immer er sie fragte, behauptete sie, es ginge ihr gut.

Sie arbeitete zu hart, der Urlaub war dringend nötig. Er hoffte sehr, dass sie es auch einsehen würde.

Es war leider unheimlich viel zu tun. Im Vordergrund stand momentan die Zusammenarbeit mit der Marketingabteilung. Sie brauchten zugkräftige Maßnahmen, denn Wolfgang Schluck hatte sich entschlossen, die Bio-Reihe komplett neu zu performen. Das hieß neue Verpackungen und eine schlagkräftige Werbekampagne. Eine junge Mitarbeiterin hatte Etiketten für die Schluck-Frisbi-Säfte kreiert, die auf angenehme Weise auffielen.

Er ahnte noch nicht, dass sich sein Leben bald auf den Kopf stellen würde.

37

Wolfgang

Wolfgang bestellte Philipp um acht Uhr zu sich ins Büro. Mittlerweile arbeitete Philipp seit fünf Monaten für Schluck-Säfte und es war Zeit, auszuloten, wo er stand. Von Nele hatte er erfahren, dass Christine heute später kommen würde. Es war vielleicht nicht die feine Art, aber er wollte Philipp ohne Christine sprechen.

Nun stand Philipp ihm gegenüber, wie immer korrekt gekleidet mit Jackett und Hemd.

»Herr Degenhardt, nehmen Sie Platz.«

Der Jüngere setzte sich in den Stuhl und sah ihn an.

»Es geht um Christine.« Er sah, wie sich sein Gegenüber anspannte. »Sie beide sind zusammen.«

»Ja.«

Er las Verwunderung in Degenhardts Blick. Dass Christine und Philipp ein Paar waren, wussten schließlich alle. »Wie ernst ist es Ihnen?«, hakte er nach.

»Wir lieben uns.« Degenhardt sah ihm offen ins Gesicht. »Ich kann mir ein Leben ohne sie nicht mehr vorstellen.«

»Schön.« Wolfgang rutschte nach vorn. »Sie leisten gute Arbeit und Sie haben meine Tochter erfolgreich gezähmt.« Philipp runzelte die Stirn, schwieg jedoch. »Allerdings werden wir trotzdem eine Nachfolgerin für sie brauchen.«

»Wie meinen Sie das?« Nun klang Degenhardt scharf.

»Sie sind ein Paar, Sie sind verliebt – da dauert es nicht lang, bis Kinder kommen. Mir ist bewusst, dass meine Tochter nicht so leicht zu ersetzen ist. Sie glaubt zwar, dass ich nicht merke, was sie leistet, aber das tue ich. Eine Nachfolgerin mit ihren Qualifikationen wird schwer zu finden sein.«

»Vielleicht brauchen wir das nicht. Selbst wenn Christine irgendwann ein Kind bekommt – Herrgott, sie ist ja noch nicht einmal dreißig! –, dann kann sie doch auch als Mutter weiterarbeiten.«

»Unsinn, eine Mutter gehört nach Hause.«

»Das ist heutzutage längst nicht mehr so. Auch Väter nehmen Babypause …«

»Ich hoffe nicht, dass meine Tochter Ihnen derartige Flausen in den Kopf setzt.«

Degenhardt stand auf. »Ich schlage vor, wir diskutieren das Thema, wenn es so weit ist. Und in Christines Anwesenheit.«

Wolfgang nickte und ließ ihn gehen.

Nachdem sich die Tür hinter dem jungen Mann geschlossen hatte, fühlte er sich steinalt. Minutenlang starrte er auf den Bildschirm, ohne etwas wahrzunehmen.

Dass Philipp seine Tochter als gleichwertig behandelte, war ihm nicht recht. Christine war eine tüchtige Mitarbeiterin, musste jedoch noch einiges lernen.

Er griff nach dem Bild. »Ach, Monika, du hättest unsere Kinder schon auf den rechten Weg gebracht. Alexander sollte hier sitzen, denkst du, der Junge kommt noch zur Einsicht?«

Es klopfte, rasch stellte er das Foto zurück, jedoch nicht schnell genug. Stefanie stand in der Tür, an ihrem starren Gesichtsausdruck erkannte er, dass sie sehr wohl gesehen hatte, was er Zehntelsekunden vorher in der Hand gehabt hatte.

»Heute Abend ist eine Tanzgesellschaft im Apfelglück.«

»Das heißt, du bist wieder nicht zu Hause.« Es klang schroffer, als er wollte, denn vor seinen Augen erschien das Bild, wie Stefanie mit Andreas tanzte.

Sollte sie doch.

»Eigentlich hatte ich gehofft, dass – also …« Sie trat näher und zupfte ihre Bluse gerade.

»Was?« Er bellte förmlich.

»Wir könnten zusammen hingehen. Es ist lange her, dass wir gemeinsam etwas unternommen haben.«

»Soll ich zusehen, wie du den Leuten Weinschorle servierst?«

»Nein.« Sie lächelte und ihm wurde plötzlich warm. Verdammt, sie hatten zu lange nicht mehr miteinander geschlafen, er brauchte Sex.

Ein anderer Grund fiel ihm nicht ein.

»Ich habe heute keinen Dienst. Sibylle hat ein paar Mädchen von der Berufsschule engagiert, die werden bedienen.«

Weshalb sollten sie nicht einen netten Abend verbringen? Stefanie hatte recht, sie waren schon zu lange nicht mehr aus gewesen, hatten sich nichts gegönnt. »Andreas wird grillen …«

Andreas! Er hatte genug gehört. Ihr Mund bewegte sich, doch er hörte nicht länger zu. Je mehr sie es abstritt, dass sie am Sohn seiner Cousine interessiert war, desto weniger glaubte er ihr. Fiel ihr nicht auf, wie oft sie seinen Namen nannte?

Schließlich schwieg sie, ihr Blick blieb erwartungsvoll auf ihn gerichtet.

»Ich habe zu tun und keine Zeit für solchen Unsinn.« Es tat ihm selbst fast körperlich weh, wie das Strahlen und die freudige Erwartung aus Stefanies Gesicht auf Knopfdruck fortgewischt wurden. Kurz zog sie ihre Augen zusammen.

»Ich kann nicht allein an unserer Ehe arbeiten«, sagte sie leise, der traurige Unterton war neu. »Jahrelang habe ich gedacht, meine Liebe würde für uns beide reichen und mit der Zeit …« Sie brach ab, räusperte sich und er sah sie schlucken. »Vielleicht wäre es besser, wenn wir nicht länger aneinander festhalten.«

Sie verließ den Raum, noch ehe die Worte in sein Gehirn sickerten. Was meinte sie damit? Wollte sie die Scheidung?

Ihm war, als hätte sie Luft und Wärme mitgenommen.

Minutenlang saß er nur da.

38

»Es gibt nichts anderes auf der ganzen Welt,
das so vielseitig verwendbar ist, wie der Apfel.«
Aus den Aufzeichnungen von Edwin Schluck, 1915

Christine

»Schwanger!« Christine sah Doktor Friedemann, der ein guter Freund ihres Vaters war, entsetzt an. »Aber der Schwangerschaftstest war negativ!«

»Ich schätze, du hast ihn zu früh gemacht«, erklärte der Arzt und schob seine Brille hoch. »Unfehlbar sind diese Dinger zudem nicht.«

Geahnt hatte sie es schon länger. Der Tag, an dem ihr nach dem Fisch am Lühe-Anleger so schlecht gewesen war, fiel ihr ein. Da hatte sie vermutlich die Pille ausgekotzt.

Wie erschlagen betrat sie kurz vor halb zehn Uhr die Firma. Papa würde triumphieren. Sie war schwanger und damit im Out. Ihre Gefühle spielten Pingpong mit ihr. Sie schwankte zwischen Verzweiflung, Nervosität, Unruhe und Freude hin und her.

Wie würde Philipp reagieren?

Er war nicht an seinem Platz, von Nele erfuhr sie, dass er zusammen mit ihrem Vater im Besprechungsraum war. Komisch, von diesem Termin stand gar nichts im Kalender. Sollte sie hinübergehen?

Nein, sie war nicht informiert und würde sich lächerlich machen. Stattdessen fuhr sie ihren Computer hoch und bearbeitete ihre Mails, die Tür ließ sie offen, damit sie Philipps Kommen nicht verpasste.

Kaum konnte sie sich auf ihre Arbeit konzentrieren. Sollte sie es ihm gleich sagen? Sie hatte es selbst noch nicht verinnerlicht. Vorsichtig legte sie die Hand auf ihren Bauch. Ein Kind! Es wuchs bereits in ihr. Sie spürte eine unerwartete Welle von Zärtlichkeit in sich. Die E-Mails verschwammen vor ihren Augen. Auf einmal sah sie ein Baby vor sich. Sie erinnerte sich deutlich an Lilly. Winzig klein auf dem Arm von Stefanie. Schutzbedürftig, zart, zum Anbeißen süß.

Christine hatte so lange um ihren Platz in der Firma gekämpft. Und nun wurde sie besiegt. Von einem Wesen, das momentan noch nicht größer als ein Daumennagel war.

Und ihr Vater hatte ein Gespräch mit Philipp – allein.

Was dachte sie da! Da war überhaupt kein Zusammenhang.

Als sie Philipp zurückkommen hörte, stürzte sie sofort in sein Büro. »Was hast du mit meinem Vater besprochen?« Sie klang wie eine nervtötende Zicke, aber momentan sah sie nur rote Schleier vor sich.

»Guten Morgen.« Er lächelte verbindlich. »Welche Laus ist dir über die Leber gelaufen?«

»Weshalb war ich nicht dabei?«

»Dein Vater hatte die absurde Idee, bereits jetzt eine Nachfolge für dich ins Auge zu fassen.«

Ihr Vater wusste schon von der Schwangerschaft? Hatte Doktor Friedemann ihn angerufen? Gab es kein Arztgeheimnis? Zu ihrem Leidwesen brach sie in Tränen aus. Das war ihr noch nie passiert. Aber sie war schwanger, verdammt! Und sie berieten schon darüber, sie aufs Abstellgleis zu schieben! Da durfte man ein wenig neben der Spur sein. Auf einmal fühlte sie sich von warmen Armen umfangen.

»O Gott, Christine!« Philipp klang komplett bestürzt. »Das waren doch nur Fantastereien von deinem Vater! Ich habe ihm gleich gesagt, dass …«

Sie hörte seine Worte, verstand sie jedoch nicht. Nie zuvor hatte sie im Büro geweint und dermaßen die Fassung verloren. Das mussten diese Sch… Hormone sein. Und Philipp wusste ja nichts!

Oder hatte ihr Vater es ihm gesagt?

Behutsam zog er sie in Richtung Sitzecke, kurz darauf saßen sie nebeneinander, er hatte immer noch den Arm um sie gelegt. »Ich habe seinen Vorschlag abgelehnt.« Er reichte ihr ein Taschentuch, das sie dankend annahm. Sie musste aussehen wie ein Waschbär mit all dem verschmierten Make-up.

»Es ist alles aus.« Erneut schluchzte sie los.

»Was meinst du?« Wieder umarmte er sie. Natürlich musste er denken, sie wäre komplett durchgedreht.

Die Wärme seiner Hände floss angenehm durch ihren Körper. Auf einmal durchfuhr sie der Zorn wie ein glühendes Eisen. Für ihn würde sich schließlich nichts ändern, nur ihr Leben stand auf dem Kopf. »Mein Vater hat es geschafft.«

»Christine.« Er sprach sanft, doch sie hörte auch eine unterschwellige Ungeduld heraus. »Kannst du mir sagen, was los ist?«

Abrupt löste sie sich von ihm und stand auf. »Ich bin schwanger. Du hast deinen Auftrag erfüllt. Das heißt, du hast den Posten allein, denn ich bin ja bald ins Haus verbannt.«

»Was ist hier los?« Ihr Vater, ausgerechnet.

Sie hätte es sich denken können, meist drehte er eine Runde im Haus. »Was haben Sie meiner Tochter getan?« So einen scharfen Tonfall hatte sie bei ihm noch nie vernommen. »Wenn Sie ihr …«

Philipp war käseweiß geworden. Setzte ihm die Nachricht ihrer Schwangerschaft zu?

»Alles in Ordnung, Papa.« Sie stand auf. »Und ich gratuliere dir, du wirst Opa.«

Papa prallte zurück.

Es war Nele, die im Hintergrund aufschrie. Wahrscheinlich hatte sie sich wieder im Flur herumgetrieben, in der Hoffnung, lauschen zu können. »Wahnsinn, gratuliere dir.« Sie stürzte zur Tür herein, wobei sie Wolfgang Schluck einfach zur Seite drängte, und fiel Christine um den Hals. »Das ist megacool, wundervoll … Du weinst doch nicht?«

Christine schob sie sanft von sich. »Danke und alles gut, Nele. Bitte …«

»Ich geh schon wieder.« Nele schien doch zu spüren, dass dicke Luft war, und eilte in ihr Büro zurück.

Ihr Vater ließ sich nun auf einen Bürosessel fallen. »Dann kam unser Gespräch doch genau recht, nicht wahr?«, sagte er zu Philipp.

»Dann stimmt es? Ihr habt euch über meine Nachfolge unterhalten, sobald dich Doktor Friedemann angerufen hat?«

»Red keinen Unsinn, Christine. Günther hat mich nicht angerufen, was denkst du denn? Es war rein hypothetisch, weil Frauen nun mal, ja …« Er brach ab.

Philipp klopfte auf den Platz neben sich. »Setz dich wieder, Christine.«

»Nein.« Sie las Schuldbewusstsein in den Gesichtern der Männer. Oder bildete sie sich das ein?

»Wieso habt ihr euch darüber unterhalten, wenn ihr nichts wusstet?«

»Ich habe vorausgesehen, dass es dazu kommen wird.« Klang etwa Stolz in Papas Stimme? »Wir müssen uns daran machen und einen Ersatz für dich suchen. Am besten, ich wende mich gleich morgen an …«

»Herr Direktor, es ist noch viel Zeit, das zu besprechen.« Philipp klang energisch.

»Herr Degenhardt, ich muss mich sehr wundern, bei unserem Gespräch vorhin waren wir uns doch einig …«

Christine hörte nicht länger zu. Papa und Philipp unter einer Decke. Sie konnte nicht mehr rational denken. O Gott, sie hatte das Gefühl zu ersticken.

Rasch eilte sie in ihr Büro, schnappte ihre Handtasche

und rannte zum Aufzug, dessen Türen sich in diesem Moment öffneten. Nele stieg aus.

»Mir geht's nicht gut, ich gehe nach Hause.« Christine schob sie zur Seite.

»Gute Besserung«, rief Nele ihr nach.

Die Aufzugtüren schlossen sich bereits und selbst wenn Philipp ihr gefolgt wäre und die Treppe nahm, konnte er sie niemals einholen.

Übelkeit schlug über ihr zusammen, sie stoppte den Lift im ersten Stock, stürzte hinaus. Zum Glück war niemand von der Marketingabteilung auf dem Gang unterwegs, auch die Toiletten waren leer.

Nachdem sie ihr Frühstück, das ohnehin nur aus trockenem Toast bestanden hatte, von sich gegeben hatte, stand sie vor dem Spiegel und spritzte sich Wasser ins Gesicht. Auch ihre Hautfarbe unterschied sich kaum von der blassgelben Wand. In ihr schien ein Vakuum zu sein, so musste sich ein ausgewrungener Waschlappen fühlen.

Sie wollte nur noch nach Hause, sich die Decke über den Kopf ziehen und alles rundum vergessen. Weshalb hatte Philipp ihr das angetan? Er hatte sie in sämtliche Entscheidungen einbezogen, nein, im Prinzip hatten sie gemeinsam entschieden. Und sie hatte ihm ihre Schwangerschaft förmlich ins Gesicht gespuckt.

Allein der Gedanke hatte einen erneuten Würgereiz zur Folge. Rasch trank sie einen Schluck Wasser.

Die Tür wurde aufgerissen und Rike von der Marketingabteilung kam herein. »Christine? Ist dir nicht gut?«

Ihr entsetzter Gesichtsausdruck bewies, wie ramponiert sie aussehen musste.

»Ich muss etwas Falsches gegessen haben«, log sie.

»Oje, tut mir leid.« Rike verschwand in einer Kabine. Hatte sie es ihr abgenommen? Oder sah man ihr ihren Zustand bereits an?

Sie hastete hinaus, nahm die Treppe zum Erdgeschoss und war erleichtert, heute mit dem Auto gekommen zu sein. Unbehelligt fuhr sie vom Parkplatz. Sie war froh, dass Philipp ihr nicht nachgekommen war.

Verdammt, sie schämte sich für ihr Verhalten.

39

Philipp

Christine war schwanger. Gerade noch im Büro von ihrem Vater hatte er diesen Gedanken als lächerlich abgetan und nun war es Realität.

Philipps Gehirn schien ein unnützes Gefäß rotierender Gedankenfetzen geworden zu sein. Das Bild von Christine mit einem Baby auf dem Arm wollte nicht aus seinem Kopf.

»Na, als hätte ich es vorausgesehen.« Schluck zuckte mit den Schultern. »So ist es mit Frauen, man kann nicht auf sie zählen.«

Jetzt kochte es in Philipp über. »Haben Sie nicht begriffen, dass Christine das Herz der Firma ist? Wenn sie geht, dann bricht alles zusammen. In der Zwischenzeit müssen Sie doch bemerkt haben, wie sehr sie für die Firma brennt und als Einzige später für die Nachfolge infrage kommt.« Philipps Stimme nahm an Lautstärke zu. »Sie kennt die Firmenstrukturen in- und auswendig, sie ist in alles involviert und weiß über jedes Detail Bescheid. Und ich sage Ihnen jetzt klar und deutlich: Ohne Christine werde auch ich nicht bleiben.«

Nun hatte er ihn. Schlucks Augen waren geweitet. »Sie denken, ich weiß das nicht? Christine ist wie ihre Mutter.« Er brach kurz ab, ehe er weitersprach. »Monika war die

Seele von Schluck-Säfte, ohne sie – es war schwer. Und sie war auch von heute auf morgen weg.« Er klang traurig.

In Philipp zog sich etwas zusammen. »Christine ist stark. Sie wird nicht gehen, keine Angst.«

Das war das Letzte, was er von ihm sah, denn nun eilte er Richtung Christines Büro.

Ein Baby!

Langsam kam die Botschaft in seinem Gehirn endgültig an. Er wurde Vater. Und schließlich erkannte er das Gefühl, das in jede seiner Poren sickerte.

Pure Freude.

Er musste nur noch Christine überzeugen, dass sie ein Team bleiben sollten.

Beruflich und privat.

Ihr Büro war leer.

»Sie ist nach Hause gegangen, sah gar nicht gut aus«, informierte ihn Nele ungefragt.

Ohne zu antworten, hastete er Richtung Treppe.

Die Wohnungstür war nicht abgeschlossen. Er fand Christine im Wohnzimmer, ihr Anblick zog sein Innerstes zusammen. Eingerollt lag sie auf dem Sofa und schluchzte leise. Noch nie zuvor hatte er sie in diesem Zustand völliger Verzweiflung erlebt.

Er trat zu ihr und zog sie in seine Arme. Zuerst wollte sie sich wehren, doch ihr Widerstand ließ rasch nach.

Zehn Minuten lang blieben sie still. Er drückte sie an sich, sein wertvollstes Gut, und spürte, wie ihr Weinen verebbte, ihre Anspannung nachließ.

»Ich weiß, du wolltest noch kein Baby, aber nun hat jemand anders für uns entschieden.« Philipp legte seine Hand auf ihren Bauch. »Es ist vorhin nicht ganz bis in den letzten Winkel meines Gehirns angekommen, aber ich liebe diesen winzigen Krümel schon jetzt. Unser Baby. Und wir werden beide für das Kleine da sein.«

Sie wand sich aus seinen Armen und setzte sich aufrecht hin. »Für einen Mann ändert sich kaum etwas, wenn er Vater wird.«

»Sag das nicht!« Er griff nun nach ihren Händen. »Meine Gedanken drehen sich wie ein Karussell und ich frage mich ununterbrochen, ob ich gut genug sein werde, um Papa zu sein. Meine Welt steht genauso auf dem Kopf wie deine.«

»Aber du kannst deinen Beruf weiterhin ungestört ausüben.« Sie sah zu Boden. »Nun verstehe ich, was Papa gemeint hat, dass Frauen unberechenbare Arbeitskräfte sind ...«

»Jetzt mach mal einen Punkt.« Philipp wurde nun laut und ließ ihre Hände los. »Deine Mutter ist doch das beste Beispiel dafür, dass man Kinder und einen Beruf unter einen Hut bringen kann. Dein Vater ist durch ihren Tod aus der Bahn geworfen worden, aber sterben kann und muss jeder, auch die männlichen Wesen dieser Erde.«

»Kein Mann kann Kinder kriegen. Ich werde eine Weile nicht arbeiten können. In sieben Monaten muss ich zu Hause bleiben, wie heißt es so schön: Die Frau gehört in die Küche.«

»Gott bewahre mich vor deinen Kochkünsten.« Er

zwinkerte ihr zu und sie stieß ihn in die Seite. »Du darfst überall hin, nur nicht in die Küche.«

»Du weißt, was ich damit ausdrücken wollte.«

»Ja, aber du liegst falsch. Wir haben den Job zusammen, bis jetzt haben wir beide hundert Prozent gearbeitet, na ja, genau genommen, hundertfünfzig Prozent. Mit dem Baby müssen wir uns umstellen. Wir werden nur mehr Teilzeit arbeiten und uns abwechseln.«

»Aber das geht doch nicht …«

Er legte ihr einen Zeigefinger an die Lippen. »Alles funktioniert, wenn man will. Wir werden eine zusätzliche Kraft einstellen und mehr Dinge delegieren. Wozu haben wir in den letzten Monaten ein perfektes Team ausgebildet? Wir haben gute Leute, wir sollten sie auch bestmöglich einsetzen.«

»Und wir teilen uns die Führung?«

»Ja. Die ersten Monate bin ich dran, solange du stillst, das kann ich dir nicht abnehmen. Aber danach suchen wir flexible Lösungen, wir können uns tageweise abwechseln oder stundenweise. Wir finden heraus, was das Beste ist.«

Offenbar war sie immer noch überrascht.

Er hatte es zwar anders geplant, dennoch griff er spontan in seine Tasche und holte das kleine Schächtelchen heraus. »Christine, es ist zugegebenermaßen auch jetzt nicht die romantischste Situation und ich wollte ein zauberhaftes Drumherum organisieren, aber nun möchte ich nicht länger warten.«

Er glitt vom Sofa, kniete sich vor sie hin und ließ den Deckel aufklappen.

»Christine, du bist in mein Leben gekommen wie die Sonne nach einer dunklen Nacht, hast alle Schatten fortgejagt und mich so angenommen, wie ich bin. Du akzeptierst meine Fehler und Schwächen, wärmst mich mit deiner unendlichen Liebe und forderst meinen Geist mit deinem brillanten Verstand. Und heute hast du mich zudem mit einem Geschenk überrascht, das an Größe nicht zu überbieten ist, unbezahlbar und einfach ein Wahnsinn. Ich kann nicht versprechen, dass das Leben an meiner Seite immer ein Honigschlecken sein wird, aber ich will alles tun, damit für uns beide jeder Tag mit Licht und Wärme ausgefüllt wird. Bitte, mach mich glücklich und heirate mich.«

40

Wolfgang

»Philipp hat sich klar ausgedrückt.« Stefanie saß Wolfgang gegenüber. »Christine ist die Seele von Schluck-Säfte. Und wenn du weiterhin stur bleibst, dann wirst du alles verlieren.«

»Alexander …«

»Alex wird nicht zurückkommen, zumindest nicht in deine Firma.«

»Das ist nicht gesagt. Hast du etwa gehört, dass er mit irgendeinem Lied Erfolg hat?«

Stefanie klopfte auf den Tisch. »Wolfgang, ich wiederhole mich nur ungern. Hol Christine zurück, oder du verlierst das einzige Kind, das sich wirklich für die Firma interessiert und zur Führungskraft geboren ist. Du hast schon zu viele deiner Kinder verloren, willst du sie alle vergraulen?«

»Was redest du da?« Er sprang auf und fuhr sich durch die Haare.

»Du weißt genau, wovon ich spreche. Tim …«

»Monika hätte nicht noch einmal schwanger werden dürfen.«

»Wolfgang, sie war fünfunddreißig. Heutzutage bekommen Frauen in wesentlich höherem Alter Kinder. Außerdem: Was kann Tim dafür? Und Alex ist gegangen, weil du nicht begreifen willst, dass er Musiker ist. Jackie muss mit diesem schrecklichen Laborleiter zusammenarbeiten, der sie schikaniert …«

»Lehrjahre sind keine Herrenjahre, zum Teufel. Hätte ich ihr gleich die Leitung vom Labor geben sollen?«

Stefanie beachtete seinen Einwurf nicht. »Julian überschlägt sich förmlich, dir alles recht zu machen, weil er denkt, als nicht-leiblicher Sohn muss er sich doppelt anstrengen.«

»Schadet ja auch nicht.«

»Und Lilly? Du hast dich klar ausgedrückt, dass du ihre Existenz für einen Fehler hältst. Ich wette, du könntest nicht zwei Charaktereigenschaften von ihr nennen, weil du sie überhaupt nicht kennst.«

Er ballte seine Finger und löste sie wieder. Sah Stefanie nicht ein, dass er sein Bestes gegeben hatte? Er war nun mal ein emotionaler Krüppel. Langsam stemmte er sich hoch und fühlte sich zwanzig Jahre älter. »Kinder werden nicht zu anständigen Menschen, indem man sie verhätschelt. Außerdem haben sie dazu ja ohnehin schon dich.«

Rasch verließ er den Raum, wollte keine Antwort mehr hören. Das schlechte Gewissen klebte trotzdem wie Pech an ihm. Er ging in sein Arbeitszimmer und holte erneut das Bild seiner Mutter aus der Schublade.

Sie war schön gewesen.

Und so herzlos. Egoistisch.

»Sie war eine wunderschöne Frau.« Stefanie war ihm nachgekommen. »Das Foto hast du mir noch nie gezeigt.«

»Wozu? Ich dachte, sie wäre lange schon gestorben. Na ja, jetzt ist sie offenbar wirklich tot.«

»Sie hat dir wehgetan damals.« Ihre Hand legte sich auf seine Schulter. Er sollte sie abschütteln, doch er hatte nicht die Kraft dazu. Der Schmerz erdrückte ihn, als wäre es gestern passiert.

»Den Schmuck hat sie mitgenommen.« Die Worte kamen aus ihm heraus, er hatte nicht gewusst, wie verbittert er immer noch über diese Tatsache war. »Mein Vater hat gesagt, sie hat nicht einen Ohrring vergessen. Dafür war Platz.«

»Dein Vater hat verhindert, dass sie dich mitnehmen konnte. Das hat er mir selbst erzählt.«

»Natürlich konnte er das nicht zulassen. Er hat ihr die Wahl gelassen, hierzubleiben.« Wolfgang fuhr mit dem Finger über die Halskette auf dem Foto. »Er hätte ihr ihren Betrug verziehen.«

»Hätte er das? Dein Vater erschien mir niemals als großzügig.«

»Immerhin hat sie ihn hintergangen. Wollte heimlich verschwinden und seinen Sohn mitnehmen.«

»Ich vermute, sie war unglücklich mit deinem Vater.«

Er schwieg, ließ ihre Worte in sich hineinsickern.

»Was wäre, wenn deine Mutter geblieben wäre? Ich bin mir sicher, dass die Ehe deiner Eltern bereits vor ihrer Flucht zerrüttet war. Aber danach?«

Er seufzte. »Vermutlich hätte er meiner Mutter das Leben zur Hölle gemacht.« Er spürte, dass Stefanie überrascht über seine Entgegnung war. »Auf jeden Fall versucht sie, mir noch aus dem Grab heraus zu schaden. Und ich hoffe, nein, es muss einfach eine Lüge sein. Weshalb hat sie nicht schon früher mit meinem Vater Kontakt aufgenommen und ihm von seiner Tochter erzählt?«

»Vielleicht hat sie das ja getan? Genau wie sie dir Briefe geschrieben hat.«

Er zuckte zusammen.

»Warum liest du sie nicht endlich?«

Sein Hals schnürte sich zu. »Ich kann es nicht.« Wolfgang spürte, wie das Wasser in seine Augen schoss. »Wenn meine sogenannte Schwester auf ihren Anteil besteht, dann muss ich die Firma verkaufen.«

Stefanie griff nach seinen Händen. »Wolfgang, du musst Informationen sammeln. Wissen ist Macht. Und vielleicht steht in den Briefen etwas, das du verwenden kannst.«

41

»Ein Apfel am Tag? Je mehr Äpfel, desto besser.
Dann braucht man keine Frau.«
Aus den Aufzeichnungen von Edwin Schluck, 1915

Christine

Christine schwebte wie auf Wolken. Ihr Vater war tatsächlich einverstanden, dass sich Philipp und sie nach ihrer Babypause den Job teilen würden.

Aber das Beste war: Sie und Philipp würden heiraten.

Vorher würden sie Urlaub machen. So richtig. Sie hatten sich auf die Malediven geeinigt, für zehn Tage über Silvester bis Dreikönig. Einfach in der Sonne liegen, die Seele baumeln lassen und viel Zeit füreinander.

Und die Hochzeit war danach im Februar geplant. Das war nicht unbedingt der favorisierte Monat zum Heiraten, aber zu dem Zeitpunkt wäre sie im fünften Monat und noch nicht ganz so behäbig wie gegen Ende der Schwangerschaft.

Christine wollte kein Riesenfest, aber zumindest wünschte sie sich, ihre Familie dabeizuhaben. Jackie hatte sie umarmt und würde sie natürlich unterstützen, selbst Julian hatte in seiner stillen Art seine Freude ausgedrückt.

Überraschend schien auch Lilly begeistert. »Endlich mal was los in der Einöde«, war ihr Kommentar. Tim hatte sie erst nicht erreichen können, aber als er einen Tag später auf ihre WhatsApp-Nachricht zurückgerufen hatte, hatte er versichert, dass er auf jeden Fall dabei sein würde.

Nur Alexander meldete sich nicht. Er las seine Nachrichten nicht einmal und sämtliche Anrufe landeten auf seiner Mobilbox, auf der sie mindestens zehn Ansagen hinterließ.

Weihnachten stand vor der Tür und sie beschloss, ihn in Berlin zu überfallen. Philipp wollte nicht, dass sie bei den schlechten Straßenverhältnissen allein mit dem Wagen fuhr. »Ich habe Lisa-Maria schon lange nicht mehr gesehen, also fahren wir gemeinsam.«

Doch nun, da Christine vor dem Altbau stand, in dem ihr Bruder eine Wohnung hatte, überfiel sie ein mulmiges Gefühl. Eine hochgewachsene, stark geschminkte Dame im Designermantel, der ihre Figur hervorragend zur Geltung brachte, verließ gerade das Haus, ihr Gesichtsausdruck erinnerte Christine an eine Katze, die den Milchtopf ausgeschleckt hatte. Und ihr Parfum stach unangenehm in ihre Nase, irgendein Geruch zwischen Moschus und Gummibärchen.

Sie rempelte Christine an. »Sie stehen aber äußerst ungünstig«, näselte sie, maß Christine mit einem halbverächtlichen Blick von oben nach unten und ging dann einfach weiter.

Hoffentlich fror die Ziege in ihrem karierten Mäntelchen! Christine klingelte.

Es knarrte und dann hörte sie die Stimme ihres Bruders nach zehn Monaten zum ersten Mal. »Hast du etwas vergessen?«

Die aufgetakelte Ziege war bei ihm gewesen? Und sie waren per du?

»Ich bin es, Christine.«

»Was willst du?« Die Temperatur in Alexanders Stimme schien um einige Grade gefallen.

»Mit dir reden, ich muss dir etwas Wichtiges sagen.«

Es summte und sie schlüpfte hinein, atmete auf, denn im Hausflur war es einen Tic wärmer als draußen. Beim Aufzug hing ein Schild *Defekt*, also begann sie seufzend die Treppen hochzusteigen.

Zum Glück wohnte Alex im ersten Stock, er stand bereits in der Tür. Sein Haar war länger gewachsen und kräuselte sich im Nacken. Es stand ihm gut. Auch sonst wirkte er entspannt, gekleidet in einen Pullover mit dunkler Hose. Doch sein Gesichtsausdruck schien verkniffen.

»Sag, was du loswerden willst, und dann Tschüss«, erklang es ungnädig.

»Was bist du für ein grantiger Zeitgenosse geworden?«, empörte sie sich, schob ihn einfach zur Seite und trat in die Wohnung.

Zwei leere Kaffeetassen standen auf dem Couchtisch, eine Schale Kekse, daneben beschriebene Zettel. Alexander ging darauf zu, hob die Papiere auf und steckte sie in die darunterliegende schwarze Mappe.

»Wer war deine Besucherin?«, fragte sie spontan, wie immer, ohne nachzudenken. Aber das Parfum der aufgetakelten Frau lag in der Luft, die Dame war also wirklich bei Alex gewesen.

»Geht dich einen feuchten Dreck an.« Er ließ sich auf einen der Stühle fallen. »In fünf Minuten bist du wieder draußen.«

»Weshalb bist du so unfreundlich? Und warum antwortest du nicht auf meine Nachrichten?«

»Weil ich nicht will? Hast du darüber schon nachgedacht?«

»Du bist mein Bruder. Wir haben uns doch immer gut verstanden!«

Alexander erhob sich, ging zum Barschrank und holte eine Flasche heraus, dann verschwand er in der Küche. Kurz darauf hörte Christine das Wasser laufen. Alex kam zurück, hatte sich zwei Fingerbreit eingeschenkt und nahm gleich einen Schluck.

Er trank Hochprozentiges? Vor dem Mittagessen?

»Ich weiß immer noch nicht, was du hier willst.«

Sie holte Luft. »Ich werde heiraten, der Termin ist der zehnte Februar und ich hätte dich gern dabei. Das habe ich dir geschrieben.«

»Hab's nicht gelesen.« Er setzte sich und trank.

»Ich möchte, dass du dabei bist.« Christine wollte sich nicht anmerken lassen, wie sehr sein Verhalten sie irritierte, und ließ sich ihm gegenüber nieder.

»Hast du schon gesagt.«

»Und?«

»Kommt plötzlich.«

»Ja.«

»Bist du schwanger?«

»Ja.«

Das schien ihm den Wind aus den Segeln zu nehmen. Er starrte sie kurz an, leerte dann das Glas in einem Zug und schenkte nach. »Ist es von diesem Schwachkopf? Bist du von Sinnen? Ich habe nichts gesagt, solange du ihn dir als Spielzeug gehalten hast, aber zu einer Hochzeit komme ich bestimmt nicht.«

Christine wurde bewusst, dass er Rico meinte. Klar, er war Monate nicht zu Hause gewesen und die Sache zwischen Philipp und ihr hatte sich ruckzuck entwickelt. Beim einzigen Telefonat, das sie geführt hatten, hatten sie über ihre vermeintliche Tante geredet. »Ich bin schon lange nicht mehr mit Rico zusammen.«

»Nein?«

»Philipp und ich …«

»Philipp Degenhardt? Dein Chef?«

»Wir sind Partner, ein Team sozusagen …«

Alexander brach in Gelächter aus. »Das ist zu komisch.«

»Was ist so zum Lachen?« Sie wurde zornig.

»Dass der Mann es faustdick hinter den Ohren hat.« Alexander beugte sich so nah zu ihr, dass sie den Alkohol in seinem Atem riechen konnte. »Erst sorgt er dafür, dass ich meinen Posten verliere, dann reißt er ihn sich selbst unter den Nagel und zum Schluss führt er die Prinzessin des Hauses heim. Ich würde sagen, Papa hat die Nachfolge auf seine Art geregelt.«

Übelkeit überfiel sie und sie musste ein paarmal durchatmen. »Du lügst.«

»Nein.« Er zuckte mit den Schultern. »Warum sollte ich? Ich bin schon lange raus aus dem Spiel und ich lasse mich auch nicht mehr einbinden. Weißt du, wer die Dame war, die du gesehen hast?« Er trank erneut. »Das war Renee van Houten von der Agentur van Houten.« Da Christine mit diesem Namen nichts anfangen konnte, tippte er sich an die Stirn und fuhr fort. »Mensch, die kennt man doch! Eine der größten Musikagenturen im Land. Sie will meine Lieder groß herausbringen. Denkst du, da kümmert mich noch Papas müde Apfelsaftfirma?«

Sie hasste es, wenn er so über Schluck-Säfte sprach.

Aber was hatte er vorher gesagt?

Konnte es sein, dass Philipp wirklich derartig hinterhältig war? Er hatte den Job angenommen, um den Mann zu finden, der für den Tod seines Vaters verantwortlich war. Und er wollte sie. Gab es noch ein Motiv? War es sein Bestreben, langfristig die Leitung der Firma zu erhalten?

Alex lachte auf einmal wieder. »Das naive Christinchen! Du bist brillant im Geschäftsleben, aber bei Männern hast du offenbar Scheuklappen. Was denkst du, weshalb dich Philipp geschwängert hat? Damit der dich heiraten kann. Und warum will er dich heiraten? Weil er dann als Schwiegersohn die Firma leiten kann.«

Zumindest die Schwangerschaft konnte er nicht geplant haben. »Unsinn. Glaubst du wirklich, an mir ist nichts Liebenswertes, sodass nur mein Hintergrund für einen Partner interessant ist?«

»Für einen Kerl wie Philipp schon. Und ich wette, Papa hat mitgemischt. So hat er, was er will. Die Firma bleibt in der Familie und wird von einem Mann geleitet. Und du wickelst Babys.«

Christine sah wieder einmal rot und die Worte sprudelten aus ihrem Mund. »So wird es nicht kommen, da ich im Beruf etwas tauge. Du bist nur neidisch. Was kriegst denn du hin? Die Tussi, die mich in der Haustür umgerannt hat, soll deine Karriere voranbringen? Nie im Leben. Welche seriöse Agentur rennt dir mit einem Vertrag bis in die Privatwohnung nach? Wer etwas werden will, muss hart arbeiten. Die gebratenen Tauben fliegen niemandem in den Mund, da kannst du dein Maul noch so weit aufsperren.« Sie nestelte in ihrer Handtasche und winkte mit der bedruckten Hochzeitseinladung. »Hier ist die Einladung zu meiner Hochzeit. Vergiss nicht, dass Familie etwas ist, das man nicht leichtfertig verlässt. Es könnte sein, dass du uns alle irgendwann einmal brauchen wirst.«

Sie hielt ihm die Karte hin, als er sie nicht annahm, warf sie sie auf den Tisch, direkt neben die Kaffeetassen. Dann drehte sie sich um und flüchtete förmlich.

Würde er sie zurückrufen?

Sie hoffte und fürchtete es zugleich.

Erst auf der Straße holte sie wieder Luft, ihr war fast schwindlig. Wie hatte sich ihr Bruder so verändern können? Und was hatte sie ihm alles an den Kopf geworfen? Der Schock verebbte langsam und sie spürte, wie sie zu zittern begann. Zehn Minuten später konnte sie wieder klare Gedanken fassen, winkte nach einem Taxi und ließ sich zu dem Café in der Innenstadt fahren, in dem Philipp seine Schwester traf.

Sie sah die beiden sofort, sie saßen in einer Ecke und Lisa-Maria gestikulierte wild, schien etwas zu erzählen. Auch sie freute sich, ihre Schwägerin in spe wiederzusehen, die sich kaum einkriegen konnte, weil sie Tante werden würde. Dabei fühlte sie die Blicke von Philipp auf sich ruhen. Er spürte garantiert, dass etwas nicht stimmte.

Lisa-Maria musste sich nach einer Stunde verabschieden, weil sie eine Vorlesung hatte.

»Was ist los?« Philipp drückte ihre Hand. »Ist die Begegnung so unerfreulich verlaufen?«

Sie berichtete. »Ich bin total schockiert«, endete sie, dann sah sie Philipp fest in die Augen. »Er denkt, du hättest ihn bei Papa angeschwärzt.«

»Das habe ich.« Er klang ruhig und hob seine rechte Hand. »Aber unabsichtlich, das schwöre ich.« In knappen Sätzen erzählte er ihr, wie es gelaufen war. Sein verlegenes Grinsen machte sie wehrlos und ihre Wut ebbte ab. »Es ist dann komplett anders gekommen als gedacht, nachdem wir uns auf Sylt begegnet sind.«

Seine Augen blickten in warmem Glanz auf sie. »Du musst entscheiden, ob du mir vertrauen kannst. Ich will und werde dich nicht enttäuschen, wir beide, wir können alles schaffen, wenn wir im Team zusammenstehen. Ein weiser Mann hat einmal gesagt, es braucht nur zwei

Menschen, die füreinander bedingungslos einstehen, loyal zueinander sind und dem jeweils anderen den Rücken decken, dann können diese zwei gemeinsam Berge versetzen. Willst du meine zweite Hälfte sein und mit mir die Welt rocken?«

42

Philipp

»Und wehe, du behandelst sie schlecht, dann …« Elsa drohte mit der Faust, Philipp musste lachen. Sie war gut einen Kopf kleiner als er.

»Ich lasse mich eigenhändig von dir verprügeln, wenn ich Christine unglücklich machen sollte.« Fest umarmte er Christines Freundin.

»Jetzt haben sie noch vor uns geheiratet!« Elsa stupste Reno an, der seine Krawatte gerade zog.

»An mir liegt es nicht, du willst ja so ein Riesengedöns machen«, kam es murrend von ihm, doch seine Lachfältchen milderten die knurrigen Worte ab.

Nun wurde Christine umarmt und gedrückt. Die Trauung war wunderschön gewesen, soweit er es mitbekommen hatte. Zum Glück hatte er zum richtigen Zeitpunkt sein »Ja« herausgebracht.

Philipp hätte niemals gedacht, dass er einmal so glücklich sein konnte. Sein Herz stolperte leicht, wann immer er den Blick auf seine Braut in dem cremeweißen Hochzeitskleid warf. Durch den hohen Ansatz der Taille blieb der minimale Babybauch verborgen, die Stola aus Wolle mit glitzernden Silbersternchen bot ihr ein Minimum an Wärme. Frost bedeckte Pflanzen und Wiesen.

Zum Glück würden sie nicht lange hier im Freien vor

der St. Matthias Kirche stehen.

Seine Mutter spiegelte seine Freude wider. Mit der raffinierten Hochsteckfrisur, ihrer grazilen Figur in einem taillierten Paillettenkleid wirkte sie fünfzehn Jahre jünger, Philipp bemerkte die bewundernden Blicke der anwesenden Gäste sehr wohl.

Lisa-Maria hatte sich zu Christines Geschwistern gesellt.

Christine flüsterte ihm zu: »Ich bin so froh, dass sie zu Lilly einen Draht gefunden hat. Meine kleine Schwester ist zurzeit etwas, hm, schwierig.«

Julian und Tim standen nebeneinander, beide in ein anscheinend ernstes Gespräch vertieft. Ersteren hatte Philipp noch nie richtig lachen sehen, Christines jüngster Bruder hingegen hatte ihn umarmt und wirkte wie das fröhliche Leben schlechthin. Mit einer Körpergröße von über eins neunzig überragte er alle. Schade, dass er so selten heimkam.

Auch wenn Christine es sich nicht anmerken ließ, so wusste Philipp, dass sie über das Nicht-Erscheinen von Alexander tief enttäuscht und traurig war. Ihm war nicht entgangen, dass sie sich fast den Hals verrenkt hatte, um nach ihm Ausschau zu halten. Vergeblich.

Christines Oma Johanna strahlte, sie trug ein lila Kostüm, mit dem sie unter allen Gästen hervorstach.

Wolfgang und Stefanie lächelten rundum, auch wenn es Philipp manchmal ein wenig verkrampft vorkam. Doch vor allem Stefanie sorgte dafür, dass die Gäste vor der Kirche mit Brötchen und Getränken versorgt waren.

Viele Angestellte von Schluck-Säfte hatten es sich nicht nehmen lassen, zur Hochzeit zu kommen.

Nach einer Stunde löste sich die Gesellschaft auf und sie wanderten Richtung Gasthof Altes Land. Der »Hochtiedssaal« – Hochzeitssaal – wartete.

»Stefanie möchte ins Apfelglück ziehen«, raunte ihm Christine zu. Sie hatten beschlossen, dass er vorläufig bei ihr wohnen würde, ihre Wohnung bot reichlich Platz. Dennoch war ihm bewusst, dass es erst ein paar Monate her war, dass sein Vorgänger hier zusammen mit Christine gelebt hatte. Daher wollten sie sich so rasch wie möglich nach etwas Eigenem umsehen.

»Dein Vater wird nicht einlenken?«

Sie zuckte mit den Schultern. »Ehrlich gesagt, weiß ich es nicht.«

»Versprich mir, dass wir beide uns immer alles sagen wollen. Nichts soll zwischen uns stehen.«

»Nichts.« Sie küsste ihn. Verdammt, die Zeit bis heute Nacht würde lang werden!

43

Wolfgang

Wolfgang fiel es immer schwerer, eine heitere Miene zu zeigen. Die gesamten Hochzeitsfeierlichkeiten waren ein einziges Dilemma. Stefanie behandelte ihn höflich und niemand von der Gesellschaft merkte, dass sie sich immer weiter von ihm entfernte.

Mit jedem Wort, das sie nicht zu ihm sprach, jedem Blick, den sie ihm nicht schenkte, jeder Berührung, der sie auswich.

Das einzig Positive war, dass sich der Ehemann seiner Schwester offenbar noch nicht gut genug erholt hatte, dass sie hierher reisen würden. Vorläufig hatte er Ruhe.

Der Gabentisch bog sich vor Geschenken und das Brautpaar würde vermutlich erst in den nächsten Tagen Gelegenheit haben, sie alle auszupacken. Philipp und Christine hatten mehrfach getanzt, die Braut wurde herumgereicht. Trauzeuge Jörn hielt eine launische Rede. Kaum zu glauben, dass der humorvolle Glatzkopf ein Anwalt war.

Das festliche Hochzeitsmahl zog sich. Wolfgang hatte wenig Appetit und er fühlte sich zunehmend unwohler.

Endlich wurde die Hochzeitstorte hereingerollt und er atmete auf.

Gleichzeitig betrat ein Paketbote den Saal. Er hob ein

Päckchen hoch. »Für das Brautpaar«, rief er laut.

Wolfgang sah, wie Christine und Philipp hingingen. Ein mulmiges Gefühl verstärkte sein Unwohlsein. Der absurde Drang überkam ihn, die beiden zurückzurufen.

»Wer schickt uns etwas aus Amerika?«, hörte er Christine sagen.

Ihm wurde kalt. »Wirf es weg«, wollte er schreien, brachte jedoch keinen Ton heraus. Angst überfiel ihn mit aller Macht.

Doch seine Tochter riss bereits die braune Postverpackung auf.

Kälte kroch in seine Glieder. Ein in grellpinkes Neonpapier eingewickeltes Päckchen kam zum Vorschein.

Christine las die kleine Karte, die dabei lag, laut vor: »Liebe Christine, meine Mutter wollte diesen Schmuck immer ihrer erstgeborenen Enkelin schenken. Auch wenn sie dich nie kennenlernen durfte, so wäre sie heute bestimmt gern bei dir. Ich hoffe, wir lernen uns bald kennen. Alles Glück zur Hochzeit, deine Tante Cynthia.«

Wolfgang wurde übel, er spürte einen Druck in der Brust und hatte Mühe, Atem zu holen. Wie in Trance sah er, wie seine Tochter nun hektisch das farbige Papier herunterriss.

Eine Schachtel kam zum Vorschein. Christine nahm den Deckel ab und hielt eine Kette in der Hand.

Er erkannte sie sofort. Und er war nicht der Einzige.

»Großmutters Kette«, hauchte Christine und ließ das Geschmeide durch ihre Finger gleiten. »Papa? Sieh mal!« Sie hielt das Schmuckstück hoch, der blaue Stein drehte sich und blitzte kurz auf im Lampenlicht.

»Oh« und »Ah« hörte er ringsum.

Er japste, griff sich an die Brust. Irgendein Band schien in seinem Inneren gerissen zu sein. Die Geräusche um ihn wurden leiser. Stefanie, wo war sie nur? Hastig suchte er den Raum nach ihr ab. Der Schmerz wurde stärker und er kämpfte dagegen an. Er musste ihr doch wenigstens noch sagen, dass …

Es wurde still.

Liebe Leserinnen und Leser!

Das ist das Ende des ersten Bandes. Ich hoffe, es hat euch ebenso viel Spaß gemacht, die Story zu lesen wie mir, sie zu schreiben. Wie wird es mit der Familie weitergehen? Im zweiten Band wird Alexander im Mittelpunkt stehen, so viel darf ich verraten. Aber auch die anderen Familienmitglieder werden natürlich nicht fehlen.

Im Frühling dieses Jahr habe ich einige Tage im Alten Land verbracht. Trotz bescheidenen Wetters habe ich versucht, möglichst viel zu sehen, Land und Menschen kennenzulernen und ich hoffe sehr, dass sich meine Begeisterung in diesem Buch widerspiegelt.

Das letzte Wort ist ein Dankeschön!

Ein Dankeschön an das Team vom Empire Verlag, allen voran **Thomas Seidl** und **Nicole Siemer**, sowie an meine fantastischen Lektorinnen **Victoria Suffrage** (Frau Doktor Plot) und **Elsa Rieger**, die meinem Geschreibsel Schliff verpasst hat. Nicht zu vergessen **Tino Falke**, der mit seinen Adleraugen die Fehler korrigiert hat und auch an die beiden anderen Korrekturleserinnen Gabi und Anika. Es ist ein gutes Gefühl, euch alle an meiner Seite zu wissen.

Danke schön an **Julia Eberle**, die mir das Alte Land nähergebracht und jede meiner Fragen geduldig beantwortet hat. Sie führt in Jork den Flohmarkt in der Mühle – ein toller Laden, in dem man so manches Kleinod für Jung und Alt finden kann. Mit ihrer Erlaubnis spielt sie eine Rolle in meiner Geschichte.

Ein dickes Danke an **Dr. Andrea Traxler, Julia Eberle** und **Bianca Kober**, die diesmal als meine Testleserinnen fungiert haben. Und natürlich – wie immer – Danke an meinen Mann **Rainer**, der mich still im Hintergrund unterstützt und motiviert und mich im rechten Moment wieder in die Realität zurückholt, wenn ich total tief drin bin und die Zeit übersehe.

Ein herzliches Dankeschön geht an **Erich Rauch**, der mir geduldig alle Fragen über die Fruchtsaftproduktion beantwortet hat und mir auch eine Firmenführung durch die Firma Rauch Fruchtsäfte ermöglicht hat. Wissenswertes habe ich auch von **Hein Lühs** erfahren, bei einer lehrreichen Führung durch den Herzapfelhof in Jork.

Und bei Euch, Ihr lieben Leserinnen und Leser, möchte ich mich ebenfalls von Herzen bedanken. Was wäre eine Autorin ohne Menschen, die ihre Bücher mögen und lesen? Vielen lieben Dank auch für Eure zahlreichen Rückmeldungen, die mich immer erreichen und die mich motivieren weiterzuschreiben.

Über ein persönliches Feedback oder eine Rezension würde ich mich auch dieses Mal wieder riesig freuen.

Erreichen könnt Ihr mich über Facebook, Instagram,
meine Homepage: www.lottewoess.com
oder einfach per E-Mail: lottewoess@gmail.com.

Und natürlich freue ich mich, wenn Ihr auch weitere Bücher von mir lesen werdet.

Bis bald!

Eure Lotte

Weitere Liebesromane von Lotte R. Wöss

Die Nie-mehr-ohne-dich-Reihe:

Wenn jedes Wort nur Liebe ist
Empire-Verlag, August 2021

Wenn jeder Blick nur Liebe ist
Empire-Verlag, Mai 2022

Die Einfach-Liebe-Reihe:

Schokospatz trifft Kekspraline
Empire-Verlag, Dezember 2021

Liebe mich so wie ich bin
Empire-Verlag, März 2022

Ein Rätsel namens Liebe
Empire-Verlag, Juni 2022

Und plötzlich war er nicht mehr da
Empire-Verlag, August 2022

Das Geheimnis in deinem Herzen
Empire-Verlag, August 2022

Für die Liebe musst du nicht perfekt sein
Empire-Verlag, November 2022

Weitere Veröffentlichungen siehe:
www.empire-verlag.at/autoren/l-r-woess/